دیس ہوئے پردیس

مُستنصر حُسین تارڑ

سنگِ میل پبلی کیشنز ○ لاہور

891.4393 Tarar, Mustansar Hussain
Deis Hooey Perdais/ Mustansar Hussain Tarar.- Lahore : Sang-e-Meel Publications, 2008.
280pp.
1. Urdu Literature - Novel.
I. Title.

2008
نیاز احمد نے
سنگ میل پبلی کیشنز لاہور
سے شائع کی۔

ISBN 969-35-0300-7

Sang-e-Meel Publications
25 Shahrah-e-Pakistan (Lower Mall), P.O. Box 997 Lahore-54000 PAKISTAN
Phones: 7220100-7228143 Fax: 7245101
http://www.sang-e-meel.com e-mail: smp@sang-e-meel.com

حاجی حنیف اینڈ سنز پرنٹرز، لاہور

مرے دیس کی اُن زمینوں کے بیٹے، جہاں صرف بے برگ پتھّر ہیں، صدیوں سے تنہا
جہاں صرف بے مہر موسم ہیں اور ایک دردوں کا سیلاب ہے عمر پیما!
وطن، ڈھیر اِک اَن منجھے برتنوں کا۔
جسے زندگی کے پسینوں میں ڈوبی ہوئی محنتیں دربدر ڈھونڈتی ہیں۔

مجید امجد

۷

فرید کا چہرہ ایسے زرد ہُوا جیسے ایک ڈراؤنا خواب اس کے سامنے زندہ ہو گیا ہو۔

ائیر کنڈیشنڈ پارلر کار کی کھڑکی کے دبیز اور سرد ہوتے شیشے میں سے ایک کچّی آبادی نظر آ رہی تھی۔ جو ریلوے لائن کے ساتھ ساتھ اپنے غلیظ جوہڑوں، نالیوں اور بدبُو دار کوڑے کرکٹ کے ڈھیروں کے ساتھ چلی جا رہی تھی۔ ننگ دھڑنگ بچے، کیچڑ اور غلاظت سے بھرے جوہڑوں میں ڈبکیاں لگا رہے تھے اور ان کے جسموں سے کیچڑ بہتا تھا۔ ایک جوہڑ میں چند بھینسیں آرام کر رہی تھیں اور ان میں سے ایک کی پُشت پر سوار بچّہ ٹرین کی طرف دیکھتے ہوئے ہاتھ ہلا رہا تھا... اسے یہ تو نظر نہیں آ رہا تھا کہ اس ٹرین میں کون کون لوگ سوار ہیں لیکن وہ ہاتھ ہلا رہا تھا۔ کچی آبادی ختم ہوئی تو ٹرین راوی کے پُل پر سے گزرنے لگی۔

فرید نے ایک گہرا سانس لیا۔ جیسے وہ اب تک اس کچی آبادی کی غلاظت بھری ہوا سے بچاؤ کی خاطر سانس روکے ہوئے تھا.... پارلر کار میں سوار مسافروں کے بچے اُٹھ اُٹھ کر دریائے راوی کو دیکھنے لگے۔ پُل کے پار دریا کے کنارے سینکڑوں کی تعداد میں بھینسیں کھڑی تھیں اور ان کے درمیان ایک کتا منہ اٹھا کر ٹرین کو بھونکنے لگا۔ فرید کو کتے کے جبڑے ہلتے ہوئے دکھائی دیتے تھے لیکن اس کی آواز اس تک نہیں پہنچتی تھی۔ باہر شدید گرمی تھی اور ہر شے کملائی ہوئی اور گرد آلود تھی.... فرید کا چہرہ اب بھی زرد

تھا اور وہ پھٹی پھٹی آنکھوں سے باہر دیکھ رہا تھا... تھوڑی دیر کے بعد وہ یکدم اپنی نشست سے اٹھا اور ریک پر رکھے ایک بیگ کو اٹھا کر اپنی گود میں رکھ لیا۔ بیگ کو چھو کر اور اسے ٹٹول کر جیسے اسے قرار آیا اور وہ اطمینان سے بیٹھ گیا اور ایک مسکراہٹ اس کے بیس سالہ نوجوان اور پرکشش چہرے پر تیرنے لگی۔

"فریڈی...."

اس نے کھڑکی سے توجہ ہٹا کر برابر کی نشست پر براجمان اپنی بہن آمنہ کو دیکھا جو ٹانگیں پھیلائے اونگھ رہی تھی۔

"ہاں ایمی! تم نے کچھ کہا؟"

"ہاں!" وہ سیدھی ہو کر بیٹھ گئی۔ "تم اپنے آپ سے بہت خوش نظر آرہے ہو۔"

"نہیں ایسی تو کوئی بات نہیں، ایمی ڈیئر!"

"جب سے ہم یہاں..... اس ملک میں آئے ہیں، تم پہلی بار مسکرائے ہو۔ اس کا مطلب ہے کہ تم اپنے آپ سے بہت خوش ہو۔"

"ہاں اب میں بہت خوش ہوں۔" اس نے گود میں رکھے سیاہ بیگ کو پیار سے تھپکا۔ "کیونکہ اس میں ہم دونوں کی آزادی ہے اور میں اس بیگ کو کبھی نظروں سے اوجھل نہیں ہونے دوں گا..... کبھی نہیں۔"

"میری طرف سے بھی خیال رکھنا۔" آمنہ منہ بنا کر بولی۔ "میں بھی وہی کچھ دیکھ رہی ہوں جو تم دیکھ رہے ہو اور بائی گاڈ مجھے اس سے نفرت ہے۔ مجھ سے یہ برداشت نہیں ہوتا۔ یہ آخری حد ہے فریڈی..... ڈیڈی کو ہمارے ساتھ ایسا نہیں کرنا چاہیئے تھا۔"

"ہاں۔" فرید تلخی سے مسکرایا۔ "ڈیڈی کو ہمارے ساتھ ایسا ہرگز نہیں کرنا چاہیئے تھا۔ یہاں آنے سے پیشتر میرا خیال تھا کہ وہ ہم سے بے پناہ محبت کرتے ہیں۔ لیکن ذرا دیکھو انہوں نے ہمارے ساتھ کیا کیا۔ کوئی شخص جو اپنی اولاد سے ذرہ بھر محبت کرتا ہو، کیا

وہ ایسا کر سکتا ہے..... ہرگز نہیں۔ ہمارے ساتھ دھوکہ ہوا ہے امی۔"

آمنہ نے اِدھر اُدھر دیکھ کر ایک ٹھنڈی سانس بھری۔ "میرا خیال ہے ہم یہاں سگریٹ نہ ہی پیوں تو بہتر ہے..... مجھے کہیں قتل نہ کر دیا جائے۔"

"امی ذرا دیکھو..... اس پارلر کار میں سفر کرنے والے باقی مسافروں کی شکلیں دیکھو کیا ان کی شکلیں تمہیں عجیب سی نہیں لگتیں؛ جیسے یہ بہت گندے ہوں اور ان کو اس پارلر کار میں نہیں بیٹھنا چاہیئے۔"

"اور یہ پارلر کار بھی کیا ہے۔" فرید نے ناک چڑھا کر کہا۔ "یہ ان لوگوں کی بگھڑی ہے ذرا کھڑکی کے شیشے کو دیکھو۔ اسے اچھی طرح سے چمکایا نہیں گیا اور تم تو ابھی ٹائلٹ بھی نہیں گئیں۔ ان کا جو انگلش ٹائلٹ ہے اور مجھے ہنسی آرہی ہے۔" فرید ہنستا ہوا جھک گیا اور پھر کھانسنے لگا۔

"اوہ کم آن....." آمنہ نے اس کا کندھا پکڑ کر کہا۔

"سوری" اس نے سر جھٹکا۔ "دراصل یہ اتنا فنی تھا کہ اس ٹائلٹ کو یہ انگلش ٹائلٹ کہتے ہیں..... اور وہ بھی ڈرٹی..... اور وہاں ٹائلٹ پیپر تک نہیں ہے اور یہ یہاں کی بہترین ٹرین ہے..... انگلش ٹائلٹ..... ہاہا۔" وہ پھر اپنی ہنسی نہ روک سکا۔

چند مسافروں نے اپنی نشستوں سے ذرا اٹھ کر انہیں دلچسپی سے دیکھا۔ انہوں نے دیکھا کہ ایک درازقد لڑکی ہے جو اپنی نشست کو پوری طرح بھرتی ہے۔ اس لیئے کہ اس کا جسم بھرا ہوا ہے۔ وہ ایک نصف بازو کی چیک مردانہ قمیص اور اسٹریچ پینٹس میں ملبوس ہے۔ اس کے سیاہ بال کندھوں تک آئے ہوئے ہیں اور اگرچہ وہ ایک مقامی لڑکی ہے لیکن اپنی بے دریغ نظر اور بے جھجک انداز سے وہ ایک غیر ملکی لگتی ہے۔ اس کے برابر میں جو نوجوان ہے وہ قریباً اس کا ہم شکل ہے اور اس کا رنگ ڈھنگ بھی ویسا ہی ہے۔ لڑکی کے گال پہ ایک زخم کا نشان دکھائی دیتا ہے جو ایک سیدھی لکیر کی صورت ہے..... وہ اس نشان

کی وجہ سے بدنما نہیں لگتی...... یہ دونوں بھی لاہور سے سوار ہوئے تھے، اور بقیہ مسافروں کی موجودگی سے مکمل طور پہ لاتعلق تھے اور آپس میں انگریزی زبان میں بات کرتے تھے۔

"اب ہمیں اس گاڈ فارسیکن پلیس میں اور کتنے دن رہنا ہوگا؟" تھوڑی دیر کی خاموشی کے بعد فرید نے کہا۔

"ایک رات تو ہم گزار چکے..... ذرا دیکھتے ہیں........ ہاں باقی ففٹی نائن ڈیز اینڈ نائٹس..... اور پھر آواز دی۔

"اوہ شٹ....." آمنہ نے ناگواری سے کہا۔" اتنے دنوں میں تو میں مر جاؤں گی۔ فریڈی ہم اگر وہاں نہ جائیں اور فلائٹ لے کر کہیں اور چلے جائیں، کہیں بھی.... ٹوکیو، سڈنی وغیرہ اور یہ ففٹی نائن ڈیز اینڈ نائٹس وہاں گزار کر واپس چلے جائیں اور انہیں کہیں کہ ہم نے۔"

"ناں۔" فرید نے اپنی زبان سے ایک پٹاخہ سا بجایا۔ "وہ ہمارے اس بہانے کو کبھی نہیں مانیں گے..... اور سٹر سویٹ وہ ہمارے پاسپورٹس بھی تو چیک کریں گے اور یہاں سے بھی پتہ کریں گے..... ناں ہمیں وہیں جانا ہے جہاں ہمیں جانا ہے۔"

"اوہ شٹ....." آمنہ نے سر جھٹکا اور بال اس کے چہرے کے آگے آ گئے۔

"اب تم ایک مشرقی لڑکی لگتی ہو۔" فرید نے اپنا منہ قریب لا کر کہا۔" اپنا چہرہ پردے میں چھپائے ہوئے۔"

"مشرقی لڑکی۔" آمنہ اتنے زور سے اور بے باکی سے ہنسی کہ اگلی نشست پہ بیٹھے ہوئے ایک صاحب چونک گئے کہ پتہ نہیں کیا ہوا ہے۔"میں اتنی ہی مشرقی لڑکی رہی جتنی کہ گلوکارہ میڈونا ہے۔"

"لیکن تم لگتی ہو۔" فرید بھی مسکرایا۔

"ہاں" آمنہ نے لب سکیڑے۔"لیکن اس شکل پہ تو میرا کوئی اختیار نہ تھا۔ یہ بھی ہو سکتا تھا کہ میں چینی شکل و صورت کی ہوتی..... میں تو ایک انسان ہوں۔" وہ گردن ٹیڑھی کر کے

بولنے لگی۔ "اور میری کچھ ڈیمانڈز ہیں۔ میری اور میرے جسم کی۔ اور ذرّہ بھر پرواہ نہیں کرتی کہ میں کیسی دکھائی دیتی ہوں۔ تمہارا کیا خیال ہے۔ کیا میں ان جیسی ہوں جو اس پارلر کار میں دبکی بیٹھی ہیں۔ پالتو جانوروں کی طرح ..... اور مردوں کے پیچھے پیچھے چلتی ہیں، بھیڑ بکریوں کی طرح ..... نہیں فریڈی یہ کوئی اور نسل ہیں اور میں ان میں سے نہیں ہوں، کبھی نہیں۔"

فرید نے مسکراتے ہوئے ہیڈ فون کانوں پر جمائے اور واک مین کو آن کر کے آنکھیں بند کر لیں..... یہ کیسٹ اس نے پرسوں خریدی تھی اور اسے ابھی تک سننے کا موقع نہیں ملا تھا۔ پہلا گانا میڈونا کا تھا ..." ہوز دیٹ گرل ..... ہوز دیٹ گرل ....." اس نے کن انکھیوں سے آمنہ کی طرف دیکھا جو ڈبے کی چھت کو خالی نظروں سے گھور رہی تھی....

گاڑی کی رفتار آہستہ ہونے لگی ..... کوئی اسٹیشن آ رہا تھا۔ لیکن یہاں بھی ریلوے لائن کے ساتھ غلیظ جوہڑ چل رہے تھے۔ چند پرانے گھر دکھائی دیئے جن کی دیواریں دُھول سے بھری ہوئی تھیں..... فرید نے ان دیواروں کو غور سے دیکھا لیکن اس کی سمجھ میں نہ آیا کہ یہ کیا چیز ہے جو دیوار پر ایک خاص طریقے سے ایک مخصوص فاصلے پر چسپاں کی گئی ہے۔ ایک بے ہنگم اور گندے شہر کے تمام تر آثار شروع ہو گئے۔

"مجھے معلوم نہیں کہ لوگ ان میں کیسے رہتے ہیں..... میرا خیال ہے یہاں تو کیڑے مکوڑے بھی رہنا پسند نہیں کریں گے..... کلائمکس آف فلتھ!...."

"ٹرین رُک گئی اور ان کی کھڑکی کے آگے لوگ چلتے تھے اور جھانکتے تھے۔ باہر یقیناً بہت گرمی تھی۔ کیونکہ پلیٹ فارم پر بھاگ دوڑ کرتے مسافر پسینے میں نہائے ہوئے تھے۔ اور ان کے چہرے دھوپ سے سرخ تھے۔

"اس اسٹیشن کا کیا نام ہے؟" آمنہ نے پوچھا۔ فرید نے ایئر فون کانوں سے اونچے کر کے اس کی بات سنی اور پھر "مجھے کیا پرواہ ہے کہ کون سا اسٹیشن ہے۔" کہہ کر اس نے ہیڈ فون کانوں پہ جمالئے..... پارلر کار کا دروازہ ایک جھٹکے کے ساتھ کھلا اور پھر دیکھتے،

دیگچیوں، گٹھڑیوں، واٹر کولروں اور سوٹ کیسوں کا ایک سیلاب اندر آگیا اور اس سیلاب کے ساتھ ساتھ موٹے تازے مرد، خواتین اور بچے بھی بہتے آرہے تھے۔ وہ بے شمار تھے۔

ان سب نے نہایت پھرتی سے سامان کو نشستوں کے درمیانی راستے میں رکھا اور پھر اپنی اپنی نشستیں تلاش کرنے لگے۔ یہ ظاہر تھا کہ انہوں نے نشستیں مخصوص کروا رکھی ہیں۔ اسی دوران گاڑی پلیٹ فارم سے کھسکنے لگی۔ تھوڑی ہی دیر میں وہ سب لوگ ایسے اطمینان سے بیٹھے گپیں ہانک رہے تھے جیسے وہ ایک مدت سے وہاں اس ڈبے میں آباد ہیں۔ ہاں کبھی کبھار ان میں سے کوئی ایک چوری چھپے اس جوڑے کی جانب دیکھ لیتا اور پھر ہاتھ ہلا ہلا کر باتیں کرنے لگتا.....

باہر ایک پلیٹ فارم گزر رہا تھا۔ فریدنے اس کا نام پڑھنے کی کوشش کی اور پھر یکدم ہیڈ فون اتار کر کہنے لگا: "ہے امی! تمہیں پتہ ہے ہم کہاں سے گزر رہے ہیں؟ گگھڑ منڈی..... سے....."

اس نے دراصل اسے گاگھر مانڈی کہا "اور یہ وہ جگہ ہے جس کے بارے میں ڈیڈی ہمیشہ کہتے تھے کہ یہاں کے مَیلن بہت زبردست رہتے ہیں..... میلن کیا ہوتے ہیں ادھر؟ ہاں خربوزے..... وہی جگہ تھی۔"

"اچھا؟" آمنہ نے مصنوعی حیرت سے اداکاری کرتے ہوئے کندھے سکیڑے "آئی ایم تھرلڈ..... میں تمہیں بتا نہیں سکتی کہ میں کتنی خوش ہوئی ہوں اس گاگھر مانڈی کو دیکھ کر، تم اس گاگھر مانڈی کو اپنے پاس کیوں نہیں رکھتے..... اس کے خربوزوں سمیت۔"

"تمہیں یاد نہیں کہ جب کبھی ہم کوئی سویٹ کھاتے تھے تو ڈیڈی کہتے تھے کہ یہ چاکلیٹ اور کیک تو ہمارے خربوزوں کے مقابلے میں کچھ بھی نہیں....."

"ہاں ڈیڈی کہتے تھے..... اور ڈیڈی بہت کچھ اور کہتے تھے۔ ان کے دماغ پہ یہ ملک سوار تھا۔ اس کی گندگی اور گرمی..... اور..... خیر چھوڑو....."

"ہے امی تم نے "پیٹ شاپ بوائز" کا گانا "اٹس اے سِن" سُنا ہے، نہیں سُنا تو اب سُنو کہ کیا بیٹ ہے۔" اس نے ہیڈ فون اتار کر آمنہ کے کانوں کے ساتھ لگا دیئے۔ آمنہ نے انہیں اپنے کانوں پر سے اٹھا کر صرف اتنا کہا "میں تو اس گانے پر ناچتی بھی تھی" اور پھر نشست پر آرام سے دراز ہو کے گانا سُننے لگی..... گاڑی کے باہر وہی دھول آلود لینڈ سکیپ تھی۔ ہر طرف مٹّی اڑ رہی تھی اور اس نے دیکھا کہ دھوپ میں کوئی نہیں ہے۔ سب لوگ اور جانور درختوں کے سائے میں ہیں اور پارلر کار کی خنکی میں مسافر اونگھ رہے تھے اور کچھ نے ابھی تک صبح کا اخبار ختم نہیں کیا تھا۔ سوائے ان مسافروں کے جو پچھلے اسٹیشن پر سے سوار ہوئے تھے۔ یہ تمام مسافر شور و غل کو ایک مذہب کی طرح مانتے تھے۔ ان کے بچے ہر طرف بھاگتے تھے اور مسافروں کے جوتوں پر پاؤں رکھتے تھے اور خواتین اپنی چادروں اور دوپٹوں کو سنبھالتی ہوئی قہقہے لگاتی تھیں اور پارلر کے طول و عرض پر ان کی گفتگو گونجتی تھی۔ اس دوران دو موٹے لیکن صحت مند شخص اپنی نشستوں سے اٹھے اور ایک گٹھڑی کھول کر اس میں سے پلیٹیں اور چمچے وغیرہ نکال کر اپنے ساتھیوں میں بانٹنے لگے..... ان میں سے ایک شخص آمنہ کے عین اوپر آ کر کھڑا ہو گیا۔ وہ دانت نکال کر کچھ کہہ رہا تھا اور اس کی جانب ایک پلیٹ بڑھا رہا تھا۔

آمنہ نے ہیڈ فون کانوں پر سے اتار کر اسے ناگواری سے دیکھا۔ "ہاں! میں تمہارے لئے کیا کر سکتی ہوں؟"

"بہن جی یہ پلیٹ پکڑیں....." اس نے پلیٹ پکڑانے کے بجائے اس کی گود میں رکھ دی اور دوسری پلیٹ فرید کی طرف بڑھا دی۔ "لو بھا جی۔"

"کیا مطلب بھا جی....." فرید غصّے سے بولا "آپ کیا کر رہے ہیں؟ کوئی مینرز نہیں ہیں آپ لوگوں کے.....؟"

"یہ تو ناشتہ ہے بھا جی....." وہ اسی خوشدلی سے بولا "چا چا جہانگیر بٹ خیر سے

حج کر کے آ رہا ہے آج دو بجے کی فلائٹ سے۔ یہ سارا اس کا جیا جنت ہے ماشاء اللہ۔ میرا سسر ہے..... تو ہم سب اسے اسلام آباد لینے جا رہے ہیں۔ شام کی گاڑی سے واپس آجائیں گے، گجرانوالے....."

"گجرانوالے.....؟" فرید ناک چڑھا کر بولا۔" اور میں ناشتہ کر چکا ہوں، اس لئے بہت بہت شکریہ!"

"شکریہ کس بات کا؟" اس نے ذرا سنجیدہ ہو کر کہا۔" یہ تو نہیں ہو سکتا کہ چاچے جہانگیر بٹ کی ساری آل اولاد یہاں ناشتہ کرے آپ سب کے سامنے اور آپ کو صلح نہ مارے۔ ہم نے پورا بند و بست کیا ہوا ہے لو پلیٹ پکڑو بسم اللہ....." اس سے پیشتر کہ فرید کچھ کہتا، وہ پلیٹ تھامے ہوئے تھا۔

"ویسے میں بشیر بٹ ہوں چاچے جہانگیر بٹ کا داماد..... گجرانوالے میں کھڈیاں ہیں میری..... آپ بھی اسلام آباد جا رہے ہو نہ؟"

"نہیں، ہم اسلام آباد نہیں جا رہے....." فرید نے اپنے غصّے پر قابو پاتے ہوئے کہا "اور ذرا ادھر دیکھیں مسٹر....." اتنی دیر میں وہ مسٹر واپس جا چکا تھا اور اب ایک اور نوجوان ایک دیگچہ اٹھائے چلا آ رہا تھا۔ وہ دیگچے کا ڈھکن اٹھا کر اس میں سے پوریاں نکالتا اور اپنے آگے بڑھی ہوئی درجنوں پلیٹوں میں رکھتا جاتا۔ اس کے پیچھے ایک اور صاحب حلوے کا دیگچہ اٹھائے چلے آ رہے تھے اور ان کے ساتھ ایک اور نوجوان پلاسٹک کے لفافوں میں پیک کئے ہوئے چنے سب کو دے رہا تھا۔

آمنہ نے اپنی پلیٹ کو ہتھیلی سے اس طرح تھپکا جیسے دف بجا رہی ہو اور مسکرا کر کہنے لگی "عجیب لوگ ہیں۔"

"میں نے اسے بتایا کہ میں ناشتے وغیرہ میں دلچسپی نہیں رکھتا اور وہ سن ہی نہیں رہا تھا..... اور امی تم نے اس کے کان دیکھے ہیں بشیر بٹ کے..... وہ کٹے ہوئے ہیں۔"

"ہاں.... فریڈی میرا خیال ہے کہ یہ لوگ ہم سے اس خوراک کے لئے پیسے چارج کریں گے..... اور تم ذرا دیکھنا کہ میں ان کی کیا بے عزتی کرتی ہوں کیونکہ ہم نے تو انہیں کچھ نہیں کہا اور انہوں نے پلیٹیں زبردستی ہمیں تھما دی ہیں.... تم ذرا انتظار کرو۔"

"لو جی بہن جی پلیٹ آگے کرو۔" پوریوں والا نوجوان آگیا.... اس کے بعد حلوہ اور پھر چنے.....

فرید اپنی پلیٹ کو دیکھ دیکھ کر مسکرا رہا تھا۔" امی اگر ان کا خیال ہے کہ میں یہ کُگ کھاؤں گا تو، غلطی پر ہیں....."

آمنہ نے چمچے سے تھوڑا سا حلوہ اٹھایا اور اسے منہ میں رکھا، گرم تھا۔ اسی لئے وہ تھوڑی دیر منہ کھولے اس کے ٹھنڈا ہونے کا انتظار کرتی رہی اور پھر منہ چلانے لگی۔

"یہ تو ٹھیک ہے" اس نے سر ہلایا "تم بھی ٹرائی کرو، بُرا نہیں۔"

فرید نے بے دلی سے پوری کے اوپر تھوڑا سا حلوہ پھیلایا اور پھر اسے لپیٹ کر برگر بنا کر کھانے لگا" ہاں بالکل بُرا نہیں۔"

"شرم کرو فریڈی....." آمنہ کہنے لگی "تم تو بالکل لوکلنہ کی طرح کھا رہے ہو.... جب بل آئے گا تو پتہ چلے گا۔"

"لو جی لسّی پیو....." ایک اور صاحب ایک بہت بڑی چاٹی میں سے لسّی کے گلاس بھر کر سب کو تھماتے جا رہے تھے۔

"یہ تو حد ہے....." آمنہ نے لسّی کو سونگھتے ہوئے کہا "میں تو اسے نہیں پیوں گی.... یہ بہت چکنی لگ رہی ہے..... لیکن یہ ٹھنڈی ہے..... کیا یہ میٹھی ہے؟"

فرید نے ایک گھونٹ بھرا،" سالٹش..... اس میں تو نمک ہے اور یہ بھی بُری نہیں۔"

پارلر کار اس وقت ایک ڈائننگ کار میں بدل چکی تھی اور گجرانوالے کا کرّاؤڈ بہت طریقے.... قرینے سے ناشتہ کر رہا تھا..... ایک چھوٹا سا بچّہ پلیٹیں جمع کر کے

ایک تھیلے میں ڈالنے لگا.... ایک مرتبہ پھر بشیر بٹ صاحب آگئے۔ وہ ایک بڑے سائز کی تھرموس اُٹھائے ہوئے تھے...."لوجی اب ذرا کشمیری چائے ہو جائے ..... ملائی پسند کرو گے..... ذرا یہ کپ پکڑو۔"

"میں تو نہیں پیتا...." فرید نے سر ہلایا۔

"نہ نہ.... پوریوں کے بعد چائے ضروری ہے ورنہ جگہ پر جا کر جم جائیں گی لوہے کی طرح..... نہ یہ نہ کرنا....."

گاڑی اگر کسی اسٹیشن پر رُکتی تو ناشتہ تھوڑی دیر کے لیے معطّل ہو جاتا اور جونہی وہ پلیٹ فارم سے باہر آتی تو دیگچے اور پیالیاں کھڑکنے لگتیں.....

بشیر بٹ پیالیاں جمع کرنے آیا تو کچھ سوچ کر کہنے لگا۔" آپ لوگ کراچی کے ہو.....؟"

"نہیں۔" فرید نے سر ہلایا اور یہ مناسب نہ جانا کہ اُسے بتائے کہ وہ کہاں کے ہیں کیونکہ اس نے یہ تو پوچھا ہی نہیں ہے۔ بشیر بٹ نے ایک" ہوں" کر کے اُن دونوں کی طرف دیکھا کہ پھر کہاں کے ہو..... لیکن وہ چُپ رہے۔"حلوہ کیسا تھا؟"

"ہوں..... اچھا تھا....." آمنہ نے اپنے بال کانوں پر لپیٹتے ہوئے کہا" اور آپ اس کے لیئے کیا چارج کریں گے؟"

"کس کے لئے؟"

"یہی پُورے ناشتے کے لئے جو آپ نے ہم دونوں کو زبردستی کھلایا....."

بشیر بٹ نے ان دونوں کو جُھک کر غور سے دیکھا کہ کیا کہا اور پھر زور زور سے ہنسنے لگا۔" لو بھئی مجھ غریب کا توا لگاتے ہو؟..... ریکارڈ لگانے ہو میرا ...... ٹھیک ہے بھئی ٹھیک ہے....." اور وہ اس طرح ہنستا ہُوا واپس چلا گیا اور ناشتے کے برتن دیگچے اور لسّی کی چاٹیاں وغیرہ اُٹھا کر اُنہیں ایک چادر میں باندھنے لگا۔

"میرا خیال ہے یہ ہمیں چارج نہیں کریں گے.... فرید بولا۔" شاید یہ مہمان

نوازی میں آتا ہو کہ آپ باہر سے آنے والوں سے چارج نہیں کرتے۔"

"ہاں شاید..... لیکن انہیں ہم سے پوچھنے کی ضرورت کیا تھی۔ اپنا ناشتہ لائے تھے تو خود ہی کر لیتے۔"

"انہوں نے ہمارے علاوہ باقی مسافروں کو بھی تو ناشتہ کھلایا۔"

"ہاں..... آں"۔ آمنہ نے سر ہلایا۔ "عجیب لوگ ہیں..... میں انہیں نہیں سمجھ سکتی۔"

"انہیں سمجھنے کی ضرورت بھی کیا ہے..... ہم تو اتنے برسوں سے اپنے انکل گیم کو نہیں سمجھ سکے اور پھر ادھر..... اس مُلک کے ہیں....." فرید نے ہیڈ فون پہن کر پہلو بدل لیا اور آمنہ کھڑکی سے باہر دیکھنے لگی۔ اب ٹرین نرمی سے رواں نہیں تھی بلکہ اپنے پہیّوں کو گھمانے کے لئے زور لگا رہی تھی۔ یہ کوئی نیم پہاڑی سلسلہ تھا۔ میدانی علاقہ کم ہو رہا تھا اور ایک مقام سے دُور اُفق پر برفپوش پہاڑوں کا ایک سلسلہ دکھائی دیا۔ ایسے کہ جیسے وہم ہو.....

"اوہ! فریدی دیکھو"۔ آمنہ نے اُس کے بازو میں انگلیاں چبھو دیں۔" وہاں برف ہے..... اوہ گاڈ! میری کتنی خواہش ہے کہ میں اسے جا کر ہاتھ لگا لوں۔ اور وہاں سردی ہو گی اور منہ سے بھاپ نکلنے والی سردی..... یہاں اس جہنمی گرمی اور آگ اور گندگی سے دور برف کے پاس....."

"کیا تمہیں یقین ہے کہ وہاں برف ہی ہے، پہاڑوں کے اُوپر سفید بادل نہیں ہیں؟"

"یہاں سے تو..... برف دکھائی تو دی تھی..... شاید..... شاید مجھے دھوکا ہوا ہو....." گاڑی کی آواز یکدم بدل کر گہری اور گونجدار اور دور ہو گئی، کیونکہ وہ اب جہلم کے پُل پر سے گزر رہے تھے.....

آمنہ نے اِدھر اُدھر دیکھا۔ بشیر بٹ ابھی تک ناشتے کے برتن سمیٹ رہا تھا۔

"ہیلو....." بشیر بٹ نے اُس کی جانب دیکھا اور اپنے موٹے جسم کو سنبھالتا اور کٹے ہوئے کان میں انگلی چلاتا اُس کے پاس آ گیا۔ "چائے اور دوں؟"

"نہیں...." آمنہ نے کندھے اُچکائے۔ "اس دریا کا کیا نام ہے؟"

"کونسے دریا کا؟....." بشیر بٹ خوش دلی سے مُسکرایا اور پھر کچھ سوچ کر اس نے کھڑکی سے باہر نگاہ کی اور کہنے لگا: "یہ تو جہلم آگیا۔"

"تھینک یو" آمنہ نے جیسے اُسے ڈسمس کر دیا اور وہ اُسی انگلی سے دوسرا کان کھجاتا واپس چلا گیا۔ "فریڈی تمہیں جہلم کا نام یاد ہے؟"

"جے.... کیا؟"

"جہلم....."

"میرا نہیں خیال....."

"یاد نہیں جب ہم جغرافیے کے سبق میں یورپ کے دریاؤں کے نام یاد کرتے تھے....."

"اوہ ہاں....." فرید نے اپنے زانوؤں پر ہتھیلی مار کر کہا۔ "مجھے یاد آ گیا.... تب ڈیڈی کہتے تھے۔ اوئے تم ہمارے دریا جہلم کو دیکھ لو تو یہ تھیمز وغیرہ بھول جاؤ۔ یہ تو ندی ہیں اُس کے مقابلے میں..... مجھے یاد آ گیا ڈیڈی ہمیشہ جہلم کی بات کرتے تھے.... لیکن یہ اتنا زبردست دریا تو نہیں لگ رہا۔"

آمنہ نے ذرا آگے ہو کر درختوں کے اُن جزیروں کو دیکھا جو جہلم کے پانیوں میں جا بجا اُگے ہوئے تھے۔ "لیکن یہ کافی بڑا ہے اور اس کا بیک ڈراپ بھی خوبصورت ہے....."

"ہاں..... لیکن یہ زیادہ گہرا نہیں لگتا۔ اس میں شپس وغیرہ تو نہیں چل سکتے۔ کچھ زیادہ

پریکٹیکل نہیں ہے.....“

”اس مُلک کے لوگوں کی طرح..... دریا بھی تو لوگوں کی طرح ہوتے ہیں.... ہمارا تھیمز سرد ہے اور دھیما ہے اور اس میں ایک جیسا پانی رہتا ہے، نہ بڑھتا ہے اور نہ گھٹتا ہے..... اور وہ بہت گہرا ہے۔ اِدھر میرے خیال میں پانی کا کوئی پتہ نہیں، جانے کب سوکھ جائے اور کب سیلاب آئے اور سب کچھ بہا کر لے جائے۔ یعنی اس میں معتدل مزاجی نہیں ہے اور پھر تم دیکھ سکتے ہو کہ جگہ جگہ ریت اُبھری ہوئی ہے، یعنی گہرا تو بالکل نہیں......“

”دیکھو.....“ فرید نے یکدم چیخ کہا۔ ”وہ مسجد.....ڈیڈی کہتے تھے ناں کہ جہلم کے کنارے مسجد ہے جو قدرتی طور پر ائیر کنڈیشنڈ ہے۔“

آمنہ نے اُدھر دیکھا..... مسجد کے ساتھ دریا کے کنارے ریت نکال کر گدھوں پر رکھی جا رہی تھی اور اتنی دیر میں سب کچھ گذر گیا۔

”کیا یہ عجیب بات نہیں کہ جب ڈیڈی میری عمر کے تھے تو یہاں نماز پڑھنے کے لئے آتے تھے؟“

”شاید.....“ آمنہ نے پھر کندھے اُچکائے۔ ”مجھے مذہب سے کوئی سروکار نہیں.... یہ میرا مسئلہ نہیں کہ میرا باپ مذہبی تھا یا نہیں.....“

”ٹکٹ پلیز.....“ سفید وردی میں ملبوس درمیانی عمر کا چیکر ہاتھ بڑھائے کھڑا تھا۔ فرید نے جیب سے ٹکٹ نکال کر آگے بڑھا دیئے۔ چیکر نے اُنہیں پنچ کر کے واپس کر دیا۔

”ان کی کوئی بات میری سمجھ میں نہیں آتی۔ ایک سفر کے دوران کئی بار ٹکٹ چیک کرتے ہیں ایک ہی بار کیوں نہیں کر لیتے.....؟“

”فریڈی.....!“ آمنہ نے اُس کی کمر میں کہنی مار کر کہا۔ ”لاہور کیسا تھا...؟“

اس نے اپنی بہن کی طرف دیکھا کہ شاید وہ مذاق کے موڈ میں ہے اور اس نے دیکھا کہ وہ مسکرا رہی تھی۔ تب وہ بھی ہنسنے لگا۔ "مجھے کیا معلوم لاہور کیسا تھا، اگر میں نے اُسے دیکھا ہو تو پتہ چلے کہ کیسا تھا..... بہرحال ڈیڈی یہی چاہتے تھے تو ہم نے یہی کیا..... پہلے لاہور جا کر چند روز وہاں ٹھہرنا..... اور وہ کیا کہتے تھے لاہور کے بارے میں.....؟"

"ہاں..... کہنا تو نہیں چاہیئے لیکن تمہیں ڈیڈی، میرا مطلب ہے ڈیڈی کا بیک گراؤنڈ تو ایسا تھا کہ اُن کی معلومات کچھ زیادہ نہیں تھیں..... تمہیں پتہ ہے ناں؟ ہمیں کبھی بعض اوقات شرمندگی ہوتی تھی کہ یہ کیا کہہ رہے ہیں..... تو وہ لاہور کے بارے میں ہمیشہ انگریزی میں کہتے تھے۔ "لاہور اِز لاہور....." اور بڑے خوش ہوتے تھے یہ بے مطلب بات کر کے..... بھلا اس کا کیا مطلب ہے کہ لاہور اِز لاہور....."

"پتہ نہیں..... اور ہم نے تو لاہور میں کوئی ایسی بات نہیں دیکھی۔ وہی گندگی اور وہی گرمی....... ائیرپورٹ سے باہر نکلتے ہی حشر ہو گیا۔ ہمارا پہلا ایکسپوژر تھا..... ایمی پتہ ہے میں نے اس ملک کی پہلی جھلک دیکھی تو کیا محسوس کیا؟ یہ کہ مجھے یہاں سے بھاگ جانا چاہیئے۔ کسی نہ کسی طرح سے فرار ہو جانا چاہیئے....."

"تمہارا کیا خیال ہے میں نے کچھ مختلف محسوس کیا؟ ائیرپورٹ سے ہوٹل جاتے ہوئے جو سڑک تھی وہ ان کی بہترین ہے 'مال روڈ'، اور وہاں درختوں پر کتنی دھول تھی، لوگ کیسے آہستہ آہستہ اور بیماروں کی طرح چلتے ہیں۔ میں تمہیں بتاتی ہوں کہ یہ سب بیمار ہیں..... بے مقصد اِدھر اُدھر کھڑے رہتے ہیں۔ انہیں کوئی کام نہیں اور اسی لئے یہ بیک ورڈ ہیں..... اور پھر وہ ہوٹل جس کے بارے میں انکل گیم نے کہا تھا کہ چلڈرن لاہور کا بیسٹ ہوٹل ہے وہاں رات ٹھہرنا..... اوہ شِٹ کیا نام تھا اُس ہوٹل کا؟"

"کچھ دِلّی اور مسلمان ہوٹل وغیرہ....."

"ہاں کچھ یہی.... لگتا تھا کہ کوئی نیل انڈیا میں آ گئے ہیں..... وہ تو شکر ہے ایک امریکن کپل نے ہمیں بتایا کہ اس شہر میں ہلٹن بھی ہے. ورنہ ہم تو وہاں روسٹ ہو جاتے۔"

"ہاں ہلٹن ٹھیک تھا....."

"بس ٹھیک ہی تھا..... لوگ یہی تھے..... سروس بہت سست تھی۔"

"بھئی! یہ اُن کا قصور نہیں..... یہاں آب و ہوا ایسی ہے اور ان کے خون میں سستی ہے۔"

میرا خیال ہے کہ..... آمنہ نے ذرا شرارت سے کہا کہ" ہمارا خون بھی یہی ہے.... یقیناً ہماری ماں تو بہت تابعدار قسم کی بیوی تھی..... اس لئے خون یہی ہے۔"

"ہاں....." فرید نے سر جھٹکا "لیکن ہم میں اور اُن میں بہت فرق ہے..... انکل گیم نے تو لاہور میں سائٹ سی انگ کے لئے بہت لمبی چوڑی فہرست بنا کر دی تھی لیکن مائی گاڈ اس آگ برساتی گرمی میں تو میں میڈونا کو ملنے کے لئے بھی نہ جاؤں..... تو ہم ہلٹن کے کمرے میں ایسے گھُسے کہ پھر آج صبح ہی باہر نکلے اور "لاہور" کو نہ دیکھ سکے سوائے اُس سٹوپڈ رائڈ کے جس کے لئے میں اپنے آپ کو کبھی معاف نہیں کر سکتا..... بھلا یہ کوئی عقل کی بات تھی؟"

"وہ بھی تو ڈیڈی نے کہا تھا....." آمنہ نے پھر شرارت سے سرگوشی کی" اور تابعدار اولاد کا یہی حال ہوتا ہے۔"

"اوہ.....!" فرید نے باہر دیکھ کر آمنہ کو جھنجھوڑا" دیکھو کیا فنٹاسٹک لینڈ سکیپ ہے....."

یہ پنڈی سے آگے وہ علاقہ تھا جو سرخی مائل رنگت کی پہاڑیوں پر مشتمل ہے. ان کے بیچ ٹرین ایک چابی والے کھلونے کی طرح حرکت کرتی گزرتی ہے۔

"یہ تو امریکہ لگتا ہے بائی گاڈ - گرینڈ کینین کی طرح" آمنہ آگے ہو کر دیکھنے لگی۔

"لیکن یہاں ریڈ انڈین نہیں بلکہ بلیک انڈین پائے جاتے ہیں"۔ فرید نے اپنے اس مزاح سے بھرپور فقرے کی داد کے لئے آمنہ کی طرف دیکھا لیکن اُس نے شاید سُنا ہی نہیں تھا۔ وہ بدستور باہر دیکھ رہی تھی وہاں اتنی شدید گرمی تھی کہ

سر پہ کھنچے کپڑے دھو رہی تھیں۔ اُس نے مُڑ کر فرید کی جانب دیکھا اور مسکرا دی۔ "فریڈی! اُس کانٹر یپشن کا نام کیا تھا جس میں ہم کل ڈیڈی کی خواہش کے مطابق سوار ہوئے تھے؟"

"ہاں....." وہ سوچ میں پڑ گیا" وہ ہارس کیرج..... شاید ٹونگا؟"

"بالکل" آمنہ نے چٹکی بھر بجا کر داد دی۔"لوائے وہ تو بہت ہی خوفناک چیز ہے.... ڈیڈی ہمیشہ اُس کا ذکر کرتے تھے کہ وہاں ہمارے مُلک میں ہارس کیرج ہوتی ہیں جنہیں ہم ٹونگا کہتے ہیں اور سمر نائٹس میں ہم لوگ اُن پہ رائڈ کرتے ہیں پھولوں کے گارلینڈ پہن کر..... اور ہمیں یہ سب کتنا رومینٹک لگتا تھا۔ بہت تھوڑا کچھ ہم جانتے تھے اس لئے..."

"ہلٹن کا اٹینڈنٹ کتنا پریشان ہوا تھا جب اُس نے پوچھا کہ صاحب آپ سٹیشن جائیں گے تو ٹیکسی یا رینٹل کار لے آؤں تو میں نے ذرا سینہ پھلا کر کہا نہیں ہم ٹونگا میں جائیں گے...."

آمنہ ہنسنے لگی" وہ تو مر گیا تھا ٹونگا کا نام سُن کر..... اور بہت دیر منہ کھولے کھڑا رہا اور پھر ہکلا کر کہنے لگا، آپ کا مطلب ٹونگا سر..... اور کتنا خوفناک تجربہ تھا اس میں رائڈ کرنے کا..... مجھے یقین ہے کہ میری کچھ ہڈیاں اور کچھ نازک قسم کے جوڑ اپنی جگہ سے ہل گئے ہیں، لگتا تھا یہ ٹونگا ایلوس پریسلے کا قریبی رشتے دار ہے اس لئے یوں شیک کرتا ہے کہ شیک بے بی شیک..... میں تمہیں بتاتی ہوں کہ وہ راک اینڈ رول کا کوئی بھی مقابلہ جیت سکتا تھا....."

دونوں بہن بھائی بقیہ مسافروں کی موجودگی سے بے نیاز اپنے اس تجربے کی تفصیلات یاد کر کے خوش ہو رہے تھے اور بار بار ایک دوسرے سے ہاتھ ملا رہے تھے۔

"ایک بار جب سامنے سے عین سامنے سے ایک ٹرک آگیا تو میں نے سوچا اوہ شٹ ہم تو مر جائیں گے لیکن ٹرک کا بانٹ گھوڑے کا منہ چومتا ہوا نکل گیا..... اس لاہور اِز لاہور ریئیں شور بھی تو بہت ہے۔ اگر ہوٹل والے ہمارے لیئے اس ٹرین میں بکنگ نہ کرواتے تو ہمیں تو یہ معلوم ہی نہ تھا کہ اتنے بڑے سٹیشن میں کہاں ٹکٹ ملتے ہیں اور کہاں سے یہ گاڑی چلتی ہے۔

"میرا خیال ہے یہ اسٹیشن لنڈن کے وکٹوریہ سے بڑا ہے۔" آمنہ بولی۔

"اس لیئے سسٹر سویٹ کہ اسے بھی ہم نے بنایا تھا..... میرا مطلب ہے برٹش نے، انہوں نے خود تو کیا بنانا تھا سست ہڈیوں نے....."

"تم ذرا اس سیاہ بیگ کو حفاظت سے رکھو، اس پر سے نظریں نہ ہٹانا....."

"میں اس کی قدر و قیمت جانتا ہوں....." فرید نے بیگ کو تھپکا۔ "جہاں میں جاؤں گا وہاں یہ جائے گا۔"

ٹرین نے ایک طویل موڑ بہت آہستگی سے طے کیا اور پھر اُس کی رفتار مدھم ہونے لگی۔ ایک اسٹیشن قریب آ رہا تھا جس کے آس پاس کوئی آبادی نہ تھی۔ پلیٹ فارم سے پرے چند کھیت تھے اور سرسبز ٹیلوں اور درختوں کے ساتھ نیچے ایک گاؤں نظر آ رہا تھا۔ گاؤں سے کچھ فاصلے پر ایک چھوٹا سا قبرستان تھا جس میں رنگ برنگے جھنڈے گرم لُو میں پھڑپھڑا رہے تھے۔ پارلر کار کی دبیز کھڑکی میں سے اسٹیشن کا بورڈ قریب ہوا۔ فرید نے اسے پڑھا تو ہڑبڑا کر اُٹھ بیٹھا۔ "ایمی یہی ہے۔"

آمنہ نے باہر دیکھا اور پھر منہ کھول کر کہا "لیکن یہ تو..... یہ تو ویرانہ ہے۔"

"یہی ہے" فرید نے جلدی سے سیاہ بیگ ہی سے ٹکٹ نکال کر اس کے سامنے کیئے "یہ دیکھو کیا ہے..... سو..... ہا..... وہ..... اور بورڈ دیکھو ہم وہیں ہیں..... سوہاوہ"

"لو جی ! میں سامان اتار دیتا ہوں بھاجی" بشیر بٹ اس کی مدد کو آیا..... جب انہوں نے ڈبے میں سے اپنا آخری بیگ پلیٹ فارم پر اتار کر رکھا تو گاڑی حرکت میں آ گئی .... پسینہ اُن کے بدنوں کو بھگونے لگا اور انہیں یوں محسوس ہوا جیسے وہ کسی تنور میں لٹکے ہوئے ہیں۔

سوہاوے کے ویران پلیٹ فارم کے مشرقی حصّے میں ایک درخت کے سائے تلے چند لوگ کھڑے تھے۔ وہ عام دیہاتی تھے، کھدّر کے کرتوں، تہبند اور پگڑیوں میں ملبوس، عورتیں چادروں میں منہ لپیٹے کھڑی تھیں اور بچّے خاصے غلیظ تھے...... وہ سب فرید اور آمنہ کی طرف جھجھکتے ہوئے بڑھے۔ آمنہ نے انہیں اپنی جانب آتے دیکھا" یہ کون ہیں؟"

"میرا خیال ہے ہمارے رشتہ دار ہیں ..." فرید نے خوفزدہ ہو کر کہا۔

"اوہ شِٹ ....." آمنہ نے پلیٹ فارم پر پاؤں مارتے ہوئے انہیں دیکھا اور اس کا جی چاہا کہ وہ یا تو وہاں سے بھاگ جائے یا بلند آواز میں رونے لگے ..... لیکن ہوا یہ کہ رونے میں پہل انہوں نے کر دی ..... خواتین آگے آئیں اور ہاتھ فضا میں بلند کر کے بین کرنے لگیں .... مرد ایک جانب سر جُھکا کر کھڑے ہو گئے۔ آمنہ نے اپنے چوڑے کولہوں پر ہاتھ رکھ کر انہیں پھٹی پھٹی آنکھوں سے دیکھا کہ یہ عورتیں جو ابھی اچھی بھلی تھیں انہیں دیکھ کر یکدم رونے کیوں لگی ہیں۔ فرید کا منہ بھی کُھلا ہوا تھا، حیرت سے بھی اور پیاس سے بھی.... یہ بھی تو ممکن ہے کہ یہ کراؤڈ ہمیں لینے کے لئے نہ آیا ہو اور ہم غلطی سے انہیں اپنا رشتہ دار سمجھ رہے ہوں..... جب پاکستان میں اُن کی آمد کا پروگرام بنا تھا تو انکل گیم نے خصوصی طور پر خط لکھے تھے کہ آمنہ اور فرید آ رہے ہیں اور یہ پہلی مرتبہ پاکستان آ رہے ہیں اس لئے فلاں سے فلاں تاریخ تک آپ کا کوئی نہ کوئی آدمی سٹیشن پر ضرور موجود ہونا چاہیئے..... اور اُس نے ان دونوں کو بھی تاکید کی تھی کہ بیٹا سوہاوے کا اسٹیشن آئے گا تو گاڑی کے دروازے کے قریب ہو جانا، گاڑی بہت کم وقت کے لئے رُکتی ہے اور کئی بار ہم اُتر نہیں پاتے اور سیدھے گوجر خان چلے جاتے ہیں.... تو یہ جو سامنے خواہ مخواہ ڈرامہ ہو رہا ہے تو شاید

یہ وہی لوگ ہیں ..... یعنی رشتہ دار وغیرہ ..... ڈیڈی کا اور کوئی بھائی تو نہیں تھا، صرف ایک بہن تھی لیکن کزن بہت سارے تھے۔ وُہ ہمیشہ کہتے کہ چلڈرن چک جوگیاں میں تمہارے درجنوں چاچے اور پھوپھیاں ہیں، اُن سب کو میں تمہاری تصویریں بھیجتا رہتا ہوں اور وہ سب پوچھتے رہتے ہیں کہ خیر سے فرید کونسی جماعت میں پڑھتا ہے اور آمنہ بیٹی گھر کا کام کاج کر لیتی ہے کہ ابھی نہیں ..... یہ کیسی عجیب بات تھی کہ وہ ہمیشہ صرف ان باتوں میں دلچسپی لیتے، فرید کی جماعت اور آمنہ کا گھر کا کام کاج ..... ایک بار اُن سب کی ایک تصویر بھی ڈیڈی نے دکھائی تھی جس میں انہیں تو صرف پگڑیاں اور چادریں ہی نظر آتی تھیں۔ عورتوں کے چہرے دکھائی نہیں دیتے تھے کیونکہ انہوں نے تصویر اترواتے وقت سر جھکا دیئے تھے اور مرد سارے کے سارے ایک جیسے لگتے تھے .....

آمنہ کا دل بیٹھ رہا تھا ..... اوہ گاڈ اس گرمی میں اور اس ویرانے میں یہ کیا ڈرامہ ہو رہا ہے۔ مرد چُپ کھڑے ہیں اور عورتیں روئے چلی جا رہی ہیں اور خدا کے واسطے کس لئے .....

"ایمی ....." فرید نے سرگوشی کی۔ "شاید یہ ہمیں دیکھ کر اتنی خوش ہوئی ہیں کہ انہوں نے رونا شروع کر دیا ہے ..... ان لوگوں کا کچھ پتہ بھی تو نہیں ..... تمہیں یاد ہے ڈیڈی کی آنکھوں میں کتنی 'سانی' سے آنسو آ جایا کرتے تھے۔"

"اوئے نہیں سٹوپڈ" آمنہ نے سوکھتے ہوئے لبوں پر زبان پھیری "یہ اُن کے کلچر کا کوئی حصہ ہے۔ بوائے تم پُراسرار مشرق میں ہو لندن کے ویسٹ اینڈ میں نہیں ہو ..... میرا خیال ہے کہ جو بھی مہمان آئے تو یہ لوگ اس طرح کا ایک رچوئل کرتے ہیں۔ ہمیں انتظار کرنا چاہیئے تاکہ یہ اپنی رسم پوری کر لیں ....."

"ایمی یہ تو ہماری طرف آ رہی ہیں ....."

اور وہ واقعی وہ تمام عورتیں ایک ہاتھ سے سروں کی چادریں سنبھالے اور دوسرا

فضا میں بلند کئے اور سر ہلاتی ہوئی، بین کرتی اُن کی جانب چلی آ رہی تھیں۔

"اب ہم کیا کریں؟" آمنہ نے دونوں ہاتھ جھٹکتے ہوئے بے بسی سے کہا "ہمیں کچھ نہ کچھ تو کہنا چاہیئے ....."

"اس کا ایک حل ہو سکتا ہے۔" فرید نے اپنے ماتھے پر ہاتھ مارا "وہ یہ کہ..... میرا خیال ہے ہمیں مسکرانا چاہیئے۔ اپنی خوشی کا اظہار کرنے کے لئے ہمیں مسکرانا چاہیئے۔"

"کیا واقعی؟" آمنہ کے چہرے پر بے یقینی تھی "وہ رو رہی ہیں اور ہم مسکرانے لگیں؟"

"بھئی! یہ تو اُن کی رسم ہے۔ مجھے یقین ہے لیکن ہمیں تو اس کے جواب میں ان کا شکریہ ادا کرنے کے لئے مسکرانا چاہیئے۔"

"اگر تم کہتے ہو تو ٹھیک ہے۔" آمنہ نے ایک لمبی مسکراہٹ اپنے لبوں پر جمالی۔ فرید کے دانت بھی دھوپ میں چمکنے لگے۔ خواتین نے انہیں مسکراتے دیکھ کر ایک لمحے کے لئے توقف کیا۔ پھر مزید زور شور سے رونے لگیں۔ اُن میں سے ایک جو بین کرنے والوں کی سربراہ دکھائی دیتی تھی آگے ہوئی اور آمنہ کے عین سامنے کھڑی ہو کر روتے ہوئے کہنے لگی "ہائے میرا بھرا دیسوں ہویا پردیس....."

آمنہ نے سوالیہ نظروں سے فرید کی طرف دیکھا کہ یہ عورت کیا کہتی ہے لیکن آمنہ نے جواب میں صرف سر ہلا دیا۔ عورت بین کرتی جا رہی تھی اور بقیہ عورتیں اُس کے کہے ہوئے لفظوں کو دُہرا کر آہستہ آہستہ سینہ کوبی کر رہی تھیں۔ وہ سب ایک مخصوص اور پرانی لے میں آہ وزاری کر رہی تھیں۔ فرید اور آمنہ بے حد نروس ہو رہے تھے اور بالآخر انہوں نے اپنی اپنی مسکراہٹ سمیٹ لی کیونکہ انہیں احساس ہوا تھا کہ یہ کام کچھ درست نہیں۔

"وے بھرا وا ایں تینوں کتھوں ڈھونڈھاں؟"

"اَج تیری دِھی میرے سامنے کھلوتی۔"

"اَج تیرا پُتر میرے سامنے کھلوتا..... پر تُوں نہ دِسیں۔

بین کرتے کرتے عورت کا گلا بیٹھ رہا تھا اور وہ اب ہچکیاں لے رہی تھی۔

"وے بھراوا تینوں وطن دی مٹّی نصیب نہ ہوئی۔

"وے سوہنیا اپنی ماں جائی دی گل سُن جا۔"

وہ مزید قریب ہوئی اور اُس نے آمنہ کو اپنے دونوں بازوؤں میں لے کر گلے لگا لیا۔ آمنہ کو کچھ سمجھ نہ آیا کہ وہ اسے پرے دھکیل دے یا کیا کرے۔ تھوڑی دیر بعد اُس کے بازوؤں کی گرفت ڈھیلی ہوئی تو آمنہ نے اطمینان کا سانس لیا لیکن یہ اطمینان عارضی تھا کیونکہ ایک اور بین کرتی عورت نے اُسے جپھا مار لیا۔ یہ خواتین آمنہ سے فارغ ہو کر فرید کو چمٹ جاتیں اور وہ اپنا چہرہ اِدھر اُدھر کرنے کی کوشش تو کرتا لیکن اُن کے بوسوں اور تھپکیوں سے اُس کو نجات نہ ملتی..... بالآخر یہ شور و غوغا کم ہوا اور مردوں میں سے ایک ادھیڑ عمر کا شخص آگے آیا۔ وہ قدرے جھکا ہوا تھا اور اس کا جسم بڑی بڑی اور چوڑی ہڈیوں پر مشتمل تھا جن پر گوشت بہت کم تھا۔ گندمی رنگت کے اس بوڑھے کی آنکھیں تقریباً نیلی تھیں اور فرید کو بے اختیار، جب نیلی آئرش آنکھیں مسکراتی ہیں، یاد آگیا..... بوڑھے نے فرید کے کندھے پکڑ کر اُسے گلے لگایا اور کہنے لگا "بھائی برکت علی کا بڑا افسوس ہے پُتر۔"

"کیوں؟" فرید نے حیران ہو کر کہا۔

"ہائے ہائے" وہ عورت آگے آئی "بھائی عنایت علی، ہماری تو مت ای ماری گئی ہے، یہ شہدے اتنا لمبا سفر کر کے آئے ہیں اتنی گرمی میں اور ہم ان کے ساتھ سوال و جواب کر رہے ہیں..... ہا ہائے..... بس دونوں بہن بھرا تصویریں ہیں اپنے باپ کی..... میرے بھرا برکت علی کی....." اُس نے ایک ہچکی بھری اور پھر رونے لگی۔

"فریڈی۔"

"کیا ہے؟" فرید نے آہستہ سے کہا۔

"میرا خیال ہے یہ ڈیڈی کے مرنے کی وجہ سے رو رہے ہیں؟" آمنہ نے سر جھکا۔

"نہیں.... اُنہیں مرے ہوئے تو چھ ماہ گزر گئے ہیں تو یہ اب کیوں رو رہے ہیں۔"

"پتہ نہیں..... ان میں رواج ہو گا۔"

مردوں میں سے ایک شخص پگڑی کا پلّو اڑوستا ہوا آگے آیا۔ اُس کا چہرہ کھیتوں کی مشقت والے رنگ کا تھا، ناک نقشہ تیکھا تھا۔ قد باقی لوگوں سے نکلتا ہوا اور اُس کی چال میں ایک لٹک تھی جیسے جنگل میں جانور اعتماد کے ساتھ ڈرے بغیر چلتا ہے۔

"تم فرید ہو ناں؟" اُس نے فرید کے کندھے پر ہاتھ رکھ دیا۔ "سفر میں کوئی تکلیف تو نہیں ہوئی؟" اب باقی لوگوں نے بھی اُن دونوں سے باتیں شروع کر دیں۔ ریلوے لائن کے پار ایک دُبلا پتلا شخص ایک گھڑے پر چادر رکھے بیٹھا تھا۔ اُسے کسی نے اشارہ کیا اور وہ گھڑا سر پر اُٹھا کر پلیٹ فارم پر چڑھ آیا اور باری باری سب کو لسّی دینے لگا.....

"اوئے پہلے مہمانوں کو پلا۔" اُس شخص نے گھڑے والے سے کہا۔ "فرید تم نے میرا نام تو پُوچھا ہی نہیں۔"

"میں نے سوچا شاید آپ بتانا پسند نہ کریں۔" فرید نے برطانوی سنجیدگی سے کہا۔

"ہیں؟" وہ ہنسنے لگا "پر کیوں؟ نام تو ہوتا ہی بتانے کے لئے ہے.... میرا نام حسن علی ہے اور میں تمہارا بھائی ہوں۔"

"آپ میرے بھائی تو نہیں ہو سکتے....." فرید نے کندھے سکیڑ کر کہا۔

"قریبی رشتہ دار بھائیوں سے کم نہیں ہوتے" حسن علی کے لہجے میں کہیں دکھ تھا۔

آمنہ بھی عورتوں میں گھری کھڑی تھی۔ وہ سب اُس کے سلیکس کو دیکھتی تھیں اور انگلیاں منہ میں رکھتی تھیں اور ہنستی تھیں۔ تھوڑی دیر پہلے کی آہ و زاری کو وہ بھول چکی تھیں۔ صرف طفیل بی بی کی آنکھیں سُرخ تھیں اور اُس کا گلا رندھا ہوا تھا کیونکہ وہ اپنے مرے ہوئے اکلوتے بھائی کو روتی تھی اور پچھلے چھ ماہ سے رو رہی تھی پر اُس کی تسلّی نہیں ہوتی تھی۔ جیسے اس کے آنسوؤں میں وزن نہ ہو اُس کا رونا خالی خالی ہو اور اس کی ہچکیوں کی کوئی آواز نہ ہو....

پر آج اپنے ماں جائے کے بیٹے اور بیٹی کو دیکھ کر جب وہ روئی تھی تو پوری روئی تھی.....اور اس کی تسلی ہو گئی تھی۔ "پر میں نے تو ابھی تک آمنہ، فرید کو بتایا ہی نہیں کہ میں کون ہوں۔ ان شہدوں کو کیا پتہ میں کون ہوں۔" اُس نے سوچا اور پھر آمنہ کی طرف بڑھی..... آمنہ نے اس بوڑھی لیکن سیدھی کمر اور طاقت والی عورت کو دیکھا، اور اُس نے دیکھا کہ اُس کی آنکھوں میں بھی نیلاہٹ ہے..... مکمل نہیں لیکن کبھی کبھی جھلکتی ہوئی..... اور ڈیڈی کی آنکھیں بھی ایسی ہی تھیں اور آمنہ جان گئی کہ اُس کی جانب بڑھنے والی عورت اور اُس کے ڈیڈی شاید ایک دوسرے کے قریبی رشتہ دار تھے۔

طفیل بی بی نے آمنہ کو دیکھا..... یہ برکت علی کی بیٹی ہے، پر یہ دیکھتی میموں کی طرح ہے، اس کی آنکھیں بالکل دھوئی ہوئی ہیں، نہ سر پر دوپٹہ اور نہ چادر۔ سینے کا خیال ہی نہیں اسے اور میموں کی طرح پتلون پہنتی ہے..... وہ اسے پہلی بار دیکھ رہی تھی۔ "میں تیری پھوپھی طفیل بی بی ہوں۔"

"اوہ واقعی؟" آمنہ نے بال سنوارتے ہوئے لاپروائی سے کہا۔

"تو اور میں کیا جھوٹ بولتی ہوں۔" طفیل بی بی مسکرانے لگی "بہت بھولی ہے میری بیٹی۔"

وہ فرید کی طرف گئی جو حسن علی کے پاس کھڑا تھا۔ اُسے دیکھ کر حسن علی پرے ہو گیا۔

"پتر فرید میں تیری پھوپھی طفیل بی بی ہوں۔"

فرید جب کھڑا رہا۔ اس کی سمجھ میں کچھ نہیں آیا تھا کہ اس بوڑھی عورت نے کیا کہا تھا۔ تب حسن علی نے ماتھے پر سے پسینہ پونچھتے ہوئے کہا۔ "فرید یہ تمہارے مرحوم باپ کی سگی بہن ہے، طفیل بی بی.....!"

فرید نے حیران ہو کر اُس عورت کو دیکھا..... کیا واقعی یہ میرے باپ کی بہن ہے..... میں اس کے لئے کچھ محسوس نہیں کرتا اور میں نے اسے کبھی دیکھا نہیں تو میں کیا کروں؟ اسے گلے لگاؤں یا اس کے ساتھ ہاتھ ملاؤں۔

"ہیلو آنٹی!" اُس نے بے حد خوشگوار لہجے میں کہا۔

"نو میں کوئی نہیں اَنٹی شَنٹی ....." طفیل بی بی منہ پہ ہاتھ رکھ کر ہنسنے لگی اور اس کا گلا ابھی تک رُندھا ہوا تھا۔ "میں تو تیری پھوپھی ہوں پُتّر" یہ کہتے ہوئے اس نے فرید کو گلے سے لگالیا اور فرید کو اس کے کپڑوں اور اس کے بالوں سے ایک نہایت عجیب سی بُو آئی۔ اس نے بڑی مشکل سے اپنے آپ کو اُس سے الگ کیا۔ "امی ..... اِدھر آئیے..... یہ ڈیڈی کی سسٹر ہیں ....."

"نو میں کوئی نہیں سِسٹر شِسٹر ....." طفیل بی بی کی ہنسی رُکتی نہ تھی اور وہ اپنے اِن رنگ برنگے القابات سے دراصل تھوڑی سی خوشی بھی تھی "میں تو تم دونوں کی پھوپھی ہوں۔"

یہ ڈیڈی کی سِسٹر ہے ..... آمنہ نے سوچا ..... اوہ گاڈ اور اس میں سے بُو آتی ہے اور یہ ڈیڈی کی سسٹر ہے .....

ایک کچّے ناہموار اور دھول آلود راستے پر ایک تیز رفتار پرانے ٹریکٹر کے پیچھے بندھی ہوئی ٹرالی کیسے اُچھلتی اور کھڑکھڑاتی ہے صرف وہ جان سکتا ہے جو ایک کچّے، ناہموار اور دھول آلود راستے پر ایک تیز رفتار پرانے ٹریکٹر کے پیچھے بندھی ہوئی ٹرالی میں سفر کر چکا ہو اور آمنہ اور فرید نے کبھی کسی ڈراؤنے ترین خواب میں بھی ایسا سفر نہیں کیا تھا۔ وہ بے بس، بے اختیار اُچھل رہے تھے اور ان کے دل اور جسم کے بیشتر اعضا، حلق میں اٹکے ہوئے تھے۔ اُن کے چہرے دُھول میں اَٹے ہوئے تھے اور ان کے سارے سانس اُس مٹّی کو اُن کے پھیپھڑوں میں بھرتے تھے جو ہوا کی جگہ اُن کے چار چفیرے پھیلی ہوئی تھی۔ آمنہ کی آنکھوں سے بہتا ہوا پانی اُس کے گالوں پر جمی مٹّی کی تہ میں گم ہوتا تھا اور اُسے یقین تھا کہ اُس کی ساری ہڈّیاں ٹوٹ چکی ہیں اور وہ شاید شام سے پہلے پہلے مر جائے۔ فرید بہت عرصے کے بعد پہلی مرتبہ اُس سے الگ ہوا تھا۔ وہ بھی اِسی ٹرالی میں سوار

تھا لیکن وہ مردوں کے ساتھ بیٹھا ہوا تھا...... بلکہ اُچھل رہا تھا۔ اُس کی حالت بھی بہت بُری تھی اور اس کا خیال تھا کہ اُس کے کم از کم دو دانت ٹوٹ چکے ہیں۔ وہ اس صورتحال کے بارے میں پروٹسٹ کرتے رہے لیکن باقی لوگوں نے انہیں زیادہ سنجیدگی سے نہیں لیا۔ مثلاً جب انہوں نے کہا کہ آپ ٹرالی سے ہمیں اتار دیجئے اور ہم چک تک واک کریں گے تو سب ہنسنے لگے۔ اتنی تیز دھوپ میں، شکر دوپہر میں پندرہ میل کا فاصلہ کون طے کر سکتا ہے۔ کم از کم کوئی ولائتی مہمان تو نہیں کر سکتا۔ چنانچہ وہ ان کی اس درخواست پر قہقہے لگاتے رہے۔ ایک مرتبہ جب کسی کھڈے پر سے گزرتے ہوئے ہوئے تمام مسافر خاصی دیر تک فضا میں معلّق رہنے کے بعد واپس ٹرالی میں گرے تو فرید نے تمام تر سنجیدگی سے کہا "ہم کہیں ٹیک آف نہ ہو جائیں اس لئے آپ ہمیں اتار دیجئے"..... اس پر بھی اُن کی حسِ مزاح کی تعریف کی گئی۔ اگرچہ وہ ٹیک آف کے معنی نہیں جانتے تھے۔

"تانگوں پر واپس جاتے تو بہت دیر میں پہنچتے ....." حسن علی کہہ رہا تھا..." اور یوں بھی گاؤں والوں کی خواہش تھی کہ آپ کو ٹرالی پر بٹھا کر لایا جائے۔"

"میں گاؤں والوں کا بے حد شکر گزار ہوں ....." فرید نے دانت پیستے ہوئے کہا۔

"فریڈی .....!" آمنہ کی آواز آئی..." اس کے بعد میں ٹونگا کو پسند کرنے لگی ہوں"۔

پھر راستہ کچھ بہتر ہو گیا اور ٹرالی کے پہیئے ہموار زمین پر چلنے لگے..... کچھ خشک اور کچھ سرسبز ٹیلوں کے درمیان چک جوگیاں کے چند گھر نظر آئے ..... ایک ڈیرے سے دو کُتے تیر کی طرح آئے اور ٹرالی کے پیچھے پیچھے بھاگنے لگے۔

"کیا یہ وحشی کُتے ہیں؟" فرید ان کی لمبی تھوتھنیاں اور نوکیلے دانت دیکھ کر گھبرا گیا۔

"نہیں نہیں ..... یہ تو چاچے گُل محمد کے کُتے ہیں" حسن علی کہہ رہا تھا اور فرید اس کی یہ بات بھی پُوری طرح نہ سمجھ سکا۔

چک جوگیاں سہاوا اسٹیشن سے سولہ میل کے فاصلے پر اونچے نیچے ٹیلوں میں گھرا ایک ایسا قصبہ تھا جس کے باسیوں کو زمین میں سے اپنا رزق نکالنے کے لئے بے حد مشقت کرنا پڑتی تھی۔ ٹیلوں کی وجہ سے ہموار زمین بہت کم تھی اور جہاں تھی وہاں پانی لے جانا بے حد دشوار تھا۔ اس لئے زیادہ تر لوگ بھیڑ بکریاں پال کر گزارہ کرتے تھے۔ اس کے علاوہ واحد ملازمت جس کے بارے میں وہ کچھ جانتے تھے، فوج کی تھی۔ اگر کوئی لڑکا سپاہی بھرتی ہو جاتا تو اُسے خوش قسمت سمجھا جاتا اور اُس کے گھر والے پورے گاؤں کو کسی ایک وقت کا کھانا کھلاتے۔ بجلی کی آمد کو زیادہ عرصہ نہیں ہوا تھا۔ لیکن بہت کم لوگ اس سے فائدہ اٹھا رہے تھے۔ کیونکہ پنکھے لگوانا یا ریڈیو اور ٹیلیویژن رکھنا ایسی عیاشی تھی جس کے یہ لوگ متحمل نہیں ہو سکتے تھے۔ البتہ میٹر ہر گھر میں تھا اور ہر صحن میں ایک بلب رات کو جلا دیا جاتا تھا..... عام طور پر آمنے سامنے رہنے والے باری باری بلب جلاتے کیونکہ دوسری جانب بھی گزارہ ہو جاتا۔ چک جوگیاں دراصل ایک باقاعدہ گاؤں نہیں تھا۔ کہا جاتا ہے کہ آج سے تقریباً ڈیڑھ سو سال پیشتر ضلع گجرات کے کسی گاؤں میں تین بھائیوں میں زمین کے سلسلے میں ناچاقی ہو گئی اور ان میں سے ایک بدمزگی سے بچنے کے لئے رات کو اٹھا اور گاؤں سے نکل گیا۔ وہ چار پانچ دنوں کے بعد اس مقام پر پہنچا اور اس نے دیکھا کہ ویرانے میں ایک جھونپڑی ہے اور خالی ہے۔ اس نے اس میں رہائش اختیار کر لی اور پھر آہستہ آہستہ آس پاس کی زمین کو اپنی قوت سے ہل کے پھالے کے نیچے لے آیا۔ مسافر وہاں سے گزرتے تو سمجھتے کہ یہ کوئی جوگی ہے جو ویرانے میں آ کر بس گیا ہے اور اسی لئے اس کا نام چک جوگیاں پڑ گیا تھا۔ کوئی نہیں جانتا تھا کہ اس شخص کا اصل نام کیا تھا۔ اُسے صرف بڑا جوگی کہا جاتا..... جب بڑے جوگی نے پہلی بار ہل چلایا تو اس نے جَو کی فصل کاشت کی۔ ..... یا..... ہم سب بڑے جوگی کی اولاد میں سے ہیں..... تو بڑے جوگی نے یہاں ڈیرہ جمایا اور زمین کو آباد کرنے لگا۔ اس دوران اپنے خاوند کے مظالم سے تنگ آئی ہوئی ایک نوجوان

عورت اپنے دو بچوں سمیت اِدھر آنکلی اور رات گزارنے کے لئے بڑے جوگی کے جھونپڑے میں ٹھہر گئی۔ اگلی صبح بڑا جوگی وہاں سے سوکوس کے فاصلے پر واقع ایک گاؤں کی جانب چل دیا جہاں اُس عورت کا خاوند کھیتی باڑی کرتا تھا۔ وہاں رات کے وقت پہنچا اور ڈیرے پہ سوئے ہوئے اُس شخص کی گردن پر کھرپی رکھ کر کہنے لگا "میں تیرے ٹوٹے کر دوں گا جو تو نے بشیراں کو طلاق نہ دی تو"..... اُس غریب نے بشیراں کو فوراً طلاق لکھ دی اور بڑا جوگی اطمینان سے واپس اپنے جھونپڑے میں آگیا اور پھر ایک روز اُسے ساتھ لے کر سوہاوے کی مسجد کے امام کے پاس گیا اور اس کے ساتھ نکاح کر لیا۔ بشیراں کے پیٹ سے دو بیٹیاں بڑے جوگی میں سے ہوئیں..... اور یوں یہ آبادی بڑھتی گئی۔ بڑا جوگی مرا تو اُس کا سوگ منانے والوں میں اس کی بیوی بشیراں کے علاوہ چالیس کے لگ بھگ پوتے پوتیاں اور دوہتے دوہتیاں شامل تھے۔ اُس جھونپڑے کے گرد کچے مکان بن چکے تھے اور زمین کا ایک وسیع رقبہ زیرِ کاشت تھا۔ بڑے جوگی کے مزار پر اب ہر برس عرس ہوتا تھا اور وہاں اُس علاقے کا "جوگی والا میلہ" لگتا تھا.....

ٹریکٹر ٹرالی بڑے جوگی کے مزار پر یکدم رُکی تو دھول جو تیز رفتاری کی وجہ سے پیچھے رہ جاتی تھی اُمڈ کر اُدپر آئی اور اُن سب کو اپنی لپیٹ میں لے لیا۔

"کیا ہمیں یہیں اترنا ہے.....؟" فرید نے پوچھا۔

حسن علی ٹرالی کا کنارا تھام کر اُچھلا اور زمین پر آگیا۔ اُس نے اپنا ہاتھ فرید کی طرف بڑھایا..."پہلے بڑے جوگی کو سلام تو کر لو۔"

وہ دونوں باقی لوگوں کے ہمراہ ٹرالی سے نیچے آئے اور کچی چار دیواری میں بلند ہوتے شرنیہہ کے دو درختوں کے سائے میں چلتے ایک سادہ مزار کے پاس پہنچ گئے۔

"سلام کرو فرید!" حسن علی نے اسے کہنی مار کر کہا۔

"کیا.....؟" فرید نے اپنے آس پاس دیکھا اور پھر مزار کی طرف ہاتھ ہلا کر کہنے لگا۔

"ہیلو.....!"

آمنہ نے مسکرا کر زیرِ لب کچھ کہا..... وہ دراصل حالات سے سمجھوتہ کر چکی تھی..... وہ کبھی آئینہ نہیں دیکھنا چاہتی تھی۔ کیونکہ اُسے معلوم تھا کہ ڈھول اور پسینے کی وجہ سے اس کے بال اور چہرہ خوفناک ہو چکے ہیں اور یہاں کی گرمی سے اس کی جلد اترنے لگے گی۔ اور اُس کے ہونٹوں پہ پپڑیاں جم جائیں گی اس لئے وہ کبھی آئینہ نہیں دیکھنا چاہتی تھی۔ اس کے آس پاس سب لوگ ہاتھ اُٹھا کر دعا کر رہے تھے..... کہیں اس کے ذہن کے نہاں خانوں میں ایک گرد آلود اور مدھم پڑتی تصویر تھی کہ اس کے ڈیڈی اس روز فیکٹری نہیں گئے اور انہوں نے ان دونوں کو سکول نہیں جانے دیا.... اور پھر وہ سب خاص طور پر خریدے گئے کپڑے پہن رہے ہیں اور اس کے ڈیڈی قالین پہ کھڑے ہو کر عبادت کر رہے ہیں اور آخر میں دُعا مانگ رہے ہیں اور وہ بالکل اسی طرح ہاتھ اٹھاتے تھے جیسے یہ لوگ ہاتھ اُٹھائے کھڑے تھے..... اس کے علاوہ اُسے اور کچھ یاد نہ آیا۔

بڑے جوگی کو سلام کرنے کے بعد جب وہ باہر آئے تو عنایت علی نے حسن علی کو ایک اشارہ کیا۔ حسن علی نے شریہنہ کے سائے میں کھڑے ہوئے ایک شخص کو دیکھ کر سر ہلایا اور وہ جیسے اسی لمحے کے انتظار میں کھڑا تھا۔ اُس نے زمین پر رکھا ڈھول گلے میں ڈالا اور اُسے دھم دھما دھم ایسے بجانے لگا جیسے اڑیل گھوڑا نخرے سے تھوڑا ناچتا ہے اور پھر تھوڑا چلتا ہے اور پھر ناچتا ہے..... آمنہ نے ڈھول کی بیٹ پر کان دھرا اور پھر فرید کے پاس جا کر کہنے لگی۔" فریڈی..... تم ذرا یہ ردھم تو دیکھو، یہ کتنی گہری اور قدیم ہے..... اور ایسی وحشی ہے کہ انسان ناچنے لگے۔"

"یہ نہ کرنا...." فرید بولا۔"یہاں کے لوگ کبھی اپنے جسم سے اظہار نہیں کرتے، اپنے آپ کو دبا کر رکھتے ہیں..... اور شاید یہ پسند بھی نہ کریں۔"

"اس حالت میں تو میں صرف چڑیلوں کا ناچ کر سکتی ہوں...!" وہ مسکرا دی۔" ذرا مجھے

غور سے دیکھ کر بتاؤ کہ میں سچ کہہ رہی ہوں ناں ؟"

فرید نے بظاہر اُسے غور سے دیکھ کر کہا۔ "مسٹر سویٹ جیسی تم لگتی ہو۔ میرا خیال ہے کہ کوئی بھی چڑیل تمہارا اگر حسن میں مقابلہ کرے تو باآسانی ہار جائے۔"

چند گندے سے بچے جو صرف پھٹی ہوئی قمیضیں پہنے ہوئے تھے ڈھولی کے سامنے جا کر ڈھول کی تال پہ ناچنے لگے .... بلکہ اُچھل کود کرنے لگے ....

سورج پگھل رہا تھا اور وہ آمنہ اور فرید کے سروں پہ پگھل رہا تھا... انہیں تھکاوٹ اور گھر سے دور ہونے کا احساس ہوا اور وہ ایک دوسرے کی جانب دیکھنے لگے جیسے ایک دوسرے کو سہارا دیتے ہوں۔ تھوڑی دیر بعد عنائت علی نے پھر اشارہ کیا اور حسن علی نے ڈھولی کی طرف دیکھ کر سر ہلایا.... ڈھولی نے ہاتھ اٹھائے اور پسینہ پونچھنے لگا۔

چک جوگیاں کے چند مکان دھوپ میں پھنک رہے تھے۔ وہ سب ایک گلی میں داخل ہوئے جس کے سمٹتے ہوئے سائے میں کُتّے لیٹے ہوئے تھے.... حسن علی نے فرید کے کندھے پر ہاتھ رکھا۔ "اَج روٹی چاچے عنایت علی نے پکائی ہے...."

"اچھا۔" فرید صرف اتنا کہہ سکا۔

"اور وہاں سے فارغ ہو کر تم دونوں پھوپھی طفیل بی بی کے ساتھ چلے جانا تمہارا بندوبست وہیں پر ہے۔"

"اچھا" فرید نے پھر کہا۔

"یہ عجیب وغریب ارینجمنٹ ہے فریڈی...." آمنہ جھلّا کر کہنے لگی "ہم فوڈ کہیں اور سے کھائیں گے اور ہماری بورڈنگ کہیں اور ہو گی.... یہ کچھ سلّی نہیں ہے؟"

"یہ سارا کچھ سلّی ہے امی ڈارلنگ لیکن ہم کچھ نہیں کر سکتے ہمارے پاس کوئی چوائس نہیں ہے...."

"ہمارے پاس یہاں سے بھاگ جانے کی چوائس تو ہے...."

"وہ بھی نہیں ہے...." فرید نے سر جھٹکا "یہ لوگ اپنی سلّی محبت میں ہمیں بھاگنے

بھی نہیں دیں گے .....''

''یہ یہ سارا ڈیڈی کا قصور ہے ....'' آمنہ نے روہانسی ہو کر کہا۔ آمنہ نے روٹی توڑ کر اُسے آلو گوشت سے بھری رکابی میں ایک ڈبکی دے کر منہ میں ڈالا تو اُس کی چیخیں نکل گئیں ..... اتنی تیز مرچ تھی کہ اُس کے کانوں میں تیز ہوائیں چلنے لگیں اور ناک میں شوں شوں کرنا پڑا۔

''ذرا احتیاط کرنا'' اُس نے آنکھوں میں آیا ہوا پانی پونچھتے ہوئے فرید سے کہا ''بہت گرم اور تیز مرچ ہے۔''

فرید نے شوربے میں سے ایک آلو نکال کر روٹی پر رکھا اور اُسے لپیٹ کر آلو برگر کے طور پر کھانے لگا۔ سب لوگ بے حد دلچسپی کے ساتھ اُسے ایسا کرتے دیکھتے رہے .....

ٹاہلی پر بے تحاشا کوّے براجمان تھے اور ان کی چونچیں صحن میں پھینکی جانے والی ہڈیوں کی طرف تھیں۔ اُوپر خالی اور گرمی سے سنسناتے آسمان میں تیرتی چیلیں تیز آواز میں چیختی تھیں۔

روٹی کے بعد اُن کے سامنے حلوے کے پیالے رکھ دیئے گئے۔ ''میں نے سوچا تم پہلی بار اپنے وطن آ رہے ہو..... اپنے گاؤں میں آ رہے ہو تو میں ناں حلوہ کر لوں ..... سوہاوے کے ساتھ ایک گاؤں ہے کریم پور، وہاں کے نائی کی بڑی دھوم ہے وہ تو آ نہیں سکا لیکن اس نے اپنی بیوی کو کھانے پکانے کے لئے بھیج دیا ہے''۔ چاچا عنایت بڑے فخر سے کہہ رہا تھا۔ ''وہ ٹاہلی کے نیچے بیٹھی ہے۔ حلوہ اُسی نے بنایا ہے، چکھ پُتّر .....!''

فرید نے بڑے چمچے کے ساتھ تھوڑا سا حلوہ پیالے میں سے اُٹھایا اور آرام سے اپنے منہ میں رکھا۔ زیادہ گرم نہیں تھا لیکن وہ اتنا میٹھا تھا کہ وہ اُسے چبا نہ سکتا تھا۔

''یہ تو بہت میٹھا ہے''۔

"حلوہ میٹھا نہ ہو تو فائدہ ؟ چاچا ہنسنے لگا۔ "حلوہ تو وہ ہوتا ہے کہ ہونٹ چپک جائیں فرید پتّر..... میں نے تو نائن سے کہا تھا کہ میٹھا دیسی نہ ڈالنا کیونکہ مہمان ولائتی ہیں اسی لئے تو آلو گوشت میں بھی مرچیں وغیرہ کم ڈالی تھیں ..... کھاؤ پتّر۔"

اُن کے آس پاس بیٹھے لوگ بھی کھانا کھا رہے تھے۔

"فرید.....!" حسن علی اُس کے پاس آیا۔ "کھانا کھالو تو میں تمہیں چپکے سے پھوپھی پھیسلاں کے گھر چھوڑ آتا ہوں ورنہ یہ تو شام تک تمہارے گرد رہیں گے۔ تم ذرا گھڑی آرام کر لینا۔"

"میں نے تو کھالیا ہے.....،" فرید کہنے لگا۔ "اور تم امی!"

"میں ؟" امی ذرا غصّے میں تھی۔ "فریڈی کیا تم تصوّر کر سکتے ہو کہ ہمیں یہاں اس گندگی اور گرمی میں ففٹی نائن ڈیز اینڈ نائٹس اور گزارنے ہیں۔ خدا کے لئے فرید! کوئی طریقہ سوچو کہ ہم یہاں سے نکل جائیں..... کل صبح..... نہیں ابھی..... اسی وقت..... اگر تم کہو گے تو میں یہاں سے سٹیشن تک پیدل جانے کو تیار ہوں لیکن..... میں تو یہاں نہیں رہ سکتی۔" سارے دن کی تھکاوٹ اور بے چینی اور اجنبیّت نے اُسے بالآخر نڈھال کر دیا تھا۔ حسن علی اُسے ہاتھ ہلا ہلا کر انگریزی میں اپنے بھائی کے ساتھ باتیں کرتا سنتا رہا اور اُسے شک ہوا کہ وہ دونوں شاید یہاں آ کر خوش نہیں ہوئے لیکن وہ خاموش رہا کیونکہ وہ انگریزی تو نہیں جانتا تھا کہ یقین سے کہہ سکے۔

"امی"! فرید اُٹھ کر اس کے قریب آگیا" یہ تم کیا کہہ رہی ہو! کم آن، ہمت کرو۔ تمہارا کیا خیال ہے کہ میں اس خوفناک تجربے کو پسند کر رہا ہوں۔ اس سے لطف اندوز ہو رہا ہوں ؟ میرا ابھی دم گھٹ رہا ہے اور جو کچھ ہم نے کھایا ہے وہ میرے پیٹ میں اتھل پتھل کر رہا ہے اور باہر آئے گا لیکن دیکھو..... اُس نے سیاہ بیگ اُٹھا کر تھپکا۔ "میں اس کی حفاظت کر رہا ہوں۔ اس میں ہماری آزادی ہے..... لیکن ہمیں رُکنا ہو گا، مجبوری ہے۔"

حسن علی کو جو شک تھا وہ یقین میں بدلا کہ وہ دونوں اُنہیں اور اُن کے گھر دن کو پسند نہیں کر رہے۔" آؤ...... میں تمہیں پھوپھی کے گھر لے چلوں۔ وہ پہلے چلی گئی تھی تمہارا انتظام کرنے کے لئے...." وہ تینوں اُٹھے اور باہر نکل گئے۔ ٹاہلی پر کوّے چونچیں صحن کی طرف جھکائے بیٹھے رہے اور گرم آسمان میں چیلیں چیخ رہی تھیں۔

آس پاس تیس چالیس ہموار چھتیں تھیں جن پر کورٹ جوگیاں کے مکین چارپائیاں ڈالے شام کا کھانا کھا رہے تھے۔ سورج غروب ہوئے زیادہ دیر نہیں ہوئی تھی اور تاریکی پوری طرح نیچے نہیں آئی تھی۔ لوگوں کی باتیں اور قہقہے تھوڑی دیر کے لئے چھتوں سے اونچے ہو کر نیم تاریکی میں گم ہو جاتے تھے۔ پھوپھی پھیلاں چاٹی آگے رکھے پیڑھی پر بیٹھی تھی اور چنگیر میں پڑی روٹیاں اُٹھا اُٹھا کر گنتی تھی اور انہیں پھر چنگیر میں رکھتی تھی اور کہتی تھی" تو مجھے کیا پتہ تھا کہ تم ولایت میں رہ کر صاحب ہو گئے ہو، روٹی ٹکّر کھانا چھوڑ دیا ہے۔ اب اتنی روٹیوں کا میں کیا کروں؟..... دودھ کے ساتھ گنڈو روٹی کھاتے تو بڑا سواد آنا تھا..... دیکھو ناں تم ہو تو میرے بھرا عنایت کی اولاد..... چاہے ولایت میں رہتے ہو..... اب تم تھکے ہوئے ہو پر کل تم نے میرے ساتھ بیٹھنا ہے، مجھے اپنے بھرا کے بارے میں بتانا ہے کہ اخیر دم اُس نے کیا کہا..... ہا ہائے کہاں جا کر دم دیا۔" ..... پھوپھی کی آواز بھرا گئی اور وہ دوپٹے سے ناک کو پکڑ کر بھینچنے لگی..... پھر وہ چپکے سے اُٹھی اور اپنی چارپائی پر جا لیٹی اور تھوڑی دیر میں اس کے خراٹے سنائی دے رہے تھے۔

"کیا تم سو چکی ہو؟" فرید نے سرگوشی کی۔

آمنہ نے بے چینی سے کروٹ بدلی..." کیا میں اس جہنمی گرمی میں سو سکتی ہوں... ..... اور یہاں کوئی پرائیویسی نہیں ہے۔ یہ کوئی ٹھیک ہے کہ انسان سب کے سامنے چھت

پر سوئے، کتنی دلکش بات ہے.....''

''میرا خیال ہے مجھے زندگی کے پہلے مچھر نے کاٹ لیا ہے۔'' فرید نے گردن پر چپت مارتے ہوئے کہا۔ ''تم ٹھیک کہتی ہو.... یہاں ہم کیسے رہ سکتے ہیں، ڈیڈی نے ہمارے ساتھ ایسا کیوں کیا امی؟ اُن کو ایسا نہیں کرنا چاہیئے تھا.....''

''اوہ شِٹ.....'' آمنہ نے اپنی ایڑی پلنگ پر ماری؛ ''مجھے ہمیشہ سے یقین تھا کہ ڈیڈی کم از کم مجھ سے بہت محبّت کرتے ہیں..... اور ذرا دیکھو انہوں نے میرے ساتھ کیا کِیا..... مجھے ایک جہنم میں آنے پر مجبور کر دیا۔ فریڈی ہمیں فیصلہ کر لینا چاہیئے کہ ہم نے یہاں رہنا ہے یا نہیں.....''

''اور اگر ہم یہاں نہیں رہتے تو ساری عمر پچھتائیں گے تم جانتی ہو۔''

''یہ تو بعد کی بات ہے لیکن اب ہمیں یہاں سے نکلنا ہوگا ورنہ میں تو مر جاؤں گی۔''

''سونے کی کوشش کرو.....''

''مشورے کا شکریہ.....!''

پھر جانے کیا ہوا، تھکاوٹ نے اُن کو مدہوش کر کے سلا دیا اور پھر آہستہ آہستہ تارے اُن کے قریب آتے گئے اور وہ ان کی چھاؤں تلے سوتے تھے۔

رات کے پچھلے پہر آمنہ کی آنکھ ایک آہٹ سے کھُلی..... اُس کے سامنے ایک بندوق کی نالی اندھیرے میں چمکتی تھی..... اس کی آنکھیں ڈر سے پھیل گئیں اور اُس نے مُنہ کھولا تاکہ چیخ سکے.....

لیکن وہاں کوئی آواز نہ تھی۔ اُس کا منہ کھلا رہا لیکن حلق میں سے چیخ برآمد نہ ہو سکی۔ بندوق کی نالی ایک سانپ کے پھَن کی طرح اُس پر اثر انداز ہو کر اُسے منجمد کر رہی تھی..... اس کی چارپائی پھوپھی اور فرید کے درمیان میں تھی۔ اُن کچی سیڑھیوں کے عین سامنے جو صحن سے اُوپر چھت کو آ رہی تھیں، اور سیڑھیوں میں کوئی دبک کر بیٹھا تھا اور

بندوق کا رُخ آمنہ کی جانب کئے ہوئے تھا۔

پھر ایک اور آہٹ ہوئی اور ایک سرگوشی سی ہوئی۔ "کیوں آئے ہو!" کم از کم آمنہ کو یہی سنائی دیا کیونکہ یہ آواز ایک بڑبڑاہٹ کی طرح تھی، نہ مردانہ اور نہ زنانہ..... جیسے کیسٹ ڈھیلی ہو جائے تو اس کی آواز بھی ڈھیلی ہو جاتی ہے۔

آمنہ جہاں تھی وہیں خائف زدہ پڑی رہی اور آنکھیں جھپکتی رہی جیسے بندوق کی نالی کو نظروں سے اوجھل نہ ہونے دینا چاہتی ہو..... اس نے اگر ایک پل کے لئے بھی اِدھر اُدھر دیکھا تو اس میں ٹھہری ہوئی گولی چل جائے گی..... ایک اور آہٹ اور پھر ایک اور سرگوشی ویسی ہی جیسے کہ پہلے تھی۔ "کیوں آئے ہو!" لیکن اس بار سرگوشی کے ساتھ ساتھ بندوق کی نالی کچّی سیڑھیوں کے پیچھے ہوتی گئی اور پھر اوجھل ہو گئی۔ وہ بہت دیر تک اسی حالت میں بے حس وحرکت پڑی رہی اور پسینہ بستر کی نئی چادر اور نئے کھیس کو بھگوتا رہا۔ پھر اس نے ہمّت کی اور فرید کی چارپائی پر جھک کر اُسے کندھے سے جھنجھوڑنے لگی..... وہ نیند میں کسمساتا رہا اور پھر ہڑبڑا کر اُٹھ بیٹھا۔ "ہُو از ڈیَر؟"

اِٹس مِی فریڈی.....؟" آمنہ نے سرگوشی کی۔

"تم رات کے اس پہر کیا چاہتی ہو؟" وہ آنکھیں ملتا ہوا بولا۔

"میں رات کے اس پہر کچھ نہیں چاہتی فریڈی..... یہاں کوئی تھا، ایک بندوق کے ساتھ جو ہمیں قتل کر دینا چاہتا تھا....."

فرید اُٹھ کر بیٹھ گیا۔ پہلے تو وہ یہ نہ جان سکا کہ وہ کہاں ہے اور اس نے اپنے چاروں طرف پھیلے کوٹ جوگیاں کے کوٹھوں کو دیکھا اور کھیتوں میں بھونکتے کتّوں کو سنا اور پھر یک لخت اُس کے دماغ میں کچھ تصویریں آئیں اور اُس نے سر ہلایا۔ "تم یقیناً خواب دیکھ رہی تھیں....." وہ ذرا سنبھل کر کہنے لگا۔

"نہیں فریڈی..... اُدھر اُن سیڑھیوں میں کوئی بیٹھا ہوا تھا اور اُس کی بندوق کی

نالی میری طرف تھی۔ میں غلطی نہیں کر رہی۔"

فرید نے چارپائی سے نیچے ابھی قدم نہیں رکھا تھا کہ آمنہ نے اُس کے گھٹنے پر ہاتھ رکھ کر جلدی سے اُسے روکا۔"نہیں..... وہ اب بھی وہاں ہو سکتا ہے۔"

فرید نے آمنہ کا ہاتھ سختی سے پرے کیا اور اُٹھ کھڑا ہوا۔"تم یہیں بیٹھی رہو..."وہ احتیاط سے قدم اٹھاتا سیڑھیوں تک گیا۔ دودھ کی چاٹی کے ساتھ ہو کر اُس نے نیچے صحن میں نگاہ ڈالی۔ وہاں تاریکی ایسے تیرتی تھی کہ کچھ دکھائی نہ دیتا تھا۔ گلی میں کھلنے والے دروازے کی کُنڈی چڑھی ہوئی تھی۔ اُس نے نیچے جانے کا ارادہ ملتوی کر دیا۔ وہ ایک غیر مُلک اور اجنبی مکان میں تھا۔ اس لیئے اس نے بہرصورت احتیاط کرنا تھی۔ وُہ چارپائی پر واپس آیا تو آمنہ اپنے بستر پر آلتی پالتی مارے دونوں گھٹنوں پر ہتھیلیاں رکھے بیٹھی تھی۔

"میرا نہیں خیال کہ میں اب سو سکوں۔ وہاں کچھ نہیں تھا ناں؟"

فرید نے سر ہلایا اور اُس کے قریب بیٹھ گیا۔"کیا تمہیں یقین ہے امی....؟"

"سو فیصد....."

جس گاڈ فارسیکن گاؤں میں ہم پہلے کبھی نہیں آئے وہاں ہمارے دُشمن کیسے پیدا ہو گئے.....؟"

"تم ذرا تحقیق کرو مسٹر جیمز بانڈ ....." آمنہ اب سنبھل چکی تھی۔ اس نے ہاتھ پھیلا کر آسمان کو دیکھا" اور اس دوران ذرا یہ آسمان تو دیکھو.... میں زندگی میں پہلی بار اتنے ستارے دیکھ رہی ہوں۔ اور ان کی فارمیشن جو ہماری کتابوں میں ہے وہ ہمارے سامنے نظر آ رہی ہے....." فرید نے پہلی بار اپنے اُوپر جُھکے ہوئے ستاروں بھرے گُنبد کو دیکھا..... اُسے یوں لگا جیسے وہ کوٹ جو گیاں کی تاریکی میں سے اُٹھ کر اُس جنگل کو سفر کر رہا ہے جو ستاروں کا ہے اور جو تاریک ہونے کی بجائے چمکتا ہے اور دمکتا ہے جیسے بے شمار چمکیلی آنکھیں بند ہوتی ہیں اور کھلتی ہیں۔ اُسے اُن کی روشنی اپنے رخساروں پر محسوس ہوئی...

"بائی گاڈ.... یہ تو کوئی پریوں کی دنیا ہے.....انتہائی نا قابلِ یقین.....اور ایمی! یہ بلکی وے جو ایک کمان کی صورت آسمان کو روشن کرتی ہے اور ہمارے سروں پر سے گزر رہی ہے.... یہ تو حقیقی نہیں لگتی.....ایک خواب ہے۔"

آمنہ اور فرید بھرے آسمان کی حیرت میں گُم تھے۔

اور......

تقریباً اٹھائیس برس پیشتر یہی آسمان تھا.....یہی چک جوگیاں تھا.....تب آمنہ اور فرید نہ تھے بلکہ اُن کا باپ برکت علی تھا اور اُس کے چچازاد بھائی عنایت علی اور غلام علی تھے.....

تقریباً اٹھائیس برس پیشتر.....

وہ اندھیرے میں آنکھیں پھاڑ پھاڑ کر دیکھنے کی کوشش کر رہا تھا۔ ذرا سی آہٹ ہوتی تو اُس کا دل حلق میں آ جاتا اور وہ تھوک نگل کر سرگوشی کرتا۔ "اوئے جلدی کرو....." چاند کی آخری تاریخیں تھیں اور راتیں بڑی تاریک تھیں۔ وہ منڈیر پر بیٹھا راکھی کر رہا تھا اور اُس کے دونوں ساتھی گنے کے کھیت میں گھسے گنّے توڑ رہے تھے۔ خاموشی میں گنّے توڑنے اور اُن کے کھینچے جانے کی آواز اتنے زور سے گونجتی تھی اور سنائی دیتی تھی کہ اُسے اس بات کا پکّا یقین تھا کہ کھیت کا مالک اللہ دتہ افیمی اپنی کوٹھڑی میں نیم مدہوش پڑا بھی اسے سُن سکتا تھا۔ اللہ دتہ اگرچہ افیمی تھا پر جب وہ دوڑنے پر آتا تو بڑے بڑے شکاری کتّوں سے بھی آگے نکل جاتا۔

"اوئے جلدی کرو.....اوئے تمہاری میں.....اس نے پھر سرگوشی کی اور پھر ماتھے سے پسینہ پونچھا۔

"ہماری ماں نے وہاں گنے توڑ کر اُن کی مٹّیاں بنا کر انہیں رکھے ہوئے تھے۔ وہ دونوں اندھیرے میں سے برآمد ہوئے۔ اُن کے سروں پر درجنوں گنوں کا بوجھ تھا۔" توڑنے

تھے، پھرلانے تھے "۔ یہ عنایت علی اور غلام علی تھے۔

"جلدی کرو اب کھوئی پر چلتے ہیں۔" برکت علی نے کہا۔

کھیت سے نکل کر ٹیلوں سے پار جہاں سے ویران رقبہ شروع ہوتا تھا کسی زمانے میں ایک شخص نے ایک کنواں کھود دیا تھا۔ اگرچہ کنواں کھودنے والوں نے اُسے پہلے سے بتا دیا تھا کہ یہاں پانی نکلنے کا امکان کم ہے، لیکن وہ بضد رہا۔ اُس کے لئے یہ ایک جوا تھا۔ اگر پانی نکل آتا تو اُس کے آس پاس کی ساری زمین جو ویران پڑی تھی وہ آباد کر سکتا تھا، اور یوں خوشحال ہو سکتا تھا لیکن ہوا وہی جو کنواں کھودنے والوں نے بتایا تھا۔ یعنی وہاں سے پانی نہ نکلا ..... یہ کوئی بیس برس پہلے کی بات تھی۔ وہ کنواں اب بھی وہاں ویرانے میں موجود تھا۔ برکت علی اور اُس کے دونوں چچا زاد بھائی عنایت اور غلام علی تقریباً ہر رات ادھر آتے اور جب بھی آتے نواں کے پاس چوری کی ہوئی کوئی نہ کوئی کھانے کی شے ضرور ہوتی اسی جگہ کو کھوئی کہتے تھے۔

کھوئی پر پہنچ کر عنایت اور غلام علی نے گنّوں کو سر جھٹک کر زمین پر پھینکا اور پھر ویران کنویں کی منڈیر پر بیٹھ کر سانس درست کرنے لگے۔

"تم نے آج بہت دیر لگائی ....." برکت علی کہنے لگا۔

"بکو..... تم تو یار نرے خرگوش ہو۔ گنّے ہم توڑ رہے تھے اور جان تمہاری نکل رہی تھی۔ کیا آج تک پکڑے گئے ہیں جو آج پکڑے جاتے؟"

برکت نے ایک گنّا اُٹھا کر اُسے گھٹنے پر مار کر دو ٹکڑے کیا اور پھر جڑ والا حصہ چھیلنے لگا۔ "ضرور پکڑے ہی جانا ہے۔ احتیاط اچھی نہیں ہے؟"

سانس درست کرنے کے بعد غلام علی اور عنایت نے بھی ایک ایک گنّا اُٹھایا اور اُسے چھیل کر چوسنے لگا۔

وہ تینوں بہت دنوں سے بیکار تھے ..... بلکہ مہینوں سے ..... یا شاید ایک ڈیڑھ

برس سے بیکار تھے۔ اور اس بیکاری نے اُنہیں چڑچڑا، بدمزاج اور زیادہ اکھڑ کر دیا تھا..... پنجاب کے دیہات میں ایسے بہت سے نوجوان ہوتے ہیں جو کوئی خاص کام نہیں کرتے لیکن پھر بھی وہ بیکار نہیں ہوتے۔ وہ سارا دن اِدھر اُدھر گھومتے رہتے ہیں۔ کٹائی میں کسی کی مدد کر دی، کسی کا چارا اُٹھا کر کنویں پر لے گئے۔ کسی عورت کو لکڑیاں کاٹ دیں اور اسی طرح کے چھوٹے چھوٹے بے شمار کام اور اس کے بدلے میں وہ جہاں بھی ہوں اُسی گھر کے مہمان ہوتے ہیں اور اُنہیں کھانے پینے کو ملتا رہتا۔ روپے پیسے کی انہیں خاص ضرورت نہیں پڑتی..... لیکن یہ تینوں واقعی بیکار تھے۔ کوٹ جوگیاں اتنا بڑا نہیں تھا کہ اس میں بیکاری کاٹی جا سکے زمین بہت ہی کم تھی اور جتنی تھی اس کے حصے دار بہت تھے۔ برکت علی اور عنایت علی کے دادے نور دین نے اپنے حصے کی زمین فروخت کر کے اُس زمانے میں پندرہ بھینسیں خریدی تھیں اور دودھ اور گھی کا بیوپار شروع کر دیا تھا۔ ساری برادری نے مخالفت کی کہ دودھ فروخت کرنا شرفا کا کام نہیں اور بیوپار کرنا صرف ہندو لالوں کا کام ہے۔ لیکن نور دین نے کسی کی ایک نہ سُنی اور بہت عرصہ تک ٹھاٹھ کی زندگی گزارتا رہا۔ پھر بڑے جوگی کے عُرس پر اُس نے شہر سے آئی ہوئی ایک طوائف کو ناچتے دیکھا اور ایک ہی رات میں اپنی تمام بھینسیں اُس پر نچھاور کر دیں۔ کہنے والے کہتے ہیں کہ وہ طوائف شاید کسی خاندانی آدمی کی بیٹی تھی اس لئے اگلی صبح چک جوگیاں سے روانہ ہوتے وقت اس نے ایک بھینس نور دین کے دروازے کی چوکھٹ کے ساتھ باندھ دی تاکہ وہ بھوکا نہ مرے۔ لیکن نور دین چند روز کے بعد اُسی بھینس کا دودھ پیتے ہوئے مر گیا..... شاید صدمے سے، شاید زیادہ دودھ پینے سے..... بہر حال نتیجہ اس کا یہ نکلا کہ نور دین کے خاندان کی زمین ختم ہو گئی اور اس کی آل اولاد اِدھر اُدھر مزدوری کر کے پیٹ پالنے لگی..... ان دنوں مزدوری وغیرہ بہت کم ملتی تھی۔ اس کے لئے گاؤں سے نکل کر کسی شہر جانا پڑتا تھا۔ چنانچہ نور دین کے خاندان کے بیشتر نوجوان گوجر خاں یا راولپنڈی چلے جاتے۔ وہاں مزدوری کرتے ہوئے وہ کبھی نہ بتاتے کہ وہ چک جوگیاں سے

آئے ہیں کیونکہ یہ ایک شرمناک بات تھی کہ چک جوگیاں کا کوئی بھی شخص کمّی کمین کی طرح شہروں میں ٹوکری اٹھاتا پھرے۔

برکت علی شہر نہیں جانا چاہتا..... کیونکہ بشیراں بی بی جب اُس کی جانب دیکھتی تھی تو وہ ایسے پگھلتا تھا جیسے تیز بارش میں کیچڑ اور وہ تمام کا تمام بہہ جاتا اور اس کو چُپ لگ جاتی تھی۔ اگر وہ بول سکتا تو اُسے کہتا کہ بھلی مانس تیرے میرے بیاہ کو تین چار برس ہو گئے، اگر اللہ نے اولاد ابھی نہیں دی تو دے دے گا اور میرا رزگار نہیں ہے تو میں شہر چلا جاؤں؟ وہ اس کے سامنے گُنگ ہو جاتا..... بشیراں سارا دن چرخہ کاتتی اور گوبروں کے اوپلے تھاپ کر گھر کا تھوڑا بہت خرچ چلا لیتی اور برکت علی شام ہوتے ہی باہر نکل جاتا۔ باہر عنایت علی اور غلام علی اُس کے منتظر ہوتے۔ ان تینوں کی مشترکہ مشکل بھوک تھی۔ بیکاری کی وجہ سے گھر میں چولہا ٹھنڈا رہتا اور وہ رات کے وقت اکٹھے ہو کر کھیتوں میں نکل جاتے۔ کبھی گنّے چوسنے کو مل جاتے۔ تربوز اور خربوزوں کے موسم میں بہتر گذر اوقات ہوتی اور کبھی شلجم اور مولیاں کھا کر پیٹ بھرنا پڑتا۔ گاؤں سے نکل کر جب وہ کھیتوں کی جانب جاتے تو قبرستان سے گذر ہوتا اور یہاں اُن کے دادے نوردین کی قبر ابھی سلامت تھی۔ وہ ہمیشہ اس کی بخشش کی دُعا کرتے اور پھر ایک ٹھنڈی آہ بھر کر کہتے " دادا تو نے ایک رات میں ساری بھینسیں لٹا دیں، واہ دادا واہ۔" اکثر راتوں کو وہ کھوئی پر بیٹھ کر مالِ غنیمت تقسیم کرتے اور کھاتے..... ایک مرتبہ دن کے وقت اُن تینوں کا گذر ادھر سے ہوا تو اللہ دتہ افیمی گنّے کے چھلکوں کے ڈھیر پر کھڑا بلند آواز میں گالیاں دے رہا تھا۔

"کیا ہوا چاچا دِتو!" برکت نے پوچھا۔

"ادے ہونا کیا ہے..... یہ میرے گنّوں کے چھلکے ہیں..... پتہ نہیں کون ماں کے یار چُرا کر لاتے ہیں اور ادھر بیٹھ کر حرام خوری کرتے ہیں۔"

"پر چاچا تجھے کیسے پتہ ہے کہ یہ تیرے گنّوں کے چھلکے ہیں..... چھلکوں میں تیرا نام لکھا

ہے .... ؟ عنایت نے ذرا گرم ہو کر کہا تھا۔

"پتر ذرا یہ چھلکا دیکھ..... اللہ دتہ افیمی نے ایک چھلکا اٹھا کر اُن سب کے سامنے پیش کیا اور پھر منہ میں رکھ کر اُسے چوسا۔" آئے ہائے ہائے ..... ابھی تک اس میں رس ہے اور اوئے خالص پونا..... اس علاقے میں اور کسی مائی کے لال نے خالص پونا لگایا ہے ؟"

وہ تینوں ایک دوسرے کو دیکھنے لگے اور پھر مسکرا کر کہنے لگے۔ "چاچا تو ٹھیک کہتا ہے پتہ نہیں کون ماں کے یار یہاں بیٹھ کر حرام خوری کرتے رہے ہیں گنّے تو تیرے ہی ہیں۔ ہم گواہی دیتے ہیں کہ گنّے بالکل تیرے کھیت کے ہیں ....." اس کے بعد انہوں نے گنّے چوسنے والوں کو اللہ دتہ افیمی کے ساتھ مل کر اتنی گالیاں دیں کہ اُن کے گلے بیٹھ گئے۔

"یہ گنّے اب سخت ہوتے جا رہے ہیں ... میری تو باچھیں چھل گئی ہیں" غلام علی بولا۔ "یار یہ کوئی حیاتی ہے ہماری ..... نہ گھر بار نہ روزگار ..... کب تک ہم چوری سے پیٹ بھریں گے .... ؟"

"لے یہ کون سی چوری ہے بھئی ..... چار گنے توڑ لینے سے کسی کا کھیت تو نہیں اُجڑ جاتا اور اگر کہیں سے دو شلجم اکھاڑ لیں تو کتنا بڑا نقصان ہو جاتا ہے کسی کا ....." برکت علی کہنے لگا۔ "یوں بھی تو ہمارے گاؤں میں کوئی منع نہیں کرتا کسی کو ..... راہگیر چلتے چلتے اگر دو چار گنّے توڑ لے تو کبھی کسی نے روکا ٹوکا نہیں۔"

"تو پھر چھپ کر اور رات کے وقت ایسا کیوں کرتے ہو ..... غلام علی کہنے لگا۔" گنّے توڑتے وقت برکت علی کو راکھی کے لئے کیوں باہر بٹھاتے ہو ؟"

برکت علی نے غلام علی کا کندھا پکڑ کر دبایا۔" اوئے بھائی میرے کہتا تو تو سولہ آنے ٹھیک ہے۔ راہگیروں کے لئے اور بچوں کے لئے تو کوئی مناہی نہیں ہے، پر یہ تو نہیں کہ ہر روز گنّے توڑے جائیں اور ہر روز خربوزے غائب ہو جائیں۔ بھئی خدا کو جان دینی ہے سے ہے تو یہ چوری ہے سولہ آنے ....."

"دیکھو ناں ....." غلام علی نے برکت کے قریب ہو کر کہا۔ "ہمارے بڑے ہمیشہ حق حلال کی کمائی کھاتے رہے ہیں ..... کم سے کم ہمیں تو یہی پتہ ہے۔ اب ہم جوان جہان ہیں، برکت تو شادی شدہ بھی ہے تو ہم کب تک ایسے زندگی گزاریں گے!"

"چل پھر تُو بزرگ بن جا ہمارا ....." عنایت ہنسنے لگا۔ "تُو بتا دے کہ ہم کیسے زندگی گزاریں؟"

"راولپنڈی جا کر کوئی روزگار ڈھونڈتے ہیں ....." غلام علی نے سنجیدگی سے کہا۔

"وہاں کسی نے پہچان لیا کہ یہ نور دین کے پوتے ہیں تو کیا ہو گا۔ کمّی کمین والا کام ہم کیسے کریں گے؟"

"سن بھائی .....!" غلام علی کی آواز میں غصہ تھا۔ "تو میری بات کا بُرا نہ ماننا۔ پر یہ بتا کہ جب ہماری بھابھی بشیراں گوجروں کے گھر جا کر اُپلے تھاپتی ہے تو وہ کمّی کمین والا کام نہیں ہے .....؟"

برکت علی یکدم اُٹھا اور غلام علی پر پل پڑا۔ عنایت اُن کے سر پر کھڑا تھا "اوئے نہ کرو ....." اوئے اوئے کرتا رہا لیکن وہ دو گونگے پہلوانوں کی طرح خاموشی سے ایک دوسرے کو زمین پر پٹختے رہے، ایک دوسرے کے بال کھینچتے رہے اور گھونسے مارتے رہے۔

"چلو پھر تم چاؤ پورا کر لو" عنایت نے اُن دونوں میں سے کسی ایک کو ٹھڈا مارا اور کنوئیں کی منڈیر پر جا کر بیٹھ گیا اور ایک گنّا اُٹھا کر چوسنے لگا۔ "کھسماں نوں کھاؤ" ابھی اس کا گنّا آدھا بھی نہیں ہوا تھا کہ وہ دونوں بے حال ہو گئے اور اُن کا سانس اکھڑنے لگا اور وہ ایک دوسرے سے الگ ہونے کے بہانے ڈھونڈنے لگے اور اُسی لمحے عنایت نے پھر کہا، "چاؤ پورا ہو گیا ہے تو بس کرو شاباش .....!"

"چاؤ کی بات نہیں ....." برکت علی ہانپتا ہوا اُٹھ بیٹھا، "سُنا نہیں تھا اس نے بشیراں کے بارے میں کیا کہا تھا؟"

غلام علی بھی کپڑے جھاڑتا ہُوا اُٹھا اور کہنے لگا۔ "میں نے تو یہی کہا تھا کہ بھابھی بشیراں گوجروں کے گھر جا کر ...."

"اوئے تو ....." برکت علی پھر غلام علی کی طرف بڑھا۔

"برکت ....!" عنایت نے اُسے ڈانٹا "غلام علی ٹھیک نہیں کہتا؟ بشیراں ہماری بھی بہن لگتی ہے صرف تیری گھر والی نہیں .... ہمیں بھی بُرا لگتا ہے اُس کا گوجروں کے گھر جا کر اُپلے تھاپنا .... کوئی غلط نہیں کہتا ...."

اتنی دیر میں غلام علی پوری طرح سنبھل چکا تھا۔ اُس نے برکت کے دونوں کندھوں پر ہاتھ رکھ دیئے اور بڑے پیار سے کہنے لگا۔ "اوئے بکو ....! غصّہ تو نے نکال لیا .... اب بات کر .... چلنا ہے راولپنڈی ...." برکت تھوڑی دیر چُپ رہا اور صرف اس خاموشی کو سنتا رہا، جو کوٹ جوگیاں سے بہتی ہوئی اس خشک کنوئیں تک آتی تھی اور پھر کہنے لگا "وہاں ہمیں کسی نے پہچان لیا تو پھر کیا ہوگا، نوردین کے پوتے ...."

"نہ تو پھر کہیں اور چلے جاتے ہیں .... ایک بار گاؤں چھوڑ دیا، پردیسی ہو گئے تو کیا فرق پڑتا ہے کہ ہم کہاں جاتے ہیں، کیوں عنائیت؟"

"تم دونوں فیصلہ کر لو، کیونکہ تم نے جانا ہے، میں نے نہیں!"

"کیوں ....؟"

"مجھ پر کونسا بوجھ ہے۔ نہ کوئی بال بچہ اور نہ کوئی اور آگے پیچھے ...."

"اور میں؟" غلام علی چیخا، "میں نہیں تمہارا کچھ؟ .... ہیں غضب خدا کا .... اوئے میں نہیں تمہارا بھائی؟"

تیرے لئے تو میں یہاں رہوں گا .... جب تو واپس آئے تو تیرے پاس واپس آنے کے لئے کچھ ہو، کوئی بہانہ ہو وطن واپس آنے کے لئے۔"

"لو وطن واپس آنے کے لئے بھی بہانہ چاہیئے؟"

"ہاں اوقت گزر جائے تو وطن لوٹنے کے لئے بہانوں کی ضرورت پڑتی ہے .... ہر رشتے کے لئے اور ہر محبت کے لئے ایک خاص وقت مقرر ہوتا ہے وہ وقت گزر جائے تو رشتہ اور محبت ہولے ہولے مٹی ہونے لگتے ہیں .... تب انسان کو پیچھے جانے کے لئے بہانے کی ضرورت ہوتی ہے .... اس لئے میں نے اِدھر ہی رہنا ہے .... بہن بشیراں کا خیال کس نے رکھنا ہے اور بہن طفیل بی بی کا !"

"طفیل بی بی خیر سے بال بچے والی ہے .... اُس کا خاوند بھی محنتی ہے ۔ پچھلے سال اُس نے مونگ پھلی لگائی تھی ۔ موقع پر بارش ہوئی اور زمین تھی ریت والی، پانی ٹھہرا نہیں بہہ گیا .... جب کھودا تو مٹی نہیں تھی کھیت میں مونگ پھلی کی لڑیاں بچھی ہوئی تھیں .... طفیل بی بی کا کیا فکر ...."، برکت علی بولتا رہا ۔

"پھر بھی ...."

"پھر بھی کیا ؟"

"عید بقرعید پر بہنوں کو بھائیوں کا خیال آجاتا ہے ۔ وہ نہ ہوں تو بھی رہتی ہیں اُن کے بغیر ...."

برکت علی کے قہقہے کی آواز اتنی بلند تھی کہ وہ دونوں سہم گئے .... " اوئے تجھے کیا ہوا ہے .... ؟"

"اگر ہم نے جانا ہے تو یہیں جانا ہے ناں .... یا راولپنڈی، گوجرخاں .... اور یا .... لاہور .... کوئی سمندر پار تھوڑا جانا ہے جو یہ عید بقرعید کی بات کر رہا ہے ۔"

"برکت .... تو نے بات ٹھیک کر دی ہے بغیر سوچے سمجھے .... لاہور چلتے ہیں"۔ غلام علی نے اُس کے کندھے پر دھپ مارتے ہوئے کہا ۔" وہاں کسی کو کیا پتہ کہ ہم کہاں سے آئے ہیں اور چک جوگیاں کا نوردین کون تھا .... ؟"

"لاہور ؟" برکت ہنستا ہوا چپ ہوا ۔" زیادہ دُور تو نہیں ؟"

"اوئے اُدھر گوجر خاں کی گاڑی کی بجائے اِدھر گوجرانوالے کی گاڑی پر بیٹھ جاؤ تو لاہور....."

"وہاں جانے کے لئے پڑھا لکھا ہونا ضروری نہیں ہے؟" عنایت نے پوچھا۔

"یہ ساتھ والے گاؤں کا ایک لڑکا شریف وہیں ہوتا ہے۔ مزدوری کرتا ہے اور پڑھا لکھا اتنا ہی ہے جتنے کہ ہم ہیں۔"

"ہم تو ایم اے پاس ہیں...!" برکت پھر ہنسنے لگا۔

"تو پھر لاہور؟" غلام علی نے پوچھا۔

"چل پھر لاہور تو لاہور ہی سہی....." برکت نے سر ہلایا اور عنایت نے منہ دوسری طرف پھیر لیا۔ کیونکہ اُس کی آنکھوں میں نمی تیرتی تھی۔

لاہور کے سٹیشن پر اُتر کر غلام علی نے برکت کا ہاتھ پکڑ کر کہا "بکو.... اگر یہاں اتنے لوگ ہیں تو شہر میں کتنے ہوں گے....؟"

پر برکت نے کچھ جواب نہ دیا کیونکہ وہ نہ دیکھ رہا تھا اور نہ سُن رہا تھا۔ وہ دیکھ رہا تھا تو صرف بشیراں کا چہرہ جب اُس نے اُسے بتایا تھا کہ وہ مزدوری کے لئے شہر جا رہا ہے اور اور وہ سُن رہا تھا تو صرف اس کی دبی دبی ہچکیاں جو گلی میں سے نکلتے ہوئے اُسے سنائی دے رہی تھیں۔ بشیراں نے اُسے روکا نہیں تھا کیونکہ وہ بھی گوجروں کے گھر کام کر کے خوش نہیں ہوتی تھی۔ اُس کی بھی خواہش تھی، ایک کچے دو کمرے کے مکان کی اور ایک صحن کی اور صحن میں پانی کے نل کی اور اُس میں ایک بڑی ساری ٹاہلی کی اور ٹاہلی کی چھاؤں میں بچھے رانگلے نواری پلنگ کی..... پر وہ پلنگ کس کام کا جو برکت وہاں نہ ہو..... پھر بھی اُس نے اُسے روکا نہیں کیونکہ وہ گوجروں کے ایک لڑکے کو دیکھتی تھی جو اُسے دیکھتا تھا.... اور اچھا نہیں دیکھتا۔ اور اسی لئے اُس نے برکت کو روکا نہیں تاکہ اُپلے تھاپنے سے نجات حاصل

کر سکے اور گوجروں کے لڑکے کی آنکھوں سے دور ہو سکے....

سٹیشن سے باہر واقعی بہت لوگ تھے۔ اتنے کہ اگر پانچ چک جوگیاں ہوں تو اُن میں بھی اتنے لوگ نہ ہوں جتنے اُن کے سامنے چوک میں اور سڑکوں پر گھوم رہے تھے۔ ان دونوں کو اچھی طرح سے علم تھا کہ انہوں نے کہاں جانا ہے.... شہر سے باہر نہر کے پار گلبرگ کا راستہ پوچھا تو جواب میں انہیں ایک بس کا نمبر بتایا گیا پر وہ پہلے دن ہی اپنے پانچ سات روپے خرچ نہیں کر دینا چاہتے تھے اس لئے انہوں نے ایک بزرگ کو روک کر کہا کہ باباجی ہم نے پیدل جانا ہے تو کونسا راستہ ہے۔ اُن باباجی نے انہیں راستے پر ڈال دیا۔ اور وہ چل پڑے.... سویرے لاہور پہنچے تھے اور دوپہر تک چلتے رہے اور تب انہیں پتہ چلا کہ وہ تو کسی یتیم خانے کے قریب پہنچے ہوئے ہیں اور وہاں سے ملتان کو بسیں جاتی ہیں۔ یہاں سے انہوں نے پھر کسی سے راستہ پوچھا اور پھر چلنے لگے اور پچھلے پہر ایک بڑے بازار میں پہنچے جسے وہ لوگ بڑی مارکیٹ کہتے تھے۔ انہوں نے چک سے چلتے وقت فیصلہ کیا تھا کہ شہر کی کسی شے سے متاثر نہیں ہونا کیونکہ انہیں وہ لوگ سخت بُرے لگتے تھے جو ایک مرتبہ شہر ہو آتے تھے۔ اور پھر ہر بات پر گاؤں کو گالی نکالتے تھے اور شہر کی تعریف کرتے تھے لیکن اُس بڑی مارکیٹ کو دیکھ کر وہ متاثر تو کیا ہوئے بلکہ دہل گئے.... یہ تو کوئی جنّت کا نقشہ تھا، ایک تو کاریں بہت ساری تھیں اور شکتی بہت تھیں اور پھر ہر طرف شیشے سے بنی ہوئی دوکانیں تھیں اور ان میں فروخت ہونے والی چیزیں دوکانوں کی کھڑکیوں میں پڑی تھیں۔ حرام ہے جو اُن دونوں کو یہ معلوم ہو کہ یہ چیزیں کیا ہیں اور کس کام آتی ہیں.... وہ مارکیٹ کے گول دائرے میں بیٹھ کر ایک اپنی طرح کے نوجوان کے قریب ہو بیٹھے.....

محمد علی نے ڈرتے ڈرتے پوچھا: "جوان کہاں سے آئے ہو؟"

نوجوان نے ان دونوں کی شکل وجہ دیکھی اور جان گیا کہ یہ کون ہیں اور کسی قبیلے سے ہیں، "میں تو یہیں کا ہوں لاہور کا...." وہ کہنے لگا۔

"اچھا؟" دونوں کے منہ کھل گئے۔ بھلا یہ کیسے ہو سکتا تھا کہ کوئی لاہور کا رہنے والا بھی اُن کی طرح ہو.... غریب غرباء اور مزدور پیشہ۔

یہاں کوئی مزدوری وغیرہ مل جاتی ہے؟" محمد علی نے پُوچھا۔

"وہ جو چوک ہے ناں بڑی سڑک والا .... وہاں سویرے چھ بجے آجانا اور آگے تمہاری قسمت ...."

"اچھا تو..... چھ بجے آجائیں تو مزدوری مل جائے گی؟" برکت نے ذرا ہمت کر کے پوچھا کیونکہ وُہ ذرا اکھڑ طریقے سے بات کرتا تھا۔

نہیں آپ یہاں بنا شک نو بجے آجانا آپ کا انتظار کریں گے۔ مزدوری دینے والے..."

یہ کہہ کر وہ اُٹھا اور پرے جا بیٹھا۔

وُہ دونوں ذرا شرمندہ ہوئے اور پھر وہیں بیٹھے رہے کیونکہ انہوں نے کہاں جانا تھا۔ اور شام ہو گئی..... شام ہوئی تو بھوک نے تھوڑا تنگ کیا اور وہ گول دائرے کے دوسرے دیگچے والے کے پاس چلے گئے۔ جہاں چند اور لوگ زمین پر بیٹھے کچھ کھا رہے تھے۔ وہ اُس کے قریب جا بیٹھے۔

"ہاں پہلوان..... دیگچے والے نے ایک بڑا سارا چمچہ دیگچے میں ڈال کر اتنی زور سے کھڑکایا کہ وہ دونوں چونک گئے" کیا کھاؤ گے؟"

"یہ.....!" برکت نے کہا دیگچے کی طرف دیکھتے ہوئے اور غلام علی نے بھی سر ہلایا۔

وہ پتہ نہیں کیا تھا جو انہوں نے کھایا پر اُس میں مرچیں بہت تھیں اور وہ پانی پی پی کر نڈھال ہوتے رہے۔ نڈھال وہ تھوڑے سے اس لئے بھی ہوئے کہ اُن کی کُل جمع پونجی میں سے ڈیڑھ روپیہ کم ہو گیا تھا۔ کھانے کے بعد وہ مارکیٹ کی سیر کرتے رہے اور ان کی آنکھیں چندھیا گئیں۔ وہاں اتنی بجلی تھی۔ رات کو گول دائرے والے باغ میں سو رہے جہاں اُن جیسے کئی اور سوئے ہوئے تھے۔ دو بجے کے قریب پولیس کے دو سپاہیوں نے اُنہیں اُٹھایا اور

ڈراتے دھمکاتے تھانے کی طرف لے گئے۔ انہوں نے بہت منت ترلا کیا لیکن وہ انہیں بھیڑوں کی طرح آگے لگائے چلتے رہے۔ تھانے کے دروازے پر پہنچ کر ایک سپاہی نے برکت کے پیٹ میں گھونسا مار کر کہا "اوئے اندر جانے سے پہلے تلاشی دے اپنی ....." دوسرے سپاہی نے غلام علی کے ساتھ یہی سلوک کیا۔ اُن دونوں کی تلاشی لینے کے بعد ایک سپاہی نے مسکرا کر کہا۔ "اب دفع ہو جاؤ اور آئندہ آوارہ گردی نہ کرنا ....." اس تلاشی کے دوران ان کی بقیہ پونجی سپاہی کی مٹھی میں منتقل ہو گئی۔

وہ اپنی چوٹیں سہلاتے وہاں سے دفع ہو کر پھر گول دائرے والے باغ میں آ گئے کیونکہ انہیں اس کے علاوہ کسی اور جگہ کا پتہ نہ تھا اور سویرے مزدوری بھی یہیں سے ملنی تھی۔

اگلی صبح جو پہلا گاہک آیا اور جس نے قطار میں بیٹھے انسانوں کو ٹٹول ٹٹول کر دیکھا کہ کس پر کتنا گوشت ہے اور کس میں کتنی سکت ہے۔ اُس نے برکت اور غلام علی کے دیہاتی جسموں کو پسند کر کے انہیں ایک تانگے میں بٹھایا اور مارکیٹ سے تقریباً دو میل کے فاصلے پر حسین چوک کے قریب ایک زیرِ تعمیر کوٹھی میں لے گیا۔

"کونسا کام کرتے ہو؟" اُن کے مالک نے پوچھا۔

"پتہ نہیں جی..... جو کرا لیں۔" محمد علی بولا۔

"نہ اس سے پہلے تعمیراتی کام نہیں کیا؟ اینٹیں ڈھوتے ہو، گارا بناتے ہو، روڑی کوٹتے ہو، کیا کرتے ہو؟"

"کچھ بھی کرا لو جی....." برکت نے کہا۔

"مزدوری پتہ ہے کتنی ہے؟" اُس نے پوچھا۔

"نہ جی!"

"پانچ روپے دہاڑی ملیں گے....."

"ٹھیک ہے....." دونوں نے سر ہلایا۔

اور وہ پانچ روپے دہاڑی پر لگ گئے اور ایسے لگے کہ اُسی کوٹھی پر پورا ایک سال لگے رہے ۔ وہ عید بقرعید کے لئے بھی گاؤں واپس نہ جا سکے کیونکہ کوٹھی کی مالکن نے انہیں چوکیداری بھی سپرد کر دی تھی اور اس کے عوض وہ چھت پر سو سکتے تھے ۔ انہوں نے ایک مرتبہ یہ مزدوری چھوڑ کر کہیں اور جانے کا سوچا لیکن پھر اس خیال سے کہ پتہ نہیں بعد میں اتنی اچھی مزدوری ملتی ہے یا نہیں انہوں نے یہ ارادہ ترک کر دیا اور وہیں ٹکے رہے ۔ مالکن ایک اَن پڑھ عورت تھی جو مالک کی تیسری اور آخری بیوی تھی کیونکہ اب اُس میں چوتھی کے لئے سکت نہ تھی ۔ سکت تو اُس میں تیسری کے لئے بھی نہیں تھی پر وہ اُسے لے آیا اور پھر جانا کہ اُس میں سکت نہیں ہے ۔ یہ مالکن صبح آجاتی اور مزدوروں کے سر پہ سوار ہو جاتی ۔ برکت پر وہ بہت مہربان تھی ۔ کوئی خاص وجہ تو نہیں تھی، صرف اُس کی سکت کی وجہ سے، جو بہت تھی ۔ ۔ ۔ ۔ ۔ کوٹ جوگیاں سے کبھی کبھار خط آجاتا اور ایک بار ایک نوجوان آیا اور اس نے بتایا کہ گھر میں سب خیر ہے ۔ ۔ ۔ ۔ ۔ اُس نے یہ بھی بتایا کہ اس کی روانگی کے پورے آٹھ ماہ بعد شیراں کے ہاں بیٹا پیدا ہوا تھا ۔

اس روز برکت کا بہت جی چاہا کہ وہ سب کچھ چھوڑ چھاڑ کر کوٹ جوگیاں بھاگ جائے ۔ پھر اُس نے سوچا کہ عید پر جائے گا اُن کے لئے جوڑے بنا کر اور اُس کے لئے کھلونے لے کر اور عید میں صرف ڈیڑھ ماہ رہ گیا تھا ۔

اُس کوٹھی میں کام کرنے والا ایک مزدور ایک روز کلائی پہ بڑی شاندار گھڑی پہن کر آیا جس پر ایک ہیٹ والا صاحب بنا ہوا تھا جو پستول اُوپر نیچے کرتا تھا ۔ سارے مزدوروں نے اُس گھڑی کو حیرت سے دیکھا اور دیکھتے رہے ۔

میرا بڑا بھائی ولایت میں ہے کئی سالوں سے ۔ وہاں کارخانوں میں افسر لگا ہوا ہے ۔ اُس نے بھیجی ہے ۔ ۔ ۔ ۔ ۔"

" اوئے اتنی دور کیسے چلا گیا ؟" غلام علی نے گھڑی کو گھورتے ہوئے جیسے ایک خواب میں پوچھا ۔

"یہ کوئی مشکل ہے۔" وہ مزدور کہنے لگا۔ "پہلے تو پاسپورٹ بنوانا پڑتا ہے۔"

"وہ کیا ہوتا ہے؟"

"ایک کاپی ہوتی ہے تصویر والی..... حکومت بناتی ہے۔ پھر جیب میں پورا گیارہ سو روپیہ ہونا چاہیئے اور جناب عالی! جاؤ کراچی اور وہاں سے سمندری جہاز چلتا ہے ہر مہینے کی چھ تاریخ کو....."

اس رات غلام علی نے اس گھڑی کے خواب دیکھے اور اس کے آگے پیچھے سمندری جہاز چلتے رہے اور بھونپو بجاتے رہے....

"تمہارے پاس کتنے پیسے ہیں؟" اگلی صبح غلام علی نے برکت سے پوچھا۔

"مشکل سے ساڑھے تین سو ہوں گے....."

"بس؟..... باقی کہاں گئے؟"

"بس اتنے ہی بچے ہیں کھا پی کے....."

"میرے پاس بھی اتنے ہی ہیں۔ اور یہ تو گیارہ سو سے بہت کم ہیں۔" غلام علی کی آواز میٹھی ہوئی تھی اور ایسے بولتا تھا جیسے نشے میں ہو۔

"تو کہتا کیا ہے؟" برکت نے پریشان ہو کر کہا۔

"اوئے بگّو چل ولائت چلیں۔ اس مزدور نے مجھے بڑی باتیں بتائی ہیں ولائیت کی۔ قسم سے وہاں دولت ہی دولت ہے۔ یہاں جتنے سال میں کماؤ وہاں ایک دن میں..... مجھے اس نے بتایا ہے۔ قسم سے بگّو نکل چلیں....."

"نہیں یار..... یار گامی..... نہیں یار وطن چھوڑ کر کون جاتا ہے اور ولائیت پتہ نہیں کہاں ہے اور وہاں تو صاحب لوگ ہوتے ہیں اور سارے کے سارے سؤر کھاتے ہیں....."

اگلے کئی روز تک غلام علی چپ رہا۔ وہ بہت کم بات کرتا۔ البتہ کبھی کبھار برکت دیکھتا کہ وہ اس مزدور سے چوری چھپے کچھ کہہ رہا ہے۔

جس روز وہ مزدور ولائتی گھڑی باندھ کر آیا تھا اُس سے پورے گیارہ دن بعد ایک صبح پولیس کے دو سپاہی آئے اور برکت کو پکڑ کر لے گئے "تم نے اور تمہارے مفرور ساتھی غلام علی نے کوٹھی کے برآمدے میں پڑا تین ٹن سریہ بیچا ہے ....." اُس نے بہتیرے ہاتھ جوڑے رویا پیٹا لیکن انہوں نے پہلے اس کی دُرگت بنائی اور پھر نیم بے ہوشی کی حالت میں کوٹھڑی میں پھینک دیا۔

سریہ چرانے کے جرم میں برکت علی کو چھ ماہ قید ملی .... اور قید کے دوران کوٹ جوگیاں سے عنایت علی اُسے ملنے آیا اور غلام علی کا ایک خط اُسے دیا جو ولایت سے آیا تھا .....

پیارے بھائی بکّو .... یار معافی دے دینا اب رسول کے واسطے ..... سریہ نہ بیچتا تو ولایت کیسے آتا اور ہاں تیرے سرہانے سے جو رقم اُٹھائی تھی وہ بھی اُدھار ہے .... اللہ پاک نے چاہا تو واپس کر دوں گا، پونڈوں میں ..... یار ولایت بڑا ایک نمبر مُلک ہے ...."

یہ خط برکت علی نے پڑھنا تو خیر کیا تھا، اُس نے ایک میٹرک پاس سیاسی قیدی سے پڑھوایا اور جونہی اُس نے خط ختم کیا اور آخری فقرہ "یار ولایت بڑی ایک نمبر مُلک ہے ." پڑھا تو برکت علی کھڑا ہو گیا ..... اُس کا چہرہ غصے سے لال بھبھوکا ہو رہا تھا اور یوں لگتا تھا جیسے وہ ابھی ایک غبارے کی طرح پھٹ جائے گا. اُس نے زمین پر تھُوکا اور پھر زور زور سے غلام علی کو گالیاں دینے لگا ..... اُدّے غلام علی ادّے میں تیری ..... اُدّے گامی میں تیری ..... اِن گالیوں کے ہمراہ اُس نے بڑی بدتمیزی سے کچھ فحش اشارے بھی کیے .... اشرف خاں سیاسی قیدی نے اُسے بڑی مشکل سے ٹھنڈا کیا اور سمجھایا کہ یہ جیل ہے یہاں اس طرح شور کرو گے تو قید تنہائی میں ڈال دیئے جاؤ گے ....."

"باؤ جی! آپ انصاف کرو ..." برکت علی نے اشرف خاں کا کندھا زور سے جھنجھوڑا ....

"ذرا آپ ہی انصاف کرو..... یہ جو غلام علی ہے تو میرا یار..... میرے چاچے کا پُتّر ہے اور ہم دونوں اکٹھے آئے تھے چک جوگیاں سے اس شہر لاہور کے علاقے گلبرگ میں مزدوری کرنے..... اور اس نے میرے ساتھ پتہ ہے کیا سلوک کیا.... آپ کو پتہ ہے....؟"

"نہیں مجھے نہیں پتہ ۔" اشرف خان نے مسکراتے ہوئے کہا۔

"ایک تو جی اُس نے مالکوں کا سریا بیچ ڈالا اور دوسری بات اُس نے کمینگی والی یہ کی کہ میرے سرہانے سے میری جمع پونجی بھی لے گیا۔ ہاں جی! میرا چاچے کا پُتّر یہ کر گیا میرے ساتھ اور میں نے چک جانا تھا اپنے پُتر کو دیکھنے کے لئے.... اور بشیراں وہاں کیا سوچے گی کہ میں یہاں چوریاں، ڈاکے ڈال رہا ہوں..... سارا چک کیا سوچے گا کہ نوردین کا پوترا جیل کاٹ کر آیا ہے.... بوجی میں تو واپس گھر جانے جوگا نہیں رہا..... کیا منہ لے کر جاؤں؟ میرا پہلا پُتّر ہے اور میں یہاں جیل میں ہوں اُس کا باپ..... چور بنا دیا ہے مجھے اور خود ماں کا یار ولایت میں عیش کر رہا ہے میرے پیسے کے ساتھ.... میں بھی اپنے باپ کا نہیں .... باؤ جی! آپ گواہ رہنا میں اپنے باپ کا نہیں جو غلام علی کا گاٹا نہ اتار دوں تو..... رب رسول کی قسم میں اس کا خون کر دوں گا اور یوں..... کروں گا کہ وہ معافیاں مانگے گا.... تم دیکھ لینا میں یہی کروں گا......"

اشرف علی، سیاسی قیدی، بڑے اطمینان سے سگریٹ کے کش لگاتا اُس کی باتیں سنتا رہا.....

"اور اب پورے چھ مہینے میں یہاں پڑا رہوں گا لاہور شہر کی جیل میں اور پھر ساری عمر لوگ یہی کہیں گے کہ اس نے جیل کاٹی ہے..... آپ ہی بتاؤ باؤ جی یہ کتنی بے عزّتی کی بات ہے......"

"میں نے تو یہ بھی سُنا ہے کہ دیہات میں اس بات کو زیادہ معیوب نہیں سمجھا جاتا....." اشرف علی بولا۔

"کیا نہیں سمجھا جاتا ؟"

"یعنی بُرا نہیں سمجھا جاتا اگر کوئی جیل چلا جائے بلکہ کئی مقامات پر تو اسے عزّت کی بات کہتے ہیں ۔"

"نہیں جی ہمارے علاقے میں ایسا نہیں ہے ۔ وہاں چوری چکاری کو بُرا سمجھا جاتا ہے اور جو جیل چلا جائے اُس کی آل اولاد کو طعنے ملتے رہتے ہیں کہ اس کا باپ جیل کاٹ کر آیا تھا ... پر جی میں نے گامی کو چھوڑنا نہیں ..... میں اپنے باپ کا نہیں جو اس کا گاٹا اتار کر کھوئی میں نہ پھینک دوں تو ! ....."

اس رات برکت علی اچھی طرح سو نہ سکا ..... ایک تو تنگ کوٹھڑیاں، گرمی اور مچھّر اور اُوپر سے غلام علی کی غداری اُسے بے چین کرتی تھی اور خون کھولاتی تھی ..... اشرف خاں سیاسی قیدی بھی اُسی کوٹھڑی میں تھا ۔ رات کے کسی پہر جب وہ کروٹیں بدل بدل کر اُکتا گیا اور اُس کا پنڈا دکھنے لگا تو اس نے ہولے سے اشرف خاں کو آواز دی اور وہ بھی سویا نہ تھا ..... "تم نے کبھی چوری کی تھی باؤ جی ؟" اُس نے پوچھا ۔

اشرف خان شاید اندھیرے میں آہستہ سے ہنسا کیونکہ اُسے کچھ آواز سنائی دی لیکن صرف آواز تھی اور اُس کے سوال کا جواب نہ تھا ۔

شاید وہی رات تھی ....

رات تو نہیں تھی، شام ہو چکی تھی اور اندھیرا لُوہرے گاؤں پر ابھی بیٹھ رہا تھا لیکن گلیوں میں کوئی نہیں تھا، اور گاؤں کی گلیاں صرف گھر سے نکل کر کھیتوں پر جانے اور وہاں سے واپس آنے کے لئے ہوتی ہیں، یہ نہیں کہ بلا کام کاج کے لوگ ان میں گھومتے رہیں یا اِدھر سے اُدھر کھڑے رہیں ..... تو ایک ایسی ہی ویران گلی میں اندھیرے کے اندر برکت علی کی گھروالی بشیراں اپنے پانچ ماہ کے بیٹے اکرم کو گود میں اُٹھائے داخل

ہوئی ..... آج گوبر عام دنوں سے زیادہ تھا اور اُسے گوجروں کے گھر گھر میں اُپلے تھاپتے دیر ہوگئی تھی۔ یوں بھی اب وہ زیادہ پھرتی سے کام نہیں کرتی تھی کیونکہ اُس کے دماغ میں نت نئی صورتیں بنتی رہتی تھیں۔ برکت علی کو گئے ہوئے ایک برس سے زائد کا عرصہ ہوگیا تھا۔ اُس نے شہر جاکر کچھ روپے بھیجے تھے اور ایک خط بھی کسی سے لکھوایا تھا کہ "میں روپے جمع کر رہا ہوں اس لئے تم ابھی اُپلے تھاپ کر گزارہ کرلو"..... بس یہی ایک خط آتا تھا اور اس کے بعد وہ کچھ ہوا جو سارے چک میں پھیل گیا۔ برکت نے اپنے مالکوں کا سامان بیچ دیا اور اب چوری کے جرم میں وہاں بڑی جیل میں ہے۔ بشیراں یہ بات نہ مانتی اور شروع میں اُس نے مانی بھی نہیں لیکن پھر بھائی عنایت علی نے ایک روز اُسے بتایا کہ وہ لاہور جارہا ہے برکت علی سے ملنے اور وہ جیل میں ہے..... بس وہ دن اور آج کا دن بشیراں میں آلکس بہت ہوگئی تھی۔ وہ جہاں بیٹھتی وہاں پہروں بیٹھی رہتی۔ کبھی کبھار تو وہ اکرم کو دودھ پلانا بھی بھول جاتی اور وہ اس کی چھاتی پر ہاتھ مار مار کر اپنی بھوک یاد دلاتا..... اور لوگ بھی باتیں کرتے اور انہوں نے تو کرنی تھیں۔ کیونکہ برکت علی نے کام ہی ایسا کیا تھا۔ اگر چک جوگیاں کا کوئی اور نوجوان اس قسم کی حرکت کرتا تو یقیناً وہ بھی اپنا ہاتھ کھلے منہ پر "ہا ہائے" کہہ کر مارتی اور پھر نہایت زہریلے انداز میں اُس کے خاندان اور اس کے بگتوں کو کھری کھری سناتی..... تو لوگوں نے باتیں تو کرنی تھیں اُس نے کام ہی ایسا کیا تھا۔

شاید یہ وہی رات تھی جب برکت علی اپنی کوٹھڑی میں کروٹیں بدلتا تھا یا اُس رات کے بعد کوئی اور رات تھی جب اندھیرا پورے گاؤں پر ابھی بیٹھ رہا تھا اور گلیوں میں کوئی نہ تھا اور بشیراں گوجروں کے گھر سے ذرا دیر سے نکلی تھی اور گلی کے ویران اندھیرے میں آہستہ آہستہ پاؤں دھرتی چلتی تھی..... اُس نے سوچا کہ گھر جانے سے پہلے وہ ذرا کھیتوں میں جاکر فارغ ہو جائے..... اس لئے وہ گلی کے آخر تک چلتی گئی۔ اور گلی کے آخر میں

سبز کھیتوں کی گہری رنگت تھی اور اُن میں ایک پگڈنڈی دور تک جاتی تھی اور بشیراں اُس پر چلتی گئی۔

گوجروں کا بیٹا امام دین بھی اُسی پگڈنڈی پر اُس کے پیچھے پیچھے چلتا گیا۔

کھیت ختم ہوئے تو ویران ٹبّے اور میدان شروع ہو گئے اور اُدھر وہ کھوئی تھی جس میں سے پانی نہیں نکلا تھا اور جہاں کسی زمانے میں برکت اور غلام علی اللہ دتّہ افیمی کے گنّے رات گئے تک چوسا کرتے تھے۔ یہاں بشیراں نے اکرم کو کھوئی کے ساتھ ہموار زمین پر دوپٹہ بچھا کر لٹایا اور خود اپنے آپ کو ڈھیل دیتی کھیتوں میں اُتر گئی..... ایک بڑا مینڈک پُھدک کر پرے ہوا اور جھینگر بولنے لگے اور پھر چُپ ہو گئے۔

اور بشیراں پر کچھ بوجھ ہوا وہ بول نہ سکی اور اس کے نتھنوں میں سبز گھاس تھی اور اُدھر ماں کے آنے میں دیر ہوئی تو زمین پر لیٹا اکرم بلک بلک کر رونے لگا.... امام دین اپنے آپ کو سنبھالتا کھیت سے باہر آیا، روتے ہوئے بچے کے قریب ہوا تو جھجکا اور پھر جیسے مُنہ چھپاتا ہوا پرے چلا گیا۔

اگلی سویر، اندھیرا گاؤں کی گلیوں اور چھتوں پر سے اُٹھا جا رہا تھا اور اُس کی جگہ قدرے ٹھنڈک والی ہوا اور سفیدی اترتی تھی جب کھیتوں کو جانے والے چند کسانوں نے دیکھا کہ کھوئی کے ساتھ ہموار زمین پر ایک نیلے دوپٹے پر ایک بچہ لیٹا ہوا ہے، جانے سویا ہوا ہے کہ اس کے دَم ختم ہو چکے ہیں اور وہ شتابی سے اُس کے قریب گئے۔ وہ سویا ہوا تھا.... صبح کی سردی سے اگرچہ اُس کا جُثّہ ٹھنڈا ہو رہا تھا لیکن اُس کا دل دھڑکتا تھا اور وہ سویا ہوا تھا۔ یہ کوئی اچنبھے کی بات نہیں تھی کہ کسی کھیت کے کنارے پر کوئی بچّہ دوپٹے پر لیٹا ہوا ہو۔ کیونکہ اکثر ایسا ہوتا تھا۔ اُن کی مائیں اُنہیں کنارے پر لٹا کر کھیت میں فراغت کے لیئے چلی جایا کرتی تھیں لیکن یہ کبھی نہیں ہوا تھا کہ اتنی سویرے اتنی ٹھنڈک میں کوئی اپنا بچّہ چادر کے بغیر چھوڑ جائے اور پھر بچّہ سویا ہو۔

"اسے مسجد میں لے جائیں، جس کا ہو گا وہ لے جائے گا۔"

پر بھائی میرے اگر یہ کسی کا ہوتا تو یوں لاوارث پڑا ہوتا... کوئی اسے چھوڑ کر جاتا ہی کیوں؟..... یہ بھی تو ممکن ہے کہ ہمارے چک کا نہ ہو۔ کوئی راہگیر اسے یہاں چھوڑ گیا ہو کھوئی کے ساتھ...."

"پر کیوں؟"

"بھئی طرح طرح کی دنیا ہے.... اللہ معاف کرے کیا پتہ یہ بچہ کیسا ہے۔"

"نہیں.... یہ اپنے ماں باپ کا قانونی ہے.... دوسرے جو ہوتے ہیں انہیں لوگ شروع سے ہی اِدھر اُدھر کر دیتے ہیں اور یہ تو پانچ چھ مہینے کا لگتا ہے۔"

وہ اسے اٹھا کر مسجد میں لے گئے۔

عنایت علی کی عادت تھی کہ شام کی نماز کے بعد وہ برکت علی کی دو کوٹھڑیوں کی طرف پھیرا ضرور مار لیتا۔ وہ عام طور پر وہاں دروازے کے باہر کھڑا ہی رہتا اور بشیراں کے لاکھ کہنے پر بھی "بس بہن جی ٹھیک ہے۔"..."بس بہن جی میں نے جانا ہے۔" کہتا رہتا اور صرف ایک سوال پوچھتا "بہن جی کسی شے کی ضرورت تو نہیں؟" اور بشیراں ہمیشہ جواب دیتی "لو بھائی جی آپ کے ہوتے ہوئے مجھے کسی شے کا گھاٹا ہے۔"

اس شام وہ نماز کے بعد جب برکت کے گھر کے دروازے کے باہر کھڑا ہوا تو اس کے مسلسل کھانسنے کے باوجود اندر سے کسی نے "کون ہے؟" کی صدا بلند نہ کی.... پھر اس نے سر اٹھا کر دیکھا تو صحن کے دروازے کی کُنڈی چڑھی ہوئی تھی..... پتہ نہیں کہاں گئی ہے بہن بشیراں...." اس نے ناگواری سے ناک سکیڑی۔ "شام کے وقت گھر سے باہر رہنے کی کیا تُک ہے۔" پھر اس نے سوچا کہ اسے گوجروں کے گھر سے آتے ہوئے دیر ہو گئی ہو گی.... وہ تقریباً سارا دن وہیں کام کرتی تھی لیکن شام کو تو گھر آ جاتی تھی۔ برکت علی کے جانے پر اس نے بشیراں کو متعدد بار کہا کہ وہ اُپلے تھاپنے کا کام چھوڑ دے لیکن وہ کہتی

"بھائی جی وہ خود پردیس میں ہیں پتہ نہیں اپنا گزارہ کیسے کرتے ہیں۔ بس چند روز اور یہ کام کر لوں پھر چھوڑ دوں گی۔ برکت بھی تو اسی لئے گھر چھوڑ گیا ہے۔" اور پھر برکت کا خط ان دنوں آ گیا کہ ابھی کام نہ چھوڑنا.... بہرحال شام گہری ہو رہی تھی اور بشیراں ابھی واپس نہیں آئی تھی۔ عنایت علی کچھ دیر وہاں کھڑا رہا اور کچی گلی میں اندھیرے کے باوجود پانچ چھ بطخیں گندی نالی میں چونچیں ڈبوئے شور مچا رہی تھیں..... "چلو صبح سویرے سرگی ویلے آ کر سلام کر جاؤں گا۔" عنایت علی نے سر جھٹکا اور نالی میں چھینٹے اڑاتی بطخوں سے کپڑے بچاتا وہ چلا گیا۔

اور اگلی صبح وہ جب آیا تو کنڈی ابھی تک چڑھی ہوئی تھی۔

عنایت علی کے چوڑے ماتھے پر پسینے کی دھاریں پھوٹنے لگیں۔ "رب خیر کرے.... اللہ بہتر کرے...." وہ زیرِ لب بڑبڑایا اور وہاں سے سیدھا گوجروں کے گھر گیا۔ وہ اپنی بھینسوں کو نہلا رہے تھے اور اُن کے جوان تین ٹوکوں کو چلا کر چارہ کتر رہے تھے۔ عنایت علی کو دیکھ کر فضل ماہیا اُس کی طرف آیا۔ "بھا عنایت اج سویرے سویرے کِدھر.....؟"

"بس میں اِدھر سے گذرا تو سوچا کہ سلام کر جاؤں..... وہ تمہاری بھوری بھینس اب کیسی ہے۔ اُسے وہ دوائی کھلائی تھی جو میں نے بتائی تھی؟" عنایت نے اِدھر اُدھر نگاہ ڈالتے ہوئے کہا۔ وہ پوچھنا نہیں چاہتا تھا کہ بشیراں اِدھر آئی ہے یا نہیں اس لئے وہ اِدھر اُدھر کی باتیں کرتا رہا اور فضل ماہیا اُسے بھوری بھینس کے قصے سناتا رہا۔

"ماہیا بشیراں کل آئی تھی ناں؟" بالآخر اُسے پوچھنا پڑا۔

"نہیں بھئی اُس کے بغیر ہمارا گزارہ نہیں ہوتا۔ دیکھو ناں اتنی بھینسیں ہیں اور اُن کا گوبر بھی واہ واہ ہو جاتا ہے۔ ہماری عورتیں کتنا تھاپ سکتی ہیں تو بشیراں کے بغیر ہمارا گزارہ نہیں ہو سکتا..... کل تو شام تک یہیں تھی.... واہ واہ تھک گئی ہوگی۔"

"بس میں نے تو یونہی پوچھا تھا۔" عنایت زبردستی مسکرایا "میں اُدھر جا نہیں سکا اُس کی خیر خیریت پوچھنے تو میں نے سوچا تُم سے پوچھ لُوں.... اچھا بھائی ماہیا۔" عنایت نے جانے کے لئے ہاتھ آگے بڑھایا تو ماہیا نے ہنس کر کہا "ایک گھونٹ دُودھ تو پیتے جاؤ .....اوئے پُتر امام دین.... اُوئے اِدھر آ مبھرا کے لئے گھونٹ دودھ تو لا...."

عنایت علی دودھ نہیں پینا چاہتا تھا لیکن فضل ماہیا نے اُس کا ہاتھ تھامے رکھا اور اُسے مجبوراً ٹھہرنا پڑا۔ امام دین آیا تو اُس کے ہاتھ میں دودھ کا پیالہ تھا۔

"سُنا بھائی امام دین.... تم کیسے ہو؟" عنایت علی نے پیالا لے کر پوچھا۔

"اچھا عنایت وہ بشیراں کو کہنا کہ آج پھر ذرا زیادہ کام ہے جلدی آجائے"۔ عنایت گوجروں کے گھر سے نکلا تو اُس کا رنگ پیلا پڑ چکا تھا..... یا خدا یہ کیا ہو رہا ہے۔ میرا بھرا برکت علی پردیس میں ہے اور اس کا خاندان یہاں میری حفاظت میں تھا۔ میں کیا جواب دوں گا اور کیا منہ دکھاؤں گا.... اُس لمحے اُس نے کھیتوں کی طرف سے گلی میں داخل ہوتے چند کسان دیکھے اور وہ کچھ اُٹھائے ہوئے تھے۔ عنایت علی کا دل بڑی طرح دھڑکا اور اُس نے جان لیا کہ وہ جو کچھ بھی اُٹھائے ہیں اُس کا تعلق، واسطہ اُس کے ساتھ ہے اور وہ بھاری قدم اٹھاتا اُن کی طرف گیا..... وہ ایک نیلے دوپٹے میں لپٹے بچے کو اُٹھائے چلے آ رہے تھے.... یہ نیلا دوپٹہ اس نے پہلے کہاں دیکھا تھا؟ کہاں دیکھا تھا؟.....

"کیا بات ہے تم لوگ کھیتوں میں جانے کی بجائے واپس کیوں آ رہے ہو؟ اُس نے پوچھا۔

"سوکھی کھوئی کے پاس زمین پر یہ بچّہ پڑا تھا۔ ہم اسے مسجد میں لے جا رہے ہیں تاکہ جس کا ہو وہ آ کر لے جائے۔"

"اگر یہ ہمارے چک کا ہے تو!...."

"میرے خیال میں ادھر کا نہیں ہے ورنہ اس کی ماں اسے وہاں چھوڑ کر کہاں جا سکتی تھی؟" عنایت علی نے آگے ہو کر بچے کے منہ سے دوپٹہ پرے کیا۔ وہ ابھی تک سو رہا تھا۔

"اسے مجھے دے دو" وہ بمشکل کہہ سکا۔ "یہ میرا بھتیجا ہے۔ برکت علی کا بیٹا اکرم"

تمام کسانوں نے ایک دوسرے کی جانب دیکھا کہ عنایت علی یہ کیا کہہ رہا ہے۔ برکت علی کی بیوی بشیراں تو بڑی پردے والی بی بی ہے اور بڑی شرم والی ہے تو وہ اپنا بچہ چھوڑ کر کیسے جا سکتی ہے۔ عنایت علی نے بچے کو اپنی گود میں لیا اور پھر بیٹھی ہوئی آواز میں کہنے لگا۔ "اس کی ماں کو تو نہیں دیکھا تم لوگوں نے؟"....

تب وہ سارے کے سارے پھر بے حد حیران ہو گئے کہ عنایت علی یہ کیا کہہ رہا ہے....؟ اُن کا خیال تھا کہ بشیراں گھر پر ہوگی اور شاید کسی نے بُری نیت سے بچہ اُٹھا لیا اور پھر اُسے سوکھی کھوئی کے پاس چھوڑ گیا..... "بشیراں گھر پر نہیں ہے؟" اُن میں سے ایک نے پوچھا۔

"نہیں" عنایت نے سر ہلایا اور برکت علی کے گھر کی طرف چلنے لگا۔ اُس کے دل میں بڑی امید تھی کہ مولا پاک یوں کریں گے کہ جب وہ گھر پہنچے گا تو دروازہ کھلا ہو گا اور اس میں پریشان حال بشیراں کھڑی ہو گی اور اُسے دیکھ کر کہے گی، بھائی عنایت لاکھ لاکھ شکر ہے کہ تم آ گئے اور میرے بیٹے کو تلاش کر لائے.... میں نے اس کے بغیر پاگل ہو جانا تھا.... پر امید اُس کی پوری نہ ہوئی.... دروازے کی کنڈی اب بھی چڑھی ہوئی تھی.... اُس نے پتہ نہیں کیوں دروازے پر دستک دی.... ایک بار.... دو بار.... اور پھر بلند آواز سے کہنے لگا: "بہن بشیراں..... بہن کسی شے کی ضرورت تو نہیں".... لیکن اندر سے کوئی جواب نہ آیا اور وہ وہاں کھڑا رہا..... روشنی زیادہ ہوتی گئی..... اور پھر اکرم رونے لگا.... اُسے دودھ کی ضرورت تھی.... وہ اُسے اب کہاں لے کر جائے.... اس کا کیا کرے.... بس یہی ہو سکتا تھا کہ وہ اُسے طفیل بی بی کے پاس لے جائے....

طفیل بی بی کے سرخ و سپید چہرے پر پسینے کے قطرے تھے اور وہ اپنی پوری قوّت سے مدھانی چلا رہی تھی اور بڑی مشکل اور دقّت سے چل رہی تھی۔ کیونکہ چاٹی میں مکھن بہت زیادہ تھا اور اس میں وہ کم گھومتی تھی.... عنایت علی جانتا تھا کہ یہ صرف طفیل بی بی ہی کر سکتی ہے ورنہ کوئی عام عورت اتنے زیادہ مکھن میں مدھانی کو گھمانا تو کیا ہلا بھی نہیں سکتی۔ مدھانی کے گھومنے کی گُھرگُھر صحن سے اُٹھ کر گاؤں کی گلیوں میں پھیلتی تھی۔ طفیل بی بی کے دو بچے جو ابھی ابھی مسجد سے قرآن شریف پڑھ کر آئے تھے اُس کے گھٹنوں سے لگ کر بیٹھے کوئی ضد کر رہے تھے اور چھوٹا رو رہا تھا۔ عنایت علی کو صحن میں داخل ہوتے دیکھ کر طفیل بی بی کا ہاتھ رُک گیا اور ایک خاموشی ابھری جس میں اُس نے پیڑھی سے اُٹھتے ہوئے کہا "خیر تو ہے بھائی عنایت علی۔"

عنایت علی نے آگے بڑھ کر اکرم کو طفیل بی بی کے ہاتھوں میں دے دیا اور چارپائی پر سر جھکا کر بیٹھ گیا۔ اُس کی جو سمجھ میں آیا وہ اُسے بتا دیا۔

"پر بشیراں.... میری بھرجائی.... طفیل بی بی کچھ کہنے لگی اور پھر خاموش ہو گئی۔

"بہن تم اس بچے کو سنبھالو.... عنایت اُٹھ کھڑا ہوا "بس اتنا ہی کام ہے۔"

"میرا بھتیجا ہے خیر سے..... میں نہ سنبھالوں گی تو اور کون سنبھالے گا... لیکن بشیراں..."

"بشیراں کی بات مت کر..... تو پوچھتی ہے تو اب سارا جگ پُوچھے گا.... پتہ نہیں کیا ہوا..... کہاں چلی گئی..... وہ ایسی تو نہ تھی بہن طفیل بی بی!"

"نہیں نہیں بھائی..... یہ کیا بات کرتے ہو تم....."

"میں نے کیا بات کرنی ہے اور کیا نہیں کرنی میری عقل مت میں تو کچھ نہیں آتا..... .... اچھا میں پھر آؤں گا".... اور وہ چپکے سے باہر چلا گیا۔

اکرم رونے لگا۔ طفیل بی بی نے اُسے دیکھا اور اُسے اپنا بھائی یاد آگیا جو لاہور گیا تھا اور پھر چوری کر کے جیل میں تھا بد قسمت.... اُس کی آنکھوں میں آنسو اُمڈ آئے تھے پر

اس نے دل پر جبر کیا اور آنسو پونچھ کر بچے کو دودھ پلانے لگی ....

اگلے روز چک جوگیاں کے گھروں میں سرگوشیاں ہوتی تھیں ..... اور وہ ہوتی تھیں... عنایت علی سر جھکائے گلیوں میں چلتا تھا..... کسی نے بھی اُس سے بشیراں کی بابت نہ پوچھا تھا۔ لیکن سب نے پوچھا تھا صرف زبان سے نہیں بلکہ دیکھ دیکھ کر..... اُن کی نگاہیں پوچھتی تھیں .... وہ کہتے تو یہ تھے کہ بھائی عنایت کیا حال ہے پر اُس میں گونج "بشیراں کہاں گئی؟" کی سنائی دیتی تھی۔ طفیل بی بی بھی چُپ تھی .... اُس کے گھر والے نے پوچھا تو اُسے بھی اُس نے یہی کہا کہ میری بھرجائی عزّت والی ہے وہ خود کہیں نہیں جا سکتی..... لیکن اس کے اگلے روز بھی چک جوگیاں کے گھروں میں سرگوشیاں ہوتی تھیں..... اور وہ ہوتی تھیں۔

برکت علی جیل میں اپنی جوانی کے دن اور راتیں گزارتا رہا..... جیل کی اصطلاح میں ایسے قیدی جو صرف دو تین برس کے لیئے آتے تھے۔ "مہمان" کہلاتے تھے اور ان کی عزّت نہیں کی جاتی تھی۔ یہ لوگ بچے سمجھے جاتے تھے چاہے قید کاٹنے والا بوڑھا ہی کیوں نہ ہو۔ عزّت دار اور شریف قیدی وہ تھے جو عمر قید کے لئے آئے تھے یہ قیدی جیل کے بزرگوں میں شمار ہوتے تھے اور جیل کے افسران بھی ان کے ساتھ نرم برتاؤ رکھتے تھے۔ ان حالات میں ظاہر ہے برکت علی کے چھ ماہ کچھ زیادہ تکریم کے قابل نہ تھے۔ وہ بس "مہمان" تھا۔ اِدھر مشقت بھی زیادہ نہیں لی جاتی تھی۔ برکت علی کا کام صبح سویرے اُٹھ کر جیل کے گھڑے اور چاٹیاں بھرنا تھا۔ یہ کام اس سے پہلے ایک شہری بابو کے سُپرد تھا اور وہ کنوئیں میں سے پانی نکالتے ہوئے چلّو بھر بھر کر آنسو بہاتا تھا کیونکہ کنوئیں میں بوکا ڈال کر اسے لبریز کر کے اُوپر کھینچنا ہمت اور تجربے کا کام ہوتا ہے۔ اور شہری بابو خوراک کے محکمے میں کلرک تھا اور رشوت لیتا ہوا پکڑا گیا اور اِدھر آگیا۔ رشوت وہ اپنے بڑے افسر کے کہنے پر لیتا تھا اور اس میں اس کا حصّہ نہ ہونے کے برابر ہوا کرتا تھا۔ ساری رقم وہ ہر شام افسر کے گھر پہنچا کر آتا تھا۔

ایک شام وہ رقم لے کر افسر کے گھر گیا تو وہاں انٹی کرپشن والوں نے اُسے گرفتار کر لیا..... ان دِنوں رشوت کے خلاف مہم چل رہی تھی اور افسر نے انٹی کرپشن والوں کو اطلاع کی تھی کہ اس کا ایک ماتحت اپنی ترقی کروانے کے لئے آج شام اُسے رشوت پیش کرنے آئے گا.... چنانچہ شہری بابو اندر اور افسر ابھی تک باہر بلکہ اُس کی ترقی ہو گئی تھی اور وہ اب قومی جلسوں اور تقریبات میں " ہماری قومی ذمہ داریاں اور رشوت کا سرطان " کے موضوع پر آبدیدہ ہو کر تقریریں کرتا تھا اور عوام اس فرض شناس محبِ وطن کے لئے تالیاں پیٹتے تھے.... بہرحال یہ شہری بابو بے چارہ کنوئیں سے بمشکل چار پانچ بُو کے باہر نکالتا اور اُس کا سانس پھول جاتا اور پھر وہ منڈیر پہ بیٹھ کر باقاعدہ رونے لگتا..... ایک روز برکت علی نے اُسے تسلّی دی اور ڈھارس بندھانے کی خاطر کہا " یار باؤ ! یہ تمہارا افسر تو بڑا کمینہ نکلا " اس پر شہری باؤ نے فی الفور رونا ملتوی کیا اور غصّے میں کہنے لگا " خبردار جو شفیع صاحب قبلہ کے بارے میں ایک لفظ بھی کہا تو..... وہ میرے بزرگ ہیں میرے محسن ہیں "

برکت علی بڑا پریشان ہوا کہ اس باؤ کے افسر نے اِسے جان بوجھ کر جیل بھجوایا ہے ، نوکری سے نکلوایا ہے اور پھر بھی وہ اُس کی تعریف کرنے سے باز آتا ۔

" اس نے تمہیں جیل نہیں بھجوایا "

" ہاں بھجوایا ہے " وہ کہنے لگا " لیکن میں اب بھی اُن کی شفیع صاحب قبلہ کی بہت عزت کرتا ہوں اس لئے آئندہ اُن کے خلاف ایک لفظ نہ کہنا "

برکت علی کو سمجھ نہ آئی کہ یہ کیا سلسلہ ہے اور یہ شخص بیوقوف ہے یا سچ مچ اپنے افسر کی عزت کرتا ہے ۔ وہ اس کی جگہ ہوتا تو یقیناً اپنے افسر کا گاٹا اتار دیتا اور اس گاٹا اتارنے سے اُسے غلام علی گامی یاد آ گیا اور وہ پھر کھولنے لگا ۔ اوئے باؤ تم تو ہو شہر کے لیکن میں ہوں اُدھر چک جوگیاں کا اور میں نے غلام علی کا گاٹا اتار کر سوکھی کھوئی میں پھینک دینا ہے.. .... سمجھ گئے ناں تم ؟"

ایک ہفتے کے بعد شہری باؤ کو کسی اور جیل میں منتقل کر دیا گیا اور کنوئیں میں سے پانی نکال کر گھڑوں اور چاٹیوں میں ڈالنے کی مشقّت برکت علی کے سپرد کر دی گئی .... اور وہ اس کام کو صبح سویرے ہی نپٹا دیتا اور پھر سارا دن اِدھر اُدھر گھومتا رہتا۔ باہر کی دُنیا میں جیل کی جو دہشت تھی اُس کے برعکس جیل کی دنیا خاصی دلچسپ اور پُر لطف تھی.... سوائے باہر جانے کے یا لمبی چوڑی میل ملاقات کے یہاں ہر قسم کی آسائش حاصل تھی.. خاص طور پر اگر پلّے مال ہو تو..... برکت علی کے پاس جو کچھ تھا وہ تو غلام علی لے گیا تھا، اس لئے جو کام مال سے نکلتا تھا وہ برکت علی خدمت کر کے کروا لیتا تھا.... وہ لوگوں کے حُقّے بھرتا، اِن کے لئے چائے تیار کرتا اور دیگر چھوٹے موٹے کاموں کے علاوہ اُن کے کپڑے دھوتا.... آہستہ آہستہ اُس نے کپڑے دھونے کو کاروبار میں بدل دیا اور فی کپڑا ایک آنہ چارج کرنے لگا.... اس ایک آنے میں دو پیسے جیل والوں کے اور باقی دو پیسے اُس کی جیب کے لئے..... اب وہ روزانہ دو تین روپے بنا لیتا تھا۔ اسی حوالے سے جیل میں اُسے بگّو دھوبی کہا جاتا تھا....

ایک روز اس کی ملاقات اشرف خاں سیاسی قیدی سے ہو گئی۔

"کیوں باؤ جی! آپ جیل سے باہر چلے گئے تھے جو اتنے دن نظر نہیں آئے؟" برکت علی نے خوش ہو کر پوچھا۔

"میں قید تنہائی کاٹ کر آیا ہوں..... ہاں باہر بھی گیا تھا" وہ مسکراتا ہوا کہنے لگا۔

"تو پھر واپس کیسے آ گئے؟"

"میں اپنی من مرضی سے تو نہیں گیا تھا بگّو بھائی .... یہ لے گئے تھے اور پھر یہی واپس لے آئے۔"

"یہ کون؟" برکت علی نے مُنہ کھول کر کہا۔

"بس یہی ....." اشرف خاں نے قہقہہ لگا کر کہا "یہی ..... بس یہی .... اور بات سنو

میں نے سُنا ہے کہ تم نے اِدھر ایک لانڈری کھول رکھی ہے؟

"کیا کھول رکھی ہے؟"

"لانڈری.... کپڑے وغیرہ دھونے کا بندوبست"

"ہاں.... بس وہ..... صبح سویرے پانی کی ڈیوٹی دے لیتا ہُوں تو پھر ہاتھ پر ہاتھ رکھ کر بیٹھا رہوں تو کچھ اچھا نہیں لگتا..... سوچا باہر تو جانا ہے کبھی نہ کبھی تو اس کے لئے جیب میں کچھ رقم ہو جائے..... پتہ ہے ناں وہ گامی ماں کا..... میرے سارے پیسے نکال کر بھاگ گیا تھا....؛"

"ہاں پتہ ہے..... تو میرے کپڑے بھی یار دھولاؤ.... کیا ریٹ ہے؟"

"آپ کے لئے مُفت......"

"نہیں نہیں"۔ اشرف خان حسبِ عادت قہقہہ لگا کر ہنسا "کاروبار میں رعایت نہیں ہونی چاہیئے۔ ہم بھی وہی دیں گے جو باقی جیل والے دیتے ہیں....." اشرف خان نے اپنے صندوق میں سے کپڑوں کی گٹھڑی نکالی اور برکت کے حوالے کر دی...." تین جوڑے ہیں.... رسید ملے گی؟" اس نے برکت کے کندھے پر دھپ لگائی اور پھر ہنستا ہُوا واپس چلا گیا۔

اگلے روز پانی بھرنے کی ڈیوٹی ختم کرنے کے بعد اُس نے کنویں کے کنارے دھوبی گھاٹ کھولا اور کپڑے دھونے لگا.... جب اُس نے اشرف خان کے کپڑے نکال کر اُن پر پانی ڈالا تو یکدم رُکا، اس کا منہ کُھل گیا.... کپڑوں پر خون کے بیشمار دھبے تھے.... وہ اُنہیں رگڑ رگڑ کر صاف کرنے کی کوشش کرتا رہا لیکن نشان باقی رہے.... شلواروں پر بھی گندگی لگی ہوئی تھی.... برکت علی کی سمجھ میں نہ آیا کہ اشرف خاں کے کپڑوں پر یہ خون اور گندگی وغیرہ کہاں سے لگ گئی.... اسی شام اُس نے دُھلے ہوئے کپڑے اشرف خان کے آگے تہ کر کے رکھے اور کہنے لگا" باؤ جی.... یہ آپ کے کپڑوں پر لال لال کیا لگا ہوا ہے....؟"

اشرف خان جو عام طور پر قہقہہ لگا کر بات کا جواب دیتا تھا، ایک لمحے کے لئے چپ رہا اور پھر سنجیدگی سے کہنے لگا۔ "یہ سرخ روشنائی ہے، خط لکھتے وقت کپڑوں پر گر گئی تھی....."

"برکت علی منہ کھول کر ہنس دیا" واہ جی یہ کیا بات کرتے ہو..... خط تو تم نے ایک لکھا اور روشنائی سارے کپڑوں پر گر گئی اور ہاں آپ کی شلواروں پر.....؟"

"دھوبی صاحب....." یکدم اشرف خان اپنی اصل پر لوٹ آیا "کیا بات ہے سارے جیل کے کپڑے دھوتے ہو پر ہمارے کپڑے دھوتے ہوئے تم اعتراض کرتے ہو۔ ہم اتنے بُرے ہیں.....؟"

"نہیں جی نہیں..... یہ کیا بات کرتے ہو"۔ برکت علی دکھی ہو کر کہنے لگا۔" وہ تو میں نے دیکھا تو پوچھ لیا نہیں تو مجھے کیا اعتراض ہو سکتا ہے۔ یہ کیا بات کی آپ نے.....؟"

اس نے بعد میں بھی اشرف خان کے کپڑے دھوئے اور کبھی کبھار جب وہ اُسے جیل سے باہر لے جاتے تو اس کے کپڑوں پر خون کے دھبّے ہوتے....

وہ چونکہ ایک اچھا اور با اخلاق قیدی تھا اس لئے اس کی قید کم ہو کر صرف ساڑھے چار ماہ رہ گئی۔ عید، بقر عید اور قومی تہواروں پر قیدیوں کو جو چھوٹ ملتی وہ سب ملا کر کُل وقت چار ماہ ہو گیا.....

جس روز وہ جیل سے باہر آیا، اُس کی جیب میں ڈیڑھ سو روپیہ تھا.... اشرف خان سیاسی قیدی ابھی تک وہیں تھا اور اُسے کچھ پتہ نہ تھا کہ اس کی قید کتنی ہے۔ نہ ہی جیل والوں کو پتہ تھا۔ کیونکہ انہیں تو حکم آتا تھا اور وہ اس پر عمل کرتے تھے۔

برکت علی اکتوبر کے آخر میں جیل سے باہر آیا۔ اُس برس بارشیں بہت کم ہوئی تھیں اور ہر طرف دھول ہی دھول تھی۔ سردی کا شائبہ ہوتا کہ شاید آجائے ورنہ لگتا تھا جیسے اگست ستمبر کے دن ہوں۔ جیل کے باہر اسٹیشن جانے والی بس کھڑی تھی اور وہ اپنی جیب پر

ہاتھ رکھ کر اس میں سوار ہو گیا۔

گاڑی لاہور اسٹیشن سے باہر آئی تو جیسے وہ سچ مچ آزاد ہو گیا ہو۔ اُس نے کھڑکی سے منہ نکال کر ایک طویل سانس لیا اور اپنے سامنے گزرتے دریائے راوی کو دیکھ کر وہ آبدیدہ ہو گیا۔ راوی کے پار، دریا کے کنارے سینکڑوں کی تعداد میں بھینسیں کھڑی تھیں اور اُن کے درمیان میں ایک کُتّا منہ اُٹھا کر ٹرین کو بھونکنے لگا۔ برکت علی مسکرانے لگا۔ اُس کا جی چاہا کہ وہ بھی گردن لمبی کر کے کُتّے کو "بھوں بھوں" کر کے جواب دینے لگے.... اس سے پہلے ایک کچی آبادی نظر آئی تھی جو ریلوے لائن کے ساتھ ساتھ اپنے غلیظ جوہڑوں، نالیوں اور بدبُودار کوڑے کرکٹ کے ڈھیروں کے ساتھ چلی جا رہی تھی۔ ننگ دھڑنگ بچے کیچڑ اور غلاظت سے بھرے جوہڑوں میں ڈبکیاں لگا رہے تھے اور اُن کے جسموں سے کیچڑ بہتا تھا۔ ایک جوہڑ میں چند بھینسیں آرام کر رہی تھیں اور اُن میں سے ایک کی پشت پر سوار بچّہ ٹرین کی طرف دیکھ کر ہاتھ ہلا رہا تھا..... اُسے یہ تو نظر نہیں آ رہا تھا کہ اُس ٹرین میں کون کون لوگ سوار ہیں لیکن وہ ہاتھ ہلا رہا تھا اور اُسے دیکھ کر برکت علی کو اپنا بیٹا یاد آ گیا..... وہ بھی شاید اسی طرح کسی جوہڑ میں آرام کرتی ہوئی کسی بھینس کی پشت پر سوار مزے سے بیٹھا ہو اور..... برکت علی کو اپنی حماقت پر ہنسی آ گئی۔ وہ تو ابھی آٹھ نو مہینے کا ہو گا وہ بھلا بھینس کی پشت پر کیسے بیٹھ سکتا تھا..... ہاں وہ اب جائے گا تو اُسے اُٹھا کر خود کسی گائے یا بھینس کے اُوپر بٹھا دے گا اور پھر وہ خوفزدہ ہو کر روئے گا اور میں کہوں گا، "اوئے! برکت علی کے بیٹے ہو کر روتے ہو.... آرام سے بیٹھے رہو..... اور برکت علی باہر سے لاتعلق ہو کر اپنے بیٹے کے بارے میں سوچنے لگا اور ظاہر ہے کہ اُس کے ساتھ ہی بشیراں بھی چلی آتی..... نظریں جھکائے لیکن اُس مسرت کو بدن میں لیئے جو پھوٹتی ہے اور صرف ایک شخص جانتا ہے کہ یہ میرے لیئے ہے اور باقی دنیا بے خبر رہتی ہے.... اُس نے فیصلہ کر لیا تھا کہ اب بشیراں گوجروں کے گھر میں اُپلے تھاپنے کے لیئے نہیں جایا کرے گی...

آئندہ کے لیئے اُس کے ذہن میں کوئی منصوبہ نہ تھا سوائے غلام علی کا گاٹا اتار کر اُسے کھوئی میں ڈالنے کے..... اِس منصوبے میں صرف ایک قباحت تھی اور وہ اُسے جیل سے باہر نکل کر سمجھ میں آئی کہ غلام علی اگر وہاں ولایت میں ہے تو وہ کیسے ولایت جا کر اُسے تلاش کرے گا اور پھر اس کا گاٹا اتار کر واپس چک جوگیاں لاکر کھوئی میں ڈالے گا..... لیکن غلام علی ابھی مستقبل قریب میں اُس کے منصوبوں میں شامل نہیں تھا..... صرف بشیراں اُس کے تمام تر منصوبوں میں تھی..... اُس ڈیڑھ سو روپے کے ساتھ جو جیل میں کپڑے دھو دھو کر اُس نے کمائے تھے وہ کم از کم ڈیڑھ ماہ آسانی سے گزار سکتا تھا اور اُس کے بعد رب راکھا..... دیکھا جائے گا۔ اُس نے پھر اکرم کے بارے میں سوچا اور پھر بشیراں ساتھ ساتھ چلی آئی..... یہ عجیب بات تھی کہ وہ دونوں آپس بہت کم بات کرتے تھے۔ میاں بیوی ہونے کے باوجود ایک دوسرے سے شرماتے تھے۔ شاید اُن دونوں نے ایک دوسرے کو آج تک نظر بھر کر دیکھا ہی نہیں تھا۔ صرف خوشبو کے سہارے پہچان کرتے تھے اور اندھیری راتوں میں بھی جان جاتے تھے کہ وہ ہے..... کئی بار ایسا ہوا کہ وہ شام کی نماز کے بعد کھیتوں کی طرف نکل گیا اور وہاں کبھی کماد کی اونچی فصل میں اور کبھی مونجی کی مہک میں ایک اور مہک ہوتی اور وہ جان جاتا کہ بشیراں اس پاس ہے یا اِدھر سے گزر گئی ہے.... اور وہ کھیتوں میں ہی مل جاتے..... اور کبھی مونجی کی مہک اُن میں سرایت کرتی اور کبھی بہار میں سرسوں کا کوئی پھول اُن کے لبادوں کے ساتھ گاؤں چلا آتا.....

گاڑی جہلم کے پُل پر چلی تو شور ہوا اور وہ بشیراں سے الگ ہو گیا..... مسجد کے ساتھ دریا کے کنارے ریت نکال کر گدھوں پر لادی جا رہی تھی..... برکت علی نے اپنے آپ سے وعدہ کیا کہ وہ بشیراں اور اکرم کو لے کر آئے گا اور اگلے جمعہ کی نماز یہیں ادا کرے گا....

وہ پھر اپنے خیالوں میں گُم ہوا..... اور اُس کے خیال کیا تھے؛ بشیراں اور اکرم.... اور یہی اُس کے خواب تھے۔ سوہاوہ آیا تو چند مسافر اُتر گئے اور وہ کھڑکی سے باہر دیکھتا رہا۔

وہاں ٹرین چند لمحوں کے لئے رُکتی تھی، سوُر کی اور پھر چلنے لگی۔ وہ کھڑکی سے باہر دیکھتا رہا۔ اور یکدم اُسے احساس ہوا کہ تھوڑی دیر پیشتر ٹرین ایک اسٹیشن پر رُکی تھی اور اب وہ چلی ہے اور یہ اسٹیشن سوہادہ تھا۔ کیونکہ پلیٹ فارم سے نکلتے ہی ٹکٹ بابو کا کوارٹر تھا اور کوارٹر سے باہر اُس کی گائے بندھی تھی..... وہ شور مچا تا اُٹھا، اُوئے کھڑے ہو جاؤ، او بھائی روکنا میں نے یہیں اترنا ہے.... رکو رکو..... اُس کی چیخ وپکار سن کر ڈبے کے تمام مسافر بے حد پُرمسرّت مسکراہٹیں لبوں پر لے آئے اور ان کا خیال تھا کہ یہ دہقان یونہی شور مچاتا رہے گا اور گاڑی گوجرخاں پہنچ جائے گی..... لیکن ہوا یہ کہ پلیٹ فارم کے خلتے پر برکت علی کو جونہی ٹکٹ بابو کی گائے نظر آئی اس نے پائیدان پر پاؤں رکھا اور نیچے کود گیا.... ظاہر ہے منہ کے بل گرا، اور دیر تک گرا رہا۔ اُس کے ڈبّے کے مسافروں نے گردنیں لمبی کرکے باہر اُسے پتھروں پر اوندھے منہ پڑے دیکھا اور اس کی بدقسمتی پر افسوس کرتے اور اس کے لیئے تقریبًا دعائے خیر پڑھتے رہے۔ گاڑی چلی گئی۔

تقریبًا ایک گھنٹے بعد برکت علی کے حواس بحال ہوئے۔ وہ کپڑے جھاڑ کر اُٹھا اور اپنے بدن کو ٹٹولا، اُس کی ہڈیاں اور پیر سلامت تھے۔ صرف اس کے ناک سے خون بہہ رہا تھا بلکہ بہہ کر بند ہو چکا تھا۔ جہاں وہ گرا تھا وہاں چھوٹے چھوٹے پتھروں پر اس کا خون سوکھ رہا تھا، اور اس کے منہ میں کوئی شے کڑکڑاتی تھی جسے اُس نے تھوک دیا۔ یہ اس کا دانت تھا جو اس سے ہمیشہ کے لئے جُدا ہوا..... اُس کے سر میں ہلکا سا درد ہو رہا تھا اور جی اس کا یہی چاہتا تھا کہ وہ وہیں لیٹ جائے اور اونگھتا رہے..... ایک پُرلطف بخار کی کیفیت اُس کے تن بدن کو توڑتی تھی۔ لیکن پھر بشیراں نے اُسے بُلا لیا..... اس کی شکل ہر سُو اُسے نظر آئی۔ اُس کا جھکا ہوا چہرہ اور پھر اس کی مہک اُس کے چاروں اُور پھیلی تو اُس نے کپڑے جھٹکے اور سر ہلایا کہ بس میں آ رہا ہوں اور وہ چک جوگیاں کی طرف پیدل چل دیا....

.... اگر وہ کچّے راستے پر چلتا تو رات گئے چک جوگیاں پہنچتا لیکن اُس نے کھیتوں کے بیچوں بیچ کا راستہ اختیار کیا اور ایک مخصوص رفتار سے سر ہلاتا ہوا چلنے لگا.... اُس کے آس پاس خاموشی ہوتی گئی اور وہاں صرف ہوا تھی یا فصلوں اور پودوں کی سرسراہٹ..... اور پھر کبھی کبھار کوئی شہد کی مکّھی بھنبھناتی ہوئی چلی جاتی اور اس کے کان دیر تک اُس کی بھنبھناہٹ سے تھرّاتے رہتے.... اور اُس نے پہلی بار اُس آزادی کے میٹھے پھل کی لذّت کو محسوس کیا جو کچھ چھ ماہ سے اس سے دور تھا۔ اُس نے جیل سے باہر آکر جب اسٹیشن کے لئے بس پکڑی ہے یا گاڑی میں بیٹھا ہے اور اپنی من مرضی سے کھایا پیا ہے اور لوگوں سے باتیں کی ہیں تو اُسے آزادی اور اسیری کے درمیان بہت زیادہ فرق محسوس نہیں ہوا لیکن اب یہاں اس سرسراتی ہوئی اور ٹھہری ہوئی خاموشی اور ہوا میں اُسے معلوم ہوا کہ وہ آزاد ہے.... یہ ہوا جو اُس کے چہرے کو چھوتی جاتی ہے صرف اس کے لئے ہے اور وہ اس میں جی بھر کے سانس لے سکتا ہے لیکن وہ کم نہ ہوگی..... چک جوگیاں کا راستہ کچھ زیادہ آباد نہ تھا۔ اُسے اس سفر کے دوران صرف ایک پٹھان خاندان کے کچھ افراد ملے جو گدھوں پر لکڑیاں لاد کر لے جا رہے تھے۔ اِن لوگوں نے چک جوگیاں سے تقریباً دو میل کے فاصلے پر ایک عارضی رہائش گاہ بنا رکھی تھی۔ وہ آس پاس کے علاقوں سے درخت خریدتے اور پھر اُنہیں جلا کر کوئلہ تیار کرتے۔ وہ اس کام میں بہت ماہر تھے۔ یہ ایک محنت طلب اور کھردرا کام تھا لیکن یہ پٹھان مشقت سے گھبرانے والے نہیں تھے۔ ہاں یہ ہے کہ وہ چک جوگیاں کے باشندوں سے زیادہ میل جول نہیں رکھتے تھے۔

برکت علی نے جب چک جوگیاں کی پہلی جھلک دیکھی تو وہ رُک گیا۔ اُس کے اندر جیسے ایک آری چلی اور اُسے کاٹتی چلی گئی..... یہ گھر کیا شے ہے اور وطن کیا چیز ہے.... اگر بشیراں اور اکرم نہ ہوتے تو کیا پھر بھی وہ اس گاؤں کو دیکھ کر اسی طرح بے چین ہوتا؟ کیا زمین کے ساتھ محبّت میں رشتہ داریاں اور انگ ساک شامل ہوتے ہیں اور کیا اُن کے

بغیر بھی زمین اپنی جانب کھینچنے کی طاقت رکھتی ہے یا نہیں ؟ وہ دونوں اس کی آب و ہوا تھے جس میں وہ پھلتا پھولتا تھا.... اگر وہ کچے راستے کی طرف سے گاؤں میں داخل ہوتا تو پہلے بڑے جوگی کے مزار پر حاضری دیتا لیکن یہ راستہ بالکل مخالف سمت سے چک میں داخل ہوتا تھا..... ہاں ادھر کھوئی سب سے پہلے دکھائی دیتی تھی. وہ اگرچہ کچھ فاصلے پر تھی لیکن وہ چک میں جانے سے پہلے وہاں بیٹھ کر اپنا سانس درست کرنا چاہتا تھا..... کھوئی کے پاس وہ ہموار زمین پر بیٹھ گیا..... کھوئی سے پرے کھیت تھے ....اور برکت علی نے یاد کیا کہ بشیراں خاص طور پر شام کو اِدھر آیا کرتی تھی. گاؤں میں تنہائی ذرا مشکل ہوتی ہے اور وہ اِدھر صرف اس لئے آتی کہ یہ جگہ چک سے ذرا فاصلے پر تھی... برکت علی نے کچھ ایسے لمحے یاد کئے جو اُس کے دل کی دھڑکن کو تیز کرنے کا موجب بنے.....

"کون ہے بھئی.....؟" دور سے ایک سُست اور لٹکی ہوئی آواز سنائی دی۔

برکت علی نے اُٹھ کر ادھر دیکھا۔

ڈھلتی شام میں اللہ دتہ افیمی سر ہلاتا چلا آ رہا تھا..... وہ برکت علی سے تقریباً بیس گز کے فاصلے پر کھڑا ہو کر پھر پکارا "کون ہے بھئی ؟"

برکت علی بے اختیار مسکرانے لگا۔ ڈھلتی شام میں اللہ دتہ افیمی اُسے دور سے پہچاننے کی کوشش کر رہا تھا۔ اُس کے چپ رہنے پر وہ تھوڑا سا خوفزدہ ہوا کہ پتہ نہیں کون ہے کیا شے ہے جو شام کے وقت کھوئی کے پاس کھڑی ہے .... تیسری مرتبہ جب اُس نے آواز دی تو اس میں سرزنش نمایاں تھی "اوئے بولتا کیوں نہیں ؟ کون ہے تو ؟"

"میں ہوں...." برکت علی نے جان بوجھ کر آہستہ سے کہا۔

"اوئے تو کون....."

برکت علی پھر خاموش ہو گیا، وہ اس صورتِ حال سے خوب لطف اندوز ہو

رہا تھا۔ اللہ دتہ افیمی کی نظر یوں بھی کمزور تھی اور اگر اُس نے اس وقت افیم کھائی ہوئی تھی اور ظاہر ہے کہ کھائی ہوئی تھی تو وہ انسان کیا مچھر سے بھی خوفزدہ ہو سکتا تھا.... چنانچہ برکت علی خاموش کھڑا رہا اور اُس سے کچھ فاصلے پر پریشان اور ہراساں اللہ دتہ افیمی اُسے پہچاننے کی ناکام کوشش کرتا رہا۔ اب اُس نے ذہن میں یہ خیال تقویت پکڑ رہا تھا کہ اُس کے سامنے کھوئی کے پاس جو کچھ بھی کھڑا ہے وہ انسان نہیں کچھ اور ہے.... اور وہ جو کچھ بھی ہے اُس کی صحت کے لیئے اچھا نہیں..... وہ وہاں سے بھاگ نکلنے کے بارے میں غور کرنے لگا لیکن وہ زیادہ دیر تک غور نہ کر سکا اور وجہ صرف یہی تھی کہ اُس نے ابھی ابھی افیم کی گولی دودھ کے گلاس کے ساتھ نگلی تھی تاکہ خشکی نہ کرے اور اب وہ اثر کر رہی تھی۔ اُس کا خیال تھا کہ اثر ہونے سے پہلے پہلے وہ چک میں پہنچ جائے گا اور وہاں اپنی چارپائی پر لیٹ کر تازہ حُقّے کی نَے منہ میں داب کر مزے سے اونگھے گا اور اس کی بوڑھی بیوی نہال بی بی اُس کا ہانڈی ٹکّر کرتی رہے گی۔ لیکن ان تمام منصوبوں کو اُس سامنے والی شے نے جو کھوئی کے ساتھ کھڑی تھی ملیامیٹ کر دیا تھا.... اُس نے بھاگ جانے کے بارے میں جو غور کیا تھا اُس پر عمل نہیں ہو سکتا تھا، کیونکہ اُس کے تن بدن میں جان بہت تھوڑی رہ گئی تھی اور جی اس کا یہی چاہ رہا تھا کہ وہیں زمین پر لیٹ کر سو جائے.... جب برکت علی خاصی دیر چُپ رہا اور اُسے یہ بھی احساس ہوا کہ اُس کی طویل خاموشی سے ہو سکتا ہے کہ اللہ دتہ افیمی کے دل کی دھڑکن منقطع ہو جائے تو وہ کھانس کر بلند آواز میں بولا "چاچا! میں ہوں..... برکت علی..... لاہور سے واپس آ رہا ہوں۔"

"جا تیرا بیڑا غرق ہو جائے۔" اللہ دتہ افیمی نے اپنی جوتی اتار کر اس کی جانب پھینکی اور اُس کے پیچھے پیچھے خود چلا آیا "اوئے بیوقوفا..... بولا کیوں نہیں؟ ہیں! کیوں نہیں بولا.....؟"

"چاچا میں ناں ذرا ڈر گیا تھا تمہیں دیکھ کر، اس لیئے زبان بند ہو گئی۔"

"اچھّا ہوا تو بول پڑا ورنہ میں شاید تجھے اینٹ مار کر خون خون کر دیتا.... ہاں طاقت تو ہے ناں مجھ میں:"

"ہاں چاچا! طاقت تو تم میں بہت ہے.... یہ میں جانتا ہوں" برکت علی مسکراتا ہوا کہنے لگا "تیرے جیسا پہلوان تو پورے چک جوگیاں میں نہیں ہے:"

"اوئے ٹھکریں کرتا ہے بزرگوں کو..... ہیں نالائق..... اوئے مذاق کرتا ہے" اللہ دتّہ افیمی اپنی دوسری جوتی اتارنے کے لیئے جھکا اور پھر خاصی دیر تک جھکا رہا اور جب سیدھا ہوا تو آہستہ سے کہنے لگا "نہ سلام نہ دعا..... کب آیا ہے لاہور سے؟"

"میں چاچا! ابھی سیدھا چلا آ رہا ہوں..... تجھے تو پتہ ہے ناں گامی نے میرے ساتھ کیا ہاتھ کیا ہے اور اب ولایت میں موج اُڑاتا ہے میرے پیسوں کے ساتھ:"

اللہ دتّہ افیمی بالآخر جھومتا ہوا کھوئی کے ساتھ والی ہموار زمین پر بیٹھ گیا: "آجا تو بھی بیٹھ جا..... ہاں سب کو پتہ ہے کہ اُس نے شہر میں تمہارے ساتھ کیا سلوک کیا اور تم کو جیل ہو گئی..... تیدا ابھی باقی ہے کہ دن پورے کر کے آیا ہے برکت علی!"

"پورے کر کے آیا ہوں:"

"چلو یہ بھی اچھا ہوا. اب واپس تو نہیں جانا پڑے گا ناں..... یہ تو بہت اچھا ہوا:"

اللہ دتہ افیمی بہک رہا تھا. "پر گامی نے تیرے ساتھ اچھا نہیں کیا:"

"چاچا.....!" برکت علی نے گرج کر کہا اور چاچا ذرا ڈر گیا: "چاچا میں گامی کے بچّے کا گاٹا اتار دوں گا قسم سے..... میں ناں اُس کا گاٹا اتار کر اس کھوئی میں ڈال دوں گا. تم دیکھنا..... میں بدلہ ضرور لوں گا....:"

وہ تھوڑی دیر چپ بیٹھے رہے، اللہ دتہ تو یوں بھی ذرا ترنگ میں آ رہا تھا اور برکت علی بشیراں کے بارے میں پوچھتا پوچھتا رک جاتا.....

"چاچا! کیا اب بھی تیرے گنّے چوری ہوتے ہیں اور صبح کو اُن کے چھلکے یہاں اس

کھوئی کے پاس ملتے ہیں ؟" آخر کار برکت علی نے پوچھا اور وہ مسکرا رہا تھا۔

اللہ دتہ افیمی سر اٹھا کر کہنے لگا " لو بھئی! اب غور کیا ہے تو معلوم ہوا ہے کہ اب مدتیں گزر گئیں ایسا نہیں ہوا۔ نہ گنّے چوری ہوئے ہیں اور نہ ہی اُن کے چھلکے یہاں پڑے ملے ہیں۔ عجب بات ہے کہ پچھلے ایک ڈیڑھ سال میں ایسا نہیں ہوا..... کمال ہے بھئی ..."

شام اب گہری ہوتی تھی اور چک جوگیاں کی کسی چھت پر پہلے چراغ کی لو ٹمٹانے لگی اور تب برکت علی نے دھڑکتے دل سے پوچھا " چاچا بشیراں کا کیا حال ہے ؟"

چاچا اللہ دتہ افیمی تمامتر ترنگ اور موج کے باوجود چوکنا ہو گیا..... اُس نے کنکھیوں سے برکت علی کے اندھیرے میں گم ہوتے چہرے کی طرف دیکھا اور ایک طویل سانس لے کر کہنے لگا۔

" میں تو ناں..... اُدھر چک کی طرف جاتا ہی کم ہوں..... ڈیرے پر ہی رہتا ہوں.... ٹھیک ہی ہو گی۔"

" پر چاچا..." برکت علی نے اُس کے کندھے پر ہاتھ رکھتے ہوئے کہا " تُو تو شام کو چک میں داخل ہونے کے بعد پہلا کام یہ کرتا تھا کہ بشیراں کو پیار دیتا تھا اور پھر گھر جاتا تھا تو اب..... میرا مطلب ہے..... میں چلا گیا تو تم بشیراں کو بھی بھول گئے ؟"

" نہیں بھُول تو نہیں گیا.... پر..... اُوے سردی نہیں ہو گئی..... مجھے تو بھائی ٹھنڈ لگ رہی ہے..... میں چلتا ہوں" اُس نے اُٹھ کر جانے کی کوشش کی لیکن برکت علی کے دل میں ایک شک تھا جو تناور ہوتا تھا.... یہ چاچا کیسی باتیں کر رہا ہے اور کیوں کر رہا ہے.....؟

" چاچا خیر تو ہے ناں ؟" اُس نے اُس کا ہاتھ تھام کر پوچھا اور اُس کا گلا رُندھا ہوا تھا۔

" ہاں....."

"بس یہ بتا دے کہ خیر تو ہے ناں؟" برکت علی نے منت کرتے ہوئے پوچھا "بس اتنا بتا دے ..... خیریت ہے ناں؟"

"اوئے نہیں ہے خیریت ....." اللہ دتہ افیمی یکدم پھٹ پڑا "نہیں ہے خیر ..... بشیراں تیرے بیٹے کو یہاں ..... اسی جگہ پر لٹا کر خود کسی کے ساتھ بھاگ گئی ہے ....."

برکت علی پر سارا آسمان بوجھ ہوا اور زمین کی ساری فصلوں نے اُسے دفن کیا اور چک جوگیاں کی چھت پر جلنے والے اکلوتے چراغ کی لَو سے جلنے لگا ..... راکھ ہوا اور پھر وہ اُٹھا اور اُس نے چک جوگیاں سے مُنہ موڑا اور ہمیشہ کے لئے مُنہ موڑا اور چلنے لگا ..... سارے آسمان کا بوجھ لئے اور زمین کی ساری فصلوں میں دفن۔!

سات روز بعد اللہ دتہ چک میں آیا اور کہنے لگا "بھائیو اُدھر سُوکھی کھوئی سے بُو بہت آتی ہے، ادھر سے گزرنا مشکل ہو رہا ہے ..... میرا خیال ہے کوئی جانور اُس میں گر کر مر گیا ہے ..... میرے ساتھ کوئی آئے تو اُسے نکال کر باہر پھینکیں۔"

عنایت علی اُس کے ساتھ چل دیا۔

وہ ایک رسے کی مدد سے کھوئی میں اُترا اور گلی سڑی بُو دیتی ہوئی بشیراں کے مُردہ گوشت اور ہڈیوں کو باہر لے آیا۔

برکت علی نے چک جوگیاں سے ہمیشہ کے لئے مُنہ موڑ لیا تھا۔

وہ اونچی فصلوں اور گرد آلود راستوں میں ساری رات چلتا رہا، کبھی کہیں نکل جاتا اور کبھی کہیں۔ ایک چھوٹی سی بستی کے باہر دو پاگل کُتے اُس کے پیچھے ہو گئے اور اُسے جان بچانے کے لئے اندھا دُھند بھاگنا پڑا اور اس بھاگ دوڑ سے وہ واپس اپنے حواس میں آیا ورنہ وہ نہیں جانتا تھا کہ اُس کی سمت کیا ہے، رُخ کیا اور وہ کدھر جا رہا ہے۔ وہ

تو چل رہا تھا اور اُسے یوں لگتا تھا جیسے اُس کے سارے رشتے اور وہ سارے لمحے جو اُس نے بشیراں کی سانسوں کے قریب گزارے وہ سب کے سب اُس کے پیچھے آتے تھے اور اُن میں ایک ننھّے بچّے کے رونے کی آواز بھی شامل تھی.... اور وہ جانتا تھا کہ یہ اُس کے اکرم کی آواز ہے لیکن وہ ٹھہر نہیں سکتا تھا۔ اُسے چک جوگیاں سے دور ہونا تھا۔ کیونکہ اُس گاؤں کی گلیوں کی دُھول میں بشیراں اور اُس مرد کے نشان ہوں گے.... وہ ان نشانوں سے دور ہونا چاہتا تھا.... رات کے اندھیرے میں کبھی کبھار ایک جانی پہچانی مہک تیرتی ہوئی اُس کے آس پاس پھیلتی اور وہ منہ کے راستے سانس لینے لگتا تاکہ وہ مہک اُس کے بدن میں نہ جائے کیونکہ یہ مہک بشیراں کی تھی..... جب وہ اونچی فصلوں میں نیچے ہوتے تھے اور اُن کے بدن رنگ بدلتے تھے..... وہاں تو سچ مچ یہ مہک نہ تھی.... یہ تو برکت علی کے خیالوں میں تیرتی تھی اور اُسے تنگ کرتی تھی اور وہ اس سے دور ہونا چاہتا تھا، بہت دور.... اور ان خیالوں میں جہاں یہ مہک تیرتی تھی وہاں اور بھی بہت کچھ تھا جو اس کے اندر کو غصّے اور بے چینی سے بھرتا تھا..... وہ کون تھا؟..... اور اب وہ دونوں کہاں ہوں گے.... اور کیا کر رہے ہوں گے....؟ یہ سوال اُسے بے چین کرتے اور وہ زیادہ تیزی سے چلنے لگتا....وہ دونوں کیا کر رہے ہوں گے؟.... کیا کر رہے ہوں گے....؟ صبح سویرے جب تاریکی ابھی سردی میں گھلی ہوئی تھی اور سفیدی کے آثار بہت کم تھے وہ اسٹیشن پر پہنچا....

اور جب اُسے پلیٹ فارم نظر آنے لگا تو اُس نے دیکھا کہ اُس کے پاؤں میں جوتے نہیں ہیں، اُس کا تہمد پھٹ چکا ہے اور کُرتہ تار تار ہے..... اُس کے بدن پر خون کے دھبّے تھے.... پلیٹ فارم کے آخر میں ایک ہینڈ پمپ دکھائی دے رہا تھا۔ وہ اُٹھا اور قدم گھسیٹتا اُس تک پہنچا۔ آس پاس کوئی نہ تھا۔ اُس نے کپڑے اتارے اور نل کے نیچے بیٹھ کر اس کا ہینڈل چلانے لگا.... پانی نیم گرم تھا اور صبح کی سردی میں گھُل کر وہ بدن کو آسودگی دیتا تھا.... اس دوران اُس کے کانوں میں انجن کی سیٹی کی آواز آئی اور وہ تیزی سے کپڑے

پہننے لگا.... گاڑی ایک تھکے ہوئے کھلاڑی کی طرح آہستہ آہستہ اور ہونکتی ہوئی پلیٹ فارم میں داخل ہوتی گئی ..... اُس نے اپنے آپ کو بمشکل اُٹھایا اور پھر اپنے سامنے کے ڈبے میں داخل ہوگیا.... لوگ ابھی سوئے ہوئے تھے اور اُن کے بدنوں کی گرمی اور بُو ڈبے میں رُکی ہوئی تھی..... فرش گٹھڑیوں، سوٹ کیسوں اور گھی کے ٹینوں سے اٹا پڑا تھا.... اور اس سامان میں بھی کچھ لوگ سوئے ہوئے تھے. برکت علی نے اپنے آپ کو ایک کونے میں گرا لیا اور پھر بے سُدھ ہوگیا.....

گاڑی لالہ موسیٰ کے اسٹیشن میں داخل ہوئی تو پلیٹ فارم پر شور مچاتے خوانچہ فروش جیسے گاڑی کے اندر آکر نعرے لگانے لگے.... گارم پوڑیاں ..... آلکوڑے.... آلکوڑے کواب .... اور اس شور کی وجہ سے وہ لوگ بھی بیدار ہوگئے جو ابھی تک اُونگھ رہے تھے.... اور تب انہوں اُس شخص کو دیکھا جو غسل خانے کے دروازے کے ساتھ بے سُدھ پڑا تھا اور اُس کے کپڑے پھٹے ہوئے تھے اور جسم سے خون رِس رہا تھا..... اُس کا چہرہ جوان تھا اور سر کے بالوں میں دھول تھی جیسے طویل مسافتوں سے لوٹا ہو..... وہ بے سُدھ پڑا تھا.

"یہ رات کو تو اس ڈبے میں نہیں تھا..... کون ہے؟"

"اَم بولتا یہ خنزیر کا بچہ چور ہے، اِسے گاڑی سے نیچے پھینک دو."

"خان صاحب! یہ چور ہوتا تو ہم بے ہوش ہوتے اور یہ ہمارا سامان لے کر چمپت ہوگیا ہوتا....."

"ارے بابا! میں آپ کو بتاتا ہوں..... یہ جو ہم راولپنڈی سے چلے ہیں نئیں.... تو آپ کو معلوم ہے کہ ہم سو نہیں سکتا تو اُدھر سے رات کو..... نہیں رات کو نہیں بلکہ صبح سویرے گاڑی کھڑی ہوئی اور پتہ نہیں کونسا اسٹیشن تھا تو وہاں سے یہ اندر آیا..... میں نے خود دیکھا اور اِدھر ڈھیر ہوگیا..... میں نے خود دیکھا..... سچ کہہ رہا ہوں.... چور نہیں ہے."

برکت علی کے بارے میں یہ طے کر کے کہ وہ چور نہیں ہے وہ اُسے بھول گئے اور

پلیٹ فارم پر اُتر کر ناشتے کا بندوبست کرنے لگے۔

گیارہ بجے کے قریب گاڑی لاہور پہنچی ..... اور دیر تک کھڑی رہی اور برکت علی بے سدھ پڑا رہا۔ اس دوران ایک دو بار چیکر آیا اور اُسے دیکھ کر چلا گیا..... لاہور سے نکلنے کے بعد جب ٹکٹ چیکر ایک مرتبہ پھر اُس ڈبے میں آیا تو اس بار اس پر ایک نظر ڈال کر چلے جانے کی بجائے اُس نے اُس کے سرہانے بیٹھ کر آہستہ سے کہا " اوئے ٹکٹ ہے آپ کے پاس....."

برکت علی کی آنکھیں جیسے اِسی کھُل جا سم سم کی منتظر تھیں، وہ " اوئے ٹکٹ ہے آپ کے پاس سنتے ہی کھُل گئیں..... اُس کا جوڑ جوڑ دُکھ رہا تھا اور اس کا بدن ڈھیلا اور کمزور ہو رہا تھا۔ دروازے میں سے تیز اور سرد ہوا صرف اُسے کاٹنے کے لئے سُرلاٹے بھرتی ہوئی آ رہی تھی اور ٹکٹ چیکر کی ٹوپی اور گھنی مونچھیں اُس پر جھکی ہوئی تھیں: " اوئے ٹکٹ ہے آپ کے پاس ؟"

" نہیں باؤ جی.....!" اُس کی آواز بیٹھی ہوئی تھی.....

" اچھا.....!" ٹکٹ چیکر نے مونچھوں پر ہاتھ پھیرا " ٹکٹ نہیں ہے..... آپ کی جاگیر ہے ناں ریلوے گاڑی اور آپ ذرا اپنی جاگیر کی انسپکشن کرنے آئے ہوگے، کیوں ؟"

" آہو جی.....!" برکت علی اُٹھ کر بیٹھ گیا، کیونکہ ٹکٹ چیکر کی باتیں اُس کی سمجھ میں نہیں آ رہی تھیں۔ ڈبے کے دوسرے مسافر ہاتھ دھونے اور لالہ موسے سے پیٹ بھر کر ناشتہ کرنے کے بعد اب کھڑکی کے ساتھ لگے دھوپ سینکتے ہوئے بے حد خوشگوار موڈ میں تھے اور یہ نوجوان اُن کے لئے ایک مزیدار شخصیت تھا اور وہ سب اُسے دیکھتے تھے اور کاہلی سے مسکراتے تھے۔

" اچھا ؟" ٹکٹ چیکر بھی مسکرایا اور اُٹھ کھڑا ہوا " تو یہ جاگیر ہے آپ کی ؟"

" نہیں جی.....!" برکت علی ابھی تک اپنے حواس میں نہ تھا..... اُسے کچھ یاد نہیں آ رہا

تھا کہ وہ اس ٹرین میں کیسے سوار ہو گیا اور کب اور کہاں سے سوار ہو گیا..... اُسے صرف اپنے اکڑتے ہوئے جسم اور یخ بستہ ہوا کا احساس تھا..... اور اُس بھوک کا جو اُس کے ماس کو دھیرے دھیرے کاٹتی تھی.....

"اچھا تو جاگیر نہیں ہے؟..... بڑی مہربانی آپ کی..... آپ ٹکٹ لیں گے اپنا؟"

"ہاں جی..... برکت علی نے کرتے کی جیب میں ہاتھ ڈالا تو وہ سب کچھ وہاں تھا جو اس نے جیل میں دھوبی گھاٹ بنا کر کمایا تھا۔ روپوں کی پوٹلی حیرت انگیز طور پر جیب میں اٹکی رہی تھی اور کہیں گری نہیں تھی....." آپ مجھے ٹی ٹی صاحب لاہور کا ٹکٹ دے دیں" اُس نے پوٹلی کھولتے ہوئے کہا۔

"ڈبے میں سوار تمام مسافر ہنسنے لگے..... نوجوان اور بوڑھے کھُل کر اور عورتیں چادروں اور برقعوں کے بیچ میں سے..... بچے ایک دوسرے کو دیکھتے تھے کہ کیا ہو گیا ہے۔

"اچھا تو جنابِ عالی آپ لاہور جاؤ گے؟" ٹکٹ چیکر بھی ذرا تفریح کے موڈ میں تھا کیونکہ اس کی ڈیوٹی منٹگمری اسٹیشن تک تھی اور اُسے اس ڈبے کے علاوہ کسی اور ڈبے میں چیکنگ کے لئے نہیں جانا تھا.....

"آہو جی....." برکت علی نے کہا اور روپے روپے کے دو نوٹ اس کی طرف بڑھا دیئے "سوہاوے سے لاہور تک کا ٹکٹ دے دیں جی....."

"لو جی آپ بتاؤ....." ٹکٹ چیکر نے اپنی مونچھوں تلے مسکراتے ہوئے باقی مسافروں سے مخاطب ہو کر کہا" اِن عالی جناب کو لاہور کا ٹکٹ دے دوں؟"

ڈبے میں قہقہوں کا سیلاب آگیا..... ایک برقعہ پوش خاتون ہنسی روکنے کے لئے منہ میں برقعہ ٹھونس رہی تھی....." ہاں جی ٹی ٹی صاحب! اِسے لاہور کا ٹکٹ دے دو لیکن پھر اس گاڑی کو اُلٹا چلا دو"۔ ایک موٹا شخص اپنی ہنسی پر قابو پانے کی ناکام کوشش کر رہا تھا۔ برکت علی کو احساس ہو گیا کہ کچھ گڑبڑ ہے۔ لیکن وہ معاملے کی تہہ تک نہ پہنچ سکا....." لاہو

کا ٹکٹ نہیں مل سکتا؟"

"نہیں ....." ٹکٹ چیکر نے بالآخر اپنا سرکاری رّویہ پھر سے اوڑھ لیا" لاہور پیچھے رہ گیا ہے اور ہم پتوکی کے نزدیک آ چکے ہیں۔"

"یہ گاڑی کہاں جاتی ہے؟" برکت علی نے پوچھا۔

"تو پھر مجھے کراچی کا ٹکٹ دے دو" برکت علی نے روپوں کی پوٹلی کھول کر چیکر کی طرف دیکھا کیونکہ وہ نہیں جانتا تھا کہ وہاں تک کا کرایہ کتنا ہے۔ اُن میں سے کوئی بلکہ اُن کے پُورے گاؤں میں سے کوئی آج تک کراچی نہیں گیا تھا تو وہ کیسے جان لیتا۔

"ستائیس روپے آٹھ آنے کرایہ ہے۔" چیکر نے اپنی کاپی پر لکھنا شروع کر دیا اور پانچ روپے جرمانہ ..... بتیس روپے آٹھ آنے۔"

برکت علی نے کرائے کی رقم ادا کی اور پھر ٹکٹ کی پرچی مُٹھّی میں بھینچ لی ..... اُس نے گہرا سانس لیا اور چک جوگیاں کی مہک اُس نے پھر سے اپنے نتھنوں میں محسوس کی اور اُس کے ساتھ ہی بشیراں بھی چلی آئی ..... وہ کس کے ساتھ ہوگی؟ وہ دونوں کیا کر رہے ہوں گے؟ ..... وہ سر جھٹک کر باہر دیکھنے لگا ..... باہر باغات کا ایک وسیع سلسلہ تھا۔ بارش نہ ہونے کی وجہ سے درختوں پر دُھول تھی۔ لیکن ان سے لگے ہوئے مالٹے اور سنگترے چھوٹے سورجوں کی طرح پتوں میں سے دکھائی دیتے تھے۔

"یہ لے لو ....."

اس نے سر اٹھایا تو ایک بچہ سُوکھی روٹی پر رکھے ہوئے ٹھنڈے پکوڑے اُس کی طرف بڑھا رہا تھا ..... اُس نے مسافروں کی طرف دیکھا تو کوئی بھی اس کی طرف نہیں دیکھ رہا تھا۔ جانے یہ روٹی اُن میں سے کس نے بھیجی تھی۔ برکت علی نے روٹی لے کر ہتھیلی پر رکھ لی اور بچے کے سر پر ہاتھ پھیرا۔ بچّہ کھڑکی کے پاس جا کر بیٹھ گیا۔ روٹی بہت ہی سوکھی تھی اور حلق سے نیچے نہ جاتی تھی لیکن یہاں اُس کا جیل کا تجربہ کام آیا وہ چبا چبا

کر آہستہ آہستہ نگلنے لگا..... وہ کہاں جا رہا ہے؟...... پتہ نہیں وہ کہاں جا رہا تھا... اُسے تو صرف چک جوگیاں سے دور ہونا تھا..... ہمیشہ کے لئے۔ اگر لاہور نے اُس کے ساتھ بیوفائی نہ کی ہوتی تو وہ وہیں اُتر جاتا کیونکہ وہ شہر دوسرے شہروں کی نسبت جانا پہچانا تھا.... .....لیکن وہ تو گزر گیا اور اب گاڑی کراچی جا رہی تھی۔ کراچی کے بارے میں وہ صرف اتنا جانتا تھا کہ وہ ایک بڑا شہر ہے، لاہور سے بھی بڑا اور وہاں مزدوری بہت ہے اور خواری بھی بہت ہے۔ کیونکہ وہاں پاکستان بھر کے بے روزگار جاتے ہیں جو طرح طرح کی زبانیں بولتے ہیں اور کچّی بستیوں میں رہتے ہیں۔ یوں بھی کراچی پاکستان کا صدر مقام تھا.... چک جوگیاں سے کٹ کر اُسے اب ایک نیا وطن بنانا تھا۔ وہاں جو کچھ اُس کا تھا اُس نے بے وفائی کی۔ باقی وہاں کیا رہ گیا؟ ٹھیک ہے بہن طفیل بی بی تھی..... پر بہن کے لئے وہ چک جوگیاں کی بدنامیاں گلے نہیں لگا سکتا تھا۔ گاڑی مختلف اسٹیشنوں پر رُکتی چلی جا رہی تھی......

برکت علی کا بدن اب بہت زیادہ دُکھنے لگا تھا اور ننگے فرش پر بیٹھنا محال ہو رہا تھا۔ ..... اُسے یُوں لگتا تھا جیسے وہ فرش پر نہیں بلکہ ڈبّے کے آہنی پہیّے کے ساتھ بندھا ہوا ہے اور ہر چکّر پر اُس کا وجود ٹرین کی پٹڑی پر کچلا جا رہا ہے..... سرد ہوا اُسے اذیّت دیتی تھی۔

گاڑی ایک دھچکے کے ساتھ رُک گئی۔

مسافر گردنیں لمبی کر کے باہر جھانکنے لگے کہ کیا ہوا ہے کیونکہ آس پاس کوئی اسٹیشن نہ تھا صرف کھیت اور باغ تھے۔ گاڑی کے رُکنے سے برکت علی کے بدن کو کچھ آرام ملا..... باہر دھوپ تھی کیونکہ دوپہر تھی لیکن آنکھیں چندھیاتی تیز اور گرم دھوپ نہیں بلکہ سُست اور حدت سے نچڑی ہوئی خالی سی دُھوپ.... اور اس دھوپ میں مالٹوں اور سنگتروں کا ایک وسیع باغ تھا جس کے وسط میں گھاس پھونس کے چند چھپّر تھے۔ پُورا باغ پھل

سے لدا ہوا تھا اور مالٹوں اور سنگتروں کے زرد گولے ایسے لگتے تھے جیسے جان بوجھ کر لٹکائے گئے ہوں۔ اِس وسیع باغ میں درجنوں عورتیں، بچے اور جوان اِدھر اُدھر گھوم رہے تھے۔ ان میں سے بیشتر درختوں سے مالٹے اتار کر زمین پر رکھی شہتوت کی ٹوکریوں میں ڈال رہے تھے۔ اکثر بچے پرندوں کو اڑانے کی خاطر شور مچا رہے تھے۔ اور اُن میں سے ایک خالی ٹین کو پیٹے جا رہا تھا۔ باغ کی ایک ٹھنڈی اور کھٹّی مہک برکت علی کی جانب آئی اور اِس مہک نے اُسے کچھ تازہ اور صحت مند کیا۔ جیسے اُس کا بدن جو ٹوٹ چکا تھا اس مہک سے جُڑ گیا۔

"کیا ہُوا ہے؟" اُس نے کسی کو بھی مخاطب کئے بغیر یونہی پوچھا۔

"ڈاک گاڑی آ رہی ہے اُدھر سے، کراس ہے۔" کسی نے جواب دیا۔

"آہو جی غریبوں کو کون پوچھتا ہے..... ہماری گاڑی ذرا غریب غُربا ہے اس لئے اُدھر سے چاہے ریڑھا آ جائے اِسے ایک طرف کر دیتے ہیں..."

"یہ علاقہ کونسا ہے؟" برکت علی نے پھر پوچھا.....

"رینالہ خورد ہے بھئی...." کسی نے پھر جواب دیا۔

وہ نظریں جمائے دھوپ میں پھیلے اُس باغ کو دیکھتا رہا۔ جس کی ٹھنڈی اور کھٹّی مہک ڈبے کے دروازے میں سے گزر کر اُس کے آس پاس پھیل رہی تھی۔ وہاں ایک عجیب سا سکون تھا، ایک قرار تھا جو دھُوپ کے ساتھ گھُلا ہوا تھا۔ ایک ٹھہراؤ تھا کہ جیسے یہ منظر رُکا ہوا ہو.... صرف اس باغ میں کام کرنے والے عورتیں، بچے اور مرد ہیں جو حرکت کر رہے ہیں، باقی سب کچھ رکا ہوا ہے..... انجن نے ایک طویل سیٹی بجا کر اس سکون کو توڑا اور اس کے ساتھ ہی مخالف سمت سے آنے والی ڈاک گاڑی اُس کے اور باغ کے بیچ حائل ہو کر کھٹا کھٹ بھاگتی گئی..... اور اس کے باوجود گزرتی ہوئی ٹرین کے ڈبوں کی کھڑکیوں میں سے باغ کی ہریالی اور دھوپ کی زردی لشکتی اور اُچھل

ہو جاتی.... لشکارا مارتی اور غائب ہو جاتی..... اور پھر آخری ڈبہ گزر گیا اور باغ کی مکمل تصویر پھر سامنے آ گئی..... پہلے کی طرح، رُکی ہوئی..... پھر وہی سکون لوٹ آیا.... وہی قرار جو دھوپ کے ساتھ کھُلا ہوا تھا اور شاخوں سے لٹکے زرد مالٹے اور سنگترے اور اُن کی مہک..... انجن نے ایک اور سیٹی بجائی اور پھر اُس کے ساتھ ہی ڈبے کو ایک دھچکا لگا اور وہ سستی سے حرکت میں آنے لگا..... باغ بھی حرکت میں آ گیا لیکن گزر جانے اور پیچھے رہ جانے کے لیئے..... اُس کی مہک ڈبّے میں رُکی ہوئی تھی..... برکت علی نے سر جھٹکا، دونوں ہاتھ فرش پر رکھ کر اپنے آپ کو دھکیل کر اوپر کیا اور کھڑا ہو گیا۔ پہلے وہ لڑکھڑایا، کیونکہ اُس کی ٹانگیں چک جوگیاں سے سوہاوہ تک کے سفر کی وجہ سے اکڑ چکی تھیں...... اور پھر اُس نے باہر دیکھا..... باغ کے درخت اُسے رد کرتے تھے مگر خود نہ رُکتے تھے...... وہ دروازے کے قریب ہوا اور پھر پائیدان پر پاؤں رکھ کر گاڑی سے اُتر گیا۔

بشیراں کی لاش صحن کے درمیان میں چارپائی پر ڈھکی پڑی تھی۔

اور صحن میں صرف طفیل بی بی ایک لمبا گھونگٹ نکالے اونچی آواز میں بین کر رہی تھی۔ اور اس کے ساتھ منہ میں کپڑا ٹھونس ٹھونس کر اُس متلی آور بدبو کو رد کرتی تھی جو بشیراں کی گلی سڑی لاش میں سے نکل کر پورے گاؤں میں پھیل رہی تھی۔ افسوس کے لیئے آنے والی گاؤں کی عورتیں پہلے تو گھونگھٹ کھینچ کر سیدھی صحن میں آئیں اور بشیراں کی چارپائی کا پایہ پکڑ کر بین کرنے لگتیں اور پھر فوراً ہی اُن کا سانس رُکنے لگتا۔ گلتے گوشت کی بُو ناقابلِ برداشت تھی اور وہ سرک سرک کر پرے ہوئیں اور پھر آہستہ آہستہ صحن کی دیوار کے ساتھ لگ کر بیٹھ جاتیں.....

عنایت علی کفن دفن کے انتظامات میں مصروف تھا اور اس کے چہرے پر اگرچہ عبارتیں دکھوں کی تھیں لیکن اس کے پیچھے ایک وحشی غصّہ تھا..... اس کی نیلی آنکھیں گہری

ہو چکی تھیں۔ ابھی تک بشیراں کی موت کے بارے میں قیاس آرائیاں شروع نہیں ہوئی تھیں۔ عنایت علی جانتا تھا کہ کئی لوگ اس موت کو اچھالیں گے، یہ کہہ کر بشیراں نے اپنے کسی عاشق کی وجہ سے خودکشی کی ہے یا شاید اُس نے اپنے گناہ چھپانے کی خاطر اپنی جان لی تھی..... لیکن وہ جانتا تھا..... وہ عنایت علی جانتا تھا کہ بشیراں نے تو آنکھ اُٹھا کر کبھی آسمان کو نہیں دیکھا تھا..... کہ اُس کا رنگ کیسا ہے۔ تو وہ کسی غیر کے رُوپ کو کیا دیکھتی..... وہ اس کا بھائی تھا کہ اگر کبھی بشیراں کو یہ کہا جاتا کہ سامنے کھڑے پانچ آدمیوں میں سے عنایت علی کون ہے تو وہ کبھی نہ بتا سکتی..... بشیراں تھی ہی ایسی..... اپنے میں گم یا برکت علی میں گُم..... اُس کے آس پاس کی زمین اگر ڈھے جاتی اور زمین کا صرف وہ ٹکڑا اسلامت رہتا جس پر وہ بیٹھی ہوئی تھی اور ارد گرد صرف خلاء باقی رہ جاتا تو بھی اُسے بہت دیر میں خبر ہوتی..... وہ آس پاس کی خبر رکھتی تو اُسے خبر ہوتی..... تو یہ بشیراں تھی۔ عنایت علی بھی جانتا تھا کہ وہ کیا تھی اور اب گاؤں کے کئی کتوں نے بھونکنا تھا اور وہ ان کے منہ بند نہیں کر سکتا تھا۔ وہ اُس کے سامنے نہیں بھونکتے تھے..... تو پھر بشیراں کو کیا ہوا ہے..... عنایت علی کے ذہن میں بہت کچھ بنتا اور بگڑتا لیکن کچھ بھی واضح نہ ہوتا..... وہ برکت علی کو کیا جواب دے گا۔ اُسے تو وہ بشیراں کا نگہبان بنا کر گیا تھا..... برکت علی نے اُنہی دنوں واپس آنا تھا شائد آج کل آجائے اُس کی قید پوری ہونے والی تھی.....

جنازے میں کوٹ جوگیاں کے تمام مکین شریک ہوئے..... وہ جب اُسے اُٹھا کر قبرستان کی طرف جانے لگے تو چند قدم کے بعد ہی لوگ جنازے کو گلی میں رکھ کر پرے ہو گئے کہ بُو بہت تھی اور پھر عنایت علی نے ہمّت کی اور اس کے ساتھ گوجروں کے امام دین نے کندھا دیا تو وہ قبرستان پہنچے..... بشیراں کو قبر میں رکھتے ہی بیشتر لوگ اِدھر اُدھر ہو گئے۔ عنایت علی اپنے دادے نور دین کی پکّی قبر سے ٹیک لگائے اُن نوجوانوں کو دیکھ رہا تھا جو قبر کو مٹی سے بھر رہے تھے اور اُن کا سانس چھوٹا ہو رہا تھا..... ماشکی نے پانی چھڑک

کر قبر کے سرہانے دو گھڑے رکھ دیئے اور چلا گیا..... عنایت علی وہاں بیٹھا رہا.... یہاں تک کہ شام ہو گئی..... اُس کی نیلی آنکھوں میں آنسو تھے..... جب شام گہری ہوئی تو اُس نے دیکھا کہ علی بخش کے کپاس کے کھیت میں کوئی چلتا آ رہا ہے اور اُس کے ہاتھ میں چراغ ہے..... وہ قریب ہوا تو عنایت علی نے اُسے پہچان لیا۔

"چاچا اللہ دتّہ؟"

یہ اللہ دتّہ افیمی تھا.... پر اُس نے کوئی جواب نہ دیا۔ چراغ کی ناکافی روشنی میں اُس نے قبرستان کا جائزہ لیا اور پھر تازہ مٹی کے ڈھیر کے پاس جاکر چراغ اُس پر رکھ دیا۔ وہ واپس جانے لگا تو عنائت علی نے پھر پکارا۔

"چاچا..... جواب کیوں نہیں دیتے.....؟"

اللہ دتّہ افیمی رُکا اور پھر بہت ہی آہستہ آہستہ قدم دھرتا اُس کے پاس آ گیا: "میرے پاس جواب ہے نہیں اس لئے کیا جواب دوں؟"

چاچے نے آج پھر افیم زیادہ نگل لی ہے، عنایت علی نے سوچا، یہ باتیں کیسی کرتا ہے.....

"چاچا بیٹھ جاؤ..... تم جنازے کے ساتھ نہیں تھے؟"

"ہاں..... میں دراصل کھوئی کے پاس ہو کر بیٹھا رہا اور سوچتا رہا کہ اس کھوئی میں وہ موجود تھی جب میں نے اُس کے بارے میں گواہی دی تھی، جھوٹ بولا تھا، اور سؤر کھایا تھا.... اُس وقت وہ کھوئی کے اندر تھی اور میں نے پتہ ہے کیا کہا؟" اللہ دتّہ افیمی نشے میں نہ تھا، وہ آج شاید زندگی میں پہلی مرتبہ نشے کے بغیر تھا.....

"تم نے کس سے کیا کہا چاچا؟" عنایت علی حیرانی میں تھا کہ آج چاچے کو کیا ہوا ہے.....؟

"میں نے کسی سے کیا کہنا تھا پُتّر..... جو لوگ خود اندھے ہوتے ہیں ناں وہ دوسروں

کی نظروں سے دیکھنے لگتے ہیں.... اپنی عقل مت استعمال نہیں کرتے.... لوگ جو کہتے ہیں اُسے مان لیتے ہیں۔ آپ نہیں دیکھتے.... میں نے بھی آپ نہیں دیکھا تھا اور لوگوں کے دیکھے کا دُہراتا رہا پر مجھے کیا پتہ تھا کہ وہ کھوئی میں ہے.... عنائیت علی" یکدم چاچا اللہ دتہ چیخا. کیا پتہ وہ سُن رہی ہو؟...."

"کون چاچا؟"

"وہی جو اَب قبر کے اندر ہے اور اندر بڑا اندھیرا ہے پر نہیں اس کی قبر تو کُشادہ ہو گی .....کیا پتہ اُس نے سُن لیا ہو۔"

"چاچا....!" عنایت علی نے اُس کا کندھا تھپکا "کچھ ہوش کر۔"

"کوئی پتہ نہیں وہ اس وقت سُن رہی ہو، جب میں نے جھوٹ بولا تھا، سؤر کھایا تھا... .... وہ کیا کہتی ہو گی کہ چاچے کی عقل پر پتھر پڑ گئے ہیں۔ یہ بھی وہی کہتا ہے جو لوگ کہتے ہیں .... پر عنائیت علی" اُس نے سرگوشی کی "اگر وہاں کھوئی میں پڑی سُن سکتی تھی تو اب قبر میں پڑی بھی سُن سکتی ہے.... ہیں؟" چاچا اللہ دتّہ ہولے سے اُٹھا اور قبر کے پاس جا بیٹھا. "لے پُتّر تُو اگر سُن رہی ہے تو اب رسُولؐ کے صدقے اپنے چاچے کو معاف کر دے... چاچے اللہ دِتّے کو.... میں نے وہی کچھ کہا جو لوگوں نے کہا...." اللہ دِتّہ چپ ہوا اور پھر اس کی سسکیوں کی آواز قبرستان کی خاموشی میں اُبھری۔ عنایت علی اُٹھا اور اس کے پاس جا بیٹھا "چاچا تم نے کس سے وہی کچھ کہا جو لوگوں نے کہا؟"

"برکت علی سے...." چاچے نے سر اُٹھایا۔ اُس کی آنکھیں چراغ کی ناکافی روشنی میں سُرخ ہو کر پھیلتی نظر آتی تھیں۔

"برکت علی سے؟" عنایت علی کے ماتھے پر بَل پڑے.... "وہ آیا تھا چک جوگیاں؟"

"ہاں...." اللہ دتہ اُفیمی نے سر ہلایا اور پھر رُک رُک کر ٹھہر ٹھہر کر اُس نے برکت علی سے ملاقات کا قصہ بیان کیا۔

"تو اُس نے بھی یقین کر لیا بیوقوف کی اولاد نے ....." عنایت علی اُبل پڑا "گاؤں والے پاگل ہو گئے اور تمہاری مت ماری گئی لیکن برکت علی نے بھی یقین کر لیا ؟ لعنت ہے اُس پر..."

"اُس نے نہیں میں نے یقین کر لیا تھا..... اور وہ تو میرے یقین پر یقین کر گیا..... اِس میں اُس کا کیا قصور....."

"اُس نے اپنے بیٹے اکرم کا بھی نہیں پُوچھا بیوقوف نے ؟"

"نہیں..... اُس کا تو جیسے سارا خون بہہ گیا ہو۔ زرد ہو گیا۔ پیلا زرد۔ چُپ ہو گیا اور چلا گیا....."

"اور اب تُم اُسے یہ بھی نہیں بتا سکتے کہ تمہاری بشیراں وہی تھی جو تھی.... وہ نہیں تھی جو بنا دی گئی..... چاچا پتہ نہیں اب وہ کبھی ادھر واپس آتا ہے یا نہیں..... وہ کیسے جانے گا ؟"

"وہ اپنے بیٹے کے لئے تو آئے گا۔"

"پتہ نہیں..... اگر وہ تمہارے یقین پر یقین کرتا رہا، یہ سمجھتا رہا کہ بشیراں اُسے چھوڑ کر کسی اور کے ساتھ چلی گئی ہے تو پھر وہ چک جوگیاں میں کبھی نہیں آئے گا.... نہ آج نہ سال بعد نہ دس سال بعد..... مجھے اُس کا پتہ ہے..... میں جانتا ہوں برکت علی کو.... میں اُسے جانتا ہوں" عنایت علی کی آواز مدھم پڑتی گئی اور پھر جیسے وہ اپنے آپ سے ہی باتیں کرتا رہا..... چاچا اللہ دتہ اُٹھا اور کپاس کے کھیت کی تاریکی میں گُم گیا.... عنایت علی نے قبر کی تازہ مٹی پر اپنا ہاتھ رکھا..... بہن جی کسی شے کی ضرورت تو نہیں ؟..... لو بھائی جی آپ کے ہوتے ہوئے مجھے کسی شے کا گھاٹا ہے ..... بس بہن جی پھر مجھے اجازت ہے ..... میں چلتا ہُوں۔

گاڑی جا چکی تھی اور برکت علی اُس کے سنّاٹے میں کھڑا تھا..... اُس خلاء میں تھا

جو گاڑی پیچھے چھوڑ گئی تھی۔

وہ جب نیچے اُترا تو مسافروں نے خوب شور مچایا۔ یہاں تک کہ ٹکٹ چیکر بھی دروازے میں آکر اُسے بلانے لگا کہ او بھائی تم نے تو کراچی کا ٹکٹ لیا ہے.... یہ کراچی نہیں ہے، رینالہ خورد ہے۔ سبھی اس خیال میں تھے کہ وہ حماقت اور ناسمجھی کی وجہ سے اُتر گیا ہے.... ..... لیکن وہ تو سوچ سمجھ کر، جان بوجھ کر اُترا تھا.... کیونکہ اُسے کہیں جانا تھا.... کہاں؟ وہ نہیں جانتا تھا اور اُسے کہیں اترنا تھا اور وہ یہاں اُتر گیا کیونکہ اُس وسیع باغ میں چندھیائی ہوئی دھوپ میں اور گرد آلود پتّوں میں سے چھوٹے چھوٹے سورج جھانکتے تھے اور اُن مالٹوں اور سنگتروں کی مہک نے اُسے نیچے اُتار لیا.....

وہ بہت دیر وہاں کھڑا رہا۔ پھر اُس نے گاڑی کی پٹڑی سے نظریں ہٹا اُس وسیع باغ کی طرف دیکھا جہاں مزدور عورتیں، بچے اور جوان درختوں سے مالٹے اتار کر ٹوکریوں میں پیک کر رہے تھے۔ اُن سے کسی نے بھی اُسے ٹرین سے اترتے نہیں دیکھا تھا، کیونکہ جُھکا ہوا شخص صرف زمین دیکھتا ہے اور وہ سارے کے سارے جُھکے ہوئے تھے..... جب اُس نے پائیدان سے زمین پر قدم رکھا تھا تو اُس وقت گاڑی مالٹے کے باغ سے باہر آچکی تھی اور اب اُس کے اور باغ کے درمیان چارے کا ایک کھیت تھا جس میں ایک کسان عورت درانتی سے چارہ کاٹے جا رہی تھی، اپنے آپ میں مگن اور مشین کی طرح..... کھیت کی منڈیر پر ایک بوسیدہ کھیس میں لپٹا ہوا بچہ نظر تو نہیں آتا تھا لیکن کبھی کبھار اُس کا ایک ننھا مُنّا پاؤں فضا میں بلند ہو کر بتاتا کہ دیکھو میں ہوں.... برکت علی باغ کو جانے والی پگڈنڈی پر چلنے لگا۔

باغ کے گرداگرد دو تین فٹ اُونچی ایک کچّی چاردیواری تھی جو جگہ جگہ سے ڈھے رہی تھی۔ یہاں سے مالٹے اتارنے والے مزدور دکھائی نہیں دیتے تھے صرف اُن کی آوازیں کانوں تک آجاتی تھیں۔ برکت علی اس چاردیواری کے اُوپر بیٹھ گیا اور آنکھوں

پر ہتھیلی کا چھجّہ بنا کر اُدھر دیکھنے لگا جدھر سے وہ آیا تھا۔ چارہ کاٹنے والی عورت اب اپنے بچے کو دودھ پلا رہی تھی ..... اور ویسے ہی ہلا رہی تھی جیسے کہ دیہات میں عورتیں ہلاتی ہیں۔ برکت علی نے پہلو بدل کر اپنا رُخ دوسری طرف کر لیا ..... ریلوے لائن کے پار ایک کچّی آبادی تھی اور اس کے کئی گھروں کی دیواریں ایک بڑے جوہڑ میں تھیں، جو ہڑ بوٹی سے بھرا ہوا تھا اور اس میں کمیّاں کھلی ہوئی تھیں۔ بوٹی کے درمیان میں چند بگلے جیسے بُت بنے کھڑے تھے ..... دوپہر ہو چکی تھی اور برکت علی نے اُس بھوک کو شدّت سے محسوس کیا جسے وہ اپنے دُکھ اور تھکاوٹ میں بھولا ہوا تھا ..... چارے کے کھیت کے ساتھ ایک چھوٹا سا قطعہ تھا جس کے درمیان میں سے پانی کی نالی جا رہی تھی ..... برکت علی اُٹھا اور تھکے ہوئے قدموں سے نالی کے ساتھ ساتھ چلنے لگا ..... اُس نے جُھک کر غور سے دیکھا تو قطعے میں شلغم اور مولیوں کے پتّے تھے ..... وہ نالی کے کنارے بیٹھ گیا اور بڑے آرام سے ایک لمبی سفید مولی زمین سے نکال کر اُسے پانی میں دھونے لگا ..... اس دوران اُسے محسوس ہوا کہ چارہ کاٹنے والی عورت اُسے غور سے دیکھ رہی ہے ..... اُس نے دو تین شلغم نکال کر اُن کی مٹی جھاڑی اور پھر نالی میں ڈبو کر انہیں دھونے لگا ..... شلغم صاف کرنے کے بعد اُس نے منہ کھولا اور شلغم پر دانت رکھ دیئے۔ شلغم کا گودا ٹھنڈا اور رسیلا تھا۔ وہ مزے سے منہ چلانے لگا ..... تین شلغم اور دو مُولیاں کھانے کے بعد وہ پھر کچّی دیوار پر آ بیٹھا اور دھوپ سینکنے لگا کیونکہ کھانے کی وجہ سے اَب اُسے ٹھنڈک محسوس ہو رہی تھی ..... تھوڑی دیر بعد وہ گرم ہو گیا، وہ اپنے آپ میں مگن اور کہیں بھی نہ دیکھتے ہوئے بھرے پیٹ اور سردیوں کی دھوپ سے لُطف اندوز ہونے لگا۔ اُس کی آنکھیں بند ہونے لگیں اور وہ اونگھنے لگا ..... اور اُس کی بند آنکھوں کی تاریکی میں شکلیں جلنے اور بجھنے لگیں اور اُن میں کبھی کبھی یوں لگتا جیسے بشیراں کی شکل بھی ہے اور پھر وہ مہک تھی تیرتی ہوئی آ گئی جس کے آگے وہ بے بس ہو جاتا تھا ..... اُسے معلُوم تھا کہ وہ جو اُسے ساتھ لے گیا ہے وہ بھی اُس کے بدن کی مہک کو محسوس کرتا

ہوگا اور اُس کی طرح پاگل ہوتا ہوگا..... وہ دونوں کیا کر رہے ہوں گے؟.... اِس خیال نے اُسے پھر جھٹکا اور اُس نے آنکھیں کھول دیں..... چارہ کاٹنے والی عورت اپنا بچہ اُٹھائے کچی آبادی کی طرف جارہی تھی۔ اُس کے سر پر ایک کُجّا تھا جسے وہ دوسرے ہاتھ سے تھام کر چلتی تھی..... برکت علی نے تھوک نگلی..... اُسے پیاس لگ رہی تھی۔

"بہن جی.....!" اُس نے پکارا" اے بہن جی.....!

عورت رُکی لیکن اُس نے مُڑ کر دیکھا نہیں۔ شاید اُسے یقین نہیں تھا کہ کسی نے اُسے پکارا ہے۔

"بہن جی.....!" اُس نے پھر آواز دی۔

عورت مڑی اور اُس کی طرف دیکھا کہ جیسے کہتی ہو"، کیا ہے"؟

"بہن جی! لسّی کے دو گھونٹ مل جائیں گے؟" اُس نے پھر پکارا۔

عورت کچھ دیر کے لئے وہیں کھڑی رہی جیسے کوئی فیصلہ کرنا چاہتی ہو اور پھر لمبے لمبے ڈگ بھرتی اُس کے پاس آگئی۔ اُس نے پہلے تو اپنے بچے کو اچھی طرح لپیٹ کر کھیت کے کنارے پر رکھ دیا اور پھر سر سے کُجّا اتار کر زمین پر ٹکا دیا۔ کُجّے کے مُنہ پر ایک پیالہ اوندھا پڑا تھا۔ عورت نے کچھ کہے بغیر پیالہ اُتارا اور کُجّے کی گردن میں ہاتھ ڈال کر اُسے نیچے کر کے پیالے کو لسّی سے بھر دیا اور برکت علی کی طرف بڑھا دیا۔

برکت علی نے اُسے تشکر آمیز نظروں سے دیکھا اور پیالہ دونوں ہاتھوں سے تھام لیا۔ وہ لسّی پینے لگا تو عورت بولی"تم نے ابھی ابھی کچّے شلغم اور مولیاں کھائی ہیں، لسّی زیادہ نہ پینا"..... وہ پل بھر کے لئے رُکا لیکن گاڑھی، سفید اور ٹھنڈی لسّی پھر خود بخود اُس کے حلق میں گرتی گئی۔

"مہربانی.....!" اُس نے پیالہ واپس کرتے ہوئے منہ صاف کیا.....

"یہ کونسا گاؤں ہے؟" اُس نے عورت سے پھر پُوچھا، کیونکہ وہ اُٹھ کر چلنے

کوٹھی۔

"گاؤں....؟"

"یہ لائن کے پار جو ہڑ کے ساتھ جو گاؤں ہے۔"

"یہ گاؤں تو نہیں...." وہ رکھائی سے بولی، کیونکہ اُسے شک ہوا تھا کہ یہ غیر مرد صرف اُس سے بات کرنے کی غرض سے بات کر رہا ہے.....

"تو پھر کیا ہے ؟"

وہ جھجکی اور پھر کہنے لگی "باغوں میں کام کرنے والے اس میں رہتے ہیں.... سارے چھپّر ہیں، گھاس پھونس کے...."

وہ چلنے لگی تو برکت علی بھی اُٹھ کھڑا ہوا "بہن جی.... وہ رُک گئی "اِدھر کوئی مزدوری وغیرہ بھی مل جاتی ہے؟ میں ناں اُدھر جہلم کی طرف سے آیا ہوں مزدوری کی تلاش میں...."

"تمہیں کسی نے بتایا تھا کہ اِدھر مزدوری ملتی ہے؟"

"نہیں...."

"تو پھر کیا کرنے آ گئے ہو؟"

"بس میرا خیال تھا کہ اِدھر مزدوری ملے گی.... میں نے گاڑی میں سے دیکھا تھا کہ اِس...." اُس نے باغ کی طرف اشارہ کیا "باغ میں بہت سارے مزدور کام کر رہے ہیں اس لئے میں نے سوچا کہ بس یہیں اُتر جاؤں...."

"اِس باغ میں؟" وہ پہلی بار مسکرائی "اس باغ میں مجھے مزدوری نہیں ملتی تمہیں کہاں سے ملے گی....!"

"کیا باغ بہت بڑا ہے؟"

"بہت.... ایک کومپنی ہے انگریز کی.... پھل فروٹ سے مربّے بناتی ہے۔ یہ باغ بھی اُن کا ہے۔"

"مالٹوں سے مربّے بناتی ہے ؟" برکت علی نے حیرت سے کہا۔

"ہاں ..... آج کل مالٹے اُتر رہے ہیں۔ پکی مزدوری تو کسی کو دیتے نہیں۔ بس صبح سویرے جو قطار میں کھڑا ہو جائے اُسے رکھ لیتے ہیں ایک دن کے لیئے ..... میرا بچّہ ہے تو مجھے دیر ہو جاتی ہے۔ آج بھی ہو گئی، اور جس روز مجھے مزدوری نہ ملے میں ان کھیتوں میں کام کر لیتی ہوں۔ اِدھر پیسے تو کچھ نہیں ملتے، صرف شام کو چند شلغم اور مُولیاں دے دیتے ہیں، کبھی تھوڑا سا آٹا بھی ..... اب اپنے چھپّر کو جا رہی ہوں روٹی کھانے ....." وہ بڑے اطمینان سے اپنی زندگی کے بارے میں اُسے بتا رہی تھی، "اور ہمارے گاؤں میں اکثر یہ ہوتا ہے کہ عورتیں تفصیل سے بات کرتی ہیں ...." اُس نے گردن ٹیڑھی کر کے کسّی کے گچھّے کو ٹھیک کیا اور پھر چلنے لگی ..... برکت علی اُسے جاتے ہوئے دیکھنے لگا ..... وہ پٹڑی کے قریب پہنچ کر رُکی لیکن اُس نے پیچھے مُڑ کر نہیں دیکھا، لیکن برکت علی جانتا تھا کہ وہ اُس کے بارے میں سوچ رہی ہے ..... پھر اُس نے ریلوے لائن عبُور کی اور دوسری طرف جوہڑ کے ساتھ ساتھ چلنے لگی ..... ایک بگلا جو بہت دیر سے بُت بنا کھڑا تھا اور اپنے لمبے پر پھیلا کر سُستی سے اُڑتا ہوا کچّی آبادی سے پرے ہوتا گیا۔

برکت علی شام تک اُس کچّی دیوار پر بیٹھا رہا ..... اِدھر اُدھر دیکھتا رہا اور سوچتا رہا۔ وہ اُن لوگوں میں سے تھا جو آسانی سے اکتاتے نہیں، چھوٹی چھوٹی اور معمولی چیزیں مصروف رکھتی ہیں اور وہ اُن میں گہری دلچسپی لیتے ہیں۔ کچی دیوار میں موٹے مکوڑوں کا ایک سوراخ تھا اور وہ بڑے شاہانہ طریقے سے اپنی پتلی اور لمبی لمبی ٹانگوں کے ساتھ اتراتے ہوئے چلتے تھے ..... برکت علی انہیں اتنی دیر تک دیکھتا رہا کہ اُسے اکثر مکوڑوں کا ناک نقشہ وغیرہ بھی یاد ہو گیا ..... وہ طے نہ کر سکا کہ اُسے اب کیا کرنا چاہیئے ..... اُس کی جیب میں اتنی رقم تو تھی کہ وہ چند روز بے کاری کے بھی کاٹ سکتا تھا لیکن یہاں رینالہ خورد کے نواح میں ایک باغ کی کچّی دیوار پر وہ کب تک بیٹھا رہ سکتا تھا۔ شام کے قریب اُسے پھر

بھوک محسوس ہوئی اور اُس نے حسبِ سابق کھیت میں سے مولیاں اور شلغم اکھاڑ کر انہیں نالی میں دھو کر کھالیا.... رات ہوئی تو ریلوے لائن کے پار چھپّروں کی بستی میں کسی نے ایک لالٹین جلا کر ایک بانس کے ساتھ لٹکادی اور اُس کی روشنی اندھیرے میں دور تک چلی گئی اور پھر مدھم ہو کر گُم ہو گئی۔

برکت علی نے اپنی پگڑی اتاری اور اُسے زمین پر بچھا کر لیٹ گیا۔ زمین ناہموار تھی اور چند تیکھے پتھر کمر میں چُبھتے تھے..... یہ وہ موسم تھا جب رضائیاں باہر آتی ہیں لیکن اُن کے بغیر بھی گزارہ ہو جاتا ہے لیکن صرف اندر مکانوں اور کمروں میں.... کھُلی فضا میں اب بھی سردی آسانی سے برداشت نہیں ہو سکتی تھی اور اُسے یہ سردی برداشت کرنا تھی کیونکہ اُس کے پاس اوڑھنے کے لئے کوئی شے نہ تھی۔ وہ اپنے آپ میں گُچھّا مُچھّا ہو کر لیٹا رہا اور سردی جیسے ہولے ہولے اُس پر برستی رہی۔ نیند تو اُسے خیر کیا آتی وہ تو صرف رات گزارنا چاہتا تھا.... ہر دو تین گھنٹوں کے بعد کراچی یا لاہور کی جانب سے کوئی ٹرین آتی.... پہلے اُسے ٹرین کی دھمک سنائی دیتی بلکہ وہ اُسے بدن میں محسوس کرتا جیسے کوئی ہولے ہولے دستک دے رہا ہو اور پھر وہ لمحہ بہ لمحہ قریب ہونے لگتی..... اگر تو ٹرین کراچی سے آ رہی ہوتی تو وہ انجن کی روشنی دُور سے دیکھ لیتا۔ اور اگر لاہور کی جانب سے ٹرین آتی تو اُس جانب کی پٹڑی باغ کے عقب میں تھی اور جہاں وہ تھا وہاں سے نظر نہیں آتی تھی۔ ٹرین اُس کے سامنے سے گزرتی..... ایک دُنیا، ایک جہان اُس کے سامنے سے گزرتا.... جس طرح قریب المرگ انسان کی نظروں کے سامنے پل بھر میں اُس کی پوری حیاتی گزر جاتی ہے..... ٹرین کے جانے کے بعد خاموشی پہلے سے بھی گہری ہو جاتی اور تاریکی زیادہ گھنی ہو جاتی.... رات کے پچھلے پہر سردی اتنی شدید تھی کہ وہ بُری طرح کانپنے لگا.... کچّی دیوار کے ساتھ باغ کے اندر کوئی شے درختوں میں چلتی تھی اور اُس کے چلنے کی آواز اُس کے کانوں تک آتی تھی۔ پتہ نہیں وہ کوئی انسان تھا یا جانور....

رات کی سیاہی میں جونہی صبح کی سفیدی کا ہلکا شائبہ ہوا وہ اُٹھ کر بیٹھ گیا.... اُس کے دانت بج رہے تھے اور بدن بُری طرح کپکپا رہا تھا..... وہ گھٹنوں میں سر دیئے بیٹھا رہا سورج کی ٹکیا کا ایک کنارہ ریلوے لائن کے پار زمین میں سے پھوٹا تو وہ اُٹھا اور پگڑی کو تہ کر کے سر پر رکھا اور کچی دیوار کے ساتھ ساتھ چلنے لگا۔ اب بھی کچّی چار دیواری اُس کے ساتھ ساتھ چل رہی تھی..... ایک مقام پر ایک کچّا راستہ باغ کے اندر جاتا تھا۔ وہ سڑک سے اُتر کر اُس پر چلنے لگا..... باغ کے اندر داخل ہوتے ہی اُسے پھر شدید سردی کا احساس ہوا۔ مالٹے کے درختوں کے پتّے بھی جیسے ٹھنڈک کے سانس لے رہے تھے۔ ہاں اُن میں وہ سرد اور کھٹی مہک ضرور تھی۔ جس نے اُسے گاڑی سے اتار لیا تھا..... باغ کے درمیان میں ایک چھپّر تھا اور اس کے باہر پانی کے ایک چھوٹے سے نالے کے کنارے سفید داڑھی والا ایک شخص منہ ہاتھ دھونے میں مصروف تھا..... اُس نے برکت علی کو دیکھا نہیں اور اطمینان سے اپنے کانوں اور نتھنوں میں انگلیاں پھیرتا رہا..... وہ وضو کر رہا تھا.....

"باباجی سلام اے" برکت علی نے بلند آواز سے کہا۔ داڑھی والے شخص نے بڑے اطمینان سے سر اُوپر کیا اور اُسے دیکھ کر پھر پانی پر جھک گیا.... برکت علی اُس کے قریب چلا گیا۔ "باباجی ! مزدوری کے لئے قطار کہاں بناؤں جی ؟"

"ہیں ؟ باباجی نے اس بار چونک کر اوپر دیکھا " ابھی سے ؟"

"جی باباجی..... دیر ہو جائے تو سُنا ہے مزدوری نہیں ملتی اس لئے ابھی آگیا....

"اُدے ئے جاؤ" باباجی نے منہ بنا کر کہا۔

"کہاں جاؤں جی ؟"

"میرے سسرال..... باباجی نے غصّے سے کہا " ابھی میں نماز پڑھوں گا.... تم نماز پڑھتے ہو ؟ تمہاری شکل سے لگتا ہے کہ نہیں پڑھتے..... تو نماز پڑھنے کے بعد

میں اپنا چائے پانی کر دوں گا، پھر کرسی نکال کر باہر.... یہاں پر بیٹھ جاؤں گا اور تب میرے سامنے کھڑے ہو کر قطار بنا لینا....''

''اچھا جی....''، برکت علی نے سر جھکا کر کہا اور بابا جی سے ہٹ کر اُسی نالے کے کنارے بیٹھ کر منہ ہاتھ دھونے لگا۔ بابا جی نے اُسے گھور کر دیکھا.... منہ ہاتھ دھو کے بعد برکت علی ایک درخت کے ساتھ ٹیک لگا کر بیٹھ گیا۔ اس دوران بابا جی نے نماز پڑھی اور پھر چھپّر کے اندر چلے گئے۔ تھوڑی دیر بعد باہر آئے تو اُن کے ہاتھ میں چائے کا ایک مگ تھا۔

''اوے جانور..... ادھر آؤ..... پہلے تو برکت علی کی سمجھ میں نہ آیا کہ بابا کِسے بلاتا ہے پھر اُس نے دیکھا کہ وہ اُس سے مخاطب ہے.....

''کیا ہے؟'' اُس نے لاپروائی سے کہا۔

''چائے پی لو'' بابا جی نے پھر غصّے سے کہا۔

برکت علی کو چائے اتنی پسند تو نہ تھی لیکن اُس نے بابا جی کا دل دکھانا مناسب نہ سمجھا اور اُٹھ کر آہستہ آہستہ چلتا چھپر کے قریب چلا گیا۔

''تم اس باغ میں پہلی بار آئے ہو مزدوری کے لیئے؟'' بابا جی نے مگ تھماتے ہوئے پوچھا۔

''آہو جی!''

''یہاں کے نہیں ہو، رینالہ خورد کے؟''

''نہیں جی۔''

بابا جی کے چہرے پر تشویش تھی ''تو پھر کہاں سے آئے ہو؟''

''چک جوگیاں سے..... برکت علی میرا نام ہے۔''

''تین روپے دہاڑی ملیں گے، شام تک کے کام کے..... اور پچاس مالٹے.... اگر تم کو مزدوری مل گئی تو.....

"ٹھیک ہے جی ....."

باباجی پھر کے اندر گئے اور ایک ٹوٹی ہوئی کرسی اُٹھا لائے۔ اُسے جھاڑ پونچھ کر اُس پر براجمان ہوگئے اور کہنے لگے "چلو شاباش لائن بناؤ مزدوری کے لئے۔

"پر کہاں جی ؟"

"یہاں میرے سامنے ..... اِدھر کھڑے ہوجاؤ۔ ابھی تھوڑی دیر میں تمہارے پیچھے بے شمار لوگ آجائیں گے۔ تم کھڑے رہو ..... میں ذرا تھوڑی سی نیند پوری کرلوں۔"

یہ کہہ کر باباجی نے اپنی پگڑی اتار کر سر کے نیچے رکھی اور فی الفور سو گئے ..... اور پھر یہی ہوا کہ سڑک کی جانب سے اترتے ہوئے کچے راستے پر بچے، مرد اور عورتیں گروہوں میں اور کبھی تین تین چار چار کی ٹکڑیوں میں اترنے لگے ..... وہ باغ میں داخل ہوتے اور بڑے آرام سے اُس قطار میں کھڑے ہو جاتے جو برکت علی کے پیچھے ایک دُم کی طرح لٹکتی جا رہی تھی۔ باباجی آرام سے سوئے رہے۔ پورے سات بجے بیدار ہوئے اور قطار کی جانب دیکھے بغیر ایک رجسٹر میں لکیریں کھینچ کر اُس پر تاریخ وغیرہ درج کی اور پھر سر اُٹھا کر بولے "ہاں بھئی آگے آؤ ....."

"میں تو جی صبح سے ہی آگے آیا ہوا ہوں۔" برکت علی بولا۔

"تو پھر نام بتاؤ ....."

"برکت علی ....."

"ٹوکری اور قینچی لو اور شروع کرو ....."

"کہاں سے جی ؟"

"ارے بھائی جی یہاں سے جاؤ اب" اس کے پیچھے کھڑے ایک نوجوان نے تقریباً دھکیلتے ہوئے کہا۔ "ٹوکری قینچی تو اُدھر سے ملتی ہے۔"

برکت علی نے اپنی جگہ چھوڑی اور ہٹ کر کھڑا ہوگیا۔ باباجی نے دوسرے نوجوان

کا نام لکھا اور اُسے بھی ٹوکری قینچی لے کر شروع ہو جانے کو کہا.... وہ نوجوان باغ کے اندر جاتے ہوئے راستے پر چلنے لگا۔ برکت علی نے مناسب جانا کہ اُس کا پیچھا کر کے وہاں پہنچا جائے جہاں ٹوکری قینچی کا بندوبست تھا.... باغ کے اندر ایک چھوٹے سے چھپّر کے باہر ایک موٹی اور نہایت بدشکل عورت زمین پر آلتی پالتی مارے بیٹھی تھی۔ اُس نوجوان کو دیکھ کر اُس نے کچھ کہا اور وہ ٹوکریوں کے ڈھیر میں سے ایک ٹوکری اُٹھا کر پرے ہو گیا۔ برکت علی بھی اُس عورت کے قریب پہنچا اور کھڑا ہو گیا....

"کچھ پھوٹ .... کچھ منہ سے بول.... تھوڑی دیر بعد موٹی عورت نے زمین پر تھوکتے ہوئے کہا۔

"قینچی ٹوکری چاہیئے۔"

"تو یہ سامنے پڑی ہے اُٹھا لو......"

"یہ تو ٹوکری ہے..... قینچی کہاں ہے؟"

"پہلی مرتبہ آئے ہو؟" موٹی عورت جیسے یکدم موم ہو گئی۔ "قینچی ٹوکری کے اندر ہے.... اور سنو درختوں سے مالٹے اتارنے کا کام پہلے کیا ہے؟"

"نہیں چاچی...." برکت علی نے کہا "لیکن اس میں کیا مشکل ہے، مالٹے ہی توڑنے ہیں ناں؟"

"نہ" موٹی عورت نے اپنی موٹی اُنگلی اُٹھا کر کہا" مالٹے توڑنے نہیں، اتارنے ہیں بلکہ کاٹنے ہیں۔ اس قینچی سے.... ذرا کاٹ کر دکھاؤ....."

اتنی دیر میں تین چار عورتیں اور چند مرد بھی اپنی ٹوکریاں لینے کے لئے وہاں آ چکے تھے۔ لیکن موٹی عورت نے اُن کی طرف کوئی دھیان نہ دیا.... مزدوروں کو صرف پوچھنا ہوتا تھا کہ بی بی ٹوکری قینچی لے لوں اور موٹی عورت سر ہلا دیتی تھی.... برکت علی نے ایک قریبی درخت کے نیچے جا کر قینچی سے ایک مالٹا کاٹ لیا.... اُس کا خیال تھا کہ اگر اسے

ہاتھ سے پکڑ کر کھینچ لیا جائے تو مالٹا آسانی سے توڑا جا سکتا تھا.... وہ اس مالٹے کو بڑے غور سے دیکھنے لگا جیسے وہ زندہ ہو اور پھر اُسے بدستور گھورتا ہوا موٹی عورت کے پاس لے آیا "یہ ٹھیک ہے؟"

"نہیں" اُس ملائمت سے سمجھایا "دیکھو ہر مالٹے کے ساتھ دو پتّے ضرور کاٹو اس طرح مالٹا کئی روز تک تر و تازہ رہتا ہے اور اگر اُسے نوچو گے تو اُس کی چھال کا کچھ حصّہ بھی اُتر جائے گا اور یوں وہ بہت جلدی باسی ہو جائے گا.... اس طرح اگر مالٹے کے ساتھ پتّے نہیں ہوں گے تو اُس کے خراب ہونے کا اندیشہ ہے.... تم ادھر چلے جاؤ ریلوے لائن کے برابر میں جو حصّہ ہے وہاں مالٹے ابھی درخت سے باہر ہیں، چھنے نہیں گئے.... تمہیں آسانی ہوگی.... اور جب ٹوکری بھر جائے تو میرے پاس لے کر آنا...."

وہ ٹوکری اُٹھا کر باغ میں چلنے لگا.... ابھی دھوپ پتّوں پر تھی اور درختوں کے نیچے ٹھنڈک ٹھہری ہوئی تھی.... اُس کے اندر زندگی کی ایک حرارت سی پیدا ہوئی.... ایک گرمی جو کہتی تھی کہ زندگی رواں ہے اور بشیراں نے تمہارے ساتھ جو کچھ بھی کیا ہے اُس کے باوجود تمہیں زندہ رہنا ہے.... وہ سر جھکا کر مسکرانے لگا کیونکہ سبز پتّوں میں سے ظاہر ہوتے اور پوشیدہ زرد سُورج اُسے تکتے تھے اور اُن کی ٹھنڈی اور کھٹّی مہک اُس کے نتھنوں میں بہاتی تھی۔

باغ کی آخری حد ریلوے لائن کے برابر میں تھی.... جہاں اُس کی گاڑی رُکی تھی. اور جہاں وہ اُترا تھا.... اُس نے ایک گہرا سانس لیا اور پیچھے مڑ کر دیکھا.... پانی جو باغ کے درمیان میں بہتا تھا وہ ہلکی اور نرم دھوپ میں روشن تھا اور اُس میں سے جو بھاپ اُٹھتی تھی اُس کے پیچھے وہی چارہ کاٹنے والی عورت اپنے بچے کو اُٹھائے چلی آ رہی تھی.... اور اُس کے پیچھے پیچھے ایک دُبلا پتلا مرد تھا

برکت علی نے ٹوکری زمین پر رکھ دی اور ہلکی نرم دھوپ میں جلتی ہوئی اُس عورت کو دیکھنے لگا جو اُس کی جانب آ رہی تھی..... باغ کے اس حصے میں برکت علی سے پہلے بہت سارے مزدور جن میں عورتیں بچے سبھی شامل تھے آ چکے تھے۔ لیکن انہوں نے ابھی کام کا آغاز نہیں کیا تھا بلکہ اِدھر اُدھر ٹہل رہے تھے اور دھوپ میں اپنے ٹھٹھرے ہوئے بدنوں کو گرم کرنے کی کوشش کر رہے تھے۔ چارہ کاٹنے والی عورت اس کے قریب آئی اور پھر رُکے بغیر آگے چلی گئی۔ برکت علی کو بے حد حیرت ہوئی کہ اُس نے اس کی جانب دیکھا تک نہیں حالانکہ وہ ایک دوسرے کو جانتے تھے..... ہاں اُس نے یہ بھی دیکھا کہ اُس کے پیچھے پیچھے چلنے والا کوئی فرد نہیں تھا بلکہ ایک دس گیارہ برس کا لڑکا تھا جو اپنی عمر کے لحاظ سے ذرا زیادہ قد نکال گیا تھا اور یوں ذرا شرمندہ ہو کر اور کچھ جھک کر چلتا تھا.... باغ میں مزدوروں کی مختلف ٹولیاں تھیں اور باباجی اور موٹی عورت نے کسی خاص منصوبہ بندی کے تحت مزدوروں کو باغ کے مختلف حصے سونپ دیئے تھے..... باغ کے اس حصے میں جہاں برکت علی تھا پھل بہت کثرت سے تھا اور پتوں میں سے جھانکتا تھا... تھوڑی دیر بعد اُدھر سے جدھر سے وہ آئے تھے ایک بلند اور گونج دار "ہواد" کی آواز اُن تک آئی اور یہ یقیناً اُس موٹی عورت کی تھی کیونکہ اتنا سانس صرف اُس کے موٹے پیٹ سے ہی برآمد ہو سکتا تھا۔ اس آواز کو سنتے ہی تمام لوگ جو دھوپ میں آرام سے بیٹھے تھے اور اِدھر اُدھر گھوم رہے تھے اپنی اپنی ٹوکریاں اُٹھا کر درختوں کے گرد ہو گئے۔ برکت علی نے کچھ دیر اُن کو مالٹے اتارتے ہوئے دیکھا اور پھر انہیں دیکھ دیکھ کر ٹوکری مالٹے کے نیچے لا کر قینچی سے شاخ کاٹ کر انہیں جمع کرنے لگا..... تھوڑی ہی دیر بعد اُسے احساس ہوا کہ یہ کوئی آسان کام نہ تھا۔ جوں جوں ٹوکری بھاری ہو رہی تھی توں توں اُسے ایک ہاتھ سے فضا میں معلق رکھنا مشکل ہو رہا تھا۔ جب ٹوکری مالٹوں سے بھر گئی تو وہ ہانپ رہا تھا اور اُس کا چہرہ پسینے سے بھیگا

ہوا تھا۔ کھیتوں میں ہل چلانے والے نوجوان کے لئے بظاہر تو یہ کام مشکل نہیں ہونا چاہیئے تھا لیکن اکثر ایسا ہوتا ہے کہ کوئی کام ایک فاصلے سے بہت آسان سے دکھائی دیتا ہے اور ہم اُسے کرنے والوں کو خوش نصیب تصور کرتے ہیں۔ لیکن جب ذاتی طور پر تجربہ ہوتا ہے تو صورتِ حال مکمل طور پر مختلف ہوتی ہے ..... ٹوکری بھرنے پر وہ اُسے اٹھا کر موٹی عورت کے چھپّر کے پاس لے گیا جیسا کہ سبھی مزدور کر رہے تھے ..... اُسے دیکھ کر وہ مسکرائی۔

"اس دوران ہر مزدور دو دو ٹوکریاں مالٹے اتار چکا ہے اور تم نے ابھی تک صرف ایک ٹوکری بھری ہے۔"

"ہاں بی بی جی ..... " وہ کچھ کہنے لگا لیکن موٹی عورت نے اُسے ٹوک دیا "میں بی بی جی نہیں ہوں ..... مائی جھیراں ہوں، مجھے اس نام سے بلایا کرو، سمجھ آئی ؟"

"آہو جی ..... آہو مائی جھیراں جی ..... اصل میں یہ کام میں نے کیا نہیں اور مجھے محاورہ نہیں اس کا ....."

مائی جھیراں نے اُس کی ٹوکری اٹھا کر چھپّر کے باہر مالٹوں کے مختلف ڈھیروں میں سے ایک پر انڈیل دی "لو شاباش ..... ذرا پھرتی کرو۔ بابا بڑا سخت ہے۔ اُسے اگر معلوم ہو گیا ناں کہ لائن کے ساتھ والے مزدور کام تھوڑا کر رہے ہیں تو کل کسی کو بھی نہیں رکھے گا ....."

"لیکن بابا تو ہمیں نہیں دیکھ رہا کام کرتے ہوئے ..... اُسے کیسے پتہ لگے گا کہ میں کم کام کر رہا ہوں ....." برکت علی نے ٹوکری لیتے ہوئے کہا۔

"یہ جو تم مالٹوں کے ڈھیر دیکھ رہے ہو ناں ؟ ..... ایک دو ..... تین اور گیارہ ہیں پورے ..... تو سارے باغ کے گیارہ حصے ہیں اور ہر حصے کے مزدور جب اپنی اپنی ٹوکریاں لاتے ہیں تو وہ مالٹے اُس ڈھیر پر انڈیلے جاتے ہیں ..... شام کو بابا آکر دیکھے

گا اور آسے پتہ لگ جائے گا کہ کونسا ڈھیر چھوٹا ہے اور اگلے دن اُس ڈھیر والے مزدور کو دوبارہ نہیں رکھے گا۔ اس لئے شاباش ذرا پھرتی دکھاؤ اگر کل بھی کام لینا ہے تو!"

تب برکت علی کو پتہ چلا کہ باغ میں کوئی بھی ایسا بندہ نہیں تھا جو مزدوروں کی راکھی کرتا یا دیکھتا کہ وہ کام کر رہے ہیں یا نہیں۔ تو یہ طریقہ تھا اُن سے پورا پورا کام لینے کا۔ اِسی لئے سارے مزدور سر جھکائے کام میں مصروف رہتے تھے۔ اُنہیں معلوم تھا کہ اگر اُن کے حصے کا ڈھیر باقی ڈھیروں سے چھوٹا ہوا تو اگلے روز اُنہیں کام نہیں ملے گا...

برکت علی بھی جب خالی ٹوکری کے ساتھ واپس آیا تو پہلے سے زیادہ توجہ اور محنت سے مالٹے اتارنے لگا.... اس دوران کبھی کبھی چارہ کاٹنے والی عورت اور اُس کے بچے نظر آجاتے لیکن کسی کو اتنا ہوش نہیں تھا کہ کھڑا ہو کر باتیں کر سکے .... دوپہر کے وقت ایک مرتبہ پھر مائی جھیراں کی "خبردار" ہواؤ" اُن تک پہنچی اور اس آواز کو سنتے ہی تمام مزدوروں نے ٹوکریاں زمین پر رکھیں اور کام ختم کر دیا... یہ کھانے والی چھٹی تھی۔ مزدور اپنے ہمراہ جو پوٹلیاں لائے ہوئے تھے وہ انہوں نے کام شروع کرنے سے پیشتر درختوں کی ٹہنیوں کے ساتھ باندھ دی تھیں ..... عام طور پر وہ سب اپنی پوٹلیاں ایک ہی درخت کی شاخوں کے ساتھ لٹکاتے .....وہ اب اُس درخت کے نیچے جمع تھے اور اپنی اپنی پوٹلیاں اتار کر اِدھر اُدھر بکھرنے جاتے تھے.... برکت علی کا پیٹ بھی کچھ کھانے کو مانگتا تھا پر اُس روٹی کے درخت کے ساتھ کوئی ایسی پوٹلی نہ تھی جس کی گرہ کھول کر وہ پانی کے ساتھ کنارے بیٹھ کر اُس میں بندھی روٹی کھا سکتا

..... برکت علی کو خوراک کی ضرورت تو تھی پر وہ بھوکا نہیں تھا، بھوک جس طرح بدن کو کاٹتی اور چباتی ہے وہ ایسے محسوس نہیں کرتا تھا، نہ ہی اُسے کمزوری کا احساس ہوتا تھا بس یہ تھا کہ اُس نے صرف مولیاں اور شلغم کھائے تھے اس کا جی چاہتا تھا کہ وہ اب روٹی کھائے۔ وہ روٹی کھاتے ہوئے مزدوروں سے الگ بیٹھا اسی سوچ میں تھا کہ

وہ لمبا تڑنگا لڑکا اُس کے پاس آیا۔ اُس کی ہتھیلیوں پر ایک روٹی گول ہوتی تھی اور اس پر ایک چھوٹا سا پیاز دھرا تھا۔ برکت علی نے اُسے نظر بھر کر دیکھا.... وہ واقعی بیحد چھوٹا تھا لیکن اُس کا قد جوان مردوں جتنا تھا۔ یُوں لگتا تھا جیسے اُس کا چہرہ چھوٹا رہ گیا ہے.....

"یہ بے بے نے بھیجی ہے....." اُس نے روٹی آگے کر کے کہا پر اُس کے لہجے میں کچھ نہ تھا، نہ پیار نہ نفرت، نہ درخواست نہ خواہش..... اُس کے پاس کہنے کو ایک فقرہ تھا جو اُسے اُس کی بے بے نے دیا تھا اور اُس نے وہ فقرہ کہہ دیا تھا اپنے آپ کو اُس سے مکمل طور پر الگ رکھتے ہوئے.....

برکت علی نے اپنی دونوں ہتھیلیاں جوڑ کر اُس کے آگے کر دیں اور لڑکے نے روٹی اُن پر کھسکا دی۔

"تمہاری بے بے کا نام کیا ہے؟" برکت علی نے سنجیدگی سے دریافت کیا۔

اُس نے اُسے صرف دیکھا اور اُس کا دیکھنا بھی اُس کے لہجے کی طرح تھا کہ اُس میں کچھ نہ تھا، نہ پیار نہ نفرت..... اور پھر مُنہ موڑ کر چلا گیا۔ برکت علی اُسے جاتے ہوئے دیکھتا رہا..... وہ اس سے کچھ فاصلے پر باغ کی کچی چار دیواری کے باہر بیٹھی ہوئی تھی اور اپنے چھوٹے بچے کو دودھ پلا رہی تھی۔ لڑکے نے وہاں پہنچ کر اُسے کچھ کہا اور اُس نے اُدھر دیکھا، برکت علی کی طرف اور پھر اپنے بچے کے سر پر ہاتھ رکھ کر اُسے آہستہ سے دبایا اور سر جھکا لیا۔

روٹی اور پیاز نے اُسے پھر سے زندہ کر دیا..... اور اُسے چند لمحوں کے لیئے بشیراں بھولنے لگی اور وہ اپنا دُکھ بھولنے لگا۔ اکثر ایسا ہوتا ہے کہ انسان کسی بڑے دکھ میں سے گزرتا ہے تو اُس کے حواس درست نہیں رہتے۔ وہ کچھ سوچ نہیں سکتا اور پتھر کی طرح پڑا رہتا ہے، اُسے بھوک لگتی ہے لیکن وہ اسے محسوس کرنے کے باوجود

پڑا رہتا ہے کیونکہ اُس پہ دکھ کا بوجھ ہوتا ہے.... اور پھر جا کر کوئی مہربان ہاتھ اس کے آگے کھانے کی کوئی شے رکھ دیتا ہے تو وہ اُس خوراک کو لاتعلقی کے ساتھ دیکھتا رہتا ہے اور چاہے بغیر اُس کی طرف ہاتھ بڑھا دیتا ہے..... اُسے کھاتے ہوئے وہ کچھ شرمندگی محسوس کرتا ہے لیکن ہاتھ نہیں کھینچتا، کھاتا رہتا ہے.... برکت علی نے بھی اُس روٹی اور پیاز کو ایسے ہی کھا لیا، بغیر کسی چاہت کے، بِنا خواہش کے..... لیکن کھانے کے بعد اُس کے بدن میں جو توانائی آئی اُس نے اُسے زندگی کے قریب کر دیا.... مائی جھیراں کی "ہواو" نے بلایا کہ تمہارا روٹی کا وقت ختم ہوا کام پہ واپس آؤ اور اُس نے اپنی ٹوکری اُٹھائی اور کام پہ واپس چلا گیا....

شام ہوئی تو وہ سب ایک مرتبہ پھر باباجی کی میز کے سامنے قطار بنا کر کھڑے ہو گئے..... جب وہ صبح آئے تھے تو بہت بُجھے بُجھے اور تھکے ہوئے تھے اور چپ تھے جیسے کسی بیگار کیمپ میں دھکیلے جا رہے ہوں اور اب جب کہ انہوں نے پورا دن کمر توڑ محنت کی تھی وہ زندگی اور خوشی سے بھرے ہوئے تھے اور آپس میں چُہلیں کر رہے تھے..... اُن میں سے چند ایک کی خوشی تب ختم ہوئی جب باباجی نے بتایا کہ مالٹوں کا ڈھیر نمبر تین آج سب سے چھوٹا تھا اس لئے باغ کے حصہ نمبر تین میں کام کرنے والے مزدور کل مزدوری پہ نہیں لگ سکیں گے..... ہاں وہ پرسوں پھر سے واپس آسکتے ہیں..... وہ سرکتے ہوئے آگے ہوتے گئے اور باباجی ہر ایک ہتھیلی پہ ایک ایک روپے کے تین سِکے رکھتے جاتے اور ساتھ ہی برابر والے ڈھیر کی طرف اشارہ کرتے اور مزدور اپنی چادریں وہاں سے پچاس مالٹے ڈال کر باندھ لیتا.... جب برکت علی کی باری آئی تو باباجی نے ایک نظر اُسے دیکھا اور پھر تین روپے اُس کی ہتھیلی پر رکھ دیئے۔"پچاس مالٹے بھی اُٹھا لو۔"

اور تب برکت علی کو احساس ہوا کہ اُس کے پاس ایسا کوئی کپڑا نہیں جس میں وہ پچاس مالٹے باندھ کر لے جاسکے.... "میرے پاس کپڑا نہیں ہے۔"

"تو پھر میں کیا کروں بھائی میرے ....."

"میں کل لے لوں گا...."

"نہ" باباجی نے سر ہلایا "آج کا حساب آج ہی ختم ہو جاتا ہے۔ اُدھار نہ دیا ہے نہ کیا ہے۔ تم اپنے تہمد میں باندھ لو...."

"اس کے پلّو میں اتنے مالٹے نہیں آئیں گے جی....!" وہ پریشان ہو رہا تھا کہ کہیں اس کے پچاس مالٹے ضائع نہ ہو جائیں۔

"ارے بھائی میرے....!" باباجی مسکرائے "تہمد کے پلّو میں تو چار مالٹے نہیں آئیں گے۔ میرا مطلب تھا کہ تہمد اُتار کر اس میں باندھ لو...."

"نہیں جی....!" برکت علی نے یکدم اپنے تہمد کو تھام لیا، جیسے باباجی اُسے زبردستی اُتار کر اس میں مالٹے وغیرہ باندھ دیں گے "میں نہیں لیتا مالٹے....." اور اُسی وقت وہی لڑکا پھر آگے آیا، شاید وہ پہلے سے وہیں کھڑا تھا اور برکت علی نے اُسے دیکھا نہیں تھا۔ "یہ کھیس لے لو.... بے بے جی کہتی ہے بعد میں واپس کر دینا"۔ اُس نے ایک میلا کچیلا کھیس زمین پر بچھاتے ہوئے کہا۔ برکت علی نے جلدی سے پچاس مالٹے کھیس میں ڈالے اور اُنہیں باندھنے لگا۔

"تمہاری گنتی کمزور ہے...." باباجی اگرچہ مزدوروں کی مزدوری چکانے میں مصروف تھے۔ لیکن وہ پتہ نہیں کونسی آنکھ سے مالٹوں کی گنتی بھی کرتے جاتے تھے.... "دو مالٹے تم نے کم لئے ہیں.... اُٹھا لو شاباش!"

مالٹوں کی گٹھڑی سر پر اُٹھا کر وہ باہر جانے والے راستے پر چلنے لگا.... اور اُس کی جیب میں روپے روپے کے تین گول سکّے کھنکتے تھے..... باغ سے باہر نکل کر وہ پل بھر کے لیئے رُکا "مجھے کہاں جانا ہے" اور پھر وہ اسی راستے پر چلنے لگا جس راستے پر وہ آیا تھا۔ کچی دیوار کے ساتھ ساتھ ریلوے لائن کی جانب.... جب وہ اُس مقام پر پہنچا جہاں اُس نے کچّی دیوار کے ساتھ رات گزاری تھی تو وہ رُکا۔ اُس نے مالٹوں والی

گٹھڑی سر سے اتار نیچے رکھی اور پھر دیوار کی ٹیک لگا کر بیٹھ گیا۔ چارہ کاٹنے والی عورت اور وہ لمبا لڑکا بھی اُسی راستے پر اُس کے پیچھے پیچھے چلے آتے تھے۔ وہ اُس کے قریب سے گزر گئے.... برکت علی کے لبوں پر پھیلی مسکراہٹ پھیکی پڑ گئی کیونکہ وہ دونوں اُس کے پاس سے ایسے گزرے جیسے وہ بھی کچّی دیوار کا ایک حصّہ ہو.... وہ ریلوے لائن کو عبور کر کے دوسری جانب کچی بستی میں اُتر گئے.... برکت علی نے گٹھڑی کھولی اور مالٹوں کو دیوار کے ساتھ ڈھیر کر دیا۔ بھلا وہ ہر مزدور کو اتنے سارے مالٹے کیوں دے دیتے ہیں، ان میں سے میں کتنے کھا سکتا ہوں؟ پانچ یا زیادہ سے زیادہ دس.... اور پھر اُسے خیال آیا کہ چارہ کاٹنے والی عورت اور اُس کا بیٹا اگرچہ اسی باغ میں مزدوری کر کے واپس آ رہے تھے لیکن اُن کے پاس مالٹے نہیں تھے.... اس دوران سات آٹھ مزدور اُس کے قریب سے گزر کر ریلوے لائن کے پاس کچّی بستی کی طرف گئے لیکن اُن میں سے بھی کسی نے مالٹوں کا بوجھ نہیں اُٹھا رکھا تھا.... یہ کیا سلسلہ ہے؟ .... اُس نے ایک مالٹے کے پتّے اکھاڑے اور پھر انگوٹھے کی مدد سے مالٹے کو کھول لیا.... مالٹا رس بھرا تھا اور اُس کی رگوں میں جیسے خُون کی سُرخی تھی۔ اُس نے تین چار مالٹے کھانے کے بعد سردی محسوس کی.... سُورج ڈوب چکا تھا اور ٹھنڈک گھنی اور ناقابلِ برداشت ہو رہی تھی.... اب یہ تو کوئی زندگی نہیں تھی کہ انسان کسی کچی دیوار کے سائے کو گھر بنا لے.... کوئی جگہ تو ہونی چاہیئے جہاں سونے کے لئے سر پر چھت ہو.... کھانے پینے کا بندوبست ہو.... چک جوگیاں میں وہ پرسوں شام تھا.... اور اللہ دتہ افیمی نے جب اُسے کہا تھا کہ اوئے نہیں ہے خیریت، بشیراں تیرے بیٹے کو یہاں لٹا کر خود کسی کے ساتھ بھاگ گئی ہے تو چک جوگیاں کی کسی چھت پر جلنے والے اکلوتے چراغ کی لَو نے اُسے جلا کر راکھ کر دیا تھا۔ زندگی نے اُسے چھوڑ دیا تھا اور سارا آسمان اُس پر بوجھ ہوا تھا.... اور آج صرف ایک دن درمیان میں آیا اور وہ پھر سے ایک گھر اور

ایک چولہے کے بارے میں سوچنے لگا تھا..... زندگی پھر اُس کے پاس آگئی تھی....

..... بہرحال آج تو یہیں گزر بسر کرتے ہیں، کل دیکھا جائے گا....."

ریلوے لائن کے پار کچّی بستی میں پہلے چراغ کی لَو ٹمٹمائی تو اُدھر سے ایک لٹھ کا لچکیلے بوٹ ایسا شستی سے قدم دھرتا اِدھر اُدھر دیکھتا آیا اور پھر اُس کے پاس آ ٹھہرا" بے بے کہتی ہے ہمارا کھیس دے دو"۔

"آہو" اُس نے شرمندہ ہوکر سر ہلایا" پر بھائی مجھے پتہ نہیں تھا کہ تم کو یہ کھیس کہاں پہنچاؤں..... مہربانی..... میرا خیال تھا کہ سویرے مزدوری پر آؤ گے تو واپس کر دوں گا..... مہربانی"۔

لمبے لڑکے نے کھیس اُٹھا کر اُسے لپیٹ کر بغل میں دابا اور چلنے لگا..... ریلوے لائن کے قریب جاکر وہ رُکا اور پھر واپس آگیا" بے بے کہتی تھی کہ اگر رات گزارنی ہے تو ہمارے چھپّر کے باہر بھی جگہ ہے..... بنا شک آجاؤ....." یہ کہہ کر وہ پھر واپس ہو گیا۔

"اوئے بات سنو..... رُکو بھائی!" برکت علی نے چیخ کر کہا..... وہ لڑکا رُک گیا، کھیس تو تم لے جا رہے ہو تو میں اپنے مالٹے کس میں باندھ کر لاؤں؟"

لمبا لڑکا واپس آیا اور کھیس کو بغل میں سے نکال کر زمین میں بچھا دیا۔ پھر دونوں نے مل کر اُس میں مالٹے باندھ لئے..... تمہاری بے بے کا نام کیا ہے؟"

"یہ تُم بار بار مجھ سے یہ کیوں پوچھتے ہو کہ بے بے کا نام کیا ہے....." لمبا لڑکا پھٹ پڑا" مجھے کیا پتہ بے بے کے نام کا..... تمہیں اپنی بے بے کے نام کا پتہ ہے؟"

"نہیں..... برکت علی نے شرمندہ ہوکر کہا۔

"تو پھر مجھ سے کیوں پوچھتے ہو..... آؤ" وہ مالٹوں کی گٹھڑی اُٹھا کر اُس کے آگے آگے چلنے لگا.....

برکت علی جب ریلوے لائن پر پہنچا تو تھوڑی دیر کے لئے رُکا۔ اُس نے بائیں

جانب دیکھا، اِدھر سے میں آیا تھا، کوٹ جوگیاں سے ..... اور میں اُدھر جا رہا تھا، اُس نے دائیں طرف کراچی کی جانب گم ہوتی ریلوے لائن کی طرف نگاہ کی ..... اور میں یہاں اُتر گیا، یہاں رہ گیا..... یہ کہاں لکھا ہوتا ہے۔ یہ کہاں لکھا ہوتا ہے کہ یہ بندہ اگر چک جوگیاں سے چلے گا اور سہادے سے گاڑی میں بیٹھے گا، پھر راستے میں رینالہ خورد میں اُتر جائے گا، مالٹوں کے باغ کے پاس ..... یہ کہاں لکھا ہوتا ہے؟

"آٹھ بجے والی ڈاک گاڑی کے نیچے آ جانا ہے تم نے ....." لمبا لڑکا اُس کے پاس کھڑا تھا "میں اُدھر چھپّر کے پاس جا کر پھر واپس آیا ہوں تمہارے لئے ..... تم چلتے کیوں نہیں؟"

"بس ایسے ہی کھڑا ہو گیا ....." وہ مسکرایا اور اُس کے ساتھ چلنے لگا۔ ریلوے لائن کے پار کھیتوں اور اس پٹڑی کے درمیان میں سرکاری زمین پر چند چھپّر تھے اور ایک جوہڑ تھا ..... تاریکی میں سے دو کتّے غرّاتے ہوئے آگے آئے تو لمبے لڑکے نے اُنہیں "اوئے دفع دور" کہہ کر چپ کرا دیا .....

اُن کا چھپّر جوہڑ سے پرے کھیتوں کی جانب تھا۔ لڑکوں نے مالٹوں کی گٹھڑی سر سے اتار کر نیچے رکھی "بے بے ..... باہر آ" اُس نے ٹاٹ کے پردے کو اُٹھا کر آواز دی اور اُس کے ساتھ ہی یہ بھی بتا دیا کہ برکت علی اندر نہیں جا سکتا۔ تھوڑی دیر بعد وہ باہر آئی ..... اندھیرے میں اُس کی آنکھیں چمکتی تھیں "یہاں چھپّر کے باہر جگہ ہے ..... اِدھر تم پر پالا نہیں پڑے گا۔" اُس کی آواز بہت عجیب سی تھی، جیسے کوئی چھوٹی بچی ہوتی ہے ..... باریک اور بہت ناپختہ ..... وہ یہ کہہ کر اندر چلی گئی اور برکت علی وہیں بیٹھ گیا۔ چھپّر کے آگے ایک برآمدہ سا بنا ہوا تھا۔ یہاں چند برتن، بوتلیں اور ٹین وغیرہ رکھے ہوئے تھے۔ وہ چھپّر کی دیوار کے ساتھ ٹیک لگانے لگا تو سارا چھپّر ہلنے لگا۔

"تم کیا کرتے ہو؟" عورت کی آواز آئی اور اس کے ساتھ ہی وہ باہر آ گئی "یہ

سرکنڈے کی دیواریں ہیں اینٹ گارے کی نہیں..... اُن کے ساتھ ٹیک لگا کر نہ بیٹھو ..... روٹی پانی کا تمہارے پاس کوئی بندوبست ہے؟ نہیں ہے ناں؟ تو میں بناتی ہوں" وہ پھر اندر چلی گئی۔

برکت علی کی ناک میں چھپر کے اندر چولہے میں سُلگتے اُپلوں کے دھوئیں کی بُو آئی اور پھر اُس عورت کے ہاتھوں کی آواز جو روٹی بنانے میں مصروف تھے..... وہ جب روٹی لے کر باہر آئی تو برکت علی نے روٹی لینے کے بعد کہا" بیٹھو۔"

"کیوں .... ؟"

" تم ہو کون .... ؟"

"تمہیں اس سے مطلب؟" اُس کی آواز میں غصّہ تھا لیکن اس کے باوجود وہ بیٹھ گئی " تم کہاں سے آئے ہو؟"

برکت علی مسکرایا.... روٹی توڑ کر مُنہ میں رکھی اور اُس کی تازگی کا ذائقہ محسوس کرتے ہوئے کہنے لگا" تمہیں اس سے مطلب؟"

" میں نے تو یونہی پوچھا تھا....."

"تو میں نے بھی یُونہی پُوچھا تھا کہ تُم کون ہو..... یہ چھپّر تمہارا اپنا ہے؟"

" یہ سرکاری زمین ہے۔ باغ والے اپنے مزدوروں کو اِدھر چھپّر ڈالنے کی اجازت دے دیتے ہیں، پر دو مہینے کے لئے..... اور پھر چُھٹّی۔"

"کیوں؟"

" مالٹے چُننے کا موسم بھی تو اتنا ہی ہوتا ہے....."

" تو پھر تم کہاں جاتے ہو؟"

" ہم؟" اُس کی آنکھیں پھر اندھیرے میں جھپکیں" کیا پتہ کدھر جاتے ہیں.... بس چلے جاتے ہیں.... میں اور بشیر دونوں۔"

"بشیر تمہارا گھر والا ہے؟"

"نہیں..... نہیں.....:" آواز میں غصّے سے زیادہ ہنسی تھی "بشیر میرا بیٹا ہے جو تمہیں ساتھ لے کر آیا ہے۔ ہم دونوں نے یہ چھپّر مل کر بنایا تھا..... چھوٹا ابھی دودھ پیتا ہے اُس کا نام نذیر ہے....."

"اور اِن کا باپ کہاں ہے؟"

وہ چُپ بیٹھی رہی اور پھر اُس کے سرکنے کی آواز آئی "تم نے مالٹے بیچے کیوں نہیں؟"

"مالٹے؟..... وہ جو باباجی نے دیئے تھے؟..... کیوں؟"

"وہ سارے کھاؤ گے؟"

"نہیں۔"

"باغ والے مزدوروں کو مالٹے اس لئے دیتے ہیں کہ وہ انہیں باہر آ کر بیچ لیں اور ایک ڈیڑھ روپیہ بنالیں۔ کھانے کے لیے نہیں دیتے....."

برکت علی روٹی توڑنے کو تھا لیکن وہ رُکا اور سر ہلا کر ہنسنے لگا.....اُس کے قہقہے کی آواز تاریکی میں تیرتی ہوئی دور تک چلی گئی۔

"کیا ہُوا؟" عورت نے پوچھا۔

"میں تو یہی سمجھا کہ انہوں نے اتنے ڈھیر سارے مالٹے کھانے کے لئے دیئے ہیں..... اور میں سوچ رہا تھا کہ اگر روز کے پچاس مالٹے ملے تو اِن سب کو کھاؤں گا کیونکر....

وہ اپنی ہنسی پر قابو پاتے ہوئے بولا..... " انہیں کہاں بیچوں؟"

"کل سویرے مزدوری سے ذرا پہلے چلے جانا، باغ کے برابر میں آڑھتی بیٹھے ہوں گے اُن کے ہاتھ بیچ دینا..... میں جاتی ہوں" وہ اُٹھ کھڑی ہوئی۔

"سُنو!" وہ بولا "یہ تین روپے تم رکھ لو..... میرے روٹی پانی کا خرچہ....."

وہ کچھ کہے بغیر اندر چلی گئی..... برکت علی نے یکدم اپنے بدن کو تھکاوٹ کے

بوجھ تلے دبتے محسوس کیا..... سارے دن کی مشقت کی تھکاوٹ اس پر بوجھ ہوئی۔ اُس نے ایک لمبی جمائی لی اور وہیں گچھا مچھا ہوکر سوگیا۔

اُن دنوں وہ بشیراں کو بھولا تو نہیں پر اُس کے خیال سے تھوڑا بہت غافل ضرور ہو گیا۔ اُس کی قسمت ایسی تھی کہ اُسے روزانہ مزدوری ملتی گئی..... اُس چھپر کے آس پاس جن مزدوروں کے چھپر تھے اُن سب نے اُسے قبول کرلیا تھا اور اب وہ اُن کے قبیلے کا ایک فرد تھا۔ چارہ کاٹنے والی عورت کا نام زہرہ تھا لیکن یہ تو وہ خود بھی نہیں جانتی تھی اور اپنا نام جوہراں ہی بتاتی تھی..... جوہراں ایک مہربان اور ذرا بیوقوف سی عورت تھی۔ وہ زیادہ باتیں نہیں کرتی تھی۔ کبھی کبھار ایسا ہوتا کہ وہ بشیر کے اَبّے کی کوئی بات کرنے لگتی اور پھر چُپ ہو جاتی..... ایک شام وہ مزدوری سے لوٹے تو حسبِ معمول برکت علی چھپر کے باہر بیٹھ گیا۔ اب تو اُس کے پاس اوڑھنے کے لئے ایک پرانی رضائی تھی اور زمین پر بچھانے کے لئے ایک پھٹی ہوئی دری..... جوہراں ٹاٹ کا پردہ اُٹھا کر اندر گئی اور پھر فوراً ہی باہر آگئی۔

"تمہیں رات کو یہاں سردی نہیں لگتی؟"

برکت علی حیران ہوا کہ یہ عورت یہ سوال آج کیوں پوچھ رہی ہے، مجھے یہاں سوتے ہوئے ایک ماہ ہونے کو آیا اور یہ عورت یہ سوال آج پوچھ رہی ہے "کیوں پوچھتی ہو؟"

"ایسے ہی خیال آیا....." وہ اس کے پاس بیٹھنے کی بجائے کھڑی رہی" آج سویرے جب ہم باغ کو مزدوری کے لئے گئے تھے تو کھیتوں میں کتنا ککر تھا..... سارا کچھ سفید سفید ہو گیا تھا..... اور ہم اُس پر چلتے تھے تو وہ اتنا موٹا تھا کہ پاؤں کے نیچے آکر ٹوٹتا تھا اور آواز کرتا تھا تو میں نے سوچا کہ..... رات کو تم باہر ہوتے ہو اور..... تمہیں سردی نہیں لگتی؟"

"لگتی ہے ....." برکت علی نے مزید حیران ہو کر کہا ..... "لگتی ہے ..... سردی تو کُتّے بلّے کو بھی لگتی ہے میں تو پھر انسان ہوں ....."

"تو پھر چھپّر کے اندر آجاؤ ....." اُس نے کہا اور اندر چلی گئی۔

یہ کیا کہہ کر گئی ہے ؟ برکت علی نے سر کھجاتے ہوئے سوچا، شاید مجھ سے کچھ کہنا چاہتی ہے ؟ پھر کوئی کام ہے اندر اس لئے بلاتی ہے۔ وہ اُٹھا اور اندر چلا گیا۔ چھپّر کے اندر ایک آسودگی ٹھہری ہوئی تھی اور نیم تاریکی میں اُس نے دیکھا کہ جوہراں زمین پر پڑے ہوئے کپڑوں کے ڈھیر پر بیٹھی اُس کی جانب دیکھ رہی ہے ..... اُس کا بچّہ نذیر اُس کے قریب لیٹا ہوا ہے، پتہ نہیں سو رہا ہے یا جاگ رہا ہے ..... اور بشیر تو شہر سے مٹّی کا تیل لینے کے لئے پیچھے رہ گیا تھا۔

"ہاں کیا کام ہے ؟" برکت علی نے پوچھا۔

"مجھے تم سے کیا کام ہو سکتا ہے ....." جوہراں کی آواز آئی۔

"تو پھر اندر کیوں بلایا تھا ؟"

"تمہیں باہر سردی نہیں لگتی ؟"

"لگتی ہے۔"

"تو اسی لئے بلایا تھا ....."

برکت علی کا منہ کھل گیا۔ وہ بھی کتنا بیوقوف تھا۔ جوہراں بے چاری اُسے سردی سے بچانے کی خاطر چھپّر کے اندر سونے کے لئے کہہ رہی تھی اور وہ سمجھ نہیں پا رہا تھا۔

وہ فوراً باہر گیا اور اپنی دری اور رضائی اُٹھا لایا "کدھر" اُس نے پوچھا۔

"اِدھر میں ہوں ....." اس کی بچّوں ایسی آواز میں تھرتھراہٹ تھی "اُدھر بشیر سوتا ہے تو تم اس کے قریب سو جاؤ ....."

برکت علی نے رضائی پھینکی اور اس پر بیٹھ گیا۔ چھپّر کا اندرون اُسے دھیرے

دھیرے نظر آنے لگا تھا..... سلور کے دو چار برتن۔ ایک ہانڈی۔ ڈوئی۔ چند ٹین.... ایک خالی پنجرہ اور اینٹوں کے ایک تھڑے پر رکھا ہوا مٹّی کا دیا.... جو ابھی جلایا نہیں گیا تھا....

"تم ہو کون؟" برکت علی نے کہا.....

"میں بھی وہی ہوں جو میری ماں تھی اور اس سے پہلے اُس کی ماں تھی...." جو ہراں جیسے اس سوال کے انتظار میں تھی" ہم باگوں والے کہلاتے ہیں.... ہمارا کوئی خاص وطن نہیں، گاؤں نہیں جہاں ہم رہتے ہوں..... بس جہاں باغ ہوں وہاں ہم ہوتے ہیں.... ہمارے مردوں کا یہی کام ہے کہ وہ چھوٹے موٹے باغوں کو ٹھیکے پر لے لیتے ہیں اور پھر سارا خاندان وہاں چھپّر ڈال کر بسیرا کر لیتا ہے..... چھوٹے بچے بلبلیں، طوطے اور کوّے اڑاتے ہیں اور عورتیں پھل اتارتی ہیں اور پھر ٹوکریوں میں بھرتی ہیں.... مرد اِن پھلوں کو منڈیوں میں جا کر بیچتے ہیں...."

"تمہارا مرد بھی یہی کرتا تھا؟"

"ہاں.... وہ بھی یہی کرتا تھا۔"

"کہاں ہے؟"

"پتہ نہیں...."

"لیکن یہاں تمہارا ٹھیکہ تو نہیں ہے۔ باغ تو کوپنی کا ہے...."

"نہیں..... اب وہ ہمارے نصیب میں نہیں ہے۔ اب تو یہی مزدوری ہے.... میرے باپ کو ایک اٹھائی گیرے نے لوٹ لیا تھا۔ وہ منڈی سے آ رہا تھا اور آڑھتی نے اُسے تین ماہ کی اکٹھی رقم دی تھی۔ رقم گئی تو اگلی بار وہ ٹھیکہ کیسے لیتا..... ہم سارے مزدور ہو گئے.... دِتّو بھی میرے باپ کو اسی طرح ملا..... وہ میرے باپ کی عمر کا تھا پر اُس کے پلّے اتنی رقم تھی کہ وہ ٹھیکہ لے سکے۔ اُس نے میرے باپ کو کہا کہ وہ اُسے

حصّہ دار بنا کے ٹھیکے لے گا، بس یہ ہے کہ..... اُس دتّو نے دراصل میرا سودا کر لیا.... اور میرے باپ نے مجھے اُس کے حوالے کر دیا...." جوہراں کی آواز ایسے مدھم ہوتی جاتی تھی جیسے تاریکی اُس پر اثرانداز ہو رہی ہو، اور وہ اُٹھی اور ماچس جلا کر دیا روشن کر دیا.... روئی کی بتی زیادہ بھیگی ہوئی تھی اور وہ پٹاخے مارتی تھی.... "تو پھر دتّو نے پہلے سال تو ایک باغ ٹھیکے پر لیا اور میرے باپ کو حصّہ دار بنا لیا.... پر جب رقم آئی تو اُس نے میرا ہاتھ پکڑا اور وہاں سے نکل گیا.... مجھ سے مزدوری کرواتا رہا اور ساتھ میں یہ بچّے ہوتے رہے..... ..... پھر اس طرح ایک سویر وہ چھپّر میں نہیں تھا..... وہ دن اور آج کا دن میں مزدوری کر کے اپنا اور بچوں کا گزارہ کرتی ہوں.... اور تم کون ہو؟"

"میں؟" برکت علی چونک گیا.... اُسے معلوم تھا کہ یہ سوال ہوگا لیکن وہ جواب کے لئے تیار نہ تھا اس لئے تھوڑی دیر چپ رہا.... "میں؟" وہ پھر سوچ میں پڑ گیا.... سوچتا رہا اور پھر سر جھکا کر یاد کرتا ہوا اُسے سب کچھ بتانے لگا جو اُس کے سینے میں جما ہوا تھا...... جب وہ اپنی زندگی کے اُس موڑ تک پہنچا جہاں غلام علی سر یہ بیچ کر انگلستان چلا گیا تھا تو وہ اپنے جذبات پر قابو نہ رکھ سکا اور کہنے لگا "جوہراں میں قسم کھاتا ہوں اُس سؤر گامی کو میں.... میں اُس کا گاٹا اتار کر کھوئی میں پھینک دوں گا۔ تم دیکھ لینا.... میں نہ اُس کا گاٹا اتاروں تو میرا نام بھی برکت علی نہیں...." وہ بار بار یہ کہتا رہا اور اپنے منہ پر ہاتھ پھیر پھیر کر کہتا رہا۔ جوہراں خاموش بیٹھی سُنتی رہی..... برکت علی جب ذرا ٹھنڈا ہوا تو پھر اُس نے جیل کی کہانی بیان کی.... سیاسی قیدی کی باتیں سنائیں اور پھر وہ وہاں اُس شام تک پہنچا جب اللہ دتہ افیمی اُسے کھوئی کے پاس ملا تھا..... اور جب وہ منہ موڑ کر سوہاوے کی جانب آیا تھا..... اور جب وہ رینالہ خورد کے باغ کے قریب اُتر گیا تھا...."میں نے اُس روز تمہیں چارہ کاٹتے دیکھا تھا..... اور کھیت کی منڈیر پر چھوٹا نذیر پڑا تھا اور مجھے وہاں اُس کے چھوٹے چھوٹے ہاتھ پاؤں کبھی کبھی فضا میں اُٹھتے نظر آجاتے تھے.... میں

نے تمہیں کھیت میں چارہ کاٹتے دیکھا تھا؛"

جوہراں دیئے کی کانپتی ہوئی روشنی میں اُٹھی اور اُس کے قریب آکر بیٹھ گئی "نہیں تم نے مجھے آج تک نہیں دیکھا..." برکت علی نے ایک "ہیں ؟" کیا اور پھر اُس کی طرف دیکھا۔ ہاں اُس نے آج تک اُسے نہیں دیکھا تھا... یہ شکل جو اس کے سامنے تھی وہ پہلی بار دیکھ رہا تھا، اس پر رنج بہت تھا جو اسے مستا رہا تھا اور اس پر دکھ کی سیاہی تھی اور اس میں اچھے دنوں کے لیئے ایک خواہش تھی اور اسی لئے اس کی سیاہ آنکھیں چمکتی تھیں اور اس کا بدن ابھی ٹھنڈا نہیں ہوا تھا۔ برکت علی نے محسوس کیا کہ وہ زمین جو اُس کے بدن کے نیچے ہے دھیرے دھیرے کانپ رہی ہے اور اس میں ایک گونج ہے، ایک سسکی ہے جو کبھی تو اُبھرتی ہے اور کبھی دب جاتی ہے اور زمین کی یہ کپکپاہٹ آہستہ آہستہ زیادہ ہو رہی ہے اور اس کا حلق خشک ہو رہا ہے... پھر جیسے وہ چھپّر بھی کانپنے لگا... ہر شے لرزنے لگی اور اس کی لرزش سے مختلف آوازیں پیدا ہونے لگیں۔

"وہ آ رہی ہے...." برکت علی نے کہا "لیکن اتنی تیزی سے.... وہ آ رہی ہے؛"

"ہاں.... ہاں" جوہراں نے صرف یہ کہا اور پھر اسی لمحے ایک گڑگڑاہٹ کے ساتھ ڈاک گاڑی ایسے آئی جیسے اُن کے چھپّر کو روندتی ہوئی چلی جائے گی اور اُس کے مہیب پہیے جیسے اُن کے بدنوں کے اُوپر چلنے لگے.... پر یہ شور اور یہ لرزش چند لمحوں کے لئے تھا، ڈاک گاڑی گزر گئی اور ہر طرف امن ہو گیا۔

"میرے پاس کچھ رقم ہے....." جوہراں پسینہ پونچھتی ہوئے بولی "میں نے مزدوری کر کے جمع کی ہے۔ میں نے اور بشیر نے...."

"پھر ؟"

"تمہارے پاس بھی کچھ تو ہو گا.... یہاں سے منٹگمری تک باغ ہی باغ ہیں۔ چھوٹے بڑے ہر قسم کے.... تم مرد ہو بات کر سکتے ہو۔ ہم ایک چھوٹا سا باغ لے کر

کام شروع کر دیتے ہیں .... اللہ برکت دے گا۔"

برکت علی اُٹھ کر بیٹھ گیا..... یہ کس قسم کی عورت ہے .... کہیں یہ ایک اور بشیراں تو نہیں "مجھے کیا پتہ باغ ٹھیکے پر کیسے لیتے ہیں اور پھر پھل کیسے فروخت کرتے ہیں...."

"مجھے تو پتہ ہے ناں .... دیکھو اب تقریباً سارے باغ لگ چکے ہوں گے۔ پر کئی ایسے ہوتے ہیں کہ مالک انہیں خود رکھ لیتے ہیں اور خود ہی اُس پر مزدوری کر کے پھل جمع کرتے ہیں.... پھر کئی بار اُن سے کام سنبھلتا نہیں یا وہ تھک جاتے ہیں اور اونے پونے باغ دے دیتے ہیں.... اور میں بتاؤں گی کہ پھل کیسے فروخت کرتے ہیں...."

"میرا خیال ہے بشیر مجھے پسند نہیں کرتا...."

وہ کچھ کہنے لگی اور پھر رُک گئی..... "وہ بچہ ہے.... ناسمجھ ہے چندرا.... میں اُسے سمجھا لوں گی...."

"نہیں نہیں....." برکت علی نے زور زور سے سر ہلایا "مجھے کچھ پتہ نہیں باغوں کے بارے میں..... میں نہیں کر سکتا...."

میں باگوں والوں میں سے ہوں .... تم میرے ساتھ آؤ تو میں بتاؤں گی.... میں عورت ہوں اس لئے اکیلی نہیں کر سکتی .... کل چلیں ؟"

"کہاں ؟"

"کسی باغ کی تلاش میں..... وہ آپو آپ نہیں آئے گا ہمارے پاس۔"

"پر کیسے ؟" برکت علی کو یقین ہو گیا کہ وہ خواہ مخواہ کسی بڑی مصیبت میں پھنس رہا ہے۔

"ہم سویرے یہاں سے نکلیں گے منٹگمری کی طرف .... راستے میں جو باغ پڑتے ہیں اُن سے پوچھتے جائیں گے۔ اُن سب کو پتہ ہے کہ کونسا باغ خالی ہے اور کون سا لگ گیا ہے...."

"کل سویرے ؟"

"ہاں کل سویرے ۔ ۔ ۔ ۔"

گوجروں کے امام دین نے خواب میں دیکھا کہ بچہ گواہی دے رہا ہے .... بچہ کچھ کہہ رہا ہے، لوگوں کو تو سنائی نہیں دے رہا پر اُسے سنائی دے رہا ہے. بچہ کہہ رہا ہے کہ اسے پہچانو، امام دین ہے.... میری ماں ان کے گھر اُپلے تھاپتی تھی اور اُس کا نام بشیراں تھا اور اس نے کبھی کسی کو اس لئے نہیں دیکھا کہ ہمیشہ نظر جھکا کر چلتی تھی.... تو ایک روز وہ اس کے گھر سے اُپلے تھاپ کر نکلی.....

اور یہ پہلی رات نہیں تھی جب امام دین نے یہ خواب دیکھا..... بلکہ بہت کم راتیں تھیں جب اس نے یہ خواب نہیں دیکھا۔ اُسے اس خواب کی ایک ایک تفصیل یاد ہو چکی تھی اور جب وہ اس میں سے گزر رہا ہوتا تو اسے معلوم ہوتا کہ آگے کیا ہونے والا ہے... .... اور آگے یہ ہوتا ہے کہ وہ بچہ گواہی دیتا چلا جاتا، اُس کی آواز پس منظر میں ہوتی اور خواب کی تصویر سامنے چلتی جاتی.... اور آواز بیان کرتی کہ میری ماں کا نام بشیراں تھا.... تو ایک روز وہ اس کے گھر سے اُپلے تھاپ کر نکلی اور تب رات تو نہیں تھی شام ہو چکی تھی اور اندھیرا پورے گاؤں پر ابھی بیٹھ رہا تھا لیکن گلیوں میں کوئی نہیں تھا اور یہ امام دین ..... یہ جو ایک وحشی جانور کی طرح پلا ہوا ہے اور اپنی مونچھوں کو تاؤ دیتا رہتا ہے یہ جانتا تھا کہ اس وقت گلیوں میں کوئی نہیں اور اسی لئے یہ اُس کے پیچھے چلتا گیا..... کھیتوں کے خاتمے پر ویران ٹبے تھے اور میدان تھا اور وہ کھوئی تھی جس میں سے پانی نہیں نکلا تھا.... وہاں میری ماں بشیراں نے مجھے کھوئی کے ساتھ ہموار زمین پر دوپٹہ بچھا کر لٹا دیا۔ دوپٹے کا رنگ نیلا تھا اور وہ خود اپنے آپ کو ڈھیل دیتی ہوئی کھیتوں میں اُتر گئی تھی..... اور پھر میں نے دیکھا، میں گواہی دیتا ہوں کہ میں نے دیکھا کہ امام دین اُدھر آیا ہے اور میرے قریب کھڑا ہو کر مجھے دیکھتا ہے.... اور سمجھتا

ہے کہ میں تو دودھ پیتا بچہ ہوں.... میں ہوں تو سہی پر اُسے جانتا ہوں اور اُسے دیکھتا ہوں اور کیا دیکھتا ہوں کہ یہ میری ماں کے پیچھے پیچھے کھیتوں میں اترتا ہے..... اور پھر یہی ننھا میں اسے پہچانتا ہوں، یہی جو میری ماں پر بوجھ بنا..... ماں کے آنے میں دیر ہوئی تو میں رونے لگا..... اور خواب کے اس مقام پر پہنچنے تک وہ پسینے سے بھیگ جاتا اور اس کا گلا سوکھنے لگتا..... تب اُس کے سامنے نیلے دوپٹے پر لیٹا بچہ روتے روتے چپ ہو جاتا اور پھر وہ بچہ مسکراتے ہوئے اُٹھتا اور امام دین کی طرف آتا۔ امام دین اُسے حیرت سے تکتا کہ اتنا چھوٹا بچہ کیسے چل سکتا ہے اور اس کی مسکراہٹ بچوں ایسی نہیں بلکہ مردوں جیسی ہے۔ وہ اپنے ہاتھ آگے کئے اُس کے پاس آتا اور پھر اُس کے ہاتھ لمبے ہونے لگتے اور لمبے ہوتے ہوتے اُس کی گردن تک پہنچ جاتے اور وہ اس کی گردن دبوچ کر اس کی گود میں آجاتا اور اپنا منہ اُس کی گردن پر رکھتا اور تب امام دین کو پتہ چلتا کہ بچے کے منہ میں نوکیلے اور بڑے بڑے دانت ہیں جو اس کی گردن بلکہ شہ رگ میں اترتے جاتے ہیں اور وہ جیسے اس کا خون پی رہا ہو..... کئی بار اُسے یقین ہو جاتا کہ وہ خواب نہیں دیکھ رہا یہ سب کچھ اُس کے سامنے ہو رہا ہے اور وہ محض ایک تماشائی ہے لیکن جب بچہ اُس کی گردن میں دانت گاڑتا تو وہ بڑبڑا کر اُٹھ بیٹھتا اور پھر صبح کی اذان تک بستر پر بیٹھا کانپتا رہتا.....

وہ اپنے باپ کے ساتھ مل کر جب کسی بھینس کا دودھ دوہنے لگتا تو بھینس دودھ دینے سے انکاری ہو جاتی اور وہ زور لگاتا رہتا لیکن کچھ نہ ہوتا۔ اُسے اگر معلوم ہوتا کہ شبیراں اُس کے لئے عذاب بنے گی تو شاید وہ اپنا ارادہ ترک کر دیتا۔ اُسے تکمیل کے لئے کہیں سے کچھ اور مل جاتا۔ پہلے بھی تو کام ہوتا رہا تھا..... کبھی کسی نے شکایت تک نہیں کی تھی۔ اور شکایت کیسے کرتیں؟ ساری جوانی کی بدنامی اور اُٹھنے والی اُنگلیاں..... وہ چپ رہتیں اور یوں امام دین کا کام چلتا رہتا۔ یُوں بھی وہ بہت شرمیلا دکھائی دیتا۔ کسی کے ساتھ نظر ملا کے بات نہ کرتا۔ اس لئے اُس پر کسی قسم کا شک نہ تھا۔ اُس کی شرافت کی مثالیں دی جاتیں

پالا زوروں پر تھا.... وہ ایک سویرے اُٹھا اور وہی خواب دیکھ کر اُٹھا اور اسی طرح پسینے میں نہایا ہوا گھر سے باہر نکل گیا۔ فصلوں پر گگر پڑا ہوا تھا اور جہاں منڈیروں پر گھاس تھی وہ سفید ہو چکی تھی..... امام دین جب طفیل بی بی کے صحن کے باہر گلی میں آیا تو وہ بھری ہوئی چاٹی میں مدھانی چلا رہی تھی اور اس کی گونج گلی تک آ رہی تھی۔ اُس نے ایڑیاں اُٹھا کر کچی دیوار کے پار صحن میں دیکھا۔ طفیل بی بی کا پُورا بدن مدھانی کے ساتھ ایک ہو رہا تھا... برآمدے کے کونے میں بھڑولے والی کوٹھڑی تھی جس کا دروازہ بند تھا پر کُنڈی نہیں لگی ہوئی تھی۔ کیونکہ اندر طفیل بی بی کے دونوں بچے اور وہ بچہ جو اس کے خواب میں آتا تھا سوئے ہوئے تھے.... صحن میں اور کوئی نہ تھا۔ طفیل بی بی کی پُشت اُس کوٹھڑی کی جانب تھی اور جب امام دین دبے پاؤں اُدھر جا رہا تھا تو گھنے مکھن بنتے دودھ میں مدھانی مشکل سے چلتی تھی اور اتنی آواز پیدا کرتی تھی کہ کوئی بے شک طفیل بی بی کو آوازیں دیتا رہے وہ شور کی وجہ سے سُن نہیں سکتی تھی..... تو پھر وہ امام دین کو کوٹھڑی کی طرف جاتے، پھر اکرم کو اُٹھا کر کچی دیوار پھلانگتے کیسے سن سکتی تھی۔ جب مکھن اور لسّی الگ ہوئے اور مدھانی چلانا ناممکن ہونے لگا تو طفیل بی بی نے ہاتھ روکا اور اپنے سُرخ ہوتے گالوں اور ماتھے پر سے پسینہ پونچھا اور چاٹی کے اندر ہاتھ ڈال کر مکھن کو جمع کرنے لگی..... باہر گلی میں کوئی کھانسا اور پھر عنایت علی اندر آ گیا۔

”بھائی چلا گیا ہے؟“ اُس نے پوچھا۔

”ہیں؟“ طفیل بی بی چونک گئی ”بھائی عنایت ہے؟ ہاں وہ تو جلدی چلا گیا تھا۔ آج گنّے پیڑنے کے لئے بیلنا چلانا تھا اس لئے.....“

ہمارے آس پاس بھی اگر کوئی چینی بنانے کا کارخانہ لگ جاتا تو ہم گُڑ بنانے کی مصیبت سے تو بچ جاتے.....“

نہیں بھائی عنایت یہ تو بہتر ہے..... جن علاقوں میں کارخانے ہیں وہاں زیادہ

مصیبت ہے۔ قیمت کم دیتے ہیں اور کئی بار تو پوری فصل کھڑی رہتی ہے اور وہ خریدتے نہیں... اور سرکار اُس کا گڑ بنانے کی اجازت بھی نہیں دیتی..... ہماری ایک ماسی ہے ناں اُدھر ہارون آباد کی طرف... تو اُدھر بیچارے زمینداروں کے پاس تو کھانے کے لئے بھی گُڑ شکر نہیں ہوتے کیونکہ سارا گنّا کارخانے والے لے جاتے ہیں... یہی بہتر ہے۔"

اس دوران عنایت علی ایک پیڑھی کھینچ کر طفیل بی بی کے دائیں ہاتھ پر پانی کے نل کے قریب بیٹھ چکا تھا۔ "غلام علی کا خط آیا ہے" وہ جیسے اقبالِ جرم کرتا ہوا بولا۔"

"اُس کا نام نہ لینا میرے سامنے.... مجھے پکّا پتہ ہے کہ برکت علی اُس کی وجہ سے جیل گیا تھا....."

"تمہیں کیسے پتہ ہے؟"

"بس مجھے پتہ ہے.... اگر برکت علی چور ہوتا تو غلام علی کو بھی تو اس کے ساتھ ہونا چاہیے تھا۔ وہ غائب کیوں ہو گیا؟"

"ہاں....." عنائت علی نے سر ہلایا "میں نے تم سے کبھی بات نہیں کی لیکن یہی ہوا تھا۔ غلام علی نے کوٹھی کا سریہ بیچ کر ولایت کا ٹکٹ کٹا لیا تھا۔ اُس نے برکت علی کو بھی خط لکھا تھا، معافی مانگی تھی۔"

"لو لسّی پی لو....." طفیل بی بی نے ٹھنڈی لسّی کا پیالہ بھر کر عنایت علی کی طرف بڑھا دیا۔

"یہ کوئی معاف کرنے والی بات ہے۔ میرے بھرا کو چھ مہینے قید کرا دی.... دفع کرو اُسے.... میرے سامنے نام نہ لو۔"

"دیکھو طفیل بی بی.... ا برادری میں تو قتل بھی معاف ہو جاتے ہیں اور کرنے پڑتے ہیں۔ کیونکہ ہم نے یہیں چک جوگیاں میں ہی رہنا ہے اور کہاں جانا ہے.... تو گامی ہمارا اپنا بھائی....."

"تمہارا یار جو ہوا ہے....." طفیل بی بی نے چمک کر کہا۔

"برکت علی سے زیادہ تو نہیں اور نہ ہی کم ..... اور پتہ نہیں وہ کبھی ملتا ہے کہ نہیں۔ تو اُسے معاف کر دے بہن!"

"کیا لکھا ہے خط میں؟" طفیل بی بی نے اُسے گھورتے ہوئے کہا۔ جیسے اُس کے سامنے عنائت علی نہ ہو بلکہ برکت علی ہو۔

"بس معافیاں مانگتا ہے..... کہتا ہے نوکری لگ گئی ہے اور بڑے اچھے پیسے ملتے ہیں۔ چھٹی کے دن کام کے دُگنے پیسے ملتے ہیں..... کہتا ہے کہ تُم اِدھر اُس کے پاس آجاؤ۔"

"میں؟" طفیل بی بی نے سینے پر ہتھیلی جما کر حیرت سے کہا۔

"نہیں نہیں..... مجھے کہتا ہے کہ ولائت آجاؤ۔ پر میں نے کہاں جانا ہے... لکھا ہے کہ اب تو وہ تھوڑی تھوڑی انگریزی بھی بولتا ہے۔"

"ہیں؟" طفیل بی بی منہ پر ہاتھ رکھ کر ہنسنے لگی۔ "گامی گِٹ مِٹ گِٹ مِٹ کرتا ہے..."

"آہو! اُس نے لکھا ہے کہ وہ اب چمچے کو سپُون کہتا ہے....."

"سپُون؟" طفیل بی بی کی ہنسی رُکنے میں نہ آرہی تھی "لو چمچ سپُوں کیسے ہو گیا"

"برکت علی اگر کھوئی سے واپس نہ چلا جاتا..... ہمارے پاس آجاتا تو..... عنائت علی کی نیلی آنکھوں میں نمی تیرنے لگی "تو اُسے پتہ چلتا کہ بشیراں..... اور وہ غلام علی کو بھی معاف کر دیتا۔ اُس نے خط میں برکت علی کو سلام بھی لکھا ہے۔"

"اُسے بشیراں کا پتہ ہے؟"

"نہیں....." اُس نے آنکھیں پونچھتے ہوئے کہا "اُسے کیسے پتہ چل سکتا تھا... ..... بشیراں کا تو اُس کے خاوند کو نہیں پتہ کہ وہ مر چکی ہے اور قبرستان میں ہے...."

"میں آج بھی سوچتی ہوں تو سمجھ نہیں آتی کہ وہ کھوئی میں کیسے گر گئی..... شاید اُس نے اکرم کو زمین پر لٹایا اور خود ذرا سانس ٹھیک کرنے کے لئے کھوئی کی منڈیر پر جا بیٹھی ..... اور پھر انجانے میں اندر گر گئی....."

"رب جانے کیا ہوا طفیل بی بی ..... یہ تو قیامت کے دن ہی پتہ چلے گا کہ کیا ہوا تھا...
..... اکرم کیسا ہے ؟"

" اس نمانے کو کیا پتہ کہ اُس کی ماں مرگئی ہے اور اُس کا باپ بھی پتہ نہیں کہاں ہے ۔اُس غریب کے بال کو کیا پتہ ..... پر میں اُسے اپنوں کی طرح پالوں گی عنائت علی ۔ رب چاہے گا تو ایسے ہی ہو گا ..... دانے پانی کا گھاٹا نہیں ہے میرے پاس ۔میرے اکلوتے بھائی کی اکلوتی اولاد ہے ....." یہ کہہ کر طفیل بی بی بھی اپنے آنسو پونچھنے لگی ..... تھوڑی دیر تک دونوں دُکھی ہوتے رہے پھر عنائت علی جانے کے لئے اُٹھا اور طفیل بی بی مکھن کا پیڑا اُٹھا کر کوٹھڑی کے اندر گئی اور پھر انہی قدموں پر واپس آئی اور زرد ہلدی کی طرح زرد چہرے کے ساتھ چیخ کر کہا " بھائی عنائت علی ..... اکرم کو کوئی اُٹھا کر لے گیا ہے۔"

گوجروں کا امام دین اُس بچے کو ختم کر کے اپنے ڈراؤنے خواب کو ختم کرنا چاہتا تھا اور وہ سر جھکائے تیزی سے کھیتوں کی طرف جا رہا تھا۔

اور وہ سر جھکائے تیزی سے کھیتوں کی طرف جا رہا تھا۔

امام دین نے بچے کو گود میں اٹھانے کی بجائے اپنی چادر میں لپیٹ کر ایک گٹھڑی کی طرح کاندھے سے لٹکا رکھا تھا، اور دور سے یوں لگتا تھا جیسے کوئی مسافر اپنا سامان اٹھائے کسی دوسرے گاؤں کو تیزی سے جا رہا ہے۔ بچے کو ختم کرنے کے لئے اس کے ذہن میں کوئی واضح منصوبہ نہیں تھا۔ اس نے کسی تفصیل کے ساتھ کچھ بھی نہیں سوچا تھا۔ اس نے صرف اسے جان سے مار ڈالنے کے بارے میں ہی سوچا تھا، اور مارا کیسے جائے یہ نہیں سوچا تھا۔ تب اس نے اس پگڈنڈی پہ غور کیا جس پہ وہ تیزی سے چلتا تھا اور آس پاس کے کھیتوں اور فصلوں پہ غور کیا تو اسے وہ دیکھے ہوئے لگے۔ یوں تو وہ پگڈنڈی اور کھیت اس کے اپنے گاؤں کے تھے اور وہ انہیں دیکھتا ہی رہتا تھا۔ لیکن یہ دیکھنا مختلف تھا۔ پگڈنڈی پہ اسے بشیراں کے قدموں کے نشان دکھائی دیئے کیونکہ اس شام وہ اِدھر سے ہی کھوئی کی طرف گئی تھی، اور وہ اس کے پیچھے تھا۔ اور یہ کھیت بھی وہی تھے جنہیں اس شام اس نے دیکھا تھا، اور وہ اس کے پیچھے گیا تھا۔ وہ جان بوجھ کر اس راستے پہ نہیں آیا تھا بلکہ اس نے تو اب جانا تھا کہ وہ اس راستے پر آ گیا ہے۔ اس نے اپنے قدم تیز کر دیئے..... اگرچہ بیشتر کسان بیلوں کا چارہ کاٹ کر اور دودھ دوہ کر واپس جا چکے تھے لیکن کبھی کسی کو دیر سویر بھی تو ہو جاتی ہے۔ اور تو کوئی نہ تھا البتہ کرم دین موچی جانے اتنی صبح سویرے کہاں گیا تھا اور کہاں سے

واپس آرہا تھا۔ وہ یوں تو امام دین سے دو چار ایکڑ کے فاصلے پر تھا لیکن اسے دیکھ کر وہ مسکرایا اور کھیتوں میں اتر کر سیدھا اسی کے پاس آگیا۔ "سلام اے بھائی امام دین، کدھر سویرے سویرے۔"

اس کے سارے دانت باہر نکلے ہوئے تھے اور وہ گاؤں کے ایک طاقتور خاندان کے بیٹے کو خوش کرنے کے لئے جُھکا جاتا تھا۔

"چل دفع ہو، صبح سویرے کس کی شکل دیکھ لی ہے۔" امام دین رکے بغیر کہتا ہوا نکل گیا۔ کرم دین نے سوچا مذاق کر رہا ہے۔ وہ اس کے پیچھے پیچھے جاکر کہنے لگا۔ "کہیں دوسرے گاؤں جا رہے ہو؟"

"نہیں بھینسوں کے لیئے چارہ لے کر جا رہا ہوں....." امام دین کے لہجے میں روکھائی تھی۔ "تو دفع ہو میرا پیچھا چھوڑ۔"

کرم دین رُک گیا..... چارہ لے کر یہ گاؤں جانے کی بجائے گاؤں سے باہر جا رہا ہے۔ ان کی ساری بھینسیں تو گاؤں میں ہیں۔ بڑے لوگوں کی بڑی باتیں۔ چل اوئے کرم دین چل، جاکر لوگوں کی جوتیاں گانٹھ اور جوتیاں کھا یہی تیرا مقدر ہے.... کرم دین سر ہلاتا ہوا، گاؤں کو چلا گیا۔

امام دین کا بدن کانپنے لگا۔ جانے کیا ہوا کہ اس کا بدن کانپنے لگا۔ اس کی پُشت پر دو چھوٹے چھوٹے ہاتھ تھے۔ شاید بچہ خوش ہو رہا تھا کہ چلو جھولا مل رہا ہے اور وہ امام دین کی پشت پر کلکاریاں مارتے ہوئے ہاتھ چلا رہا تھا۔ اس کی ماں نے بھی اسی طرح ہاتھ چلائے تھے، لیکن وہ میرے منہ پر چلائے تھے..... اسے لگا کہ بچے کے ہاتھ بڑھے ہو رہے ہیں۔ شاید گردن تک پہنچ جائیں..... اور اس نے اپنی رفتار مزید تیز کر دی..... کھوٹی کے قریب پہنچ کر وہ رُکا..... آس پاس نگاہ کی، کوئی نہ تھا۔ اِدھر کون آتا تھا..... صرف بشیراں آتی تھی۔

اُس نے چادر میں لپٹے ہوئے بچّے کو زمین پر رکھ دیا..... اور یہ زمین بھی اس کی دیکھی ہوئی تھی۔ وہی جگہ تھی...... وہ کھیت سے جب نکلا تھا تو یہیں پڑا ہوا تھا جہاں اس کی ماں رکھ گئی تھی.... اسے جو کچھ کرنا تھا یہیں کرنا تھا اور ابھی کرنا تھا..... وہ کیا کرے؟ گلا گھونٹ کر کھیت میں پھینک دے! نہیں، چیلیں اور کوّے آئیں گے اور لوگ جان جائیں گے...... یا پھر..... ہاں یہ بھی تو ہو سکتا ہے کہ وہ اسے مار کر زمین میں دبا دے..... اس نے زمین کو ناخنوں سے کھُرچا۔ سخت تھی۔ ادھر کھیتوں میں بھی بارشیں نہ ہونے سے زمین جم چکی تھی۔ اتنا بڑا گڑھا کھودنے کے لئے اسے کدال ساتھ لانی چاہیئے تھی۔ پر اسے کیا پتہ تھا کہ اس کی ضرورت پڑ جائے گی..... بچّے نے پاؤں مار مار کر چادر اپنے چہرے سے ہٹا دی اور بڑے غور سے امام دین کو دیکھنے لگا...... یہ پھر مجھے پہچان رہا ہے۔ یہ بتائے گا۔ یہ کسی کو بتا دے گا..... اسے ختم کر دینا ہی بہتر ہے.....

کوئی کھانستا ہوا آ رہا تھا۔

امام دین ہڑبڑا کر اٹھ بیٹھا..... ادھر جہاں صرف سرکنڈے تھے، ادھر سے اللہ دتہ افیمی کھانستا ہوا آ رہا تھا۔ صبح افیم کھانے سے پیشتر اسے ہمیشہ بہت زور کی کھانسی ہوتی تھی، اور وہ ادھر ہی چلا آ رہا تھا..... یا تو اس نے مجھے دیکھ لیا ہے اور اگر نہیں دیکھا تو ابھی دیکھ لے گا..... کیا وہ میری جانب دیکھ رہا ہے! .....نہیں اللہ دتہ افیمی اپنی سوٹی پہ جھکا ہوا، کھانستا ہوا چلا آ رہا تھا اور اس نے ابھی تک امام دین کو نہیں دیکھا تھا۔ امام دین نے تہمد کو ہاتھ سے سنبھالا اور جھک کر نیچا ہوتے ہوئے ساتھ والے کھیت میں اتر گیا..... اسی چارے کے کھیت میں جس میں وہ بشیراں کا پیچھا کرتے ہوئے اُترا تھا۔

اللہ دتہ افیمی اپنے آپ میں مست کھانستا ہوا جب کھوئی کے پاس سے گزرا تو

پہلے تو گزر گیا اور پھر رُک گیا..... کیا بات ہے دتّو ؟ اس نے کھانستے ہوئے سوچا۔ کیا بات ہے ؟ کیا نظر آ رہا ہے تجھے .... ؟ آج تو ابھی تک پھیکا پڑا ہے۔ تیرے اندر کالی گولی نہیں گئی کہ تجھے خواب نظر آنے لگیں اور اس کے باوجود..... یہ کیسے ہو سکتا ہے کہ وہ بچّہ ابھی تک وہیں پڑا ہو۔ اسی جگہ پر..... وہ رک کر سوچنے لگا۔ پیچھے مڑ کر دیکھوں.....؟ ہاں کیا حرج ہے..... اس نے پیچھے مڑ کر دیکھا..... وہاں کھوئی کے پاس اسی جگہ پر بچّہ پڑا تھا۔ یہ ہو نہیں سکتا لیکن وہاں بچہ تھا..... اللہ دتہ، آہستہ آہستہ ڈرا ڈرا اس کے پاس آیا۔ ایک فرق تھا۔ پہلے وہ نیلے دوپٹے میں تھا اور اب ایک مردانہ چادر میں لپٹا ہوا تھا۔

"عجب رنگ ہیں مولا کریم کے۔" دِتّو نے آسمان کی طرف دیکھا اور زیرِ لب بڑبڑایا۔ "واہ بھئی واہ۔" وہ بچّے کے پاس بیٹھ گیا اور ہولے ہولے درود شریف پڑھنے لگا۔ یہ اس کی عادت تھی کہ جب کبھی وہ مولا کریم کا کوئی کمال دیکھتا، اس کی قدرت کا کھیل دیکھتا تو درود شریف پڑھنے لگتا۔ درود شریف پڑھنے کے بعد اس نے بچّے کو اُٹھایا اور ماتھا چوم کر گود میں سمیٹے گاؤں کی جانب چلنے لگا۔ مردانہ چادر وہیں پڑی رہی۔

امام دین کھیت میں سے نکلا اور اپنی چادر اٹھا کر جھاڑی اور پھر دِتّو کو گاؤں کی جانب جاتا ہوا دیکھنے لگا..... اس کا بدن کپکپا رہا تھا اور اسے اب حقیقتاً اس بچّے سے ڈر لگنے لگا تھا..... اس بچے میں کچھ تھا..... اب وہ کیا کرے ؟ رات کو وہ پھر آئے گا..... تو کیا سونا چھوڑ دے..... ؟ یہ گاؤں چھوڑ دے..... کیا کرے ؟ اس کا بدن بُری طرح لرزنے لگا۔

"تم باگاں والے ہو۔"

"جی میں تو....." برکت علی ہکلانے لگا۔

جوہراں اسے دھکیل کر آگے آ گئی: "آہو جی ہم باگاں والے ہیں.... پکے اور پورے..... میں تو جم پل ہوں باگوں کی..... اور یہ دونوں....." جوہراں نے گود میں اٹھائے نذیر کو تھپکا اور بشیر کی جانب گردن جھٹکی: "یہ دونوں بھی باگوں والے ہیں۔ کیوں ہماری شکل نہیں ہے باگوں والی؟"

چک ۸۸ منٹگمری کے دین پناہ نے اپنے سامنے کھڑی اس عورت کو دیکھا جس کی آواز بچوں ایسی تھی، اور اس کا بدن تازہ اور پسینے سے بھیگا ہوا تھا، اور وہ ہاتھ جب ہوا میں اٹھاتی تو انسان اس کے ہاتھ کی بجائے اس کی لکیریں نیچے آکر دیکھتا کہ وہاں خدّوخال الگ الگ ہونے لگتے..... اس کے ساتھ جو مرد تھا، وہ اس کا گھر والا نہیں لگتا تھا اور یہ باگوں والے تھے بھی ایسے سارے کے سارے..... کیا پتہ لگتا ہے کہ کون کیا ہے.... بہر حال دین پناہ کو اس سے کوئی فرق نہیں پڑتا تھا: "تم اچھے باگوں والے ہو کہ پھل درختوں سے اتر چکے تو باگ لینے آئے ہو۔"

"میرے بچے بیمار تھے۔" جوہراں کہنے لگی "اس کو زہر مورا ہو گیا تھا اور اسے باری کا تاپ آتا تھا..... اور یہ..." اس نے پیلے چہرے والے برکت علی کی طرف ہاتھ ہلایا "اور یہ اپنی ماں کے پاس گیا ہوا تھا گوجرخان... وہاں بیٹھ رہا اپنی بے بے کے پیروں میں اور بال بچوں کو بھول گیا..... اب آیا ہے تو باگوں کی تلاش میں نکلے ہیں۔"

برکت علی "بال بچوں" والی بات پر چونکا اور کچھ کہنا چاہتا تھا، لیکن جوہراں باتیں کرتے کرتے اتنی لال سرخ ہو چکی تھی کہ اس کی ہمت نہ ہوئی۔

پچھلے مہینے انہوں نے ریلوے لائن کے برابر میں آباد کچی بستی کو چھوڑا۔ انہوں نے کسی کو بتایا نہیں کہ وہ جا رہے ہیں، سویرے اٹھے، اپنے برتن اور بستر سر پر اٹھائے اور چھپر سے باہر نکل آئے۔ چھپر کسی اور کے کام آ جائے گا۔ ان دنوں پکی سڑک پر زیادہ آنا جانا نہیں ہوتا تھا۔ سارے دن میں ایک دو بسیں نکل جائیں..... باقی قصبوں کے

درمیان میں آنے جانے والی سواریاں ہوتیں ..... تانگے ریڑھے اور بیل گاڑیاں۔ ٹریکٹر ان دنوں تھے نہیں اور نہ ہی ٹرالیاں جو ان دنوں دس بیل گاڑیوں کے برابر بوجھ کھینچ لیتی ہیں۔ جوہراں جانتی تھی کہ منٹگمری کے راستے میں بڑی سڑک کے دائیں بائیں اور اندر چکوں میں سینکڑوں باغ ہیں۔ اس کی ساری حیاتی انہیں باغوں میں گزری تھی۔ لیکن موسم گزر چکا تھا۔ وہ روزانہ دو تین باغوں میں پہنچتے۔ پتہ کرتے تو معلوم ہوتا کہ یہ باغ بک چکا ہے اور یہ باغ مالک خود چنوا رہا ہے اور یہ والا اب خالی ہو چکا ہے۔ انہی میں سے ایک باغ والے نے انہیں چک ۸۸ کے دین پناہ کے بارے میں اطلاع دی تھی کہ اس کے گھر میں کوئی فوتیدگی ہو گئی تھی اس لئے اس نے اپنا باغ کسی کو دیا نہیں بلکہ خود اپنے کامے لگوا کر کبھی کبھی مالٹے اُترہوا لیتا ہے ...... اور اب وہ دین پناہ کی بیٹھک کے باہر کھڑے تھے، اور اس سے باتیں کر رہے تھے۔ جوہراں کا دل دھڑک رہا تھا، اور برکت علی کا منہ سوکھ رہا تھا کہ یہ چڑیل عورت اسے خاوند کے طور پہ پیش کر رہی ہے۔

"دیکھو بھئی ..... باغ تو تم نے دیکھ لیا ہے ناں؟"

"آہو جی..... میں اور میرا گھر والا خود ابھی ابھی دیکھ کر آئے ہیں۔" جوہراں تھوک نگل کر بولی۔

"تو اس میں پھل نہ ہونے کے برابر ہے۔ تم چنو گے کیا؟ مجھے کیا دو گے" اور بیچو گے کیا؟

"یہ ہماری قسمت..... آپ ہاں کرو۔"

"کتنے پیسے دو گے؟"

جوہراں نے قمیص اٹھا کر شلوار کے نیفے میں سے ایک سرخ رومال نکالا اور اسے کھول کر دین پناہ کے سامنے رکھ دیا۔ "سوا دو سو روپیہ ہے۔ پورا۔"

برکت علی نے اپنی جیب میں ہاتھ ڈالا کہ اپنی رقم باہر نکال کر رکھ دے۔ لیکن اسی

لمحے جوہراں نے اس کی نیت بھانپ لی، اور گرج کر بولی ۔" اس کو حرام کھانے کی عادت ہے جی، مجال ہے کبھی ایک پیسہ بھی بچایا ہو..... ایک دمڑی نہیں ہے اس کے پاس اور جیب میں ہاتھ ایسے ڈالتا ہے جیسے سو سو کے نوٹ نکال کر رکھ دے گا کمینہ"

برکت علی کا ہاتھ وہیں جم گیا۔

"تم دونوں ہمت والے لگتے ہو....." دین پناہ کہنے لگا.... اور دین پناہ ستر برس کا ایک توانا بوڑھا تھا۔ ایک صاف ستھرا اور کھرا بوڑھا۔ جس کے پاس بیٹھو تو دھلے ہوئے سفید کھدر کی خوشبو آتی ہے..... اس کا ایک ہی باغ تھا۔ موسم آیا تو اس کی بیوی فضل بی بی رات کو سوئی اور اگلی سویرے اسی طرح سوئی رہی.... کسی کو یقین نہیں آتا تھا کہ مر گئی ہے اور دین پناہ اسے پورا ایک دن سامنے چارپائی پہ لیٹا دیکھتا رہا کہ یہ اٹھ بیٹھے گی۔ ابھی بولے گی۔ اٹھ کر حقہ تازہ کرے گی اور میرے سامنے رکھ کر غصے سے کہے گی ۔" دین پناہیا ! تو نے مجھے اپنی باندی بنا کر رکھا ہوا ہے۔ چل میں نہیں تیری باندی" پہ وہ نہ اٹھی..... اس کے جانے سے دین پناہ بھی بوڑھا ہو گیا۔ ورنہ وہ اب تک عشق میں زندگی گزارتا تھا۔ فضل بی بی اور وہ دونوں جوان تھے۔ اپنی پہلی رات کی طرح۔ لوگ کہتے تھے کہ دین پناہ بوڑھا ہو گیا ہے اور فضل بی بی کا سارا سر سفید ہو گیا ہے پہ ان دونوں کا کبھی پتہ نہ چلا..... وہ اپنے آپ کو اسی طرح دیکھتے تھے جیسے پہلی رات کے بعد فضل بی بی نے سویرے آئینہ دیکھا تھا اور اس کے بعد دین پناہ نے دودھ کا گلاس پی کر مونچھوں کو بل دیا تھا۔ پہ وہ مر گئی.... دین پناہ نے باغ ٹھیکے پہ نہ دیا۔ کامے کبھی کام کر جاتے اور کبھی نہ کرتے.... اس کو بھی پروا نہ تھی۔ اب پھل بھی کم تھا اور یہ باگوں والے اب آئے تھے۔ اس نے سرخ رومال میں لپٹے روپوں کو دیکھا اور پھر ہتھیلی سے جوہراں کے آگے کرتے ہوئے کہنے لگا۔" مجھے کچھ نہیں چاہیئے۔ باغ میں اب کچھ باقی نہیں۔ اگر تم اب اپنی محنت سے کچھ نکال لیتے ہو تو تمہاری قسمت۔ اور قسمت کی

کوئی قیمت نہیں ہوتی۔"

جوہراں اور برکت علی نے باغ میں ایک دن کے اندر اندر چھپر بنالیا۔

بشیر چپ کھڑا انہیں دیکھتا رہا۔

پھر اگلے روز وُہ تینوں کام میں جُت گئے۔ انہیں ٹوکریاں لانی تھیں۔ انہیں بند کرنے کے لئے پٹ سن کے رسے حاصل کرنے تھے۔ کم از کم تین قینچیاں، دو چھُریاں اور اسی طرح کا اور بہت سامان جو پھل اتارنے کے لئے درکار ہوتا ہے۔ تیسرے دن انہوں نے کام کا آغاز کر دیا اور اس کے بعد انہوں نے زمین کی طرف نہیں دیکھا۔ اوپر ان پتوں میں دیکھا جہاں کہیں کہیں زرد سورج چمکتے اور ان کے دل کو روشن کرتے۔

رُت بدلنے لگی۔ دن لمبے ہونے لگے۔ دھوپ میں پسینہ تھا اور سائے میں سردی اور ہوا میں بہار کی مست مہک۔ جوہراں واقعی باگوں والی تھی۔ اس نے سارا بندوبست سنبھال لیا تھا۔ چک ۸۸ کے جھورے کا ریڑھا کرائے پر لے لیا اور تقریباً روزانہ مالٹے ٹوکروں میں بھر کر منٹگمری کی منڈی میں لے جانے لگی۔ دین پناہ حیران ہوتا کہ جس باغ میں سے مالٹا ڈھونڈنے سے بھی نہ ملتا تھا، اسی باغ میں سے روزانہ ایک ریڑھی لدا ہوا نکلتا ہے تو کیسے نکلتا ہے.... تو پھر یہ باگوں والے قسمت والے بھی تھے۔ یہ ان کی قسمت تھی جو روز ریڑھا بھر دیتی تھی۔ رات کو تھک ہار کر جب وہ تینوں چھپر میں جا گرتے تو صبح تک گرے رہتے.... کم از کم بشیر کو کچھ خبر نہ ہوتی اور جوہراں بھی سسکیاں دبا جاتی.... رُت بدلنے لگی۔ دن لمبے ہونے لگے۔ ہوا میں بہار کی مست مہک تھی تو وہ دونوں چھپر کے باہر سوکھی گھاس پہ بیٹھے تھے۔ چھوٹا نذیر انگوٹھا چوستا، نیم تاریک آسمان کو دیکھتا تھا۔ یہ تھی تو شام پر اس میں بہار کے دنوں کی سفیدی جھلکتی تھی۔ جس میں چہرے دکھائی دیتے ہیں اور جذبات دکھائی نہیں دیتے۔ مگر ان کی آنچ پہنچتی ہے اور بدن کو گرماتی ہے اور سندیسے دیتی ہے۔ بشیر جھورے کے پاس گیا ہوا تھا۔ کیونکہ اگلی صبح

انہیں پڑھنے کی ضرورت نہیں تھی۔ آج مالٹے بہت کم اترے تھے اور اگلے دو تین روز میں باغ مکمل طور پہ خالی ہونے والا تھا۔

"برکت....."

برکت علی نے تک کر اسے دیکھا..... شام کی بہار یہ سفیدی میں اس کا چہرہ اس کے لئے نرم پڑتا تھا اور جیسے آنکھ آنسو سے بھیگ کر اور زندہ ہوتی ہے۔ ایسے اس کا چہرہ بھی جیسے بدن کے مساموں میں سے پھوٹنے والی نرمی سے بھیگ کر اور زندہ ہوتا تھا۔

"ہاں، جوہراں۔"

اور جوہراں نے اسے دیکھا تو اس کے چہرے پہ کچھ نہ تھا۔ چٹیل میدان جس میں دُور دُور تک گھاس کا ایک تنکا بھی دکھائی نہ دیتا تھا۔ تو اس کا دل بیٹھا پہ پھر بھی اس نے اپنے آپ کو سنبھالا دیا اور اس کے ہاتھ پہ اپنا ہاتھ رکھ کر کہنے لگی۔ "اب تم نے کہیں جانا نہیں۔"

"وہ کیسے.....؟" برکت علی ٹھٹکا۔

"اب تم نے دیکھا نہیں کہ میں تمہارے لئے کام کر سکتی ہوں۔ میں نے ابھی روپے گنے نہیں۔ بہت سارے ہیں۔ دین پناہ کو بھی کچھ نہیں دینا۔ اب ہمارے پاس اتنے پیسے ہیں کہ ہم اگلے برس شروع میں ایک باغ ٹھیکے پہ لے لیں ..... بس تین ماہ کا کام ہوتا ہے اور باقی سارا سال بے شک کچھ نہ کرو۔ بیٹھے رہو ہاتھ پہ ہاتھ دھرے ....." یہ کہتے ہوئے اس نے برکت علی کے ہاتھ کو ذرا دبایا۔

"اگلے برس؟" برکت علی کہیں اور تھا" پر ابھی کیا پتہ جوہراں؟ اگلے برس کا ابھی کیا پتہ؟"

"پتہ کیوں نہیں..... اب تو بشیر بھی تمہارے ساتھ بات کر لیتا ہے..... تو اب تم

نے جانا نہیں۔"

برکت علی کا جی چاہا کہ وہ جوہراں کا ہاتھ تھام لے اور کہے کہ نہیں جوہراں نہیں۔ بشیراں کو چھوڑ کر میں تمہارے ساتھ کیسے رہ جاؤں، وہ ابھی ہے اور میرے انتظار میں ہے اور تمہارے پاس رہ کر میں نے دُکھ تو کم کئے پر مجھ سے وہ مہک جُدا نہیں ہوئی جو بشیراں میں تھی اور ان کھیتوں میں رہ جاتی تھی جہاں ہم فصلوں کے نیچے رہتے تھے۔ پر اس نے صرف یہ کہا کہ جوہراں تیرا گھر والا ابھی تو ہے۔

"کہاں ہے؟" جوہراں پھٹ پڑی۔ "تو نے اسے دیکھا اتنے دنوں میں، مہینوں میں۔ اگر میں نہ بتاتی کہ وہ چلا گیا ہے تو تجھے معلوم ہوتا کہ وہ ہے یا نہیں۔ میں تجھ سے کہہ دیتی کہ وہ فوت ہو گیا ہے تو پھر تو مان جاتا۔ مجھے سچ کہنے کی سزا دیتے ہو۔"

"نہیں، نہیں..... " برکت علی نے اس کا ہاتھ تھام لیا۔ "بشیراں میں تو تیرا شکر گزار ہوں۔"

"میں ماروں گی تمہیں، جو دوسری بار شکر گزار کہا۔ نہ میں کوئی بازار والی ہوں، کہ شکریہ ادا کرتا ہے میرا..... " جوہراں کی ہچکیوں ایسی آواز بھرا کر اتنی گہری ہو گئی تھی کہ برکت علی کو ڈر آنے لگا۔ "تو نہ شکریہ کر میرا اور جا جدھر سے آیا ہے، میں بھی گزارہ کر لوں گی۔"

اس نے نذیر کو گھاس سے اٹھایا اور روتی ہوئی چھپر کے اندر چلی گئی۔

برکت علی سر جھکائے بیٹھا رہا۔ وہ کچھ سوچ نہیں رہا تھا۔ بس یونہی سر جھکائے بیٹھا تھا..... پھر اس نے اوپر دیکھا تو بہار کی شام کی سفیدی مدھم ہو چکی تھی اور ہوا میں ٹھنڈک تیرتی تھی۔ وہ اٹھا اور چھپر کے اندر چلا گیا۔ جوہراں سر منہ لپیٹے پڑی تھی اور اس کا جثہ ہولے ہولے ہل رہا تھا۔ برکت علی کے ہاتھ سے وہ ٹھٹکا اور پھر ہلنے لگا۔ "ٹھیک ہے میں کہیں نہیں جاؤں گا۔"

باغ خالی ہو چکا تھا۔

جوہراں اپنا مختصر سامان سمیٹ چکی تھی..... برکت علی کے ذہن میں کچھ بھی نہ تھا کہ وہ یہاں سے کدھر جائیں گے، کہاں جائیں گے۔ یہ سارا کچھ جوہراں کے ہاتھ میں تھا۔ جیسے بشیر اور نذیر اس سے کوئی سوال نہیں کرتے تھے اس طرح وہ بھی چپ تھا اور جدھر اس نے چلنا تھا، اُدھر اس نے بھی چلنا تھا۔

وہ ان کی آخری رات تھی، اس باغ میں جو ان کی قسمت نے دوبارہ بھرا تھا۔ اور اگلی سویر انہوں نے اسے چھوڑنا تھا..... اور باگوں والوں کی طرح انہیں یہ علم نہ تھا کہ اگلا پڑاؤ کہاں ہو گا..... اسی رات دین پناہ ان کے پاس آیا۔ وہ ابھی سوئے نہیں تھے۔ "میرا یہ ایک باغ ہے اور چند ایکڑ زمین بھی ہے۔ تھوڑی ہے پر بڑی قابل ہے تم دونوں ہمت والے ہو اور قسمت والے بھی ہو..... میری گھر والی تو گئی، بال بچے کب کے شہر جا چکے ہیں۔ اب تو عید بقر عید پہ بھی واپس نہیں آتے..... تم یہاں رہو تو میں تمہیں اپنی زمین پر کوٹھا چھت دوں گا۔ زمین دوں گا۔ تمہارے اَن پانی کا میں ذمہ دار ہوں گا..... کام کرو اور کھاؤ اور دو وقت کی روٹی مجھے بھی دے دو..... کیا خیال ہے ؟"

جوہراں نے برکت علی کی طرف دیکھا تو اس کا چہرہ پہلے کی طرح سپاٹ تھا۔

"ٹھیک ہے۔" وہ جلدی سے بولی: "ہمیں منظور ہے۔ کیوں برکت علی۔"

"تم کہتی ہو تو ٹھیک ہے۔" وہ زمین کریدتا ہوا کہنے لگا۔

"میں سویرے آؤں گا۔" دین پناہ نے کہا اور مسکراتا ہوا چھپر میں سے نکل گیا۔

"رب سچے نے ہماری قسمت کے خزانے کھول دیئے ہیں برکت علی۔ دین پناہ اچھا آدمی ہے۔ ہم اس کو خوش رکھیں تو شاید کل ہم اس باغ کے مالک ہو جائیں... کیوں برکت علی، بولتا نہیں ٹھیک ہے ناں۔"

"ٹھیک ہے ...." برکت علی نے پھر اسی سپاٹ لہجے میں کہا اور پھر کروٹ بدل کر سو گیا.... جوہراں سو نہ سکی۔ خواب دیکھتی رہی کہ باغ مالٹوں سے بھرا پڑا ہے۔ پتّے نظر نہیں آرہے اور وہ درجنوں عورتوں اور بچوں کی نگرانی کر رہی ہے جو اس کے باغ میں مالٹے توڑنے کے لئے ملازم ہیں..... برکت علی منشی کی کرسی پہ بیٹھا ہے، اور نذیر، بشیر باغ میں کھیل رہے ہیں..... وہ ساری رات یہ خواب دیکھتی رہی۔

صبح سویرے برکت علی حسبِ معمول اپنے آپ کو ہلکا کرنے کے لئے چھپّر سے نکلا۔ اور باغ کے دوسرے حصّے میں چلا گیا۔ وہاں گھاس زیادہ تھی۔ وہ اس میں بیٹھ گیا۔ آج سے ایک نئی زندگی کا آغاز ہو رہا تھا۔ لیکن بشیراں کا کیا ہوگا ؟ وہ پتہ نہیں کہاں تھی، اور کس کے ساتھ تھی۔ ... پر اس نے کبھی نہ کبھی تو واپس آنا تھا.....اسے کبھی نہ کبھی اپنی غلطی کا احساس ہونا تھا، اور پھر وہ چک جوگیاں میں ہی واپس آئے گی۔ تو اسے کیونکر تلاش کرے گی۔ دن گزرنے سے برکت علی، بشیراں کے گناہ کو بھولتا جاتا تھا اور اس کے پیار اور اس کے بدن کی مہک کو یاد کرتا جاتا تھا۔ فارغ ہو کر وہ اٹھا اور تہمد درست کرتا ہوا چھپّر کی جانب چلنے لگا۔ تب کوئی پیچھے سے آیا۔

برکت علی رُک گیا۔

پیچھے جو کوئی بھی تھا، وہ بھی رک گیا۔

اس نے پیچھے مڑ کر دیکھا۔ "کون ہو بھئی ؟"

"میں دِتو ہوں۔" اس نے کہا۔ وہ ایک چھدری اور سفید ڈاڑھی والا بوڑھا تھا جس کا چہرہ تو مردہ لگتا تھا۔ پر اس کی آنکھوں میں ایک خاص چمک تھی۔ اس کے دیکھنے کا انداز حقارت انگیز تھا اور وہ اپنے مخاطب کی آنکھوں میں آنکھیں ڈال کر نہیں دیکھتا تھا بلکہ اسے حقیر جان کر وہ کہیں اور دیکھتے ہو مخاطب ہوتا تھا۔ برکت علی نے اسے دیکھا ہوا تھا۔ اس کی شکل شناسا تھی۔ پر کہاں۔"

"دِتو....." برکت علی نے آہستہ سے کہا۔ "تم نے کس سے ملنا ہے؟"

"تم سے....."

"مجھ سے؟" برکت علی نے منہ کھول کر ماتھے پہ سلوٹیں ڈال لیں۔ "کس لئے؟"

"میں دِتو ہوں۔" وہ پھر بولا۔ "اور میں جوہراں کا خصم ہوں۔"

ہاں..... تبھی..... اس کی شکل بشیر سے ملتی تھی بلکہ بشیر اور اس میں صرف ڈاڑھی کا فرق تھا۔

"میں تم سے بات کرنے آیا ہوں جوان..... بیٹھ جاؤ" اس نے برکت علی کے کندھے پہ ہاتھ رکھ کر کہا اور پھر خود زمین پہ بیٹھ کر اوپر اس کی جانب دیکھ کر پھر کہنے لگا۔ "بیٹھ جاؤ۔" برکت علی چپکے سے بیٹھ گیا۔

"میں پہلے اُدھر گیا تھا، رینالہ خورد کے باغوں میں۔ وہاں سے پتہ چلا تم دونوں نکل گئے ہو۔ آس پاس کا سارا علاقہ چھان مارا۔ ویسے تم نے چک ر۔ ۸۸ اچھا دیکھا رہنے سہنے کو..... بڑی سڑک سے خاصا دُور ہے۔ تم نے سوچا ہو گا کہ یہاں کس نے آنا ہے۔"

برکت علی چپ بیٹھا اس کی باتیں سُنتا رہا۔

"پر میں نے رقم خرچی ہوئی ہے جوہراں پر۔ مُفت نہیں آئی میرے پاس۔ ہاں یہ ہے کہ میں ذرا اِدھر اُدھر ہو گیا چند برسوں کے لئے..... میں نے سوچا یہ بھی عیش کر لے۔ کیوں؟ اب یہ ہے کہ میں بھی تھک گیا ہوں۔ میری بوڑھی ہڈیوں کو بھی آرام چاہیئے۔ اور ویسے بھی اولاد کسے پیاری نہیں ہوتی۔ سُنا ہے میرے پیچھے ایک اور ہو گیا تھا؟ میری شکل کا ہے یا کسی اور کی شکل لے آیا ہے..... تم اب یوں کرو کہ بس آگے پیچھے ہو جاؤ۔ اصل مالک آ گئے ہیں۔ ویسے تو میں پولیس بھی لا سکتا تھا۔ پر کیا ضرورت ہے، تم اپنے بھائی ہو۔ پر اصل مالک تو ہم ہیں، بھائی میرے۔"

برکت علی خاموشی سے اُٹھا..... اس نے دِتو کی طرف دیکھا بھی نہیں، اور چلنے لگا۔

اسے یہ بھی احساس نہ تھا کہ دتو اس کے پیچھے آرہا ہے یا نہیں۔ چھپڑ کے قریب پہنچ کر وہ ایک لمحے کے لئے رکا۔ جوہراں نذیرہ کو اپنا دودھ پلا رہی تھی اور ساتھ ساتھ اس سے باتیں کر رہی تھی۔ بشیرا ابھی سویا ہوا تھا۔ باغ کے گرد کوئی چار دیواری نہ تھی۔ وہ باغ سے باہر اس جانب آگیا جدھر چک ۸۸ سے ایک کچا راستہ بڑی سڑک کی طرف جاتا تھا۔ وہ سرسوں کے کھیتوں میں سے چلتا ہوا اس کچے راستے پہ آگیا..... بشیراں کی طرح جوہراں ہمیشہ کے لئے پیچھے رہ گئی تھی۔

کراچی میں ہر کوئی بولے چلا جاتا تھا۔ ہر کسی کی زبان سمجھ میں نہیں آتی تھی۔ نئے ملک کا یہ نیا صدر مقام ابھی پھیلے چلا جا رہا تھا۔ اسے کچھ پتہ نہ تھا کہ اسے کہاں جانا ہے، کیا کرنا ہے اور کہاں تک پھیلنا ہے۔ روزانہ درجنوں گاڑیاں مہاجرین سے لدی ہوئی کراچی کینٹ کے اسٹیشن پہ اپنے آپ کو خالی کرتیں۔ یہ مہاجر ہندوستان کے مختلف حصّوں سے یہاں پہنچ رہے تھے۔ کسی ہجرت کرنے والے کے لئے یہ فیصلہ کرنا کتنا مشکل ہوتا ہوگا کہ مجھے اس ملک کے کس شہر اور کس گاؤں میں جانا ہے۔ اسے کیا پتہ کہ وہاں کی آب و ہوا کیا ہے، لوگ کیسے ہوں گے۔ ذرائع روزگار کیا ہوں گے۔ یہ تو اندھیرے میں ایک چھلانگ تھی کہ فلاں ادھر گیا ہے تو ہم بھی ادھر چلتے ہیں۔ کراچی اس لئے بھی پسندیدہ تھا کہ یہ صدر مقام تھا، نیا شہر تھا اور ابھی مخصوص حوالوں سے اس کی پہچان نہیں ابھری تھی۔ نہ صرف ہندوستان سے بلکہ پاکستان کے مختلف حصّوں سے بھی بے شمار مہاجرین ادھر آرہے تھے۔ یہ وہ لوگ تھے جو آزادی کے وقت ہجرت کر کے آئے تھے مگر اب پانچ سات برس بعد اس جگہ سے مطمئن نہ تھے جسے انہوں نے سکونت کے لئے چُنا تھا۔ مہاجرین کے علاوہ پاکستان کے مختلف حصوں سے بھی بڑی تعداد میں لوگ ادھر آرہے تھے۔ روزگار کے لئے۔ روٹی کے لئے۔ مستقبل کی بہتری کے لئے..... ان میں پٹھان، پنجابی، سندھی، بلوچی

سبھی شامل تھے، اور اسی لئے کراچی میں ہر کوئی بولے چلا جاتا تھا۔ ہر کسی کی زبان سمجھ میں نہیں آتی تھی۔ کیونکہ یہ سب زبانیں مختلف تھیں۔ برکت علی کو بھی یہی مشکل تھی۔

برکت علی کا کوئی ٹھکانہ بھی نہ تھا۔ وہ سارا دن بندر روڈ پہ گھومتا رہتا اور چھوٹی موٹی مزدوری کرتا رہتا۔ کبھی کسی دوکاندار کا سامان ریڑھے سے اتار کر اندر رکھ دیا۔ کبھی کسی کے گھر کوئی چیز پہنچا دی اور کبھی کسی گاہک کا سامان اٹھا کر اس کے گھر چھوڑ آیا۔ وہ جب سے کراچی آیا تھا اور اسے آئے ہوئے دو ماہ گزر چکے تھے، بندر روڈ کے علاوہ کہیں نہیں گیا تھا۔ چک ر ۸۸ کے کچے راستے پہ چلتے ہوئے وہ بڑی سڑک پر آیا تھا۔ وہاں سے اس نے منٹگمری کی بس پکڑی تھی اور منٹگمری سے گاڑی پہ بیٹھ کر سیدھا کراچی، اور کراچی پہنچنے کے بعد جب وہ سٹیشن سے باہر آیا تو اسے کیا معلوم کہ اسے کہاں جانا ہے اسے ایک ہی سڑک کا نام آتا تھا۔ بندر روڈ۔ اور وہ بھی یوں کہ لاہور میں مزدوری کرتے ہوئے کوٹھی پہ ایک ایسا مزدور آیا تھا جو ایک بار کراچی گیا تھا اور وہ جب بھی بات کرتا یہی کہتا کہ کراچی میں بندر روڈ دیکھ لو تو یہاں کی مال روڈ بھول جاؤ..... یہ نام اسے اس لئے بھی یاد رہا کہ اس میں "بندر" کا لفظ آتا تھا۔ یہاں آنے سے پیشتر وہ جب کبھی بندر روڈ کے بارے میں سوچتا تو ذہن میں ایک ایسی سڑک آتی جس پہ بندروں کی اجارہ داری ہے دوکاندار، راہگیر، ٹھیلے والے سب کے سب بندر ہیں اور مختلف رنگوں اور شکلوں کے ہیں چنانچہ اسٹیشن سے باہر نکل کر اس نے بندر روڈ کا راستہ پوچھا اور یہاں آگیا۔ کراچی میں اس نے لوہے کی وہ بس دیکھی جو ریل گاڑی کی طرح پٹڑی پہ چلتی تھی، اور یہاں اسے ٹرام کہتے تھے۔ یہ ٹرام بہت شور کرتی تھی اور اس میں گھنٹی لگی ہوئی تھی اور وہ بھی بہت تیز آواز میں کانوں کے پردے چیرتی تھی۔ ٹرام کے علاوہ اس نے زندگی میں پہلی بار وہ سائیکلیں دیکھیں، جن پہ مسافروں کو بٹھا کر کھینچتے تھے۔ انہیں سائیکل رکشا کہتے تھے.... تو کراچی ایک عجائبات تھا۔ جس میں برکت علی آگیا تھا۔ بغیر کسی مقصد کے اور منصوبہ بندی کے۔ یوں

لگتا تھا کہ کراچی میں وہ واحد انسان ہے، جس کا زندگی میں کوئی ارادہ نہیں، اور اس نے کہیں پہنچنا نہیں۔ بندر روڈ پہ فٹ پاتھ کے کئی بادشاہ تھے۔ ان میں سے کچھ تو معجون، دوائیاں اور سرمہ، عطر وغیرہ بیچنے والے تھے۔ چند ایک کھانے پینے کی چیزیں فروخت کرتے تھے۔ کچھ منیاری کا سامان لگائے بیٹھے تھے۔ برکت علی چند دنوں میں، ان سب کو جاننے لگا۔ اب یہ تھا کہ اگر کوئی صاحب اپنی فٹ پاتھی دوکان چھوڑ کر گھر جا کر دوپہر کا کھانا کھانا چاہتے ہیں، یا کسی اور بازار سے کوئی خریداری کرنی ہے، یا کسی بھی ضرورت کے تحت کہیں جانا ہے تو وہ عام طور پر برکت علی کو اپنی جگہ پہ بٹھا کر چلے جاتے۔ برکت علی ان کی غیر موجودگی میں بُری بھلی دوکانداری بھی کرتا اور مالک کی واپسی پہ رقم اس کی ہتھیلی پہ رکھ دیتا اور یہ رقم بالکل وہی ہوتی جو اس نے گاہکوں سے وصول کی ہوتی.... کبھی کوئی خوش ہو کر، چار آٹھ آنے اسے بھی دے دیتا۔ چنانچہ برکت علی کبھی تو بنگالی رس گلے بیچ رہا ہوتا اور کبھی بوٹ پالش، کبھی وہ سلاجیت باندھ کر گاہکوں کو دیتا اور کبھی خواتین کا بال صفا پاؤڈر اور ازار بند فروخت کرتا نظر آتا.... رات کو وہ بندر روڈ کی ایک دوکان کے چوڑے تھڑے پر سو رہتا۔ کراچی میں غریبوں کے لئے ایک بہت بڑی آسائش تھی کہ یہاں کا موسم پنجاب اور سرحد کی طرح سخت نہیں تھا۔ یوں بھی اب گرمیوں کا آغاز تھا..... دو روز قبل سرخ شربت کی ریڑھیاں بھی نظر آنے لگی تھیں۔

ایک روز وہ فٹ پاتھ پہ بیٹھا اپنے لمبے بالوں میں کنگھی کر رہا تھا کہ ایک نوجوان باؤ دونوں ہاتھوں میں دو بڑے بڑے ڈبے پکڑے اس کے پاس آیا۔ ڈبے اٹھانے کی وجہ سے وہ ہانپ رہا تھا اور اس کے ماتھے پہ پسینہ آیا ہوا تھا۔

"اوئے چلو گے ؟" اس نے ہانپتے ہوئے کہا۔

"کہاں ؟" برکت علی نے ناگواری سے کہا..... وہ اس قسم کے تخاطب کا عادی نہ تھا۔ مزدوری اپنی جگہ پہ بولنے کی بھی تمیز ہونی چاہیئے۔

"میں نے ابھی کچھ شاپنگ کرنی ہے۔" نوجوان اسی رعونت سے بولا۔ "تم یہ ڈبے اٹھا کر میرے ساتھ ساتھ آؤ۔" اس کے جواب کا انتظار کئے بغیر وہ آگے آگے چلنے لگا جیسے جانتا ہو کہ وہ انکار نہیں کرے گا۔ برکت علی نے ڈبے اٹھائے اور ان کے کاغذ اور وزن اور باہر لگی چکنائی سے جان لیا کہ ان میں وہ خالص حلوہ بند ہے جو بندر روڈ کی ایک مشہور دکان سے ملتا ہے۔ کراچی آنے سے پہلے لاہور میں اس نے کراچی کے سوہن حلوے اور حبشی حلوے کی بہت تعریف سنی تھی۔ بندر روڈ پہ اس نے پہلا کام یہ کیا کہ اس دوکان پہ گیا اور حلوائی سے ایک روپے کا حلوہ دینے کو کہا۔ حلوائی نے کاغذ پہ ایک چھوٹی سی اینٹ رکھ کر اسے تھما دی۔

"یہ حلوہ ہے؟" اس نے حیران ہو کر کہا تھا۔

"ارے اسے حلوہ کہتے ہو میاں، یہ حلوہ نہیں جلوہ ہے جلوہ!" دوکاندار کے ملازم نے پان کی گلوری منہ میں رکھتے ہوئے کہا تھا۔

یہ عجیب حلوہ ہے کہ اینٹ کی طرح ہے.... اپنا حلوہ تو گرم اور نرم اور ذائقے دار، چاہے سوجی کا ہو اور چاہے گاجروں کا۔ لیکن یہ تھا کہ سوہن حلوہ ایک دو بار کھانے کے بعد اسے لت پڑ گئی اور وہ اپنی مزدوری کی رقم کا ایک بڑا حصہ اس چٹخارے پہ خرچ کرتا رہا۔ بہرحال وہ باؤ اسے پوری بندر روڈ پہ گھماتا رہا اور اس پہ سامان لادتا رہا۔ آخر کار اس نے ایک وکٹوریہ روکی اور برکت علی کو سامان اس میں رکھنے کو کہا۔ برکت علی نے سامان رکھا اور پیچھے ہٹ کر کھڑا ہو گیا۔

"جا کہاں رہے ہو، بیٹھو اندر۔" اس باؤ نے غصے سے کہا۔

"میں نے کہاں جانا ہے جی؟"

"تم نے تو نہیں جانا ہے پر میں نے تو جانا ہے اور یہ سامان جو ہے وہاں جا کر وکٹوریہ سے کون اتارے گا؟ بیٹھو اندر۔"

برکت علی وکٹوریہ میں بیٹھ گیا اور یہ اس کی پہلی وکٹوریہ رائڈ تھی۔ عجیب شاہی سواری تھی۔ نہ اس میں دھکے لگتے تھے نہ گھوڑے کی پشت تمہاری طرف تھی۔ یوں جیسے اُڑتی جا رہی ہو۔ ... وکٹوریہ کراچی کے دو تین بازاروں میں سے گزر کر بندرگاہ کے علاقے میں داخل ہوگئی اور وہاں سمندر تھا۔ برکت علی کا مُنہ کھل گیا..... سبحان اللہ کیا عجیب شے ہے سمندر بھی۔ وہ منہ کھولے اسے دیکھتا رہا۔ اس میں سے تو ہزاروں جہلم بن جائیں۔ پر سمندر برکت علی کو پسند نہ آیا۔ اس پر تیل تیر رہا تھا اور ایک خاص قسم کی بُو اس میں سے آ رہی تھی۔ گودی میں دو جہاز کھڑے تھے۔ ان میں سے ایک مال بردار تھا اور کرین کے ذریعے اس میں سے سامان اتارا جا رہا تھا۔ برکت علی کے لئے کرین بھی ایک عجوبہ تھا۔ وکٹوریہ رُک گئی اور وہ باؤ نیچے اتر گیا۔ "چلو سامان اتارو شاباش۔"

برکت علی نے تمام سامان وکٹوریہ میں سے نکال کر زمین پہ رکھ دیا۔ "اور اب کہاں لے جاؤں؟"

"یہاں سے آگے میرا بندوبست ہے۔" وہ بولا۔ "اور جیب میں سے دو روپے نکال کر اس کے حوالے کر دیئے۔ برکت علی کا ہاتھ ماتھے تک چلا گیا۔" مہربانی صاحب۔"

"تم واپس جا سکتے ہو ناں، جہاں سے میں نے تمہیں لیا تھا؟"

"جی صاحب..... بندر روڈ پہ، میں پہنچ جاؤں گا۔"

"یہاں بندرگاہ کے باہر سے ٹرام مل جائے گی، بڑی آسانی سے....."

"یہ کراچی میں ساری جگہوں کے نام بندروں پہ کیوں رکھے جاتے ہیں صاحب؟" برکت علی نے بڑی سنجیدگی سے دریافت کیا۔

"کون سے بندر....؟" وہ باؤ یکدم بولا اور پھر بے اختیار مسکرا دیا۔ "بھئی بندرگاہ ایسی جگہ کو کہتے ہیں جہاں سے جہاز چلتے ہیں اور دوسرے ولایتی ملکوں میں جاتے ہیں اور اس طرف آنے والی سڑک کو اسی لئے بندر روڈ کہتے ہیں۔"

" ولایتی ملکوں کے لئے ؟" برکت علی رک گیا۔ "یہاں سے جہاز ولایت کو جاتے ہیں ؟"

" ہاں ۔" اس نے سر ہلایا۔ " یہ سامنے جو جہاز کھڑا ہے ۔ میں اس پہ کل صبح جا رہا ہوں، اور ابھی میرا سامان جہاز کا کوئی ملازم اٹھا کر اندر لے جائے گا۔"

" اسی جہاز پہ وہ ماں کا یار گامی گیا تھا۔" برکت علی نے دانت پیستے ہوئے کہا۔ " میں تو اس کا گاٹا اتار دوں گا۔ آپ جانتے ہو کہ میری رقم وہ چرا کر لے گیا۔ سریہ چرا کر بیچ دیا اور مجھے جیل جانا پڑا۔ میں تو اس کا گاٹا اتار کر کھوئی میں پھینک دوں گا۔"

" اچھا، اچھا..... " وہ باؤ قدرے خوفزدہ ہو کر بولا: " جو جی میں آئے کرو... خدا حافظ۔"

اس رات اسے نیند نہ آئی۔ اس لئے نہیں کہ فٹ پاتھ سخت تھا۔ وہ تو ہمیشہ سے تھا، اور اس لئے بھی نہیں کہ مچھر تھے۔ کیونکہ ابھی گرمیوں کا آغاز تھا اور مچھر ابھی پلے نہیں تھے۔ وہ غلام علی کے بارے میں سوچتا رہا۔ بندرگاہ پہ کھڑے جہاز کے بارے میں سوچتا رہا۔ اگلی صبح اس نے اپنے ٹھیلے والے دوستوں اور فٹ پاتھ پہ مجمع لگانے والے یاروں سے پوچھا۔ " یہ ولایت کس طرح جاتے ہیں ؟"

سب نے اس کا مذاق اڑایا کہ یہ میمیں دیکھنے کے لئے وہاں جانا چاہتا ہے۔ یوں بھی ان دنوں ملک چھوڑنے کا رواج نہ تھا..... زندگی کی آسائشیں حاصل کرنے کے لئے اپنی مٹی سے دور رہنے کا رواج نہ تھا۔ مٹی میں ابھی گرفت تھی۔ آسائشیں ابھی حاوی نہیں ہوئی تھیں۔ بہرحال ایک دکاندار نے اسے بتایا کہ ولایت جانے کے لئے پہلے فلاں جگہ جا کر پاسپورٹ بنواؤ اور پھر گیارہ سو روپے اکٹھے کر کے جہاز کا ٹکٹ خریدو، اور جاؤ اگر جانا ہے تو۔"

پاسپورٹ بنوانے کے لئے وہ بہت خجل خوار ہوا..... سب سے اہم مسئلہ پولیس کا تھا۔ مقامی تھانے میں اسے طلب کیا گیا اور وہ انتہائی خوفزدہ تھا۔ انہوں نے اس سے بے شمار سوالات پوچھے اور ایک سوال بار بار پوچھا۔ کبھی کسی جرم میں پکڑے گئے ہو ؟

کبھی جیل گئے ہو.... اور وہ پتہ نہیں، کس طرح انکار میں سر ہلاتا رہا۔ ایک مرتبہ تو وہ کہنے لگا تھا کہ جی ہاں جناب جیل گیا ہوں۔ قید کاٹی ہے.... لیکن پھر سنبھل گیا... بہرحال کچھ دے دلا کر وہاں سے ٹھیک رپورٹ چلی گئی۔ برکت علی ولایت صرف اس لئے جانا چاہتا تھا کہ وہ غلام علی کا گاٹا اتار سکے۔ اس کے علاوہ اسے ولایت جانے کا کوئی شوق نہ تھا۔

پاسپورٹ جس روز اس کے ہاتھوں میں آیا، اس روز اس نے ٹکٹ خرید لیا۔ جیل میں لانڈری کی کمائی، رینالہ خورد کے پیسے سب مل ملا کر ڈیڑھ ہزار کے قریب تھے۔ ان میں سے کچھ پاسپورٹ پہ خرچ آئے اور باقی کا ٹکٹ آگیا.... اس کی جیب میں اب پچاس روپے کا ایک نوٹ تھا، اور بس....

کسٹم ہاؤس میں بے شمار مسافر جمع تھے اور بے شمار سامان تھا جو چیک کیا جا رہا تھا۔ ان میں انگلستان میں تعلیم حاصل کرنے کے لئے جانے والے نوجوان، کاروباری لوگ، کچھ انگریز جو ابھی پاکستان میں ٹھہرے ہوئے تھے۔ چند جرمن انجینئر، پارسی خاندان اور ان کے علاوہ مختلف قومیتوں کے لوگ شامل تھے۔ برکت علی اب تک وہی لباس پہنتا آیا تھا۔ جو اس کے باپ دادا کا لباس رہا تھا.... کرتہ، پگڑی اور تہمد اور پاؤں میں دیسی نوکدار جوتی..... لیکن آج وہ ایک مختلف لباس میں تھا۔ اس کے دوستوں نے اسے بتایا تھا کہ اگر وہ کرتے اور تہمد میں گیا تو کسٹم والے اسے جہاز پہ نہیں بیٹھنے دیں گے۔ انہوں نے اس کے لئے ایک پتلون اور ایک کوٹ کا انتظام کیا تھا۔ جو بندر روڈ پہ پرانے کپڑے فروخت کرنے والے ایک بنگالی سے حاصل کئے گئے تھے۔ البتہ پاؤں کے لئے اسے فلیٹ بوٹ دیئے گئے تھے۔ وہ ان کپڑوں میں بہت تنگ ہو رہا تھا لیکن مجبوری تھی۔ جب ان کی باری آئی تو کسٹم کے انسپکٹر نے پہلے انگریزی میں کچھ کہا اور پھر اس کی شکل اور لباس پہ ایک نگاہ ڈال کر کہنے لگا۔ "تمہارے سامان میں کیا ہے باؤ صاحب؟" اور پھر مسکرانے لگا۔

برکت علی نے اپنی گٹھڑی کھول کر رکھ دی..... اس میں وہی ایک جوڑا تھا۔

"بس ؟" انسپکٹر نے حیران ہو کر کہا اور اس کے پاسپورٹ پر مہر لگا دی۔

وہ سمندری جہاز چک جوگیاں سے کہیں بڑا تھا....... اور اس میں چک جوگیاں سے کہیں زیادہ لوگ آباد تھے۔ جب روانگی کا وقت آیا تو سارے مسافر عرشے پر آ گئے کیونکہ ان کے بال بچے اور رشتے دار انہیں خدا حافظ کہنے آئے ہوئے تھے۔ برکت علی کی طبیعت کچھ ٹھیک نہیں تھی۔ جہاز متواتر ہل رہا تھا اور اس کے قدم جو پگڈنڈی اور سخت مٹی کے عادی تھے، اٹھتے تھے اور لڑکھڑا جاتے تھے اور جہاز کے ہلنے سے اس کا اندر بڑا خراب ہو رہا تھا۔ اس نے عرشے کا جنگلا تھاما، اور نیچے دیکھنے لگا۔ جہاز نے بھونپو بجایا اور بندرگاہ کے ساتھ بیٹھے ہوئے لاتعداد سمندری پرندے ٹھٹک کر اڑنے لگے۔ ایک دھچکا لگا اور وہ زمین سے الگ ہو گیا۔ برکت علی کو بھی دھچکا لگا جیسے وہ پہلے چک جوگیاں کا ایک کھیت تھا جس میں سرسوں پھول رہی تھی، اور اب وہ الگ ہو کر پانی پر تیرنے لگا تھا۔ چک جوگیاں لبشیراں سے الگ نہ تھا۔ ان دونوں کی مہک ایک تھی اور اس نے ایک طویل سانس لیا تاکہ اس مہک کو محفوظ کر لے لیکن وہ اسے پا نہ سکا۔ اس کی جگہ ایک نمکین اور سیلی بُو اس کے اندر گئی..... بندرگاہ دور ہو رہی تھی اور پھر یہ ہُوا کہ وہ بندرگاہ چک جوگیاں میں بدل گئی۔ سارا کچھ وہی کچھ۔ بڑے جوگی کا مزار اسے نظر آ رہا تھا۔ اس کے کھیت اور اونچے نیچے ٹیلے اور دادے نور دین کی قبر اور کھوئی اور لبشیراں۔

ساؤتھمپٹن کی بندرگاہ اور چک جوگیاں کے درمیان ہزاروں میل کا سمندر تھا۔ وہ اس سمندر کو پار کر آیا تھا اور اب انگلستان میں تھا اور اسے سردی لگ رہی تھی۔

اور یہ سردی بڑی ذلیل کرنے والی تھی جو اس کے رگ و پے میں اترتی جاتی تھی۔ یوں تو چک جوگیاں میں بھی بڑا کافر پالا پڑتا تھا اور کھیتوں پر صبح سویرے اتنا کُہر جما دکھائی دیتا تھا کہ جیسے سفید کڑکڑاتی شیشے ایسی چادر ہو کہ جہاں پاؤں رکھو وہیں سے ٹوٹ کر ٹکڑے

ٹکڑے ہو جائے۔ لیکن یہ انگلستان کی سردی پتہ نہیں کون سی ذات کی تھی جو بندے کو یتیم بنا کے رکھ دیتی تھی، اور بڑی گیلی اور کاٹ رکھنے والی تھی..... یہاں پہ بنگالی سے خریدا ہوا کوٹ کام آیا، پہ برکت علی کے فلیٹ بوٹ پاؤں کو ایسے لگتے تھے، جیسے برف کے بنے ہوں۔ جب وہ جہاز میں تھا تو اس کا خیال تھا کہ ولایت پہنچتے ہی سامنے غلام علی کھڑا ہو گا، وہ شتابی سے اس کا گاٹا اتارے گا اور کام ختم ہو جائے گا.... پہ یہاں پہنچ کر اسے احساس ہوا کہ یہ تو کام گڑبڑ تھا..... نہ اس کے پلّے پیسے، نہ پتہ کہ کہاں جانا ہے اور نہ پتہ کہ لوگ کہتے کیا ہیں؟ وہ بندرگاہ کے باہر کھڑا تھا، اور اس کے ہاتھ میں وہ گٹھڑی تھی، جس میں اس کا کُرتہ، تہمد، پگڑی اور نوکدار جوتی کے علاوہ کچھ نہ تھا۔

تب اس نے اپنا پہلا انگریز دیکھا۔ اس لئے کہ اس نے پہلی مرتبہ اپنے آس پاس نگاہ کی۔ یہ تو نہیں کہ اس نے کبھی انگریز دیکھا نہیں تھا۔ وہاں کراچی میں بہت تھے پہ یہاں وہ ذرا مختلف تھے، وہاں وہ صاحب تھے، پہ یہاں تو یونہی سے تھے۔ البتہ میموں کو دیکھ کر اس کے دل کی دھڑکن کچھ ڈم ڈم ہوتی..... ان کی ٹانگیں بالکل الف ننگی تھیں اور اوپر بھی، واہ واہ بہت کچھ نظر آتا تھا اور ہلتا تھا..... اور تب اسے بھوک کا احساس بھی ہوا۔ جہاز میں خوراک مفت تھی اور آج صبح ناشتے کے بعد اس نے اب تک کچھ نہیں کھایا تھا اور پچھلا پہر ہونے کو آیا تھا..... وہ سر جھکا کر چلنے لگا۔ کدھر؟ پتہ نہیں کدھر..... جدھر قسمت..... ابھی وہ کچھ دیر گیا ہو گا کہ اس کے پاس ایک ٹیکسی کار آ رکی..... ڈرائیور گورا تھا اور اس نے سر پہ ایک ترچھی ٹوپی کھینچ رکھی تھی..... گورے نے مسکرا کر کچھ کہا، جو ظاہر ہے اس کے پلّے نہ پڑا۔ پھر وہ ٹیکسی سے اُترا اور دروازہ کھول کر اسے اندر بیٹھنے کو کہا..... اب برکت علی ذرا گھبرایا کہ یہ کون ہے اور مجھے کار میں کیوں بٹھاتا ہے..... اس نے آدھی پنجابی، آدھی

اردو میں اسے سمجھانے کی کوشش کی کہ صاحب جی میں نے کہیں نہیں جانا اور نہ میرے پاس رقم ہے کہیں جانے کے لئے ..... پردیسی ہوں، مجھے میرے حال پر چھوڑ دو لیکن وہ گورا اس کا ہاتھ پکڑ کر اسے کار میں بیٹھنے کو کہتا رہا اور ساتھ ساتھ مسکراتا رہا .... برکت علی نے سوچا کہ ربّ سچے نے سارے بندوں کو بنایا ہے۔ ان گوروں کو بھی بنایا ہے، چاہے ان کی شکل وجہ باندروں جیسی ہے ..... تو یہ بھی ہو سکتا ہے کہ یہ اللہ کا بندہ میری مدد کرنا چاہتا ہے اور میں خواہ مخواہ نہ نہ کر رہا ہوں ... چنانچہ وہ اللہ کا نام لے کر ٹیکسی میں بیٹھ گیا۔ گورا اپنی نشست پر بیٹھا اور کار سٹارٹ کر دی .... وہ بار بار پیچھے مڑ کر، اس سے کچھ کہتا، لیکن وہ سمجھ نہ پاتا .... تھوڑی ہی دیر میں وہ شہر سے نکل آئے اور اب ایک بڑی سڑک پر سفر کر رہے تھے .... برکت علی باہر دیکھنے لگا ..... سچ ہے بھئی، اس نے سوچا۔ ولایت جنّت ہے۔ کیا صاف ستھرے مکان ہیں۔ گوری چٹی میمیں ہیں اور جتنے بھی کھیت نظر آتے تھے وہ بھی بڑے حساب کتاب سے بنے ہوئے تھے۔ چک جوگیاں کی طرح نہیں کہ کوئی بڑا اور کوئی چھوٹا اور کوئی لمبا ہی لمبا۔ ایک جگہ گورے نے ٹیکسی روکی اور ایک ہوٹل میں چلا گیا۔ جب وہ باہر آیا تو اس کا سرخ باندروں ایسا رنگ اور سرخ ہو رہا تھا، اور اس کے ہاتھ میں ایک لفافہ تھا..... اس نے لفافہ برکت علی کو دیا اور پھر کار چلانے لگا اور کوئی انگریزی گانا گانے لگا..... اس کے منہ سے بُو کے بھبھاکے اٹھ رہے تھے۔

برکت علی نے لفافہ کھولا تو اس میں آلوؤں کے ٹکڑے تھے، پھیکے اور بدمزا۔ نمک مرچ کے بغیر، پر وہ بھوکا تھا اور انہیں ندیدوں کی طرح شتابی سے کھا گیا۔

سفر کے دوران اس نے کئی مرتبہ اشاروں کی مدد سے پوچھا تھا کہ صاحب تم مجھے کہاں لے جا رہے ہو، پر گورے کی سمجھ میں کچھ نہ آیا..... اب اسے کچھ کچھ فکرمندی

تھی کہ کئی گھنٹے ہو گئے ہیں سفر کرتے ہوئے اور شام ہو گئی ہے اور جن قصبوں میں سے گزر ہوتا ہے، وہاں روشنیاں جل چکی ہیں، تو یہ صاحب کہاں سے جا رہا ہے۔ شائد اپنے گھر سے جا رہا ہے، مجھ پردیسی پر ترس کھا کر.... لیکن یہ اتنی دور کیوں رہتا ہے؟ برکت علی کو یہ دیکھ کر بڑی حیرت ہوئی کہ ولایت میں ویرانی کوئی نہیں ہے مطلب یہ کہ ہر طرف آبادی ہی آبادی ہے۔ سڑک کے دونوں طرف کبھی یہ نہیں ہوا کہ کھیت اور میدان وغیرہ نظر آتے رہیں۔ لگتا تھا جیسے ایک بڑا شہر ہے، جس میں وہ سفر کر رہے ہیں۔

اور پھر ایک شہر آیا جس میں وہ چلتے گئے، اور ان کے آس پاس ٹریفک کا ہجوم بڑھتا گیا اور یہاں رات نہ تھی، دن ہی دن تھا، اور روشنیاں تھیں اور میمیں تھیں، جن کے چہرے رنگین تھے، اور عجیب دنیا تھی اور اس عجیب دنیا کو برکت علی منہ کھول کر دیکھتا رہا کہ یا الٰہی یہ میں کہاں آگیا ہوں، پک جوگیاں کو چھوڑ کر، اور ایک عجب خوف اس کے دل میں اُترا، جیسے وہ مرگیا ہو اور یہ دوسری دنیا ہو، جس میں وہ سفر کرتا ہو۔ اور اس کی زبان کوئی نہیں سمجھتا اور جو کچھ وہ کہتے ہیں، اس کے پلّے نہیں پڑتا.... اور وہ چلتے گئے اور اب گورا بہت چُپ تھا اور کچھ ناراض اور غصّے میں تھا اور وہ اس کا سبب نہیں جانتا تھا۔ ہاں ایک بار اس نے مڑ کر کچھ کہا اور اس کے فقرے میں لنڈن کا لفظ اسے سُجھ گیا.... تو وہ لنڈن میں تھا۔

گورے نے ٹیکسی روک دی.... ایک سڑک تھی جس کے دونوں طرف مکان تھے۔ سڑک پر روشنی زیادہ نہ تھی۔ البتہ گھروں کی کھڑکیوں کے پیچھے روشنیاں تھیں۔ یہ گھر ایسے تھے کہ ان کے آگے چھوٹے چھوٹے ویران باغیچے تھے اور اکثر کے پھاٹک لکڑی کے تھے، جو ٹوٹے ہوئے تھے۔ وہاں اسے مدتوں بعد ایک خوشبو آئی، جو اُس کے بھوکے پیٹ میں اتر کر اسے پاگل کرنے لگی۔ اور یہ خوشبو دیسی کھانے کی تھی

اس میں ہلدی، ادرک، مرچیں اور پیاز کے تڑکے کی دیوانی مہک تھی۔ گورا ٹیکسی میں سے اُترا اور ایک مکان کے باغیچے میں جا کر گھنٹی بجائی۔ کچھ دیر بعد کوئی باہر نکلا۔ گورا اس کے ساتھ باتیں کرتا رہا اور برکت علی کی طرف اشارے کرتا رہا۔ پھر وہ دونوں ٹیکسی کے پاس آگئے...... گورے کے ساتھ ایک دیسی شخص تھا...... برکت علی کا جی چاہا کہ وہ اس کے ساتھ لپٹ جائے اور چیخ چیخ کر کہے "بھا جی.... آپ اپنے ہو، میرے دیسی بھائی ہو! میرے ساتھ میری زبان بولو.... بھا جی میں بھی دیسی ہوں۔"

"چلو جوان باہر آجاؤ....." اس دیسی شخص نے جھک کر کہا۔

برکت علی مسکراتا ہوا، اور تھکا ہوا باہر نکلا اور ہاتھ آگے کر دیا "میرا نام برکت علی ہے.... چک جوگیاں سے آیا ہوں۔" اس شخص نے بے دلی سے ہاتھ ملایا اور اپنا نام بتانا مناسب نہ سمجھا۔ پھر وہ گورے کو ایک طرف لے گیا اور کچھ بات چیت کر کے واپس آگیا۔ گورے نے ٹیکسی میں بیٹھ کر اس کی طرف دیکھے بغیر ہاتھ ہلایا اور چلا گیا۔

"آؤ جوان....." دیسی شخص نے اس کا کندھا پکڑ کر کہا "سامان بس یہی ہے ایک پوٹلی.....؟"

"آہو جی....." برکت علی نے کہا اور اس کے ساتھ پھاٹک کے اندر چلا گیا۔ دیسی شخص نے دروازہ کھولا اور اسے مکان کے اندر لے گیا۔

یہ اس کا پہلا ولایتی مکان تھا اور وہ بہت متاثر ہوا..... راہداری میں قالین بچھا تھا اور دیواروں پر پھول بوٹوں والا کاغذ تھا اور بڑے شاندار لکڑی کے دروازے تھے.... یہاں پر وہی خوشبو تھی، دیسی کھانے کی۔

"پہلے کھانا کھا لو....." اس شخص نے کہا اور راہداری میں کھلتے ایک دروازے میں سے اسے باورچی خانے میں لے گیا.... وہاں ایک اور شخص ایک بڑے سارے

دیگچے میں چمچ ہلا رہا تھا۔

"کیوں بھائی نواز.... تیار ہے کہ نہیں....؟" اس شخص نے پوچھا۔

"تیار ہے....؟" اس نے جواب دیا اور ایک پلیٹ اٹھا کر دیگچے میں جو کچھ پک رہا تھا، اس کا ایک چمچہ اس میں انڈیل دیا۔ چنے کی دال تھی۔

"بیٹھو...."

وہ قریبی کرسی پر بیٹھ گیا۔

"کھاؤ...."

دال کی پلیٹ اس کے آگے تھی۔ ساتھ ڈبل روٹی تھی، روٹی نہ تھی۔

"ڈبل روٹی کے ساتھ کھاؤ۔"

وہ ڈبل روٹی کے ساتھ کھانے لگا۔ رب سچے نے جیسے مچھلی کے لیئے پانی بنایا ہے اور بھینس کے لوٹنے کو کیچڑ بنایا ہے۔ اسی طرح اس نے بندے کے لیئے اس کے وطن کی، اس زمین کی، خوراک اور روٹی پانی بنایا ہے۔ جس کے بغیر وہ رہ نہیں سکتا۔ کتنے دنوں بعد وہ آج پہلی بار دیسی کھانا کھا رہا تھا۔ اگرچہ ڈبل روٹی ٹوٹ جاتی تھی اور نوالہ ٹھیک سے نہیں بنتا تھا لیکن وہ تو بھوک سے اتنا بے چین تھا کہ صرف دال کے تڑکے والی خوشبو کے ساتھ بھی ڈبل روٹی کھا سکتا تھا۔ کھانے کے بعد وہ شخص اُسے اوپر ایک کمرے میں لے گیا۔ کمرے کے فرش پر سات آٹھ لوگ سو رہے تھے۔ درمیان میں دو تین رضائیاں خالی پڑی تھیں۔ کمرے میں گھٹن تھی، ایک مخصوص بُو تھی۔

"کہیں بھی سو جاؤ...." اس شخص نے کہا۔

"مہربانی بھائی جی...." برکت علی نے اس کا ہاتھ پکڑ لیا۔ "آپ نے مجھ پر دیسی کے ساتھ مہربانی کی۔ ربّ بھلا کرے اس گورے صاحب کا۔ وہ مجھے آپ کے پاس لے

آیا۔ آپ کا نام کیا ہے ؟"

"میرا نام نور بادشاہ ہے۔" وہ شخص بولا "تم سو جاؤ۔ سویرے بات ہوگی۔"

برکت علی نے دروازہ بند ہونے کی آواز سُنی۔ کمرے میں پہلے مکمل اندھیرا ہُوا۔ اور پھر شیشے کی کھڑکی میں سے سڑک کے کھمبے کی روشنی دھیرے سے اترنے لگی۔ اس نے ٹٹول ٹٹول کر قدم اٹھایا اور ایک خالی رضائی میں جا لیٹا۔ کوئی خراٹے لے رہا تھا۔ اور کوئی بُو دے رہا تھا۔ پتہ نہیں وہ کون تھے؛ اور وہاں کیا کر رہے تھے۔ برکت علی کے ذہن میں ایک عجیب خیال آیا کہ وہ سب مرے ہوئے ہیں، وہ بھی جو خراٹے لے رہا ہے..... دراصل اس کا منہ کھُلا ہوا ہے اور خراٹوں کی آواز اس کا واہمہ ہے۔ اس کے بدن پر پسینے کی ایک تہہ تیری۔ پھر کسی نے کروٹ بدلی اور ایک گالی دی کسی کی ماں بہن کو، نہیں وہ زندہ تھے۔

بہت دنوں بعد وہ زمین پر سو رہا تھا، ورنہ سمندری جہاز میں تو وہ قریباً جاگتا رہا تھا۔ کیونکہ وہاں میدان ایسا سکون اور امن نہ تھا بلکہ شور تھا اور ہر وقت معاملہ ڈانواں ڈول ہوتا رہتا تھا۔ سونے سے پیشتر اسے بشیراں کا خیال آیا اور پھر اکرم کا خیال آیا۔ اکرم اس کا بیٹا تھا۔ وہ صرف بشیراں کا ہی تو نہیں تھا اور وہ اسے بھی اس کی ماں کی وجہ سے چھوڑ کر چلا گیا تھا۔ جتنا عرصہ وہ جوہراں کے ساتھ باغوں میں رہا اکرم اسے کبھی ایک لمحے کے لئے بھی یاد نہ آیا..... اور اب جبکہ وہ سمندر پار تھا۔ اسے اپنا بیٹا یاد آ رہا تھا پھر جیسے پکا ہوا پھل ٹوٹ کر گرتا ہے۔ برکت علی تھکاوٹ سے ٹوٹ کر گہری نیند میں گر گیا۔

کمرے میں شراب کی اور ایک کچی متلی آور بو تھی اور چھوٹا رچرڈ ایک نیم تاریک کونے میں بیٹھا تھا۔ قریبی بستر میں کوئی لیٹا ہوا تھا۔

نور بادشاہ نے برکت علی کو تقریباً دھکیل کر اس کے آگے کیا۔

"یہ چھوٹا رچرڈ ہے ہمارا مالک مکان۔" نور بادشاہ کہنے لگا۔ "ہم سب اس کے کرائے دار ہیں۔ بڑا نیک آدمی ہے۔ ہر وقت اپنے کمرے میں پڑا رہتا ہے۔ عبادت وغیرہ کرتا رہتا ہے۔ میں نے سوچا تمہاری ملاقات کرادوں۔"

"سلام اے۔" برکت علی ذرا آگے ہو کر بولا۔ چھوٹا رچرڈ دراصل بہت بڑا تھا۔ بڑے ڈیل ڈول والا تقریباً ساڑھے چھ فٹ کا جمیکن حبشی، جو مشکل سے صوفے میں پورا آ رہا تھا۔ اس کے ہاتھ میں ایک چمڑے کی بنی ہوئی بوتل تھی جس میں سے وہ چسکیاں لیتا جاتا تھا..... پھر نور بادشاہ اور چھوٹا رچرڈ آپس میں باتیں کرنے لگے اور برکت علی کو صرف اتنا معلوم ہوتا رہا کہ وہ اس کے بارے میں گفتگو کر رہے ہیں۔

"میں نے تمہاری سفارش کی ہے۔" نور بادشاہ بولا۔ "چھوٹا رچرڈ نیک آدمی ہے کہتا ہے کہ میرے مکان میں جگہ تو نہیں ہے، لیکن یہ دیسی کہاں جائے گا... بس اب تم یہیں رہو گے۔ کمرے میں سو جانا۔ وہ کمرہ شفٹ والوں کا ہے۔ سویرے چلے جاتے ہیں اور ان کی جگہ رات کی شفٹ والے آکر سو جاتے ہیں۔ شام کو وہ کام پر چلے جاتے ہیں اور دن والے آجاتے ہیں..... کھانا پینا سب کا سانجھا ہے۔ ہفتے کے بعد حساب کر کے جو حصے میں آئے۔"

"پر میرے پاس تو پچاس روپے ہیں بس...." برکت علی کہنے لگا۔

"نوکری کا بندوبست بھی چھوٹا رچرڈ کر دے گا۔ کل صبح سے تمہاری نوکری لگ گئی ہے۔ فیکٹری میں یہاں ایک بلبیر سنگھ ہے وہ تمہیں لے جائے گا، اپنے ساتھ... ٹھیک ہے...."

"ہاں جی...." برکت علی ابھی تک حیران تھا کہ کیسے رب سچا اس کی مدد کر رہا تھا۔ فرشتے مل رہے تھے۔ پتہ نہیں فرشتوں کا رنگ کیسا ہوتا ہے۔ لیکن یہ چھوٹا

رچرڈ بھی فرشتے سے کم نہیں تھا

"تو تم بابو اپنے کمرے میں. گھر سے باہر نہ نکلنا۔ یہاں پولیس پکڑ لیتی ہے. کل صبح سے تمہاری نوکری شروع۔"

وہ دونوں سرخ رنگ کی دو منزلہ بس میں سوار تھے اور برکت علی باہر دیکھ دیکھ کر حیران ہو رہا تھا۔ سورج تو نظر نہیں آتا تھا۔ ابھی نیم تاریکی تھی۔ یہ بھی بڑی بڑی بلڈنگیں تھیں اور کیا صفائی اور ستھرائی تھی۔ بلبیر سنگھ اس کے ہمراہ تھا۔

"میں نے اپنے باپو سے کہا کہ باپو جا ہے واہگرو آپ آجائے اور میرے کیس پکڑ کر کھے کہ چل بلبیریا چل کھیتی باڑی کر..... تو میں نے تب بھی نہیں کرنی...." بلبیر اپنی نوجوان اور نرم داڑھی پر ہاتھ پھیرتا ہوا کہہ رہا تھا۔ "میرا من نہیں لگتا تھا کھیتی باڑی کرنے میں، ہل چلانے میں اور کھیتوں میں جنوروں کی طرح مشقت کرنے میں..... تو میں ناں وہاں سے نکل بھاگا..... میری بھرجائی بڑی اچھی تھی۔ وہ جانتی تھی کہ کھیتی باڑی میں میرا من نہیں لگتا۔ اس نے اپنی چار چوڑیاں سونے کی اتار کر مجھے دے دیں کہ تو جا.... میں بھگت لوں گی۔ میں بمبئی آیا۔ وہاں سے ٹکٹ کٹا کر سیدھا یہاں.... چھ مہینے ہو گئے ہیں اسی فیکٹری میں۔ پہلے کہیں اور رہتا تھا۔ اب ادھر چھوٹے رچرڈ کے ڈیرے پر آگیا ہوں۔ واہ واہ رونق رہتی ہے۔ ہندوستانی، پاکستانی، بنگالی، پنجابی سارے مل جاتے ہیں.... تو کہاں سے آیا ہے؟"

"چک جوگیاں سے...."

بلبیر نے اس کی طرف غور سے دیکھا اور پھر قہقہہ مار کر ہنسنے لگا۔ "واہ اوئے جوگی" اس کے بعد بلبیر نے اسے کبھی نام سے نہیں پکارا بلکہ ہمیشہ اوئے جوگی ہی کہا۔

جس فیکٹری میں برکت علی کو ملازمت ملی وہاں "کباب" بنتے تھے۔

بڑی بڑی مٹیوں میں گوشت ڈالتے تھے۔ پھر اس گوشت کا قیمہ بنتا تھا۔ اس میں کوئی مسالحے ملاتے تھے اور پھر بھیڑ بکری کی آنتوں میں اس قیمے کو بھر کر گرہ لگا دیتے تھے..... کام گندا تھا اور فیکٹری میں کچے گوشت کی بُو ہر وقت پھیلتی تھی اور نتھنوں میں گھستی تھی۔ یہاں کام کرنے والوں کی اکثریت غیر ملکی تھی۔ سوائے بڑے فورمین کے سب کے سب پاکستانی، ہندوستانی اور جمیکن تھے۔ مزدوروں کی کل تعداد ڈیڑھ سو کے لگ بھگ تھی.... فیکٹری کے مختلف حصّے تھے۔ ان میں جہاں گوشت کٹتا تھا اور مشینوں میں قیمہ ہوتا تھا وہاں بہت زیادہ بُو تھی اور اس حصّے میں کام کرنے والوں کے بدن بھی کچّے قیمے کی بُو سے رچے بسے ہوتے تھے.... دوسرے حصّے میں جہاں قیمہ آنتوں میں بھرا جاتا تھا حالات قدرے بہتر تھے۔ تیسرے حصے میں ان "کبابوں" کو پیک کیا جاتا تھا اور یہ فیکٹری کا صاف ترین علاقہ تھا اور پیکنگ کرنے کے لئے صرف عورتوں کو ملازم رکھا جاتا تھا۔ برکت علی کی ڈیوٹی دوسرے حصّے میں لگ گئی۔ اس کے لئے یہ کام زیادہ مشکل نہیں تھا۔ ایک ہی جگہ پر کھڑے ہو کر آنتوں میں قیمہ بھرنے پر کیا تھکاوٹ ہو سکتی ہے۔ وہ تو زمین کا سینہ چیرنے والا شخص تھا۔ سر پر بوجھ ڈھونے والا آدمی تھا۔ لیکن اس کے باوجود اسے یہاں تکلیف بہت تھی۔ اسے ہمیشہ سے کھلی فضا میں کام کرنے کی عادت تھی.... یہاں اس بند فیکٹری میں اس کا دم گھٹتا تھا.... بس یہی تکلیف تھی ورنہ کام تو آسان تھا۔ شام تک چائے کے لئے دو وقفے ہوتے اور ایک وقفہ کھانے کا ہوتا۔ جس کے دوران بلبیرا اسے کینٹین میں لے گیا۔ وہاں اسی نے اپنے پلّے سے اسے انگریزی کھانا کھلایا۔ یہ انگریزی کھانا ایسا تھا کہ چک جوگیاں کا کوئی اچھی نسل کا گھوڑا بھی اسے منہ نہ لگاتا۔ پتہ نہیں کیا گتا دا تھا.... نہ سواد.... نہ نمک مرچ اور نرا پانی والا کیچڑ جیسا۔ شام کو کام کے خاتمے کی گھنٹی بجی اور وہ دونوں باہر آ گئے۔

"گھر جانے سے پہلے تھوڑا سا سیر سپاٹا نہ ہو جائے؟" بلبیر کہنے لگا۔ "ویسے نور بادشاہ نے میری ڈیوٹی لگائی ہوئی ہے کہ اس ادّے جوگی کا خیال رکھنا، اِدھر اُدھر نہ ہو جائے۔"

"یہ نور بادشاہ کیا چیز ہے؟"

"یہ چھوٹے رچرڈ کا ملازم ہے..... اس کے کام کرتا ہے..... اچھے بُرے سبھی، لیکن آدمی بُرا نہیں..... آؤ چلیں..." سامنے ایک دوکان تھی، جس کے باہر بورڈ لگے ہوئے تھے جن پر گھوڑے اور شیر بنے ہوئے تھے۔ بلبیر نے اس کا ہاتھ پکڑا اور اندر لے گیا..... اندر بڑی رونق تھی۔ میزیں تھیں جن کے گرد انگریز بوڑھے بیٹھے کچھ پی رہے تھے اور لکڑی کے تختے کے ساتھ کرسیاں جوڑے نوجوان لڑکے لڑکیاں تھے۔

"بیئر پیو گے؟" بلبیر نے پوچھا۔

"کیا.....؟" برکت علی مسکرایا

"اوئے جوگی..... دارو..... دارو نہیں جانتا؟ تینوں مین گے نصیباں والے تے دارو دیئے بند بوتلے....."

اور تب برکت علی نے جان لیا کہ وہ شراب کی بات کر رہا ہے۔ چک جوگیاں میں بھی ایک بھٹی تھی دیسی شراب کی اس لئے وہ جانتا تھا کہ شراب کیا ہوتی ہے۔

"نہیں..... میں نے نہیں پینی....." برکت علی نے سر ہلایا۔

"لے تو ہمارا یار نہیں.....؟"

"نہیں..... میں نے بالکل یہ کام کرنا ہی نہیں....." برکت علی ایسے خوفزدہ ہوا جیسے بلبیر اسے زبردستی پلا دے گا۔

چلو ہم دیکھتے ہیں..... آج پہلا دن ہے..... دیکھتے ہیں مہینہ دو گزر یں گے تو کیا

کہو گے .... پھر تو کہو گے کہ بلبیر یا پل اوئے اک گھُٹ پیا دے ..... پر ٹھیک ہے نہ پی ....."

بلبیر نے جلدی سے بیئر کے دو بڑے بڑے مگ اپنے اندر پھینکے اور مونچھیں سنوارتا باہر آگیا۔ "ہا ...." اس نے ایک ڈکار لیا۔ "سوہنہ گرو کی اب میمیں پیاریاں لگ رہی ہیں اوئے جو گی ....."

بلبیر نے پی تو زیادہ نہیں تھی، لیکن وہ اداکاری زیادہ کر رہا تھا اور خواہ مخواہ جھوم رہا تھا اور راہ چلتے لوگوں کو چھیڑ رہا تھا۔ اکثر لوگ اسے دیکھ کر مُسکراتے اور کچھ نوجوان اسے غصّے سے دیکھتے۔

گھر پہنچ کر اس نے کھانا کھایا، جو پہلے سے تیار تھا ..... یہ کھانا نور بادشاہ کی نگرانی میں تیار ہوتا تھا اور اس مکان میں رہنے والے اس کی قیمت ادا کر دیتے تھے۔ البتہ برتن دھونا سب کی مشترکہ ذمہ داری تھی .... باورچی خانے کے ساتھ ایک چھوٹا سا سٹور نما کمرہ تھا۔ جس میں ایک پرانا ٹیلی ویژن پڑا ہوا تھا۔ ظاہر ہے برکت علی کے لئے یہ ایک عجوبے سے کم نہیں تھا۔ صرف ایک مرتبہ وہ غلام علی کے ہمراہ لاہور میں میکلوڈ روڈ پر "منڈوا" دیکھنے گیا تھا .... اور اسے بڑا اچھا لگا تھا کہ بندہ ایک ہی جگہ پر بیٹھا بیٹھا کبھی ہنس لے اور کبھی رو لے ..... اور ساتھ میں ناچتی ہوئی زنانیاں بھی دیکھ لے اور گانے بھی سُن لے ..... پر یہاں تو گھر میں سارا کچھ ہو رہا تھا اور بالکل مفت ..... وہ خاصی دیر تک بیٹھا رہا ..... اس کے ساتھ چار پانچ اور پاکستانی تھے لیکن انہوں نے اس کے ساتھ کوئی بات چیت نہیں کی۔ صرف بلبیر اس کے کندھے پہ ہاتھ رکھ کر کبھی کبھی نعرہ لگا دیتا۔

"اوئے جو گی ....." اور یہ نعرہ وہ تب لگاتا جب ٹیلی ویژن میں چلنے والی فلم میں مرد عورت کا منہ چومنے لگتا۔

سارا دن فیکٹری میں کباب بھرنا۔ پھر بلبیر کے ساتھ اس ہوٹل میں جا کر اسے دد نگ چڑھاتے ہوئے دیکھنا اور شام کو ٹیلی ویژن کے سامنے۔ بلبیر کے نعرے "ادستے ہوئے" اور یوں ایک ہفتہ گزر گیا۔

تنخواہ کا لفافہ اس کے ہاتھ میں تھا.... یہاں ہفتہ وار تنخواہ ملتی تھی..... اب تک فیکٹری آنے کے لئے بس کا کرایہ بلبیر ادا کرتا تھا.... اس نے حساب لگایا۔ اس نے کیا بلبیر نے حساب لگایا۔ کیونکہ یہاں روپے چونی اور آنے دونی کا معاملہ نہیں تھا، بلکہ پونڈ اور شلنگاں چلتے تھے جو اس کی سمجھ میں نہیں آتے تھے...... بہرحال سات شلنگاں تو بس کا کرایہ تھا اور ان کے علاوہ ایک روز اس نے میٹھی گولیوں کا ایک پیکٹ لیا تھا اس کا ایک شلنگ تو کل آٹھ شلنگاں ادا کر کے اس کے پاس ساڑھے پانچ پونڈ بچ گئے۔

"بڑی تنخواہ ہے بھئی ولایت میں...." برکت علی نے روپوں میں حساب لگا کر مسکراتے ہوئے کہا۔

"بھاپے، ابھی خرچ نہ کرنا۔ پہلے گھر جا کر چھوٹے رچرڈ کی ہتھیلی پر رکھو پھر اس میں سے کچھ لینا....." بلبیر کا لہجہ بے حد سنجیدہ تھا۔

"کیوں؟" برکت مسکرائے جا رہا تھا" میری اپنی کمائی ہے۔ چھوٹے رچرڈ کو کیوں دوں۔ ہاں کرایہ جو بنے گا وہ۔"

"میری بات مان لے اوئے جو گی۔" بلبیر نے دکھی ہو کر کہا۔

شام کو جب وہ گھر پہنچا تو نور بادشاہ نے پہلا سوال تنخواہ کے لفافے کے بارے میں کیا کہ وہ کہاں ہے..... اور پھر اس کا ہاتھ پکڑ کر چھوٹے رچرڈ کے کمرے میں چلا گیا.... چھوٹا رچرڈ اپنی کرسی پر بیٹھا اسی چمڑے کی بوتل میں سے چسکیاں لے رہا تھا اور موسیقی سن رہا تھا۔ بستر میں کوئی بدن کسمسا رہا تھا۔

تنخواہ کا لفافہ چھوٹے رچرڈ کے آگے رکھ دو برکت علی۔" نور بادشاہ کے لہجے میں

سختی تھی۔

"یہ کیوں؟"

اس پہ چھوٹے رچرڈ نے انگریزی میں گرج کر کچھ کہا اور نور بادشاہ نے اس کے جواب میں سر جھکا کر پتہ نہیں کیا کہا۔ پھر وہ برکت علی کی طرف متوجہ ہوا: "سن بھائی میرے تم جہاز سے اتر کر باہر کھڑے تھے اور تمہیں کچھ پتہ نہیں تھا کہ تم نے کہاں جانا ہے۔ کہاں کھانا ہے۔ کہاں ٹھہرنا ہے اور نوکری کہاں کرنی ہے..... ٹھیک؟"

"ہاں جی۔"

تو ہمارے بندے نے تمہیں وہاں سے اٹھایا اور اپنی ٹیکسی پہ بٹھا کر یہاں لے آیا اور وہاں سے یہاں تک ٹیکسی کا کرایہ بنا تھا ایک سو دس پونڈ۔"

"ایک سو دس پونڈ ٹیکسی کا کرایہ؟" برکت علی کا منہ کھل گیا۔

"اور کیا وہ تمہارے باپ کی سواری تھی جس پہ بیٹھے تھے اور ڈرائیور کار چلاتا ہوا صاحب جی کو یہاں لایا تھا، تو وہ ایک سو دس پونڈ چھوٹے رچرڈ نے ادا کئے..... اور اس کی رسید میرے پاس ہے۔ تمہیں بتایا تھا کہ آدمی نیک اور پرہیز گار ہے۔ ورنہ پلے سے اتنی بڑی رقم کون ادا کرتا ہے..... پھر ایک ہفتے کے لئے کھانے کا خرچ دو پونڈ اور رہنے کا خرچ ایک پونڈ۔"

"ہاں کھانے اور رہنے کا خرچہ تو میں نے دینا ہے۔" برکت علی نے تنخواہ کا پیکٹ نکال کر چھوٹے رچرڈ کے سامنے رکھ دیا۔

"تو اس میں سے تین پاؤنڈ رہائش اور کھانے کے..... اور باقی ڈھائی پاؤنڈ کٹ گئے تمہارے کرائے کی قسط میں۔ اور کل ادائیگی اس حساب سے ہو جائے گی تقریباً دس گیارہ مہینوں میں، انشاءاللہ۔"

برکت علی چھوٹے رچرڈ کے کمرے سے باہر نکلا تو اسے اچھی طرح معلوم ہو چکا تھا کہ وہ

اگلے ایک برس کے لئے ان لوگوں کا غلام ہے اور وہ اس سلسلے میں کچھ نہیں کر سکتا تھا بعد میں اسے معلوم ہوا کہ چھوٹے رچرڈ کا یہی پیشہ تھا۔ ٹیکسی والا صرف بیس پچیس پونڈ لیتا تھا اور رسید ایک سو دس پونڈ کی دیتا تھا۔ رہائش اور کھانے کا خرچہ بھی وہ دُوگنا وصول کرتا تھا اور اس کے علاوہ اس مکان میں رہنے والے ہر شخص کی ڈیوٹی لگتی تھی کہ وہ ہفتے کی ایک شام ایک گھنٹے کے لئے چھوٹے رچرڈ کا جسم دبائے۔ اسے جسم دبوانے کی لت ایک ایسے شخص نے ڈالی تھی جو ایک پہلوان کا مالشیا رہ چکا تھا اور اب اس کا گزارہ اس کے بغیر نہیں ہو سکتا تھا.... اور جتنا وہ نیک اور عبادت گزار تھا، اس کے بارے میں بھی برکت علی اچھی طرح جان گیا تھا۔

اس شام بلبیر اسے پھر "پب" میں لے گیا۔ کیونکہ یہ ہفتے کی شام تھی اور انگریز جو کمائی سارا ہفتہ کرتا ہے وہ ہفتے کی شام پانی کی طرح بہا دیتا ہے۔ لیکن پانی پہ نہیں بہاتا، شراب پہ بہاتا ہے۔

"دیکھ بھاپے تو اپنے دل پہ نہ لگا کسی بات کو...." بلبیر نے بیئر کا ایک گھونٹ بھرا۔ پھر منہ میں اس کا ذائقہ محسوس کر کے ایک چٹخارہ لیا۔ "میرے ساتھ بھی یہی کچھ ہوا تھا.... دو ہفتے پہلے میرا حساب صاف ہوا ہے ورنہ میں بھی ساری تنخواہ چھوٹے رچرڈ کو دے کر فقیروں کی طرح کرایہ اور بیئر کے مگ کے لئے پیسے مانگتا پھرتا تھا۔ دراصل ہمیں اپنے ان پڑھ ہونے کی قیمت ادا کرنا پڑتی ہے۔ ہمارے ماں پیو اگر چار جماعتیں پڑھا لکھا دیتے تو ہم چھوٹے رچرڈ جیسے شیطانوں کے چنگل میں نہ پھنستے.... کبھی تو میں سوچتا ہوں کہ یہ واقعی نیک آدمی ہے۔ ٹھیک ہے بے ایمان ہے۔ پر یہ بھی تو دیکھو کہ چھت اور کھانے پینے کا انتظام کرتا ہے۔ نوکری کا بندوبست کر دیتا ہے۔ اگر وہاں سے وہ گورا ٹیکسی ڈرائیور تمہیں نہ اٹھاتا تو پھر تم کیا کرتے؟ بولو کیا کرتے؟"

"پتہ نہیں۔"

"ہو سکتا ہے بھوکے مر جاتے۔ سردی سے اکڑ جاتے۔ کسی اور کے پلّے پڑ جاتے جو چھوٹے رچرڈ سے بھی زیادہ بُرا ہوتا۔"

"ہاں آں۔" برکت علی نے سر ہلایا۔ "شاید تم ٹھیک ہی کہتے ہو۔"

"اوئے جوگی اوئے۔" بلبیر نے نعرہ لگایا۔ "پھر آج بیئر چکھ لے۔"

"یہ کام نہیں ہونا۔" برکت مُسکرایا۔ "پر تو بناشک اپنی مت مار لے، مجھے کوئی اعتراض نہیں۔"

"اوئے جوگی اوئے۔" بلبیر نے ایک اور نعرہ لگایا اور بیئر کا پورا مگ حلق میں انڈیل لیا۔

پھر جس طرح سات دن گزر رہے تھے، اسی طرح مہینے گزرنے لگے۔

برکت علی سب کے ساتھ سلام دعا لیتا لیکن اس سے زیادہ نہیں۔ اس مکان میں رہنے والوں کا خیال تھا کہ وہ بد دماغ ہے، اس لئے کسی سے دوستانہ نہیں رکھتا... لیکن ایسا تو نہیں تھا..... وہ صرف بلبیر کے ساتھ اٹھتا بیٹھتا..... البتہ یہ ہوا کہ چھوٹے رچرڈ کی منت کر کے اس نے اپنی تنخواہ میں سے دس شلنگ حاصل کرنے شروع کر دیئے تھے اور ان سے وہ ہفتے کا خرچ چلاتا.... پھر کبھی قمیض خرید لیتا اور کبھی سیل میں سے سستا سویٹر یا بوٹ وغیرہ۔ پھر اس نے ایک سٹور کے باہر لکھا دیکھا۔ اس نے لکھا تو کیا دیکھنا تھا۔ کسی نے اسے بتایا کہ ہفتے کی صبح کو جو پہلا گاہک سٹور میں داخل ہوگا اسے وہ سوٹ صرف دس شلنگ میں دے دیا جائے گا۔ چنانچہ وہ اور بلبیر جمعہ کی رات کو سٹور کے دروازے کے پاس جا کھڑے ہوئے..... صبح سویرے بہت سارے لوگ آئے۔ کچھ نوجوانوں نے انہیں ڈرانے دھمکانے کی کوشش بھی کی۔ لیکن وہ اپنی جگہ سے ٹس سے مس نہ ہوئے۔ سٹور کھلا اور برکت علی نے دس شلنگ میں وہ سوٹ خرید لیا جو کم از کم سولہ سترہ پونڈ کا تھا۔

اسی شام اس نے اپنی زندگی میں پہلی بار سوٹ پہنا۔ ٹائی بلبیر کی تھی۔

"چل پھر بھاپے پب میں چلیئے۔" بلبیر نے اس کے کندھے پہ ہاتھ مار کر کہا۔ "آج تو سوہنہ گرو کی سارے ولایت کی میمیں پھڑک پھڑک کر تمہارے پیروں میں پڑ جائیں۔ اتنے سوہنے لگ رہے ہو، سوٹ اور ٹائی میں۔"

پَب میں کچھ وقت گزارنے کے بعد وہ ایک مقامی ناچ گھر "پیلس" میں چلے گئے یہاں پہنچ کر برکت علی ہکا بکا رہ گیا۔ یہ تو پرستان تھا۔ بینڈ والوں کی آواز پورے ہال میں گونج رہی تھی اور بے شمار جوڑے لکڑی کے فرش پہ ناچ رہے تھے۔ لڑکیاں بنی ٹھنی تھیں، اس طرح کہ پریاں کیا ہوں گی اور انھوں نے ایسی ایسی خوشبوئیں چھڑکا رکھی تھیں، اپنے ڈھکے ان ڈھکے بدنوں پہ کہ ہر طرف لپٹیں ہی لپٹیں تھیں۔ بلبیر پب میں سے اپنی مت مار کر آیا تھا اور برکت علی کی ناچ گھر میں پہنچ کر مت ماری گئی۔

"لے بھاپے تو بیٹھ اور میں ذرا ناچ گانا کر لوں۔" بلبیر کی نظریں لڑکیوں پہ رُکتی اور چلتی تھیں..... رُکتی اور چلتی تھیں۔

"تجھے ناچ آتا ہے؟"

"آہو۔" بلبیر ہنسا "اوئے جوگی اوئے" وہ قہقہہ مار کر ہنسا "دو چار بار آؤ گے تو تم بھی سیکھ لو گے۔ اس میں ہے کیا؟ وہی اپنا پنجابی بھنگڑہ ہے..... دونوں ہاتھ اوپر اور..... بَلّے بَلّے..... بَلّے۔" بلبیر ہاتھ اوپر کئے اور بَلّے بَلّے کے نعرے لگاتا ہوا چلا گیا..... ہجوم میں بے شمار غیر ملکی نوجوان تھے۔ ان میں حبشی زیادہ تیز اور جی دار تھے۔ اور وہ کسی انگریز لڑکی کا ہاتھ تھام کر اسے ناچ کے لئے پوچھ لیتے تھے جبکہ ہندوستانی اور پاکستانی ذرا سہمے ہوئے تھے کہ کہیں باجی ناراض نہ ہو جائیں۔ برکت علی اس پرستان میں گم تھا اور سوچ رہا تھا کہ چک جوگیاں کیا چیز ہے اس لنڈن کے سامنے۔ ساری عمر وہاں گنوا دی اور اب جا کر نصیب کھلے ہیں..... اور پھر اسے بشیراں یاد آتی تو اس

نے اسے اپنے ذہن سے نوچا اور وہ چمٹی تھی اور اس نے اسے کھینچا اور وہ فریاد کرتی تھی اور اس نے اسے جھٹکا لیکن وہ الگ نہ رہتی تھی..... اور اس نے اقرار کیا کہ جوگ جوگیاں ہی سب کچھ ہے اور یہ سب کچھ سایہ ہے، اس کا وجود نہیں۔

"ہیلو۔" ایک نوجوان انگریز لڑکی جس کے بال بھورے اور گھنگھریالے تھے اور وہ تھوڑی سی نشے میں تھی، کیونکہ اپنے ساتھی لڑکے کے کندھے پر جھکتی تھی، رُکی اور برکت علی کو دیکھ کر مسکرائی اور پھر ناچ کرنے کے لئے چلی گئی۔

"یہ کون ہے بھئی۔" اس نے اپنے آپ سے سوال کیا اور کوئی جواب نہ آیا۔

رقص کا اختتام ہوا تو وہ پھر اس کے قریب سے گزری: "ہیلو" اس نے کہا اور پھر اپنے ساتھی کے ساتھ لٹکتی ہوئی چلی گئی۔

"اوئے جوگی اوئے۔" بلبیر ہانپتا ہوا آیا اور کرسی پر ڈھیر ہو گیا۔ "لے بھئی میرا کام بن گیا ہے۔"

"کون سا کام؟" برکت علی نے چونک کر کہا۔

"وہی لڑکی والا۔ بڑی چھچھوندر قسم کی شے ہے سوہنہ گرو کی۔ باہر انتظار کر رہی ہے لو پھر رب راکھا۔" یہ کہہ کر بلبیر اٹھا اور جھومتا ہوا چلا گیا۔

"اوئے.... اوئے بلبیریا۔" برکت علی فوراً اٹھا اور اس کے پیچھے بھاگا۔ بلبیر ابھی صدر دروازے کو عبور کر رہا تھا کہ برکت علی نے اسے جالیا۔ "تو کہاں جا رہا ہے؟"

"بتایا نہیں۔ تیری پھپھی سے ملنے جا رہا ہوں۔"

"پر میں گھر کیسے جاؤں گا؟" برکت علی نے احتجاج کیا۔ "مجھے تو یہ بھی پتہ نہیں کہ وہاں کیسے جاتے ہیں.... میں تو گم ہو جاؤں گا۔"

"بچے تو ولایت میں ہے۔" بلبیر اب غصے میں تھا۔ "گھر کیسے جاؤں گا۔ کاکا ہے تو.... بیٹھ جا سینتیس نمبر پہ اور آخری سٹاپ پہ اُتر کر چھوٹے رچرڈ کے گھر کا پوچھ لینا۔"

صدر دروازے کے باہر ایک موٹی اور بدہیئت عورت کھڑی تھی، جو بلبیر ایسے نوجوان اور تروتازہ سکھ کو دیکھ کر کھل اٹھی۔ وہ دونوں کمر میں ہاتھ ڈالے ہنستے ہوئے چلے گئے۔

برکت علی بڑی مشکل سے گھر پہنچا..... کمرے میں حسبِ معمول کچھ لوگ سو رہے تھے کچھ شیو بنا رہے تھے۔ کچھ تاش کھیل رہے تھے۔ ایک بوڑھا بیئر پی رہا تھا اور کوئی پرانا فلمی گانا الاپنے کی ناکام کوشش کر رہا تھا۔ سب نے اسے دیکھا۔ اس کے نئے سوٹ کو دیکھا اور پھر اپنے اپنے کاموں میں مشغول ہو گئے۔ اس دوران میں نور بادشاہ آگیا۔

"برکت علی تو کہاں گیا تھا۔ آج تیری باری ہے بھائی۔"

"کس شے کی باری؛ پانی دینے کی؟" برکت علی نے مسکراتے ہوئے پوچھا۔

"چھوٹے رچرڈ کا بدن دبانے کی۔"

تب اسے یاد آیا کہ نور بادشاہ نے بہت دنوں سے کہہ رکھا تھا کہ اس ہفتے اسے ہر صورت اپنی باری دینی ہے ورنہ چھوٹا رچرڈ اسے گھر سے نکال دے گا۔ کپڑے بدل کر وہ نیچے چلا گیا..... چھوٹا رچرڈ اپنے کمرے میں تھا اور حبشی گلوکارہ ایلا فزجیرلڈ کا بڑا ریکارڈ سن رہا تھا..... اس کے ہاتھ میں چمڑی بوتل تھی۔ برکت علی آگے ہوا، اور شراب کی بو اس کے نتھنوں کو چیر گئی..... بستر میں کوئی کسمسایا۔ دراصل اس کمرے میں روشنی نہ ہونے کے برابر تھی اور کچھ پتہ نہ چلتا تھا کہ وہاں کیا کیا ہے؛ اور کون کون ہے۔

"بیٹھو۔" چھوٹے رچرڈ نے اردو میں کہا اور برکت علی ساتھ والی کرسی میں بیٹھ گیا۔

تب چھوٹے رچرڈ نے اپنی بھاری ٹانگ اس کی گود میں رکھ دی "دابو۔"

برکت علی اس کی ٹانگ دابنے لگا۔ اسے یہ کام اچھا نہ لگا۔ لیکن مجبوری تھی۔ ابھی اس کا قرض ختم ہونے میں دو ماہ باقی تھے۔

"ہیلو ہنی۔" بستر کی طرف سے ایک آواز آئی۔

"شٹ اپ۔" چھوٹے رچرڈ نے کہا۔

بستر کے کمبل یکدم ہوا میں اُچھلے اور وہاں وہ کھڑی تھی: "تم نے یہ مجھ سے کہا؟" وہ کولہوں پر ہاتھ رکھے کھڑی تھی۔

برکت علی نے ادھر دیکھنا مناسب نہ سمجھا کیونکہ اگر اسے شرم نہیں آرہی تھی، عورت ذات ہوتے ہوئے تو بندہ خود ہی قیاس کر لے۔

"میں نے کہا ناں کہ آرام سے لیٹی رہو۔" چھوٹا رچرڈ گرجا۔ برکت علی نے اس کی ٹانگ کو دابنا چھوڑ دیا۔ "اور تم دابتے رہو۔" برکت علی پھر اپنے کام میں مگن ہو گیا۔

"میں اور کرتی کیا ہوں اس بستر میں سوائے لیٹنے کے۔" وہ لڑکی تلخی سے بولی۔ "تم یہاں بیٹھ کر شراب پیتے رہتے ہو اور ان بے چارے ایشین سے بدن دلواتے رہتے ہو، اور خود کسی کام کے نہیں...... سُنتے ہو، تم بے کار ہو۔"

"تم ایک کُتیا ہو؟" چھوٹا رچرڈ اپنی ٹانگ چھڑا کر کھڑا ہو گیا۔ اس کے ہاتھ میں ایک لمبا چاقو تھا۔ "میں تمہیں بتاتا ہوں کہ میں بے کار ہوں یا نہیں۔"

"عورت پر چاقو وہی لوگ استعمال کرتے ہیں جن کے پاس استعمال کرنے کو اور کچھ نہ ہو۔" وہ ڈری نہیں، اسی طرح الف کھڑی رہی۔

"چھوٹے رچرڈ صاحب!" برکت علی اتنی دیر میں دروازے تک پہنچ چکا تھا: "میں چلتا ہوں، اجازت۔" اور وہ چھلانگ لگا کر کمرے سے باہر آ گیا اور باہر بلبیر کھڑا جھوم رہا تھا۔

"اچھا ہوا تم آ گئے۔ مجھے اپنا کمرہ نہیں مل رہا تھا۔" بلبیر کی حالت بہت بُری تھی۔ "جب کمرہ مل گیا تو میں گُم ہو گیا..... یار..... اوئے جوگی اوئے... تم ذرا میری مدد کرو اور مجھے اور میرے کمرے کو تلاش کر دو..... تم نے وہ میم دیکھی تھی ناں..... کیسی تھی.....؟ قسم سے مدھوبالا کی ماسی تھی..... اور کیا ماسی تھی..... پتہ ہے اس نے کیا کیا کرتب

دکھائے، اوئے جوگی اوئے۔"

برکت علی نے اسے سہارا دیا اور کمرے میں لے گیا..... وہاں پہنچ کر بلبیر نے رونا شروع کر دیا۔ برکت علی نے کچھ منت سماجت اور ایک تھپّڑ کے ذریعے اُسے چپ کرایا۔

اگلے روز چھٹی تھی اور وہ دیر تک سوتے رہے۔ بیدار ہونے پر بلبیر اٹھا اور برکت علی کے سامنے ہاتھ باندھ کر کھڑا ہو گیا "اوئے جوگی معاف کر دے بھائی۔"

"کس بات کی معافی مانگ رہے ہو؟"

"اوہو۔ غلطی ہو گئی۔" بلبیر بیٹھ گیا۔ "اس کا مطلب یہ ہے کہ رات میں نے کوئی ایسی حرکت نہیں کی جس کی معافی مانگی جانی چاہیئے۔"

"حرکت تو کی تھی۔" برکت علی مسکرانے لگا۔

بلبیر پھر کھڑا ہو گیا اور ہاتھ باندھ دیئے "یار مجھے معاف کر دو۔"

"معافی کس بات کی مانگ رہے ہو۔"

"جوگی اوئے۔" دراصل ہفتہ کی رات کو میں اپنی مت مار لیتا ہوں اور اگلی صُبح مجھے کچھ یاد نہیں رہتا کہ میں نے کس کے ساتھ کیا زیادتی کی تھی۔ تو پھر میں سب سے معافی مانگتا رہتا ہوں کہ شاید اس سے کچھ زیادتی کی ہو.... اگر میں نے تیرے ساتھ کوئی حرکت کی ہے تو معاف کر دے۔"

"معاف کیا۔" برکت علی نے اس کے دونوں کندھے پکڑ کر کہا "پر تو نے رات کو کچھ بھی نہیں کیا تھا، اور میرے ساتھ کوئی زیادتی نہیں کی تھی۔"

"لو تو پھر معافی کس بات کی منگوا رہے ہو اوئے جوگی؟" بلبیر ہنسنے لگا "ویسے تم سوٹ پہن کر بڑے شاندار لگ رہے تھے۔"

اس رات پہلی بار برکت علی نے اپنی گٹھڑی کھولی اور دیر تک اپنے تہمد کرتے، پگڑی

اور جوتوں کو دیکھتا رہا۔

عید کے دن ووکنگ کی مسجد پہ کسی پاکستانی قصبے کی جامع مسجد کا گمان ہوتا تھا۔ اچکن اور شلوار میں ملبوس پاکستانی، غراروں میں شان سے چلتی بیگمات، زرق برق لباس پہنے بچے، دیگوں میں پلاؤ اور زردہ۔ پاکستانی پرچم اور گانے۔

برکت علی نے پورے روزے رکھے تھے۔ فیکٹری میں ساتھی مزدوروں کے مذاق کرنے کے باوجود رکھے تھے اور بڑی مشکل سے رکھے تھے.... اسے سحری اور افطاری کے اوقات کا کچھ پتہ نہ تھا۔ چک جوگیاں میں تو ڈھول بجتا تھا۔ وہ بس اندازے سے اور نیت سے روزے رکھتا رہتا۔ عید کے دن اگرچہ اس کا ورکنگ ڈے تھا لیکن اس نے چھٹی کر لی تھی اور ووکنگ کی جامع مسجد میں نماز ادا کرنے کے لئے آ گیا تھا۔ اس کے آس پاس کوئی اس کا اپنا نہ تھا۔ پتہ نہیں کون کون کہاں سے آیا تھا، رزق روزگار کے لئے۔ دیس سے پردیس ہوئے تھے..... کیا کیا لوگ.... وہ بہت ہی تنہا اور بہت ہی خوفزدہ محسوس کرنے لگا۔ اس نے اپنا اکلوتا سوٹ پہن رکھا تھا اور سر پہ رومال رکھ کر نماز شروع ہونے کا انتظار کر رہا تھا۔ اسے یاد آیا کہ کئی بار وہ جمعہ کی نماز ادا کرنے کے لئے جہلم جایا کرتا تھا اور دریا کے کنارے مسجد کی سیڑھیوں پہ بیٹھ کر دریا کے پانی سے وضو کیا کرتا تھا۔

عید کی نماز کا وقت ہو گیا

نمازیوں میں پاکستانیوں کے علاوہ دنیا بھر کے ملکوں کے مسلمان تھے.....ان میں رنگ اور نسل کی کوئی قید نہ تھی۔

نماز شروع ہو گئی..... ایک خاموشی تھی جس میں ٹریفک کا شور اُبھرتا تھا یا ملبوسات کے سرکنے کی سرسراہٹ اور یا مولوی صاحب کی آواز "اللہ اکبر".... پھر سلام پھیرا گیا۔

اور لوگ ایک دوسرے سے عید ملنے لگے ..... برکت علی ایک طرف ہو کر کھڑا ہو گیا۔ اسے کس نے عید ملنا تھی..... اور وہاں کون تھا جس کے ساتھ وہ بغل گیر ہو سکتا۔ یہ ہے پردیس..... یہ ہے وطنوں سے دوریاں ..... عید مبارک، عید مبارک کی سرگوشیوں میں وہ تنہا کھڑا رہا اور پھر اس کی آنکھیں بھر گئیں ..... اور ہر شے ڈبڈبانے لگی، اور تب کوئی اس کے سامنے آیا۔ پل بھر کے لئے اسے غور سے دیکھا اور پھر "عید مبارک" کہہ کر اسے گلے سے لگا لیا ..... یہ غلام علی تھا۔

اُسے پہلے تو کچھ پتہ نہ لگا کہ یہ کون ہے جو مجھ سے گلے ملتا جا رہا ہے اور بار بار عید مبارک کہہ رہا ہے اور شائد رو بھی رہا ہے۔ لیکن اسے کچھ شک سا ہوا ..... یہ کہاں، نہیں نہیں یہ تو کوئی اس جیسا پاکستانی مزدور تھا جو عید کی نماز کے بعد تنہا کھڑا تھا کہ اس کا بھی وہاں کوئی جاننے والا نہ تھا اور جب اس نے برکت علی کو ایک کونے میں کھڑے دیکھا تو اس سے ملنے آ گیا۔ یہی ہو سکتا ہے اور کیا ہو سکتا ہے اور کون ہو سکتا ہے؟

لیکن پھر یہ ہوا کہ اس شخص نے اس کے دونوں بازو تھام کر کہا "اوئے بکو مجھے نہیں پہچانتے؟" اور وہ شخص رو رہا تھا اور مسکرا رہا تھا اور تب اس نے اسے پہلی مرتبہ غور سے دیکھا۔ وہ صورت شکل سے کوئی پڑھا لکھا شخص لگتا تھا۔ اس نے بڑا قیمتی سوٹ پہن رکھا تھا اور اس کی ٹائی چمکیلے سرخ رنگ کی تھی اور اس کا اپنا رنگ بھی سرخ ہو رہا تھا ..... اور پھر اس نے اسے جھنجھوڑ کر کہا تھا: "اوئے میں گامی ہوں ..... تمہارا یار غلام علی" اور تب برکت علی کو احساس ہوا کہ وہ کسے دیکھ رہا ہے اور اس کے سامنے کون کھڑا ہے ..... اور اس کا خون پہلے تو پاؤں کے آس پاس گرم ہوا اور پھر اُبلا اور اُبل کر گھٹنوں تک پہنچا اور وہاں سے سیدھا دماغ میں گرم اور اُبلتا ہوا اور بے مہار اور جاہل خون ..... "اوئے غلام علی ..... اوئے" اس نے آگے ہو کر دونوں ہاتھوں سے اس کی گردن دبوچ لی۔ "اوئے میں تیرا گاٹا اتار دوں گا ..... تیری میں ماں کو ....."

غلام علی کے آنسوؤں سے تر چہرے پر پہلے تو حیرت ظاہر ہوئی اور پھر خوف اور بے یقینی ..... اور اس نے ایک ہی جھٹکے سے اپنی گردن کو آزاد کیا اور بھاگ کھڑا ہوا۔ ابھی لوگ عید مل رہے تھے اور اپنی جوتیاں سنبھال رہے تھے کہ غلام علی انہیں دھکیلتا ہوا اندھا دھند بھاگنے لگا اور ..... برکت علی اس کے پیچھے پیچھے آتا تھا۔ گالیاں دیتا اور "اوئے میں تیرا گاٹا اتار دوں گا" کا شور مچاتا..... مسجد اور اس کے باہر جو لوگ کھڑے تھے انہوں نے سخت ناپسندیدگی سے ان دونوں کو دیکھا..... بلاشبہ ایسے ہی لوگوں کی وجہ سے انگلستان میں ہماری بدنامی ہوتی تھی..... لیکن غلام علی اپنی جان بچانے کو بھاگ رہا تھا اور برکت علی آتش انتقام کو سرد کرنے کی غرض سے نعرے لگاتا، اس کے پیچھے پیچھے تھا..... بازاروں میں اس وقت بہت کم لوگ تھے۔ کیونکہ یہ ورکنگ ڈے تھا اور فٹ پاتھ پر یا تو خانہ دار خواتین چہل قدمی کر رہی تھیں اور یا بوڑھے اور ریٹائرڈ لوگ وقت گزاری کی خاطر گھوم رہے تھے۔ ان سب نے بھی یوں اندھا دھند دوڑتے دو پاکستانیوں کو ناپسندیدگی کی نظر سے دیکھا..... اگلے چوک میں ایک بابی یعنی پولیس کا سپاہی پشت پر ہاتھ باندھے بڑے چین سے دھوپ سینک رہا تھا کہ آج پورے ایک ماہ بعد لنڈن کی دھوپ کے ساتھ آشنائی ہوئی تھی۔ اس کے کانوں میں کسی نامانوس زبان کے نعرے اترے اور اس نے دیکھا کہ دو بڑے خوش لباس غیر ملکی نوجوان فٹ پاتھ پر چلنے والوں کو دھکیلتے ہوئے، ایک دوسرے کو گالیاں دیتے بھاگے چلے جا رہے تھے..... بابی نے ایک ٹھنڈی سانس اس لئے بھری کہ اس کے آرام کے لمحات ختم ہو چکے تھے اور پھر بڑی پھرتی سے آگے بڑھا اور اگلے نوجوان کے سامنے کھڑا ہو کر اُسے رُکنے کے لئے کہا۔ نوجوان بے حد خوفزدہ تھا اور بار بار اپنے پیچھے آنے والے نوجوان کی طرف اشارہ کرتا تھا۔ اتنی دیر میں وہ بھی سر پر آن پہنچا اور بابی کے منع کرنے کے باوجود اس نوجوان سے اُلجھ پڑا..... یہ ظاہر ہو رہا تھا کہ وہ بہت غصے میں ہے، اور

دوسرا نوجوان صرف اپنا بچاؤ کر رہا ہے.... تب بابی نے کھانس کر دونوں کو خبردار کیا اور پھر غصیلے نوجوان کا ایک بازو اتنی قوت سے پکڑا کہ وہ درد کی اذیت سے دوہرا ہوگیا.... "میرا خیال ہے کہ آپ دونوں حضرات میرے ہمراہ پولیس اسٹیشن تشریف لے چلیں۔" بابی نے اطمینان سے کہا۔

وہ پچھلے چار گھنٹوں سے حوالات میں بند تھا اور یہ حوالات ایسی تھی کہ اپنے ملک کے کئی ہوٹلوں سے زیادہ آرام دہ تھی۔ گرم ٹھنڈا پانی تھا اور ہیٹر لگے ہوئے تھے۔ بہرحال وہ سلاخوں سے پرے ہو کر بیٹھا ہوا تھا اور غلام علی سلاخوں کو پکڑ کر اس کی منتیں کر رہا تھا "دیکھ برکت علی میں تیرا گنہگار ہوں..... وہ تین ٹن سریہ میں نے چرایا تھا، اور تیرے سرہانے سے رقم میں نے نکالی تھی۔ صرف اس لئے کہ مجھ پر ولایت کا بھوت سوار ہوگیا تھا..... میں صرف اس گھڑی کے لئے یہاں آیا تھا.... یار معافی دے دے۔"

"اوئے میں......" برکت علی دانت پیستا ہوا اٹھتا اور سلاخوں کے ساتھ بیٹھا ہوا غلام علی خوفزدہ ہو کر پیچھے ہٹ جاتا۔ "اوئے گامی میں نے رب رسول کی قسم کھائی ہوئی ہے کہ میں تیرا خون کر دوں گا۔ تو جائے گا کہاں؟ مجھے وہاں جیل میں چھوڑ کر آگیا تھا۔ ماں کا یار سمجھتا تھا کہ یہ تو یہاں پڑا پڑا سڑ جائے گا پر میں نے تمہیں ڈھونڈھ لیا ہے ناں۔ تو میں، چاہے تو کہیں بھی چلا جائے، تجھے تلاش کر لوں گا، اور تیرا میں گاٹا اتار دوں گا۔ میں آیا ہی اسی کام کے لئے ہوں۔ ورنہ میں اپنا وطن چھوڑتا تھا..... اوئے میں تیرا.."

اس طرح شور کرنے پر حوالات کے انچارج نے اسے تنبیہہ کی کہ ایسا نہ کرے ورنہ اسے الگ کمرے میں بند کر دیا جائے گا۔

"دیکھ بکو..... جو ہونا تھا وہ ہوگیا۔ میں ہاتھ جوڑتا ہوں۔" وہ ہاتھ جوڑ کر کھڑا ہو گیا۔ "دیکھ تجھے...."

"اوئے دفع ہو.....۔" برکت علی گرجا۔ "میں نے چھ مہینے جیل کاٹی ہے۔ سارا جگ مجھے چور سمجھتا ہے۔ اوئے میں نور دین کا پوترا اصغر تیری کرتوتوں کی وجہ سے بدنام ہوگیا ہوں۔ میں نے نہیں چھوڑنا تجھے....."

غلام علی بدستور ہاتھ باندھے کھڑا رہا۔ "میری غلطی ہے۔ ایک مرتبہ معاف کر دے۔ میں وعدہ کرتا ہوں کہ ساری حیاتی تیری غلامی کروں گا۔ تیری آل اولاد کی غلامی کروں گا....اور دیکھ میں مرنے سے نہیں ڈرتا۔ اگر تو نے مجھے مارنا ہے تو بنا شک مارے پر اس سے پہلے مجھے معاف کر دے۔"

"میں باہر آؤں گا تو مار دوں گا ناں؟" پہلے ادھر لاہور میں تو نے مجھے جیل میں بھیجا اور اب لنڈن میں تیری وجہ سے جیل میں ہوں۔ تو جائے گا کہاں گامی.....؟"

"ادھر دیکھ" غلام علی بدستور ہاتھ باندھے کھڑا رہا "تو مجھے معاف کر دے..... چل میری بھرجائی بشیراں کے نام پر معاف کر دے....."

"اوئے گامی.... مت نام لے اس چڑیل کا...." برکت علی پھر پاگل ہوگیا...." خبردار اس بدذات کی بات کی تو....."

"دیکھ برکت علی..... تجھے کچھ پتہ ہی نہیں کہ بشیراں کے ساتھ کیا ہوا.... میں جانتا ہوں کہ تو چک جوگیاں گیا تھا اور کھوئی کے قریب اللہ رتہ افیمی سے مل کر واپس آگیا تھا اور تجھے بھی یہی شک ہوا تھا کہ بشیراں..... پر ایسا نہیں تھا برکت علی، وہ کہیں نہیں گئی تھی۔ وہ وہیں تھی اس کھوئی میں....."

برکت علی کا منہ کھلا تھا اور وہ چپ تھا اور غلام علی اسے بتا رہا تھا کہ دہاں چک جوگیاں میں اس کے انتظار میں بیٹھی بشیراں کھوئی میں گر گئی تھی اور مر گئی تھی اور لوگوں نے کچھ اور سمجھا۔ غلام علی نے یہ بھی بتایا کہ یہ سب کچھ بھائی عنایت علی نے خط میں لکھا تھا اور یہ بھی لکھا تھا کہ برکت علی کا کچھ پتہ نہیں کہ وہ کہاں ہے اور کس حال میں ہے..... اور یہ کہ

بھائی عنایت علی ہر جمعرات کو بشیراں کی قبر پہ دیا جلاتا ہے اور اس سے پوچھ لیتا ہے کہ بہن جی کسی شے کی ضرورت تو نہیں۔

تیرا خیال ہے کہ میں اب تیرے کہنے میں آجاؤں گا....." بالآخر برکت علی نے دھیمی آواز میں کہا۔" نہیں، تو اپنی جان بچانا چاہتا ہے اس لئے بشیراں۔"

" میری جان کا بشیراں بھرجائی سے کیا تعلق....." غلام علی نے بھی ہولے سے کہا۔ "تو خود سوچ کہ مجھے یہ کیسے پتہ چل گیا کہ نو چک جوگیاں گیا تو تھا پہ اللہ دتہ افیمی سے ملنے کے بعد اور یہ جاننے کے بعد کہ بشیراں..... مجھے کیسے پتہ چل گیا گجو؟"

"گامی....." برکت علی کی بھرائی ہوئی آواز پولیس اسٹیشن میں گونجی۔" تو بکواس کرتا ہے، چل دفع ہو جا یہاں سے نہیں تو قسم قرآن پاک کی میں..... میں تمہیں زندہ نہیں چھوڑوں گا۔" اور یہ بھرائی ہوئی آواز مدھم ہو تی گئی۔" بشیراں..... وہ..... میں بھی کیسا خنزیر ہوں کہ میں نے بشیراں کے بارے میں یقین کر لیا..... بشیراں..... مجھے معافی دے دے۔ ہیں مجھے معاف کر دے۔" اب برکت علی، غلام علی سے پرے چلا گیا تھا۔ اس سے دور ہو کر وہ بشیراں کے دُکھ میں تھا۔ چنانچہ غلام علی اٹھا اور پولیس اسٹیشن کے انچارج کے ساتھ کوئی بات کر کے چلا گیا۔

وہ رات برکت علی پہ بڑی بھاری تھی..... وہ مرنا چاہتا تھا، اپنے آپ کو مٹانا چاہتا تھا، پر اس میں طاقت نہیں رہی تھی۔ وہ سوکھے ہوئے بوٹے کی طرح جہاں پڑا تھا، پڑا رہا اور اس کے آنسو اتنے تھے کہ رخساروں سے ڈھلک کر حوالات کے فرش پر گرتے تھے..... وہ ہولے ہولے سسکیاں لیتا تھا اور بشیراں کی تصویر مدھم ہوتی تھی، اور پھر اس کے سامنے اس کے رنگ شوخ ہو جاتے تھے اور پھر وہ گم ہو جاتی تھی۔

اسے کھانے کو کچھ دیا گیا، لیکن اس نے ادھر دیکھا تک نہیں۔

شام ہونے لگی تو ایک سپاہی نے حوالات کا دروازہ کھولا..... اسے باہر آنے

کو کہا۔ پولیس افسر کے کمرے میں غلام علی کھڑا تھا۔

"چل برکت علی..... میں نے تمہارا ضمانت نامہ داخل کروا دیا ہے۔ چل میرے ساتھ....."

"ہاں....." برکت علی نے سر ہلایا: "خود ہی اندر کرایا اور اب خود ہی مجھ پر احسان کر کے باہر نکلوایا۔"

"احسان کی بات نہیں..... میری طرف تو دیکھ یار۔" غلام علی آگے ہو کر بولا۔

"میں تجھے کہہ رہا ہوں کہ میرے پاس نہ آ۔ میں نے تیرا گاٹا اتار دینا ہے۔ میں نے رب رسولؐ کی قسم کھا رکھی ہے....." برکت علی نے اسے پیچھے کیا اور پولیس اسٹیشن سے باہر آ گیا..... باہر رات تو تھی پر جگمگاتی ہوئی اور دن سے زیادہ روشن رات تھی۔ وہ بس اسٹاپ کی جانب چلنے لگا..... غلام علی اس کے پیچھے پیچھے آ رہا تھا۔

"تو دفع ہوتا ہے کہ نہیں....." برکت علی نے رُک کر کہا۔

"تو جانتا ہے کہ میں نے تیرا پیچھا نہیں چھوڑنا..... جب تک تو مجھے معاف نہیں کر دیتا، مجھ پر سارا کچھ حرام ہے....." غلام علی نے بھرے بازار میں پھر ہاتھ جوڑ دیئے "میں نے بڑا ظلم کیا تیرے ساتھ، بڑا بُرا کیا..... پر تو بڑا بن اور مجھے معاف کر دے۔"

"تو میرا پیچھا چھوڑ دے..... خدا کے واسطے....."

"تو پھر معاف کر دے۔"

"اور اگر میں نہ کروں تو.....؟"

"تو میں بھی بابے نور دین کا پوترا ہوں تیری طرح..... میرے لئے آج سے کھانا پینا حرام ہے۔ جب تک تو مجھے معاف نہ کرے گا..... اور دیکھ میرے ساتھ میرے گھر چل۔ میرا اب یہاں ایک گھر ہے اور....." غلام علی رُکا اور پھر کچھ شرما کر کہنے لگا..... "اور میری گھر والی بھی ہے..... میم ہے....."

برکت علی نہ چاہتے ہوئے بھی مُسکرانے لگا۔ "ہیں سچ مچ کی میم ہے گامی ؟"

"آہو ....." غلام علی بھی مُسکرانے لگا۔ "سچ مچ کی گوری ہے۔"

"اور تیری گھروالی ہے ؟" برکت علی بے یقینی سے کہنے لگا۔

"کہہ جو رہا ہوں کہ آہو ..... یقین نہیں آتا تو چل گھر اور مِل لے اس سے۔ تیری بھرجائی ہے ...."

"اب بتا کہ اس سے پہلے تیری کوئی میم بھرجائی تھی ؟"

"غلام علی ...." برکت علی پھر چُپ سا ہوا "نہیں۔"

"معاف کردے۔" غلام علی نے اس کا ہاتھ پکڑ لیا۔ "اور گھر چل۔"

میگی، بھوسے کے رنگ ایسے بالوں والی، ایک نہایت واجبی شکل کی بے ڈول سی عورت تھی جو غلام علی کو گیم کہتی تھی اور اس کی جانب ہمہ وقت پیار بھری نظروں سے دیکھتی رہتی تھی..... اس کی شکل اور تعلیم میں جو کمی رہ گئی تھی، وہ اس کے حسنِ سلوک سے پوری ہو جاتی تھی۔ میگی ایک مہربان اور پرشفقت عورت تھی، جو کبھی خواب میں بھی غلام علی ایسے نوجوان اور خوش شکل خاوند کا تصوّر نہیں کرسکتی تھی۔ وہ ایسی لڑکی تھی جو بقول انگریزوں کے شیلف پر پڑی رہ گئی تھی۔ یعنی اس کی شادی کی عمر تو گزر چکی تھی۔ صرف اس لئے کہ وہ بہت واجبی تھی۔ لیکن غلام علی نے اسے شیلف سے اٹھا کر اس کے ساتھ شادی کر لی۔ وہ میگی کا مسیحا تھا۔ اودھر غلام علی کے لئے وہ ایک میم تھی۔ جو کم از کم اس کی نسبت زیادہ پڑھی لکھی تھی۔ کیونکہ وہ انگریزی بڑی روانی سے بولتی تھی اور وہ بہت عقلمند تھی، کیونکہ اس نے غلام علی اور اپنی محدود آمدن میں سے قسطوں پہ ایک مکان خرید لیا تھا۔ اس کے دو کمرے کرائے پر چڑھا رکھے تھے اور ان سے وہ ماہانہ قسط ادا کر دیتے اور ایک کمرے میں وہ خود قیام پذیر تھے۔ میگی نے اپنا گھر اپنی آمدن کے مطابق بہت نفاست سے سجا

رکھا تھا اور جب شام کو گیم کام سے لوٹتا تو وہ اسے گرم چاکلیٹ بنا کر دیتی اور وہ گاؤن پہن کر آتش دان کے سامنے بیٹھ کر اسے دھیرے دھیرے پیتا اور اپنی خوش بختی پر نازاں ہوتا.....

برکت علی چاکلیٹ کا مگ ہاتھ میں تھامے اس عورت کو دیکھ رہا تھا جو میم تھی اور اس کی بھرجائی تھی.....اور وہ اس سے بہت زیادہ باتیں نہیں کر سکتا تھا. کیونکہ اس کی انگریزی ابھی ابتدائی مراحل میں تھی اور تھینک یو اور ایکسکیوز می تک محدود تھی. البتہ گامی تو اس کے حساب سے فرفر بولتا تھا.

"کیوں پھر بکو..... ہے ناں میم تیری بھرجائی..... اس کا نام اصل میں مارگریٹ ہے یہاں کی شہزادی کے نام پر.....اور میں اسے میگی کہتا ہوں.....اور کبھی کبھی....." غلام علی پھر شرمایا۔"اور کبھی کبھی میں اسے پیار سے مہنگی بھی کہتا ہوں، اور اسے سمجھ نہیں آتی. دیکھ اب تو جہاں بھی رہتا ہے وہ مکان چھوڑ کر ہمارے پاس آجا..... اپنے بھرا کے گھر."

"یہ نہیں ہونا..... میں وہیں ٹھیک ہوں، چھوٹے رچرڈ کے پاس. میرا قرضہ بھی ختم ہو رہا ہے. پھر آزاد ہو کر شاید آجاؤں..... پر ابھی نہیں."

"قرضہ میں ادا کر دیتا ہوں..... میں نے....." وہ پھر شرمایا"میں نے تو تیرا قرضہ دینا ہے، جو میں نے تیرے سرہانے سے لیا تھا..... میں نے ویسے میگی کو سب کچھ بتا دیا ہے اور وہ کہتی ہے کہ ٹھیک ہے تم اپنے دوست سے معافی مانگ لو تو، سب ٹھیک ہے.....ہیلو میگی، ہاؤ آر یو؟"

میگی مسکرائی اور کہنے لگی." آئی ایم آل رائٹ گیم."

"دیکھا دیکھا" غلام علی خوش ہو کر کہنے لگا."میں نے انگریزی میں بات کی ہے تو پھر جواب دیتی ہے..... اور مجھے گیم کہتی ہے."

"گیم.....؟"

"آہو..... ان کے پاس اتنا ٹائم نہیں ہوتا کہ ہماری طرح پورا نام لیں..... تو غلام علی کہنے کی بجائے گیم کہتے ہیں..... تجھے کیا کہتے ہیں یہاں پہ؟"

"مجھے؟ مجھے ابھی تک تو کسی نے نام سے پکارا ہی نہیں.... سوائے تیرے۔"

"تیرا بھی کوئی انگریزی نام رکھنا پڑے گا۔ میں میگی سے پوچھوں گا تو یہ بتا دے گی۔"

وہ دونوں باتیں کرتے رہے۔ میگی ان کے درمیان میں تھی۔ بلکہ میگی ان کے اور چک جوگیاں کے درمیان میں تھی۔ کیونکہ ان کے اندر کھیت اور بڑے جوگی کا مزار۔ اللہ دتہ افیمی کے گنے، کھوئی اور پتہ نہیں کیا کیا کروٹیں لے رہا تھا..... واپس جانا چاہتے تھے۔ لیکن میگی کی موجودگی میں وہ ایسا نہیں کر سکتے تھے۔

عید کے لئے خاص طور پر غلام علی نے اپنے ہاتھ سے چینی کا حلوہ بنایا ہوا تھا۔ اور میگی نے ایپل پائی بنائی ہوئی تھی، جو کھٹے سیبوں کی وجہ سے تھوڑی کھٹی تھی۔

کھانے کے بعد غلام علی اسے بس اسٹاپ تک لے گیا۔ دونوں چپ کھڑے رہے کبھی کبھار وہ ایک دوسرے کو دیکھتے کہ ہم کیا تھے اور اب کیا ہیں؟ کیا ہم وہی ہیں، جو کرتے تہمد اور پگڑی میں ہوا کرتے تھے، اور اب پردیس میں عید کی شام کو ایک بس اسٹاپ پر کھڑے ہیں۔ یہ کیسی عید ہے کہ بھرے بازار میں صرف وہ دونوں جانتے ہیں کہ آج عید ہے بس آگئی..... "کل آئے گا؟"

"پتہ نہیں..... " برکت علی بس کے پائدان پر کھڑا ہو گیا: "تو جا اپنی..... میری بھرجائی کے پاس۔"

"تو تو نے مجھے معاف کر دیا؟" غلام علی چلایا۔ کیونکہ بس سرک کر آگے ہوئی اور رفتار پکڑ گئی..... برکت علی نے جھک کر بس اسٹاپ کی طرف دیکھا جہاں غلام علی کھڑا تھا۔ اور اس کی آنکھیں بھر ڈوب گئیں..... "جا میں نے تجھے معاف کیا۔" ایک خالی نشست پہ جا بیٹھا۔

بھورے اور گھنگھریالے بالوں والی لڑکی حسبِ معمول برکت علی کے قریب آکر رُکی۔ "ہیلو بکیٹ" اور بکیٹ کہتے ہوئے اس نے ایک جھٹکے دار ٹھمکا مارا اور ہنستی ہوئی چلی گئی۔ "برکت علی کو بڑی گرمی آتی تھی، اس چھوکری پر..... وہ فیکٹری کی لانڈری میں کام کرتی تھی اور ایک ٹرالی پہ سفید ایپرن رکھ کر مختلف حصّوں میں جاکر مزدوروں میں تقسیم کرتی تھی۔ دن میں چار پانچ مرتبہ اس کا گزر ادھر سے ہوتا اور وہ ہمیشہ بکیٹ کہہ کر اسے چھیڑتی اور ٹھمکا مار کر چلی جاتی۔ برکت علی کے لئے یہ بہت ناگوار مسئلہ تھا، کہ ایک لڑکی اس طرح بے حیائی سے اسے چھیڑے اور اسے برکت کی بجائے بکیٹ کہے۔ یہ وہی لڑکی تھی جس نے بلبیر کے ہمراہ پیلس ناچ گھر میں اسے دوبار "ہیلو" کہا تھا اور وہ اسے پہچان نہ پایا تھا۔

وہ بلبیر کے ساتھ اس کے بارے میں بات کرتا تو وہ "اوئے جوگی اوئے" کہہ کر اٹھتا اور "اوئے ہوئے"، کے نعرے لگاتا، بھنگڑا ڈالنے لگتا اور پھر آنکھ مار کر کہتا۔ "لادے نشانہ برکت علی۔" اب پتہ نہیں "لادے نشانہ" سے اس کی کیا مُراد تھی۔

اور غلام علی.... وہ تو عید کے اگلے روز ہی اسے پھر ملنے کے لئے پہنچ گیا تھا۔ اپنی میگی سمیت اور مولی کے پراٹھوں سمیت جو اس نے خود بنائے تھے: "تجھے یاد ہے بہن طفیل بی بی بنایا کرتی تھی۔" پر وہ ابھی کچھ بھی یاد نہیں کرنا چاہتا تھا۔

درمیان میں ایک دن کا ناغہ کرکے وہ پھر آگیا: "یار تو ہمارے پاس کیوں نہیں آجاتا۔ میں اور تیری بھرجائی اکیلے ہیں فی الحال۔"

ہفتے کی شام کو وہ خود ان کے گھر چلا گیا۔ بلبیر کو ساتھ لے کر....اور غلام علی ایسے خوش ہوا جیسے اس کی پھانسی کی سزا ختم ہوگئی ہو۔

"عنایت علی بھی ادھر آجاتا تو ہماری ٹولی مکمل ہوجاتی، کیوں برکت علی؟"

"نہیں.... اس نے کیا کرنا ہے یہاں آکر.... یہاں رکھا کیا ہے؟ تمہیں شوق تھا تو تم آگئے.... اور میں تمہارے پیچھے آ گیا.... وہ وہاں ہے تو.... تو اس نے بشیراں کو دفن کیا، اور اس کا دھیان رکھتا ہے..... وہ اگر یہاں ہوتا تو بشیراں....."

"تو نہ ادھر اُدھر کی باتیں نہ سوچا کر۔" غلام علی اس کے قریب ہو کر بیٹھ گیا: "یہ بتا کہ واپس چلنا ہے؟"

"واپس؟" برکت علی کے سارے آسمانوں پر پھلجھڑیاں چھوٹیں، اور اس کی ساری زمینوں پہ دیئے جلنے لگے۔

"میرے ساتھ مذاق نہ کر۔"

"میں مذاق نہیں کر رہا..... اگلے سال پیسے جمع کر کے واپس چلے جائیں گے۔"

"اگلے سال؟" پھلجھڑیاں گیلی تھیں اور دیئے بجھتے گئے۔

"بھئی یہ مکان جو ہے، اس کی قسطیں تو پوری کرنی ہیں۔ تیرا قرضہ ابھی پورا ہونا ہے تو بندہ گھر واپس جائے تو ذرا عزت آبرو سے جائے..... یہ تو نہیں کہ جیسا آیا تھا، بے مراد ویسا ہی چلا جائے بے مراد۔"

"ہاں یہ تو ٹھیک ہے..... تو پھر اگلے سال چلیں گے ناں؟"

"کسی نے کہیں نہیں جانا برکت علی....." بلبیر ہولے سے بولا۔ وہ بیئر کے کئی مگ اندر انڈیل کر آیا تھا۔ لیکن ابھی تک اپنے حساب میں تھا، باہر نہیں ہوا تھا..... "یہ سب باتیں ہیں۔ جو آگیا سو آگیا۔"

برکت علی کے جسم میں ایک سنسنی سی پھیلی: "نہیں بلبیر رب نے چاہا تو ہم واپس جائیں گے....."

"رب نے وہی چاہنا ہے، جو تم چاہو گے.....اور تم نہیں چاہو گے۔ دیکھ لینا۔"

"یہ سکھ کا بچہ ذرا.... دارو کے نشے میں ہے غلام علی۔"

دارو کے نشے میں ہوتا تو کہتا ہم ضرور واپس جائیں گے۔ کون کہتا ہے کہ ہم واپس نہیں جائیں گے۔" بلبیرا تنے اطمینان سے گفتگو کر رہا تھا جیسے کوئی پروفیسر نوآموز طالب علموں کو لیکچر دیتا ہے۔ "پر ہم آ گئے تو آ گئے۔۔۔۔ یہاں سے واپسی کا راستہ کوئی نہیں۔۔۔۔ جیسے بیری سے بیر اتارنے کے چاؤ میں ہم چڑھتے جاتے ہیں۔ یہ دیکھے بغیر کہ ہم کہاں جا رہے ہیں چڑھتے جاتے ہیں اور پھر جب اوپر چوٹی پہ پہنچ جاتے ہیں تو واپسی کا کوئی راستہ دکھائی نہیں دیتا۔"

بلبیر نے عجیب بات کی تھی۔ وہ ان پڑھ سکھ تھا پر اس نے ایسی بات کی تھی جس نے ان کے اندر کو ہلا کر رکھ دیا تھا۔

"دیکھ بلبیریا۔۔۔۔ یہ جو گامی ہے اس کا ہو گیا ٹبّر ادھر، تو یہ بنا شک اِدھر رہے پر میں نے کیا کرنا ہے۔ میں تو گامی کے گاٹے کے پیچھے آیا تھا تو اس ماں کے یار نے آگے سے ہاتھ باندھ دیئے۔ تو اب میں کیا کروں گا، یہاں رہ کر۔"

"تو وہاں جا کر بھی کیا کرے گا؟" بلبیر نے سنجیدگی سے پوچھا۔

"وہاں جا کر۔۔۔۔ وہاں میں۔۔۔۔ پتہ نہیں کچھ نہ کچھ تو کروں گا ناں۔"

"نہ۔۔۔۔ ہم کچھ کرنے جوگے نہیں ہیں۔ وہاں جا کر کُدال چلائیں گے یا اینٹیں ڈھوئیں گے۔ چھ سات روپے دہاڑی میں۔۔۔۔ اور کیا کریں گے؟ یہاں فیکٹریوں میں کام کرتے ہیں اور قالینوں والے کمروں میں سوتے ہیں، ہیٹر لگا کر۔۔۔۔"

"بُو کے مارے ہوئے قالین۔۔۔۔" برکت علی نے کہا "ٹھیک ہے۔ سب ٹھیک ہے پر یہ وطن تو نہیں ہے ناں۔۔۔۔ نہ دھوپ ہے، نہ کچی دیوار پہ بیٹھ کر گنّے چوس سکتے ہیں۔"

"یہ سب کہنے کی باتیں ہیں ہو گی اوئے۔۔۔۔ کتنی دیر بیٹھ کر گنّے چوسو گے؟ ساری عمر۔۔۔۔؟"

"یار سُنو۔۔۔۔ ایک تو تم بڑے پکّے مُسلے ہو۔۔۔۔ دارو نہیں چکھتے۔۔۔۔ میں چکھ لوں؟"

"یہاں اس گھر میں تو ہے نہیں ...." گامی کہنے لگا۔ "چکھو گے کہاں سے ؟"
بلبیر نے کوٹ کی جیب سے ایک چھوٹی سفید رنگ کی بوتل نکالی اور ہنس کر بولا: "یہ جن ہے اور اسے پی لو تو جن چڑھ جاتے ہیں..... سوہنہ واہگرو کی ...." یہ کہہ کر اس نے بوتل کا منہ ہونٹوں سے لگا کر ایک لمبی ڈیک لگائی اور سر جھٹک کر آنکھیں جھپکیں "واہ بھئی واہ۔ جگرا آ گیا ہے۔"
"میگی۔" گامی نے آواز دی "او ئے میری ہنگی .... گوشت بنا ہے کہ نہیں ...."
"بس پانچ منٹ ....." میگی باورچی خانے میں سے بولی۔
"میں نے پہلا کام یہ کیا شادی کے بعد کہ یہاں کے ایک سٹور سے مرچ، ہلدی، ادرک دھنیا وغیرہ خرید کر لایا اور میگی کو دیسی طریقے سے پکانا سکھایا۔ یہ لوگ دیسی کھانے کو کری بولتے ہیں۔ پہلے پہل تو کہتی تھی کہ بو آتی ہے۔ گھر میں ہلدی کی بو آتی ہے۔ یہ کھڑکیاں بھی تو بند کر کے رکھتے ہیں۔ پھر اسے بھی عادت ہو گئی ہے۔ اب تو خود کہتی ہے کہ ڈارلنگ، آہو مجھے ڈارلنگ کہتی ہے۔ ڈارلنگ گیم ..... آج کری چکن بنائیں۔"
میگی نے واقعی بہت اچھا گوشت بھونا ہوا تھا۔ اگرچہ برکت علی کے حساب سے اس میں مرچیں کم تھیں، پر بلبیر تو چٹخارے لے لے کر کھا رہا تھا۔ "واہ بھئی واہ! بھرجائی میگی ....." وہ بار بار کہتا ..... اور میگی اپنا نام سن کر بہت خوش ہوتی۔
جب وہ واپس جانے لگے، گامی، برکت علی کو ایک طرف لے گیا۔ "تو کب آئے گا ادھر ہمارے پاس ؟"
"قرضہ اتار کر ..... یوں بھی اچھا نہیں لگتا کہ میں تمہارے پاس آ کر ٹھہر جاؤں ....."
"تو نے مجھے پھر معاف نہیں کیا ....؟"
"نہیں، ابھی نہیں کیا۔" برکت علی مسکرایا۔ "گھاؤ گہرا ہے .... بھرنے میں دیر لگے گی۔"
"اور تو میرا بھائی بھی نہیں ہے کیا ؟"

"تو کہنا کیا چاہتا ہے؟"

"میں بہت اکیلا ہوں بگو.... میں نے شروع شروع میں یہاں آکر بہت دھکے کھائے تھے.... ایک تو تیرے ساتھ دھوکہ کرنے کا غم تھا۔ دن رات اپنے آپ کو کوستا تھا کہ یہ میں نے کیا کیا.... سچ بتاؤں تو میں نے یہ سب کچھ تیرے ساتھ نہیں کرنا تھا۔ یہ وہاں ہمارے ساتھ ایک اور مزدور تھا، فیکا نام تھا اس کا۔ اس نے مجھے یہ پٹی پڑھائی تھی۔ اسی نے تمہارے سرہانے سے پیسے نکالے اور پھر سریہ فروخت کر کے ولایت کے ٹکٹ خریدے...."

"جو ہونا تھا وہ تو ہو گیا...."

"اسی لئے تو کہتا ہوں میرے پاس آجا...."

"دیکھ گامی.... میں آتو جاؤں.... تو میرا بھائی ہے۔ پر یار تیرے پاس جگہ کتنی ہے۔ دو کمرے کرائے پہ اٹھا رکھے ہیں اور ایک میں تم دونوں میاں بیوی رہتے ہو۔ کل کلاں بال بچہ ہوتا ہے تو...."

"بال بچہ تو نہیں ہونا...." گامی نے سر جھکا دیا۔

"کیا مطلب....؟"

"یہ جو میگی ہے ناں۔ اس بے چاری میں کوئی گڑبڑ ہے۔ بہت جگہ دکھایا ہے اس نے پر ڈاکٹر کہتے ہیں کہ نہیں.... بچہ کبھی نہیں ہوگا۔"

"اچھا....؟ لیکن.... اب...."

"تو میرے پاس آجا برکت علی.... میں بہت اکیلا ہوں۔"

"جیسے تیری مرضی...."

اگلے ہفتے اس نے گامی سے کچھ رقم ادھار لے کر چھوٹے رچرڈ کو فارغ کیا اور اپنی گٹھڑی اور ایک بیگ اٹھا کر اس کے گھر آگیا۔

میگی نے باورچی خانے کے ساتھ جو چھوٹا سا کمرا تھا سٹور کے لئے، اس میں لبستر لگا کر اور نئے پردے اور قالین بچھا کر برکت علی کے لئے تیار کر دیا تھا۔

"پتہ نہیں ہم دونوں میں سے چھوٹا کون ہے اور بڑا کون....." گامی کا چہرہ سُرخ ہو رہا تھا۔

"لیکن آج سے میں بڑا ہوں۔ تیرا بڑا بھائی اور جو میں کہوں گا، وہ تجھے کرنا ہوگا۔

"تو ایسے ہی خوش ہے تو ایسے ہی سہی...." برکت علی نے سر جھکا کر کہا۔

"میں تو ایسے ہی خوش ہوں...." گامی کی آنکھوں میں نمی تیرنے لگی۔"رب جانتا ہے میں ایسے بہت ہی خوش ہوں۔"

ہیلو بیکٹ....."

برکت علی نے چونک کر اوپر دیکھا۔ وہ بہت مصروف تھا۔ اب اس کی ڈیوٹی پیکنگ کے شعبے میں لگ گئی تھی۔ جہاں کام تو آسان اور صاف ستھرا تھا لیکن ذرا دھیان سے کرنا پڑتا تھا کیونکہ ان کبابوں کی پیکنگ چیک کی جاتی تھی...... اور ہاں اب وہ جان چکا تھا کہ ان بے مزہ گوشت کے کبابوں کو گورے "ساس ایج" کہتے تھے اور فرائی کر کے یا برگروں میں رکھ کر کھاتے تھے.... ایک اور مسئلہ بھی ہو گیا تھا۔ اس کے ہمراہ ایک اور پاکستانی کام کرتا تھا۔ ایک روز جب برکت علی نے کہا کہ ٹھیک ہے ہم ولایت والوں کے لئے کام کرتے ہیں پر اس کا یہ مطلب تو نہیں کہ ہم شراب بھی پئیں اور سؤر بھی کھائیں۔ تو وہ کہنے لگا:"برکت علی تم کس دنیا میں رہتے ہو؟ یہ جو اس وقت تم آنتوں میں قیمہ بھر کر ساس ایج بنا رہے ہو تو، اس قیمے میں سؤر کا گوشت بھی شامل ہے تو نوکری چھوڑ دی.... برکت علی نے ہاتھ اٹھایا اور سامنے کھڑے فورمین سے کہنے لگا:"صاحب اگر اس قیمے میں سؤر کا گوشت ہے تو میں اسے ہاتھ نہیں لگاؤں گا اور نوکری چھوڑ دوں گا۔"

برکت علی کا ریکارڈ بہت اچھا تھا۔ فیکٹری والوں نے اسے پیکنگ کے شعبہ میں ٹرانسفر کر دیا۔ کیونکہ وہاں اس ساس ایج کو خود کار طریقوں سے پیک کیا جاتا تھا۔

بہرحال "ہیلو بیکٹ" کی آواز پہ اس نے چونک کر اوپر دیکھا تو وہی لانڈری والی لڑکی تھی۔

"چل اپنا کام کر......" اس نے ٹوٹی پھوٹی انگریزی میں اس سے کہا "اور میرا نام برکت علی ہے..... بیکٹ نہیں....."

"اوہ واقعی بیکٹ؟" اس نے اسے چھیڑنے کے انداز میں کہا اور پھر قریب ہو کر اپنے کولھوں کو برکت علی کے ساتھ لگا کر اسے ذرا سا دھکیلا اور ہنسی: "مجھے سارے لڑکے پوچھتے ہیں کہ سیلی آج شام کیا کر رہی ہو؟ تم کیوں نہیں پوچھتے؟"

"میں کیوں پوچھوں؟" برکت علی نے غصے سے کہا۔

"اس لئے کہ میں چاہتی ہوں کہ تم مجھے پوچھو اسٹوپڈ...."

"میں اسٹوپڈ نہیں ہوں کہ تم سے پوچھوں.... چلو شاباش چلتی پھرتی نظر آؤ....."

"سیلی نے ناک چڑھا کر اپنے بال درست کئے۔" اچھا تو بہت دماغ ہے تمہارا....."

یہ کہہ کر اس نے برکت علی کے برابر میں کام کرنے والے ایک انگریز لڑکے کی گردن پہ ہاتھ رکھا اور اسے ایک طویل بوسہ دے کر چلی گئی۔

"وہاٹ..... وہاٹ اے کس!" اس لڑکے نے اپنے ہونٹوں پہ ہتھیلی پھیرتے ہوئے کہا۔

"لفنگی...." برکت علی نے زیر لب کہا۔

"اسی شام میگی نے اسے ایک عجیب سا سوال پوچھا۔" تم اتنی درویشانہ زندگی کیوں بسر کرتے ہو؟"

برکت علی کو یہ سوال پسند نہ آیا... ایک بھرجائی کو کیا حق ہے کہ وہ دیور سے اس قسم کا سوال پوچھے۔

"کیا مطلب؟"

"یہی کہ نہ تو تم ڈرنکس کو ہاتھ لگاتے ہو اور نہ کوئی دوست لڑکی ہے ... تم جوان ہو۔

یہ رویہ تو بہت ابنارمل ہے بیکٹ۔"

"کیا کہا،" برکت علی چونکا۔

"میرا خیال ہے کہ تمہارا نام بیکٹ رکھ دیا جائے۔ پکارنے میں آسانی رہے گی۔"

"وہ بھی یہی کہتی ہے...." برکت علی نے کہہ دیا۔

"وہ کون؟"

"ایک لڑکی ہے میری فیکٹری میں۔"

"کیا تم مجھے اس کے بارے میں کچھ بتانا پسند کرو گے؟"

"میں اس کے بارے میں کچھ نہیں جانتا۔"

"تو انتظار کس بات کا ہے؟"

"مجھے وہ اچھی نہیں لگتی۔"

"ہاں..... یہ تو پھر اور بات ہو گئی۔ لیکن یہ ابنارمل زندگی ہے جو تم بسر کر رہے ہو' ایک نوجوان کے لئے.... لیکن تم تو شائد ادھر جا کر ہو گیاں میں شادی شدہ تھے' اور تمہاری بیوی نے شائد خودکشی کر لی۔"

"خودکشی تو نہیں کی.... وہ...."

"اور تمہارا ایک بیٹا بھی ہے اکرام... گیم نے مجھے بتایا تھا۔

برکت علی کی آنکھوں میں نیند اور تھکاوٹ اتر آئی اور وہ میگی سے معذرت کئے بغیر اٹھا اور اپنے کمرے میں جا کر لیٹ گیا.... میگی نے یہ کیوں کہا تھا کہ اس نے شاید خود کشی کر لی تھی۔

برکت علی، غلام علی، میگی اور ان کے ہمراہ بلبیر ایک خاموش اور الگ تھلگ زندگی

بسر کر رہے تھے۔ ان کا آپس میں ربط تھا اور وہ باقی سب سے کٹے ہوئے تھے۔

ایک روز فیکٹری میں چھٹی ہوئی۔ برکت علی گیٹ سے باہر آیا تو پیچھے سے کسی نے اس کی کمر میں چٹکی بھرلی.... اذیت سے کراہتے ہوئے اس نے پیچھے دیکھا تو سیلی چلی آرہی تھی۔ کسی اور طرف دیکھتی لیکن اس کی جانب مسکراتی ہوئی...."لفنگی" وہ زیرِ لب بڑبڑایا۔

"اوئے جوگی اوئے ...." ببیر اس کے ساتھ ساتھ چل رہا تھا۔"کون ہے لفنگی ہے۔ ذرا سرداروں سے ملا دو۔"

"یہی سیلی جو ہے۔ اسے آخر آئی ہوئی ہے۔"

"آئی ہوئی ہے تو آنے دے...." ببیر کھل اٹھا۔"ان گوریوں کو اس عمر میں آخر بہت آتی ہے۔ تو اوئے جوگی لگا دے نشانہ...."

"تو بکواس نہ کر...."

تقریباً دو ہفتے بعد برکت علی گھر کے چھوٹے سے باغیچے میں گھاس کاٹنے کی مشین چلا رہا تھا اور چونکہ موسم قدرے بہتر تھا۔ اسی لئے وہ صرف قمیض اور جین میں ملبوس تھا اور اس کا بدن پسینے سے بچخڑ رہا تھا۔ گامی اور میگی صبح سویرے کی ٹرین سے ویسٹ کلف کے ساحلی قصبے کو گئے تھے۔ ذرا آؤٹنگ کرنے اور اسے چونکہ اور کوئی کام نہ تھا۔ اس لئے وہ بڑھی ہوئی گھاس کاٹنے لگا۔

"ہیلو بیکٹ....."

برکت علی نے ہڑبڑا کر دیکھا تو پھاٹک کے ساتھ سیلی لگی کھڑی تھی۔ کچھ جھینپی ہوئی اور گھبرائی ہوئی اور اس کے ہاتھ میں ایک ٹوکری تھی۔"تمہارے اس علاقے میں، ایک چھوٹی مارکیٹ لگتی ہے، جہاں سے جرابیں اور بنیانیں وغیرہ سستی مل جاتی ہیں۔"

"اچھا...." وہ مشین چھوڑ کر اخلاقاً کھڑا ہوگیا۔

"تو ادھر سے آ رہی تھی تو تم نظر آ گئے.... مجھے نہیں پتہ تھا کہ تم یہاں رہتے ہو۔"

"ہاں' میں یہیں رہتا ہوں۔"

"نائس ہاؤس.... تمہارا ہے؟"

"نہیں گامی کا ہے..... میرا دوست ہے۔"

"وٹیس نائس....." اس نے گردن کھجائی اور پھر سر جھٹک کر کہنے لگی۔" میرا خیال ہے مجھے جانا چاہیئے' فیکٹری میں ملاقات ہو گی۔"

وہ چلتے ہوئے ذرا جھجکی تو برکت علی کہنے لگا۔" گرمی بہت ہے۔"

وہ فوراً رک گئی اور مسکرانے لگی" ہاں.... اپریل کے لئے تو سخت گرمی ہے۔ مجھے تو سخت پیاس لگی ہے۔"

"کیا تم کچھ پینا پسند کرو گی....." برکت علی کو پوچھنا پڑا۔

"اوہ.... اورنج جوس مجھے پسند ہے۔" وہ پھاٹک کھول کر آ گئی" کہاں چل کر پیئیں.....؟"

"جانا کہاں ہے؟ فرج میں رکھا ہے تمہیں لا دیتا ہوں۔" برکت علی بیزاری سے بولا۔ وہ اندر گیا اور اورنج جوس لے آیا۔

"کیا تم نہیں پیو گے؟" سیلی نے مایوسی سے پوچھا۔ اس نے ابھی تک اسے بیٹھنے کے لئے بھی نہیں کہا تھا۔

"نہیں....."

"اندر چل کر نہ بیٹھیں؟" سیلی نے اورنج جوس کا گلاس تھام کر کہا۔" یہاں تو ہوا ذرا خنک ہے۔"

ابھی گرمی تھی' ابھی کہہ رہی ہے کہ ہوا خنک ہے۔ ان گوریوں کا دماغ خراب ہے۔ برکت علی نے سوچا۔

"چلو اندر چلتے ہیں۔" برکت علی نے سر ہلایا۔

سلی شام تک بیٹھی رہی۔

برکت علی کی مرضی تو نہیں تھی لیکن نہ وہ اٹھی اور نہ اس نے اٹھنے کے لئے کہا۔

جوس پینے کے بعد کہنے لگی۔

"تم نے کیوں نہیں پیا..... اور اگر جوس پسند نہیں ہے تو کیا پسند ہے.....؟ اچھا تو چائے پسند ہے تو میں بنا دیتی ہوں نہیں نہیں تکلف کی کیا بات ہے۔ مجھے کوئی خاص کام نہیں..... چائے کی پتی کہاں ہے؟ اور چائے کے بعد آج ٹیلی ویژن پر بڑا زبردست پروگرام ہے اور یہ دیکھو میں کچھ بسکٹ خرید کر لائی ہوں، ایک کھا کر تو دیکھو۔"

سلی ان بچوں میں سے تھی جن کا کچھ پتہ نہیں ہوتا کہ کہاں سے آئے، کون لایا۔ اور وہ ایک آنٹ کے ساتھ رہتی تھی۔ اسے یہ جاننے کی خواہش بھی نہیں تھی کہ اس کے ماں باپ کون ہیں..... وہ شام تک بیٹھی رہی اور شام کو گامی اور میگی بھی لوٹ آئے۔

سلی کو دیکھ کر میگی کھل اٹھی۔ "تم اتنے درویش بھی نہیں ہو....." اس نے خوش ہو کر برکت علی کا کندھا دبایا۔ "ہم نے تمہیں ڈسٹرب تو نہیں کیا؟"

"بس میں جانے ہی والی تھی....." سلی اٹھ کھڑی ہوئی۔

"اور میں جو بلیک کرنٹ کیک لائی ہوں، وہ کون کھائے گا....." میگی نے خوش دلی سے کہا۔

سلی رات کے کھانے کے بعد واپس گئی۔

اگلے روز فیکٹری میں وہ اس کے قریب سے گزری تو سر جھکا کر کچھ کہے بغیر گزر گئی۔

ان گوریوں کا دماغ سچ مچ خراب ہے۔ برکت علی نے ایک گہرا سانس لیتے ہوئے سوچا۔

اس سے اگلے روز بھی وہ چپکے سے آئی اور چلی گئی۔

"وہ تمہاری دوست سلی کا کیا حال ہے؟" ایک روز میگی نے پوچھا۔

"کیا پتہ!" برکت علی جھلا کر بولا۔ "آتی ہے اور بغیر بات کئے چلی جاتی ہے۔"

"اور تم اس سے پوچھتے تک نہیں کہ سِلی کیا حال ہے؟ ہُوں؟ اب وہ تمہاری منتیں تو نہیں کر سکتی..... تمہیں اس سے بات کرنی چاہیئے...."

"لیکن کیوں....؟"

"اس لئے کہ وہ تمہارے عشق میں گرفتار ہو چکی ہے اسٹوپڈ...."

برکت علی کو جیسے کسی برفانی ندی میں غوطہ آگیا ہو۔ اس کا بدن کانپا اور زبان جواب دے گئی۔ اس نے سر جھٹکا اور کچھ نہ کہا..... خاموش رہا۔

ٹھیک تین ماہ بعد جب فیکٹری میں گرمیوں کی چھٹیاں ہوئیں، تو ایک جمعہ کے روز نماز کے بعد دوکنگ کی مسجد میں مولوی صاحب نے برکت علی اور سِلی کا نکاح پڑھایا۔

"ہیلو بکیٹ...." مسجد سے نکلتے ہوئے سِلی نے کہا۔

"ہیلو سلمیٰ....." برکت علی نے مسکراتے ہوئے کہا۔

"کیا....؟"

"اگر میں برکت سے بکیٹ ہوں تو تم سِلی سے سلمیٰ ہو...."

شام کو غلام علی نے ان کی شادی کی خوشی میں دعوت دی جس میں واحد مہمان بلبیر تھا..... بلبیر کی مسرت اس کے چہرے پر اس کی داڑھی پر لکھی تھی، اور وہ ایک خاص ترنگ میں تھا..... کھانا کھاتے ہوئے وہ یک لخت رکتا اور نعرہ لگاتا۔ "اوئے جوگی اوئے.... نشانہ لگا دے۔"

غلام علی اپنے دوست کو دیکھتا چلا جا رہا تھا اور میگی ایک بزرگ کی طرح سب کو ڈانٹ ڈانٹ کر کھانا کھلا رہی تھی..... یہ طے پاچکا تھا کہ ایک کرائے دار کو فارغ کر کے وہ کمرا برکت علی اور سِلی کو دے دیا جائے۔ اور اب میگی اس کمرے کی نوک پلک سنوارنے میں مصروف تھی اور سِلی پلنگ پر آلتی پالتی مارے بیٹھی تھی۔

"یہ تمہارا گیم اور میرا بیکٹ کیا چیزیں ہیں میگی.....؟"

میگی نے یہ فقرہ اطمینان سے سُنا۔ حیرت ظاہر نہیں کی اور آرام سے کہنے لگی۔"یہ کچھ مختلف ہیں۔ کچھ بہت چپ رہنے والے اور اداس..... ان کی مشرقیت ہماری سمجھ میں نہیں آسکتی۔ لیکن میں تمہیں ایک بات بتادوں سیلی.... یہ بہت محبت کرنے والے لوگ ہیں۔ یہ درویشوں کی طرح محبت کرتے ہیں۔"

"یہ تمہارا تجربہ ہے....." سیلی کہنے لگی۔"مجھے تو اپنے درویش کا پیچھا کرنا پڑا ہے اور تب وہ قابو میں آیا ہے اور میگی تم نے بھی میری مدد کی۔"

"میری شکل وصورت بھی اتنی اچھی نہیں....." میگی ایک تکیے کو تھپکتے ہوئے کہنے لگی۔" اور..... کچھ زیادہ پڑھی لکھی بھی نہیں..... میرا باپ کھیتوں میں کام کرنے والا مزدور تھا اور شرابی تھا... میری ماں کو مارتا تھا کیونکہ وہ بھی نشے کی عادی ہو چکی تھی۔ وہاں سے یہ عادت مجھ تک آئی۔ تمہیں پتہ ہے سیلی میں لوگوں سے پیسے مانگ کر بیئر پیتی تھی اور ہر ایک کے ساتھ سو جاتی تھی..... پھر گیم آگیا، خوش قسمتی کے ایک ستارے کی طرح..... اس نے مجھے عزت دی.... محبت دی.... اور اس کے باوجود کہ میں بچہ پیدا نہیں کر سکتی، وہ مجھے کبھی نہیں چھوڑے گا۔ کیونکہ اس کے اندر اتنی زیادہ نیکی ہے کہ انگلینڈ کے تمام مردوں میں بھی نہیں ہوگی۔"

"تم واقعی خوش قسمت ہو میگی....."

"ہاں میں ہوں..... اور تم بھی ہو، کیونکہ یہ برکت..... بیکٹ بھی گیم کی کاپی ہے۔ ایک جیسے ہیں۔ تم اگر ٹھیک رہیں تو یہ تمہیں کبھی نہیں چھوڑے گا۔"

نیچے کمرے میں گامی اور برکت علی ابھی تک اپنے سوٹوں میں ملبوس بیٹھے تھے۔ وہ چپ بیٹھے تھے۔

"کوئی بات کرو...." گامی بولا۔

"میں نے اگر باتیں شروع کر دیں تو ختم نہیں ہوں گی ...." برکت علی کی نظریں قالین پر جمی تھیں۔ ہم کہاں تھے اور کہاں آ گئے .... ہم کیا تھے اور اب کیا ہیں؟"

اس رات بشیراں چک جوگیاں سے چلی اور اس کے ساتھ وہاں کے کھیتوں کی ہریالی، سرسوں کے پھول اور موسموں کی مہک اور دھوپ اور روشنی اور وہ خوشبو جو اس کے بدن میں تھی۔ جب وہ کھیتوں میں ننگے ہوتے تھے اور ان کے بدنوں پر ہوا سرسراتی تھی اور وہ کپکپاتے تھے اور دہکتے تھے۔ جیسے ایک الاؤ روشن ہو۔ سرسبز کھیتوں کے درمیان میں اور بدنوں میں سے بہتا ہو اور انہیں نم کرتا ہو.... اور وہ اس کے پاس آئی۔ برکت کے پاس کہ وہ اسے بار بار پکارتا تھا اور جواب سیلی دیتی تھی کہ یہ میں ہوں بیکٹ.... پر وہ سنتا نہ تھا کہ بشیراں اس کے پاس تھی اور وہ دونوں الاؤ تھے اور بدن بہتے تھے، نم ہوتے تھے۔

اگلے برس مارچ کے آغاز میں کاؤنٹی ہسپتال کے ویٹنگ روم میں ایک منتظر برکت علی کے قریب آ کر ایک نرس جھکی اور کہنے لگی "تم اب ایک بیٹی کے باپ ہو مسٹر بیکٹ...."

اس کا نام انہوں نے آمنہ رکھا۔

برکت علی بہت دیر اس پر جھکا رہا۔ لیکن وہ صرف ایک نومولود بچہ تھی۔ اس کی بادشاہت اور ناک نقشے کا کچھ پتہ نہ چلتا تھا.... وہ دیکھنا چاہتا تھا کہ کیا اس کے چہرے پر کہیں لکھا ہے کہ وہ چک جوگیاں کے اکرم کی بہن ہے.... نہیں وہاں کچھ بھی تحریر نہ تھا.... برکت علی اکرم کے بارے میں بالکل لاعلم تھا.... وہ نہیں جانتا تھا کہ وہ اس وقت کہاں ہے اور کس حال میں ہے.... دراصل وہ اکرم کو کبھی بھی بشیراں سے الگ نہ کر پایا.... وہ جب بھی آتے تو اکٹھے آتے.... اور جب عید کے دن نہانے کے

اندر گامی نے اسے بتایا تھا کہ بشیراں مر چکی ہے تو اس لمحے کے بعد اکرم بھی اس کے لئے مر گیا.... وہ بھی اس کے ساتھ ہی چلا گیا۔ وہ اس کا بیٹا تھا... لیکن اسے جنم دینے والی کے حوالے سے اس کا بیٹا تھا..... جب وہ نہ رہی تو وہ بھی نہ رہا..... اور اس کے باوجود وہ اپنی بیٹی میں اس کی شباہت تلاش کرتا رہا۔

"تو نے مجھے بڑا بھائی مانا ہوا ہے۔" غلام علی کا چہرہ غصے سے دہک رہا تھا "اور اب میرا کہا نہیں مانتا۔ کیسا بھائی ہے تو میرا؟"

"اس میں ناراض ہونے والی تو کوئی بات نہیں بھائی غلام علی..... دراصل سِیلی نے کہا کہ....."

"سِیلی کی تو میں....." غلام علی پھٹ پڑا "سیلی کون ہوتی ہے بھائیوں کے درمیان آنے والی....؟"

"گیم.... "میگی نے اس کے کندھے پر ہاتھ رکھا۔" اس میں سیلی کا کوئی تصور نہیں۔"

"اسی کا قصور ہے....." غلام علی گرجا۔ "اچھی بھرجائی ہے.... بھائی کو بھائی کے خلاف کرتی ہے۔"

"گامی بیٹھ آرام سے....." برکت علی نے یکدم بلند آواز میں کہا۔ "بیٹھ جا..."
"میں کہتا ہوں کہ....."

"بیٹھتا ہے کہ نہیں؟" برکت علی تیزی سے اس کی طرف بڑھا اور غلام علی فوراً بیٹھ گیا۔ کیونکہ وہ اس کے غصے کو جانتا تھا۔ "میری بات سُن..... یہ کوئی برائی نہیں اگر سِیلی کہتی ہے کہ ہمارا ایک الگ گھر ہونا چاہیئے..... میں جب سے ولایت آیا ہوں تو تمہارے پاس ہوں.... تم نے آج تک مجھ سے کرائے کا ایک پیسہ....."

"پھر وہی بات کمہار دل والی....." غلام علی نے اٹھتے ہوئے کہا۔ لیکن کچھ سوچ

کر پھر بیٹھ گیا۔

"اب خیر سے آمنہ بھی ہے.... ہم دونوں کام پہ چلے جاتے تھے اور بھابھی میگی آمنہ کا خیال رکھتی تھی....."

"نہیں تو احسان کرتی تھی.... اس میں کون سی بات ہے جتانے والی...."

"غلام علی میری بات سُن لے..... اب یہ ہے کہ ہم نے ڈاون پے منٹ کر دی ہے۔ مکان واہ واہ بڑا ہے۔ سات کمرے ہیں۔ ہم اگر دو رکھ لیں اور باقی کرائے پر اٹھا دیں تو آسانی سے قسطیں بھی پوری ہوتی جائیں گی اور چار پیسے بھی بچ جائیں گے.....اور آخری بات یہ کہ دکان اس کے ساتھ ہے۔"

"سٹور کھولنا ہے....؟"

"ہاں....." برکت علی نے سر ہلایا۔ "سیلی کہتی ہے کہ سٹور....."

"ایک تو تم بیوی کے غلام ہو گئے ہو....."

"تم نہیں ہوتے۔" برکت علی مسکرایا۔ "اس میگی کے غلام؛ دیکھ تو ہمیں اجازت دے دے۔ تیری اجازت کے بغیر ہم اس گھر سے نہیں جائیں گے۔"

میگی کھڑی مسکراتی رہی۔ اسے عادت ہو چکی تھی اس قسم کے جھگڑے اور تماشے دیکھنے کی۔ یہ ایشیائی جب جھگڑتے تھے تو یوں لگتا تھا کہ ایک دوسرے کو قتل کر دیں گے۔ لیکن ایسا ہوتا نہیں تھا۔ اور وہ بھی چاہتی تھی کہ برکت علی اور سیلی ان کے ساتھ رہیں۔ لیکن اسے معلوم تھا کہ ایک الگ اور اپنے گھر کی خواہش کیا ہوتی ہے۔

"اور ہم یہاں کیا کریں گے آمنہ کے بغیر....." غلام علی نے سر جھکا کر کہا۔

"تم بے شک ویک اینڈ پہ آمنہ کو اپنے پاس لے آنا.... میرا وعدہ!"

"اپنی اولاد کون دیتا ہے...." غلام علی نے ہنستے ہوئے کہا۔ "تو خوش رہ اور گھر بنا اپنا۔"

"میں نور دین کا پوترا نہیں جو اپنی آمنہ کو تیرے حوالے نہ کردوں تو ..... گامی اب تم نے کھار دل والی بات کی ہے ....."

غلام علی نے سر اٹھا کر برکت علی کو دیکھا، صوفے سے اٹھا اور برکت علی کو گلے لگا کر دیر تک چپ کھڑا رہا۔ چُپ اس لئے کہ آنسوؤں کی کوئی آواز نہیں ہوتی۔

اپنے سٹور کا نام انہوں نے "جوگی سٹور" رکھا۔ اور ان کا سب سے پہلا گاہک بلبیر تھا۔ برکت علی کی خواہش تو یہ تھی کہ سٹور کی بسم اللہ جمعہ کے روز ہو، لیکن سیلی کا کہنا تھا کہ ہفتہ زیادہ مناسب رہے گا۔ اگلے روز چھٹی ہوگی .... بہرحال بلبیر جب ان کے سٹور میں داخل ہوا تو ہنسنے لگا۔ "جوگی اوئے جوگی .... اوئے یہ سٹور ہے ..... یہ تو کمرہ ہے ایک چھوٹا سا ...."

"ادھر پاکستان میں تو اسے ہٹی کہتے ہیں اور یہاں پہ اس کو بھی سٹور کہتے ہیں۔"

بلبیر بے حد خوش تھا اور اس لئے بھی خوش تھا کہ جوگی سٹور کے پہلے گاہک کا اعزاز حاصل کرنے سے بیشتر وہ اپنے کمرے میں بیٹھ کر دارو پینا رہا تھا۔

"ہاں جی تو سٹور میں کیا کیا ہے؟" اس نے قریب جا کر ترتیب سے سجی ہوئی اشیاء کو گھورنا شروع کر دیا۔

جوگی سٹور کے لئے سیلی اور برکت علی کو دن رات مشقت کرنا پڑی تھی۔ وہ گھر جو انہوں نے خریدا تھا اور یہ دوکان مدتوں سے ویران پڑے تھے۔ کاؤنٹی کا منصوبہ تھا کہ یہاں پرانے گھر مسمار کر کے فلیٹس تعمیر کئے جائیں اور پھر یہ منصوبہ کسی وجہ سے کھٹائی میں پڑ گیا۔ اسی لئے یہاں جائیداد کی قیمت بہت کم تھی۔ اکثر گھر ابھی تک ویران پڑے تھے .... تو اپنے گھر کو رہنے کے قابل بنانے کے لئے انہیں دن رات ایک کرنا پڑا وال پیپر تبدیل کیا۔ الماریاں پینٹ کیں۔ فرشوں کی مرمت اور پالش۔ پھر پورے گھر کے لئے

پلنگ اور میز کرسیاں..... بلبیر، غلام علی اور میگی بھی فارغ ہو کر ان کے ہاں آ جاتے اور کام میں جُت جاتے..... جوگی سٹور کے لئے ان کے پاس زیادہ رقم نہ تھی..... بینک سے تھوڑا سا قرضہ مل گیا اور بلبیر اور غلام علی نے بھی اپنی کل جمع پونجی برکت علی کے آگے رکھ دی کہ جب ہو سکا لوٹا دینا ورنہ خیر ہے....."

اور اب بلبیر جوگی سٹور میں قرینے سے سجی اشیاء کو جھک جھک کر دیکھ رہا تھا. اس نے ایک شاپنگ باسکٹ اٹھائی اور اس میں چیزیں ڈالنے لگا..... دودھ کے پیکٹ چاکلیٹ، ٹین، بند خوراک، ڈبل روٹیاں، پنیر، بال پوائنٹ..... جو کچھ سامنے آتا وہ اپنی ٹوکری میں ڈالتا جاتا..... سیلی جب کاؤنٹنگ مشین پہ بل بنانے لگی تو مسکرا کر کہنے لگی: "بلی..... تم لپ سٹک اور لیڈیز کی جرابوں کا کیا کرو گے؟"

"جرابیں تو میں خود پہن لوں گا....." بلبیر ہنسنے لگا۔ "اور لپ اسٹک کسی گرل فرینڈ کو تحفے میں دے دوں گا۔"

"برکت علی اب ضبط نہ کر سکا اور آگے آیا۔ "تم بندے کے پتر بنو بلبیر..... مجھے پتہ ہے تمہیں ان چیزوں کی کوئی ضرورت نہیں۔"

"چل اوئے چل مُسلیا..... تمہیں کیا پتہ کہ مجھے کیا چاہیئے اور کیا نہیں چاہیئے..... مجھے سکھ سمجھتے ہو!"

بلبیر نے اپنے پورے ہفتے کی تنخواہ "جوگی سٹور" کے پہلے گاہک کے طور پر خرچ کر دی اور سامان اٹھا کر مسکراتا ہوا اور قدرے جھومتا ہوا باہر چلا گیا۔

"بلبیر جیسے دوست..... ہم کتنے خوش قسمت ہیں....." سیلی نے برکت علی کا بازو تھام کر کہا۔ دروازے کے ساتھ بندھی گھنٹی بجی اور ایک عمر رسیدہ انگریز خاتون نے اندر جھانکا۔

"کیا یہ سٹور کھلا ہے؟" اس نے جھجکتے ہوئے دریافت کیا۔

"ہاں...." سیلی نے فوراً کہا۔

"آہو...." برکت علی کے منہ سے نکل گیا۔

وہ دراصل جوگی سٹور کی پہلی گاہک تھی.... اور پھر وہ دروازہ کھلتا اور بند ہوتا رہا۔ آمنہ سٹور کے بالکل برابر والے کمرے میں ہوتی اور ان دونوں میں سے کوئی ایک اس کے پاس موجود رہتا۔ آرام کرتا، کچھ کھاتا پیتا اور پھر اگلے حصے میں آکر کاؤنٹر پہ کھڑا ہو جاتا۔ ببیر کو انہوں نے اپنے گھر میں بُلا لیا تھا اور کرائے داروں کا انتظام اس کے سپرد تھا..... سٹور کی پہلی سالگرہ پہ انہوں نے پہلی سیلز گرل بھرتی کی.... کیونکہ انہیں سر کھجانے کی فرصت نہیں ملتی تھی۔

اگلے برس انہوں نے پچھلے کمرے کو سٹور میں شامل کر کے اسے وسیع کر لیا..... اور سٹور کا نام بدل کر اسے "جوگی اینڈ سیلی سٹورز" کر دیا۔ سٹور کا کام بہت مشکل ہوتا ہے۔ ہزاروں اشیاء میں سے کوئی ایک شے اتفاقاً موجود نہ ہو تو گاہک کہتا ہے کہ اس سٹور کا کیا فائدہ جہاں سے نیلے رنگ کا بٹن بھی نہیں مل سکتا۔ اس لئے یہ چوبیس گھنٹے کی ڈیوٹی ہوتی ہے۔ غلام علی اکثر شکایت کرتا کہ بچو تجھے کیا ہو گیا ہے؟ تجھ میں یہ پیسے کی ہوس کہاں سے آ گئی؟ اور برکت علی کہتا "گامی یہاں ولایت میں کام کرنے کا عجیب چکر ہے۔ بس بندہ کام کرتا چلا جاتا ہے اور ہفتے میں ایک روز اسے پتہ چلتا ہے کہ وہ زندہ ہے.... ورنہ وہ تو مُردہ ہوتا ہے باقی چھ روز..... یہ پیسے کی ہوس نہیں، بس میں پھیر میں آ گیا ہوں، اور رک نہیں سکتا، اور چلتا رہتا ہوں۔"

ایک روز شام ڈھلے ببیر آ گیا۔ اس نے نیلے رنگ کا ایک بہت پرکشش سوٹ پہن رکھا تھا اور اس کی پگڑی بھی بہت سلیقے سے بندھی ہوئی تھی۔ اس نے حسبِ سابق برکت علی کو دیکھ کر "جوگی اوئے جوگی" کا نعرہ نہیں لگایا، بلکہ دانت بھینچ کر بڑی متانت سے کہنے لگا۔ "یار جوگی..... تو نے میرے ساتھ چلنا ہے ایک دو گھنٹے کے لئے۔"

"مجھے تو مرنے کی فرصت نہیں ...." برکت علی بیک وقت دو تین گاہکوں کو بھگتا رہا تھا، اور اس کے ماتھے پر پسینہ چمک رہا تھا۔

"نہیں ناں .... فرصت نکالنی پڑے گی .... جلدی آجائیں گے۔"

"میں نہیں آسکتا ...." برکت علی نے ذرا درشتگی سے کہا۔

"نہیں آسکتا؟" بلبیر پہلے حیران ہوا اور پھر دانت پیستا ہوا اور گاہکوں کو دھکیلتا ہوا کاؤنٹر تک جا پہنچا۔ "نہیں، کیوں نہیں آسکتا؟" اس نے برکت علی کو باقاعدہ گریبان سے پکڑا اور اس سے پیشتر کہ وہ کچھ کہتا یا کرتا، اسے کھینچتا ہوا سٹور سے باہر لے آیا۔

"بلبیر یا تیرا دماغ خراب ہے!" برکت علی گریبان چھڑاتے ہوئے گرجا۔

"اوئے آہو۔" بلبیر نے قہقہہ لگا کر کہا۔ "میرا آج بیاہ ہے سردار ستونت سنگھ کی بیٹی کے ساتھ۔"

"ہیں ....؟ تیرا بیاہ؟ تو نے پہلے کیوں نہیں بتایا؟"

"مجھے پہلے پتہ ہی نہیں تھا ....." بلبیر قہقہہ لگاتا ہوا رک گیا اور پھر بڑی متانت سے کہنے لگا۔ "مجھے واقعی پہلے پتہ نہ تھا .... تجھے پتہ ہے ناں سردار ستونت سنگھ کا؟ ماجھے کا جٹ سکھ ہے .... ورلڈ وار کے بعد ادھر آیا تھا .... بڑا سخت سکھ ہے۔ اپنی بیٹیوں کو ولایت کی ہوا نہیں لگنے دی۔ گھر میں بالکل بند کر کے رکھا ہے۔ سکول جاتا تھا خود اور باہر بیٹھا رہتا تھا کار میں .... تو ایک دن ناں میں ان کے گھر گیا کسی کام سے .... تو میں نے اسے دیکھ لیا ..... اور سردار ستونت سنگھ نے بھی دیکھ لیا کہ میں نے اسے دیکھ لیا ہے۔ تو بس یہ کوئی چھ ماہ پہلے کی بات ہے۔ کل میں نے سردار جی کے قدموں میں اپنی پگڑی رکھ دی کہ باپو میرا تو آگے پیچھے کوئی نہیں، مجھے اپنی غلامی میں لے لو ..... سردار کہنے لگا، مجھے یہ حرکتیں پسند نہیں ہیں۔ اُٹھا اپنی پگڑی اور مجھے غلام نہیں، بیٹا چاہیئے ..... کل آجانا، ساؤتھ ہال کے گردوارے اپنے یاروں کے ساتھ .... تو برکت علی چل میرے ساتھ۔"

بلبیر سنگھ کا اس رات رتنا کور سے بیاہ ہوا .... اور گوردوارے کی خاموشی میں برکت علی بلبیر کے قریب ہو کر بولا "اوئے ..... لادے نشانہ ."

اس پہ بلبیر نے غصے سے دانت پیسے اور پھر مسکرانے لگا.

برکت علی سٹور میں واپس آیا تو سیلی کا پارہ چڑھا ہوا تھا. "میرا خیال ہے کہ تمہیں مجھے بتا کر جانا چاہیئے تھا کہ کہاں جا رہے ہو؟"

"بلبیر کی شادی میں شریک ہونے کے لئے گیا تھا." وہ اطمینان سے بولا.

"واقعی؟" سیلی کا منہ حیرت سے کھل گیا.

"ہاں واقعی."

فرید کی پیدائش کے ساتھ ہی جوگی اور سیلی سٹورز کی پہلی برانچ کا افتتاح ہوا.....

برکت علی اور سیلی اب الگ الگ دونوں سٹورز میں بیٹھتے اور صرف حساب کتاب کا کام ان کے ذمے تھا. اور باقی سب کچھ سیلز گرلز کے ذمے تھا. جن کی تعداد اب ایک درجن سے زیادہ ہو چکی تھی.

ویک اینڈ پہ غلام علی اور میگی آتے اور دونوں بچوں کو اپنے ساتھ لے جاتے.... سیلی اور برکت علی سارا دن پردے گرا کر سوتے رہتے.

انہی دنوں بلبیر کے ہاں لڑکی پیدا ہوئی..... برکت علی نے ایک بار کہا تھا کہ چوہا سیدن شاہ ایک قصبہ ہے جس میں لوگوں سے زیادہ مور رہتے ہیں تو اس روز بلبیر نے کہا تھا کہ اگر میرے یہاں بیٹی پیدا ہوئی تو میں اس کا نام موراں رکھوں گا اور اس نے یہی نام رکھا..

موراں کی پیدائش پہ بلبیر سنگھ نے اپنی مونچھیں نیچی کر لیں اور دارو پینا کم کر دیا.

وہ سب اپنے آپ میں مگن تھے.

اپنے اپنے کاموں میں مگن تھے.

کبھی کبھی انہیں وطن کا خیال آتا اور وہ فیصلہ کرتے کہ ان گرمیوں میں ہم واپس جائیں گے .... لیکن .... اب ان کے چار سٹور نہ تھے اور وہ دونوں ایسے ستون تھے کہ اگر اپنی جگہ سے ہلیں تو پوری عمارت نیچے آتی تھی، اور انہوں نے بہت مشقت اور لگن سے یہ عمارت بنائی تھی۔

اپنے آپ اور اپنے کاموں میں مگن ہونے کے باوجود کبھی کبھار وہ مل بیٹھتے۔

"غلام علی .... یہ کالے مجھے بہت تنگ کرتے ہیں .... ہر دوسرے روز کوئی کالا خنجر نکال کر کہتا ہے، نکال دو جو کچھ ہے .... ٹیکس والے الگ جان عذاب میں رکھتے ہیں۔ یہ لیبر گورنمنٹ بھی کسی کام کی نہیں .... کنزرویٹو بہت بہتر تھے۔"

"بس کام بڑھا لو تو یہی مسائل ہوتے ہیں ....." غلام علی میگی کی طرف دیکھ کر کہتا، جو یکدم بوڑھی لگنے لگی تھی۔ "مجھے دیکھو .... میں نے ایک مقام پہ فیصلہ کر لیا کہ بس یہ نوکری کافی ہے .... اتنی محنت کافی ہے .... زیادہ بھاگ دوڑ کا کیا فائدہ؟"

"مجھے آمنہ اور فریدہ کا بھی تو فکر ہوتا ہے۔"

"ہاں ....." غلام علی سر ہلاتا "لیکن تم ان سے غفلت برتتے ہو برکت علی ...."

"بہترین سکولوں میں پڑھتے ہیں ..... ایسے سکولوں میں جہاں اور کوئی ایشیائی نہیں ہے .... کار ان کے پاس اپنی ہے .... جیب خرچ ان کا کھلا ہے .... اور کیا چاہیے ...؛ ہم جب چک جوگیاں میں تھے ..... !"

"اوئے جوگی اوئے ....." بلبیر ہنس کر کہتا "پھر چک جوگیاں ..... پتہ نہیں وہ ہے بھی کہ نہیں اور تو اسی کی بات کرتا ہے .... بھائی یہ ماڈرن بچے ہیں، ان کے سامنے اگر چک جوگیاں کا نام لے گا تو بس ہنس ہنس کر پاگل ہو جائیں گے ..... اب میری موراں ہے ناں .... ایک روز گھر کے باہر کھڑی ایک گورے لڑکے کے ساتھ باتیں کر رہی تھی۔ میں نے جا کر گورے کو تو ایک مکا پھیرا اور اسے گھر کے اندر لے آیا .... کہنے لگی۔ ڈیڈی کیا تم پاگل ہو

گئے ہو؟ میں تو صرف اس کے ساتھ کھڑی تھی۔ میرا کلاس فیلو ہے.... اور مجھے گھر چھوڑنے آیا ہے.... تو جی ان کو پتہ نہیں کہ یہ نہیں ہو سکتا کہ ہماری بیٹی ادھر گوروں کے ساتھ باتیں کرے......"

"ہاں......" برکت علی کے دماغ پر کچھ اثر ہوا۔ "میں بھی آمنہ کے بارے میں فکرمند رہتا ہوں...."

"آمنہ سمجھ دار بچی ہے...." غلام علی کہنے لگا۔

"دیکھو بیکٹ......" میگی بولی "اب تم لوگوں کو ایک فیصلہ کرنا ہے..... یہ نہیں ہو سکتا کہ تم اس معاشرے میں رہو اور اقدار کسی اور معاشرے کی اپناتے رہو.... تم جہاں رہتے ہو اگر تم نہیں تو تمہاری اولاد وہاں کا اثر قبول کرے گی۔ یہ قدرتی بات ہے اور تمہیں اس کے لئے تیار رہنا پڑے گا۔"

"میں تو ہندوستان چلا جاؤں گا، موراں کو لے کر......" بلبیر پاؤں پٹخ کر بولا "یہ گورے جو مرضی کریں، پر میں اپنی بیٹی کو...."

"یہ گورے کون ہوتے ہیں؟" سیلی جو اکثر چپ رہتی بول پڑتی۔ "تم دونوں کی بیویاں بھی تو گوریاں ہیں۔"

برکت علی اور غلام علی مسکرانے لگے.... لیکن ان کے اندر ایک ملال تھا.... پریشانی تھی۔ جو بڑھتی جاتی تھی اور بلبیر بھی اس پریشانی میں برابر کا شریک تھا..... وہ نہیں چاہتے تھے کہ ان کی اولاد مقامی رنگ میں رنگی جائے.... اور نامعلوم طریقے سے آہستہ آہستہ ایسا ہو رہا تھا۔

اور کبھی غلام علی اور برکت علی نزدیکی پارک میں چلے جاتے اور چک جوگیاں کی باتیں کرتے رہتے....

کبھی ایسا لگتا ہے کہ چک جوگیاں ایک پرانا خواب ہے.... زمین کی کشش بھی ایک مقام پر آکر ختم ہو جاتی ہے..... گامی کبھی تمہیں خیال نہیں آیا، کبھی جی نہیں چاہا واپس جانے کو؟"

"جی کیوں نہیں چاہتا..... یہاں اتنے برس ہو گئے .... بلکہ جتنے برس اپنی زمین پہ بتائے اتنے ہی ادھر ہو گئے۔ لیکن اس کے باوجود ہر رات یہی محسوس ہوتا ہے کہ بس یہ رات یہاں کاٹنی ہے اور کل چلے جانا ہے.... اور وہ کل آگے آگے چلتی جاتی ہے۔"

"اور میں بھی ذرا سانس لیتا ہوں تو یہی سوچتا ہوں کہ میں نے کچھ ہو جائے واپس ضرور جانا ہے..... بھائی عنایت علی کا خط آیا تھا کہ بہن طفیل بی بی بھی اب بیمار رہتی ہے۔"

"اکرم کا کچھ لکھا؟"

"نہیں..... اکرم کے بارے میں کبھی تفصیل سے نہیں لکھتا..... بس اتنا لکھتا ہے کہ اکرم ٹھیک ہے۔"

"تم نے آمنہ کے بارے میں کچھ سوچا؟ اب سوچنا چاہیئے۔"

"ہاں میں اسے دیکھتا ہوں تو ایک دھکا سا لگتا ہے کہ اتنی جلدی اتنی بڑی ہو گئی ہے۔ اس کے طور طریقے بھی گوریوں کی طرح ہیں۔ اتنا سمجھتا ہوں پہ جین ہی پہنتی ہے اور دوپٹے کا تو سوال ہی پیدا نہیں ہوتا۔"

"جن لوگوں نے اُدھر اپنوں میں شادیاں کیں اور پھر ادھر ولایت آ گئے، ان کی اولاد ان کے قابو میں نہیں ہے۔ تو آمنہ تو یوں بھی آدھی انگریز ہے۔"

"پر خوُن تو میرا ہے ناں.... نور دین کی اولاد ہے۔"

غلام علی سر جھکا کر ہنسنے لگتا۔ "واہ برکت علی واہ..... کہاں کی باتیں کر رہے ہو...."

"تم کوئی رشتہ دیکھو...."

"آمنہ مان جائے گی...."

"میں نے اس سے پوچھا ہی نہیں۔ لڑکیاں ان معاملوں میں نہیں بولا کرتیں۔"

"میں اب دھیان رکھوں گا۔ پاکستانیوں کے لڑکوں کو بھی تو خدا کی مار ہے۔ گوریوں کے ساتھ ہی اٹھتے بیٹھتے ہیں اور بیئر پانی کی طرح پیتے ہیں۔ کوئی نیک اور شریف لڑکا ملا تو

بات کروں گا....“

آمنہ کے بارے میں سیلی بالکل چُپ رہتی کیونکہ ایک مرتبہ جب وہ کسی کلاس فیلو کے ساتھ فلم دیکھنے چلی گئی اور واپسی پر برکت علی نے اسے تھپڑ مارا تو سیلی رہ نہ سکی۔

”اس نے کوئی جرم نہیں کیا۔“ سیلی نے کہا تھا۔ ”جوان ہے تو اسے بھی اپنی زندگی گزارنے کا حق ہے....“

برکت علی کی آنکھیں خون ہو گئیں اور وہ بھرائی ہوئی آواز میں بولا تھا۔ ”سیلی مجھے اپنے دادے نور دین کی قسم ہے.... آمنہ اگر دوسری گوریوں کی طرح ہو گئی تو میں اسے قتل کر کے پھانسی لگ جاؤں گا..... یہ زندگی اسی طرح گزارے گی جس طرح ہماری بیٹیاں گزارتی ہیں۔“

اس کے بعد سیلی نے کبھی کچھ نہ کہا۔ کیونکہ وہ جانتی تھی کہ برکت علی بالکل ایسا کر سکتا ہے۔

آمنہ او لیول کرنے کے بعد اب اے لیول کر رہی تھی۔ اور فارغ وقت میں سٹور میں کام کرتی تھی۔ جیب خرچ کے علاوہ سٹور میں کام کرنے کا اسے الگ ملتا تھا..... فرید ابھی تک او لیول سے نہیں نکلا تھا۔ برکت علی کی خواہش تھی کہ وہ ڈاکٹر بنے لیکن اس نے صاف انکار کر دیا تھا۔ ”میں پوری انسانیت کی شِٹ صاف کرنے کے لئے پیدا نہیں ہوا ہوں....“ اور برکت علی نے بڑی مشکل سے اپنا غصہ ضبط کیا تھا۔

اتوار کا دن تھا۔

ناشتے کی میز پر برکت علی گاؤن پہنے اخبار کے سنڈے ایڈیشن کی تصاویر دیکھ رہا تھا اور چائے پی رہا تھا۔ سیلی باورچی خانے میں تھی اور آمنہ اور فرید فرائی انڈوں پر جھکے ان سُڑکیوں کو سن رہے تھے جو برکت علی چائے پیتے ہوئے نکال رہا تھا۔ ان دونوں کے چہروں پر ناگواری لکھی تھی۔ تھوڑی دیر کے بعد آمنہ کھانسی۔ ”ڈیڈی!“

برکت علی چونکا ”ہاں۔“

"آپ چائے آرام سے کیوں نہیں پی سکتے ؟"

"کیسے....." برکت علی نے سر ہلایا۔ اس کی سمجھ میں نہیں آیا تھا کہ آمنہ نے کیا کہا تھا۔

" یہ جو چائے اور سوپ پیتے وقت آپ سُرپ سُرپ کرتے ہیں.... تو یہ کوئی اچھی بات نہیں ہے ڈیڈی ؟"

برکت علی کو یاد آیا کہ اس مسئلے پہ اس سے پیشتر بھی گفتگو ہو چکی تھی۔

" مجھے مزا نہیں آتا چپکے چپکے چائے پینے کا....." برکت علی مُسکرا رہا تھا "جب تک لوگوں کو پتہ نہ چلے کہ ہم جناب چائے پی رہے ہیں تو فائدہ۔"

" آمنہ ٹھیک کہتی ہے ڈیڈی..... پچھلے اتوار آپ میرے دوستوں کے سامنے بھی اسی طرح آوازیں نکال رہے تھے اور وہ مُسکرا رہے تھے۔"

"تو اچھی بات ہے ناں....." برکت علی کا خوشگوار موڈ برقرار رہا۔ " بجائے اس کے کہ وہ مجھے دیکھ کر رونے لگتے۔ اچھا ہے کہ وہ مُسکرانے لگے۔"

آمنہ اور فرید ناگواری سے ہونٹ بھینچے سُنا کیے۔

"بات یہ ہے آمنہ کہ میں نے زندگی میں پہلی چائے جو تھی وہ آکر پی لاہور میں.... ادھر چک میں چائے وغیرہ نہیں ہوتی تھی بلکہ......"

"بلکہ لسی ہوتی تھی....." فرید نے بات کاٹ کر کہا " یہ ہم بہت مرتبہ سن چکے ہیں۔"

"تو پھر ایک مرتبہ پھر سُن لو....." برکت علی کی آواز ذرا مدھم ہو گئی۔ کیونکہ اسے دُکھ ہوا تھا۔ "کہ ہم چائے نہیں لسی پیتے تھے اور تمہاری پھوپھی طفیل بی بی جس طرح دودھ بلوتی تھی اور پھر لسی..... خیر رہنے دو..... ناشتہ کرو۔"

وہ سر جھکا کر ناشتہ کرنے لگے۔ سیلی کچن میں سے آئی تو دونوں نے سر اٹھا کر اسے دیکھا جیسے کچھ کہنا چاہتے ہوں۔

"بیکٹ....." سیلی نے برکت علی کے دونوں کندھوں پہ ہتھیلیاں جما کر بڑے پیار

سے کہا۔ "امی اور فریڈی تم سے کچھ کہنا چاہتے ہیں۔"

"ہوں۔" اس نے تصویروں پر سے نگاہ اٹھائی۔ "ہاں، کیا کہنا چاہتے ہیں؟"

"ڈیڈی....." آمنہ نے کھانس کر کہا۔ "کرسمس آرہی ہے۔"

"پھر.....؟"

"پھر یہ کہ....." فرید نے ہمت کر کے کہا۔ "ہم لوگ کرسمس منانا چاہتے ہیں۔"

"ہاں ہاں کیوں نہیں.... تمہاری مم ہر سال کرسمس کا درخت خرید کر لاتی ہے اور اسے رنگ برنگی روشنیوں سے سجاتی ہے۔ پھر سب کے لئے تحفے وغیرہ۔"

"نہیں ڈیڈی اس طرح نہیں۔" آمنہ نے کہا۔ "ہم کرسمس کی شام کو اپنے گھر میں پارٹی کرنا چاہتے ہیں دوستوں کی۔"

"ٹھیک ہے...." برکت علی نے سر ہلایا۔ "تمہارے انکل گیم اور آنٹی میگی .... اور انکل بَلّی۔"

"نہیں نہیں ڈیڈی....." فرید نے سر جھٹکا جیسے کہہ رہا ہو کہ آپ سمجھتے کیوں نہیں... "ہم اپنے گھر میں ایک پارٹی کرنا چاہتے ہیں صرف نوجوان لوگوں کی..... میوزک اور ڈرنکس وغیرہ کے ساتھ۔"

"کیا....؟" برکت علی کا منہ کھل گیا۔ "اس گھر میں.....؟"

"ڈیڈی ہم نے کبھی اپنے دوستوں کو گھر نہیں بلایا..... چائے وغیرہ کے لئے نہیں بلکہ باقاعدہ پارٹی کے لئے.... تو کتنا بُرا لگتا ہے کہ ہم تو ان کی پارٹیوں میں جائیں اور کھائیں پئیں اور انہیں کبھی نہ بُلائیں....."

"تم شراب کی پارٹی کرو گے؟" برکت علی نے بے چارگی سے پوچھا۔

"شراب کی نہیں.... بس پارٹی...."

"نہیں....." برکت علی نے سر ہلایا۔ "میرے گھر میں یہ نہیں ہوگا.... شراب اور

ناچ وغیرہ نہیں ہوگا....“

”کیا حرج ہے بیکٹ....“ سیلی بولی ”بچے احساسِ کمتری کا شکار ہو گئے ہیں۔ ان کا بھی تو حق ہے اس گھر پہ..... یہ بھی تو کوئی فیصلے کرنا چاہتے ہیں.....“

”ایک مسلمان کے گھر میں یہ نہیں ہو سکتا..... برکت علی نے بڑی بے چارگی سے پھر کہا۔

”مسلمان کون ہے؟“ آمنہ نے بلند آواز سے کہا ”ڈیڈی آپ جو کچھ بھی ہیں۔ میں وہ نہیں ہوں۔ میں مم کی طرف سے انگریز ہوں اور میں یہاں کی پیدائش ہوں۔ یہ ملک میرا ہے.... اس کی تہذیب میری ہے...... میں صرف آپ کی خاطر چپ رہتی ہوں کہ آپ کا دل نہ دکھے.... لیکن آپ ایسی سٹوپڈ باتیں کرتے ہیں....“

”ایمی....“ سیلی نے ٹوکا۔

”میں ٹھیک کہہ رہی ہوں مم.... ڈیڈی کی وجہ سے ہم یہاں مکس اپ ہو گئے ہیں۔ ہمیں پتہ نہیں کہ ہم کیا ہیں.... ڈیڈی کہتے ہیں ہم مسلم ہیں..... کہتے ہیں! آپ میں سے کوئی نماز نہیں پڑھتا اور ڈیڈی ان پڑھ ہیں اس لئے قرآن نہیں پڑھتے تو کیسے مسلمان ہیں..... اور اگر ہیں تو میں نہیں ہوں..... میں کچھ بھی نہیں ہوں۔“

”یہ تم کیا بکواس کر رہے ہو سارے کے سارے“ برکت علی نے تینوں کو دیکھا..... اور ایسے دیکھا کہ وہ سہم گئے ”سیلی میں نے تمہیں کبھی اپنا مذہب بدلنے کے لئے مجبور نہیں کیا..... اب تم چاہتی ہو کہ میرے بچے..... نہ تم مسلمان ہو اور اس گھر میں اگر رہنا ہے تو ویسے رہنا ہے جیسے میں کہتا ہوں.... کوئی پارٹی وغیرہ نہیں چلے گی یہاں... ... تمہیں اگر پیسے درکار ہیں تو ٹھیک ہے۔ نئی کار چاہیئے تو ٹھیک ہے.... لیکن یہ... .... یہ ٹھیک نہیں۔“

آمنہ نے گود میں نیپکن الٹا کر ہونٹ پونچھے اور اسے میز پر پھینک کر پاؤں پٹختی

باہر چلی گئی..... فرید بھی اُٹھنے لگا۔

"ادے تُم ذرا میری بات سُنو چوہدری صاحب ..... !تمہیں شرم نہیں آتی بہن کے ساتھ پارٹیوں اور شرابوں کی بات کرتے ہوئے؛"

"کیوں؟" فرید نے حیرت سے پوچھا۔

"لو مجھ سے پوچھتا ہے کیوں..... بے شرم کہیں کا....."

"تم بھی جاؤ فریڈی....." سیلی نے اُسے اشارہ کرتے ہوئے کہا اور پھر اُس کے جانے کے بعد برکت علی کے قریب ہو کر بیٹھ گئی "ڈارلنگ..... تم سمجھنے کی کوشش کرو ورنہ ہم اپنے بچوں کو کھو دیں گے..... ایمی اُنیس برس کی ہے اور ہمیں چھوڑ کر جا سکتی ہے۔"

"جائے تو سہی..... اور کہاں جائے گی۔ دوسری گوری لڑکیوں کی طرح ٹائپ سیکھے گی، سیلز گرل بنے گی یا فیکٹری میں کام کرے گی..... جو گی اور سیلی سٹورز کی مالک تو نہیں بنے گی..."

"آج کل کے بچے دولت کے بارے میں کچھ لا پرواہ ہیں بیکٹ.....!"

"نہیں..... اس گھر میں پارٹی نہیں ہو گی..... کم از کم جب تک میں زندہ ہوں.... نہیں ہو گی..... اُس نے اخبار اُٹھایا اور تصویریں دیکھنے لگا جیسے آخری فیصلہ ہو چکا ہو۔

"میرا بھی یہی مسئلہ ہے....." ببیر نے بیئر کی جھاگ مونچھوں سے پونچھتے ہوئے اُداسی سے کہا..... "یار ہمیں تو پتہ ہی نہیں چلا اور وقت گزر گیا..... کل کی بات ہے کہ سیلی اور تم..... اور یہ تو آج صبح کی بات لگتی ہے جب میں تمہارے سٹور میں گاہک بن کر آیا تھا..... پر بیس سال ہونے کو آئے اور ہم نے کبھی نہ سوچا کہ کرنا کیا ہے..... میں فیکٹری میں گم رہا اور تم سٹور میں اور ہماری اولاد باہر کی باہر جوان ہو گئی....."

"مجھے پتہ ہوتا تو میں واپس چلا جاتا....."

"نہیں یہ بھی کوئی حل نہیں ہے ..... سوہن سنگھ نہیں ہے برمنگھم والا..... اس کی گھر والی بھی گوری تھی ..... وہ بھی بڑا تنگ تھا اپنے بال بچے سے ..... اُس نے کوشش بہت کی پر یہاں جو جوانی آتی ہے بچوں پر تو منہ زور آتی ہے تو وہ روک نہ سکا ..... پھر انہیں ہندوستان دکھانے کے بہانے گرمیوں کی چھٹیوں میں جہاز پر بٹھایا اور لے گیا دہلی اور وہاں سے گاڑی میں بیٹھ کر سیدھا ہوشیار پور کے پاس اپنے گاؤں میں ..... وہاں جا کر اُس نے کہا کہ لو بھئی یہ ہے تمہارا اصل اور اب بندے کے پُتّر بنو اور آرام سے زندگی گزارو ..... ایک ہفتے بعد سویرے اُٹھا تو پورا جیا جنت غائب ..... گوری بھی ..... پتہ چلا کہ وہ دہلی میں جا پہنچے برطانیہ کے سفارت خانے میں اور کہنے لگے کہ جی ہم برٹش نیشنلٹی ہیں اور ہمارا باپ ایک ظالم سکھ ہے جو ہمیں اغواء کر کے یہاں لے آیا ہے۔ ہمیں واپس ہمارے وطن بھیجو..... انہوں نے بھیج دیا اور سوہن سنگھ اب اکیلا رہتا ہے برمنگھم میں اور شراب کے ساتھ مت مارتا ہے....."

یہ بڑا بیڑا غرق ہوتا ہے کہ یہاں کی پیدائش کو نیشنلٹی دے دیتے ہیں۔ یہی وجہ ہے ان کے چوڑ ہونے کی۔ انہیں پتہ ہو کہ انہوں نے واپس جانا ہے تو بالکل ٹھیک رہیں..."

"ویسے برکت علی میں تجھے مان گیا ہوں..... ببیر جو ابھی اداس تھا ابھی قہقہہ مار کر کہنے لگا۔ "تُو نہ بہت کنٹرول میں ہے اپنے۔"

"کیسے؟"

"یاد ہے جب میں تیرا یار بنا تھا وہی ساس ایج والی فیکٹری میں تو پہلے دن تجھے پب میں لے گیا تھا اور تجھے بیئر پینے کو کہا تھا تو تُو نے جواب دیا تھا کہ بس یہ کام میں نے نہیں کرنا۔ مجھے یقین تھا کہ آخر کار تُو یہ کام ضرور کرے گا جیسے سارے لوگ کرتے ہیں۔ پر تو پکا رہا..... آج تک ہاتھ نہیں لگایا..... بہت کنٹرول میں ہے تُو....."

"اب اس کنٹرول کا کیا کروں جو آمنہ اور فرید پر نہیں ہے..."

"دیکھ برکت ..... اوئے جوگی اوئے ..... تیری جو گھر والی ہے ناں ..... کہتی ہے کہ بچے گھر سے بھاگ جائیں گے تو یونہی تجھے ڈراتی ہے۔ تُو ناں اپنی آل اولاد پر ہاتھ مضبوط رکھ..... کوئی نہیں بھاگتا..... جانا کہاں ہے..... اب میں تمہیں موراں کی بات بتاؤں..... میں نے اُسے سکول سے بھی اُٹھا لیا ہے..... مجال ہے اُس کی کہ گھر سے باہر جائے ..... پچھلے دو مہینے میں ایک بار اُسے خود لے کر گیا تھا اُس کی ایک پاکستانی فرینڈ کے پاس..... سارا دن گھر میں رہتی ہے، ریکارڈ سُنتی ہے اور ناچتی ہے ..... اب ناچنے پر تو پابندی نہیں لگ سکتی ..... ویسے مجھے اب بھی شک ہے ....."

"کس پر؟"

"موراں پر اور کس پر ..... وہ جو اُس کے ساتھ سکول میں ایک گورا پڑھتا تھا ناں..... جسے میں نے ذرا مرمت کیا تھا تو میرا خیال ہے وہ اُسے فون کرتا ہے ..... خیر اب فون کرنے پر تو پابندی نہیں لگ سکتی ناں ..... تیری بھرجائی کا ایک رشتے دار ہے اُدھر پنجاب میں اور اُس کا ایک لڑکا ہے۔ تھوڑا بہت پڑھا لکھا ہے اور زمین بھی گزارے کے لئے ٹھیک ہے تو میرا خیال ہے کہ اُسے بلا لوں موراں کے لئے ....."

"موراں سے پوچھ لینا بلبیر بھائی ..... اُدھر کا ماحول بڑا خراب ہے۔"

"لو میں پوچھتا ہوں موراں سے ....." بلبیر کی آنکھیں مزید سُرخ ہو گئیں" واہگرو کی کرپا سے جو کروں گا وہی ہو گا ....."

وہ دونوں اُٹھے ..... بلبیر جھومتا ہوا ..... اور برکت علی اُسے سنبھالتا ہوا ..... اور شراب خانے سے باہر نکل گئے۔

جوگی والے میلے پر ڈھول دھم دھماں دھم دھمک رہا تھا .....

اور وہ شریہنہ کے نیچے ہاتھ اُٹھائے آنکھیں بند کئے اُس کی دھمک پر دھم دھما

دھم ناچ رہا تھا.....

آج میلے کا پہلا دن تھا اور لوگ بڑے جوگی کو سلام کہنے کے لئے آ رہے تھے۔

وہ جو ناچ رہا تھا تو اس کا بدن پسینے میں تیرتا اور پاؤں دھول اڑاتے تھے لیکن اُس کے اندر آہستہ آہستہ ڈھول کی آواز گم ہوتی تھی جیسے ریت پر پانی گم ہوتا ہے اور اُس کا ذہن ٹھہرا ہوا تھا اور وہاں خاموشی تھی .... اور اُس خاموشی میں صرف ایک سوال تھا اور وہ سوال ہولے ہولے وہاں تیرتا تھا..... ڈوب کر گم کبھی نہ ہوا بس تیرتا رہا.... میں کون ہوں ؟ یہ سوال اور بس یہی سوال کہ میں کون ہوں..... اس کے ذہن میں بہت ساری تصویریں تھیں۔ وہ کسی کو بھی ان تصویروں کے بارے میں بتا نہیں سکتا تھا کیونکہ اُسے خود ٹھیک سے پتہ نہیں تھا کہ وہ تصویریں کیا ہیں اور کہاں سے آ کر اُس کے دماغ میں ثبت ہو گئیں..... ان میں ایک تصویر بہت مدھم تھی.... ایک دھول آلود گلی ہے اور وہ ایک گود میں ہمکتا ہے..... اُس کی ناک میں ماں کے پسینے کی مہک ہے جسے وہ پہچانتا ہے اور اُس کا منہ بار بار ماں کے بدن سے لگتا ہے..... اور ماں کو پسینہ آیا ہوا ہے.... کیا وہ ماں تھی یا کچھ اور..... پتہ نہیں..... تصویر بہت مدھم ہے..... اور پھر وہ گلی سے نکلتی ہے اور گاؤں سے باہر کھیتوں میں جاتی ہے۔ اُسے یوں معلوم ہوتا ہے کہ ہوا میں تازگی آتی ہے۔ پھر وہ اُسے ایک جگہ زمین پر لٹاتی ہے اور کھیتوں میں چلی جاتی ہے....اور پھر پتہ نہیں کیا ہے..... کوئی اُس پر جھکا ہوا ہے..... پھر پتہ نہیں کیا ہے.....ایک اور گود ہے لیکن وہ ماں کی گود نہیں..... اُس بدن کے پسینے میں بُو ہے اور وہ بھاگتا ہے اور وہ اُسے دیکھتا ہے.... پوٹلی میں بند اُسے دیکھتا ہے..... اور پھر وہ بھی اُسے اُسی جگہ لٹا کر..... پھر پتہ نہیں کیا ہے..... تصویریں مدھم ہوتی جاتی ہیں، بڑے جوگی کے میلے پر لوگ جوق در جوق آ رہے تھے.....

یہاں اُن کا بڑا دفن تھا۔ جس نے اُن کا بوٹا لگایا..... جس کی وہ آل اولاد تھے....

وہ بھی اُس کی آل اولاد میں سے تھا اور ناچ رہا تھا..... ڈھول والا جا چکا تھا.... لیکن ڈھول کی آواز وہیں چھوڑ گیا تھا اور اُس کے کان اُسے سنتے تھے اور وہ ناچتا تھا۔ شام کے سائے بجھتے ہوئے صحن بھرنے لگے۔

طفیل بی بی نے اُس کے بازو پر ہاتھ رکھا اور ہولے سے کہا "پتّر اب بس کر...."

اور وہ وہیں رُک گیا جہاں تھا۔ ہاتھ اُوپر اُٹھائے اور پاؤں دھول میں..... طفیل بی بی نے اُس کے ہاتھ پکڑ کر نیچے کیئے "آ گھر چلیں۔"

وہ سر جھکا کر اُس کے ساتھ ہو لیا جیسے اُس کے انتظار میں تھا۔

رات کو وہ اُسی طرح سر جھکائے شوربے میں روٹی ڈبو ڈبو کر کھاتا رہا۔

"سالن اور لے لو...." طفیل بی بی نے ہانڈی میں ڈوئی چلا کر کہا..... اُس نے انکار میں سر ہلایا "کتنے دنوں بعد یہاں میرے پاس آ کر بیٹھے ہو؟ شرم نہیں آتی؟"

اُس نے پھر انکار میں سر ہلایا۔

طفیل بی بی نے لالٹین کی ناکافی روشنی میں اکرم کی طرف دیکھا..... تو میرے بھائی کی نشانی ہے۔ پر کیسی نشانی ہے کہ جسے اپنے نشان اور نام کا بھی پتہ نہیں۔ سارا سارا دن ویران پھرتا رہتا ہے۔ لوگ کہتے ہیں کہ سودائی ہے پر تُو چنگا بھلا ہے۔ میں جانتی ہوں تو چنگا بھلا ہے اسی لئے تو جو میں کہتی ہوں تو ویسے ہی کرتا ہے..... کبھی تو مہینوں غائب رہتا ہے۔ میں تجھے ڈھونڈتی پھرتی ہوں کہ تیرا نشان ملے، کہیں راستے کی دھول میں تیرے قدموں کا نشان ملے..... اور پھر کوئی مرد، عورت، بچّہ اسی دروازے میں سے جھانک کر کہتا ہے "ماسی! تیرا سودائی بھتیجا فلاں جگہ پر بیٹھا ہے یا اُس کھیت میں سو رہا ہے اور میں تجھے جا کر لے آتی ہوں..... اور پھر تو سہمے ہوئے خرگوش کی طرح میرے ساتھ چلا آتا ہے اور سر جھکا کر میرے پاس بیٹھ جاتا ہے اور کئی روز تک تو سر نہیں اُٹھاتا۔ میرے پاس رہتا ہے۔ میرے کلیجے میں ٹھنڈک پڑتی ہے کہ میرا خون میرے پاس ہے..... اور

پھر ایک صبح اُٹھتی ہوں تو تجھے غائب پاتی ہوں ..... تو چلا جاتا ہے۔ آج بھی یہاں اسی صحن میں بیٹھی تھی کہ تر کھانوں کی زینبے نے آ کر کہا ''ماسی تجھے مبارک ہو..... تیرا سودائی بھتیجا بڑے جوگی کے میلے پر ناچ رہا ہے.....'' اور میں سارا کام کاج وہیں چھوڑ چھار کر بھاگی کہ تو چلا نہ جائے۔ گم نہ ہو جائے..... اب دیکھتی ہوں کہ تو کتنے روز میرا گھر آباد رکھتا ہے......

اکرم سر جھکائے کھانا کھاتا رہا۔

اگلے روز طفیل بی بی نے عنائت علی کو سندیسہ بھیجا کہ اکرم آگیا ہے اور وہ بھی سارا کام کاج کھیتی باڑی کا چھوڑ چھاڑ فوراً آ گیا۔

''واہ جی.....! آج تو موج ہو گئی'' عنایت علی کی نیلی آنکھوں میں نمی تھی ''آج تو میرا پتّر آ گیا'' اُس نے آگے بڑھ کر اکرم کو گلے لگا لیا ''کہاں گیا تھا؟''

''کہیں نہیں.....'' اکرم نے مسکرا کر کہا۔

''چل..... جھوٹا بے ایمان.....''

''میں نہیں جھوٹا بے ایمان.....'' وہ سر ہلا کر بولا ''میں اُدھر گیا تھا..... سٹیشن پر..... پھر گیا تھا جوہڑ کے پاس..... اور پھر..... پھر آ گیا تھا.....''

''کچھ کھایا پیا؟'' عنائت علی نے اُس کی پیٹھ تھپکتے ہوئے پوچھا۔

''ہاں.....'' اکرم نے سر ہلایا ''روٹی کھائی روٹی۔''

''آ چل..... آج میرے ساتھ کنوئیں پر چل..... بہن طفیل بی بی میں اس کو ساتھ لے جا رہا ہوں'' عنائت علی نے اکرم کا بازو پکڑا اور صحن سے باہر گلی میں لے گیا..... بچے کواڑوں کے ساتھ لگے اُسے دیکھتے تھے کہ سودائی آگیا ہے..... وہ دونوں گلی سے نکل کر باہر آئے اور کھیتوں کی طرف چلنے لگے۔

''پتّر اب تو بڑا ہو گیا ہے۔ اب اس طرح بتائے بغیر نہ جایا کر..... تیری بے بے

ناراض ہو جاتی ہے۔۔۔۔۔"

"بے بے ؟" اکرم رُک گیا "بے بے قبرستان میں ۔۔۔۔ بے بے اُدھر قبر۔"

"ہاں ۔۔۔۔۔ وہ ہے تو قبرستان میں ۔۔۔۔ پر تیرا پوچھتی ہے۔ کہتی ہے بھائی عنایت جب تک برکت علی آ نہیں جاتا میرے بیٹے کا خیال رکھنا۔۔۔۔ تُو نہ جایا کر۔۔۔۔"

"چاچا میں نہیں جاتا۔۔۔۔۔ میں نہیں جاتا پر مجھے یاد نہیں رہتا اور میں چلا جاتا ہوں۔۔۔"

"تیرے چاچے کا خط آیا تھا ولایت سے۔۔۔۔۔"

اکرم کا بدن جیسے اکڑ گیا ہو، وہ ہاتھ پھیلا کر پرے ہو گیا جیسے جاپانی پہلوان کُشتی کے لئے تیار ہوتا ہے۔

"نہ غصّہ نہ کر چاچے کے نام پر۔۔۔۔۔ عنائت علی نے اُسے بازو سے پکڑ لیا۔" جوان بیٹے غصّہ نہیں کرتے۔۔۔۔۔ اُس نے تیرا پُوچھا ہے۔۔۔۔ وہ بہت مصروف ہے وہاں۔ بڑا آدمی ہے۔۔۔۔ اُس کی دکانیں ہیں۔ ملازم ہیں۔۔۔۔۔"

"آئے گا ؟۔۔۔۔۔" اکرم نے ہولے سے کہا۔

"ہاں آئے گا۔۔۔۔۔"

"اچھا ؟" وہ منہ کھول کر سچی اور گہری ہنسی ہنسنے لگا۔

مخالف سمت سے گوجروں کا امام دین کاندھے پر پیتل کی گاگر رکھے چلا آتا تھا۔ وہ قریب ہوا تو اکرم نے اُسے غور سے دیکھا اور پھر چیخ کر کہنے لگا "یہ تصویریں ہے۔۔۔۔۔"

"کون تصویریں ہے ؟" عنائت علی نے حیران ہو کر پوچھا۔

"یہ۔۔۔۔۔ یہ۔۔۔۔۔ یہ" اکرم کی انگلیاں یہ ۔۔۔۔ یہ پر حرکت کرتی گوجروں کے امام دین کی آنکھوں میں گھس گئیں۔

"اوئے اکرم ..... اوئے اکرم ....." عنائت علی حیران پریشان اُس کے کاندھے گرفت میں لے کر اُسے الگ کرنے کی کوشش کرنے لگا..... "سودائی ہو گیا ہے ..... اوئے اکرم ....."

اکرم فوراً پیچھے ہو گیا۔ امام دین آنکھوں پر ہاتھ رکھے "اوئے میں اندھا ہو گیا..." کے بین کرتا زمین پر بیٹھ گیا اور زور زور سے سر ہلانے لگا۔

اکرم نے دونوں کو معصومیت سے دیکھا اور اُس لمحے وہ نہیں جانتا تھا کہ امام دین کیوں چیخ رہا ہے اور چاچا عنائت علی اتنا ناراض کیوں ہے "کیا ہوا چاچا؟".... اُس نے پوچھا۔

"تیرا سر ہوا....." عنائت علی نے اُس کے سر پر ایک دھپّہ مارتے ہوئے کہا۔ "امام دین کو اندھا کرنے لگا تھا.... تیرا چاچا ہے ..... اسے نہیں پہچانتا.... اوئے اسے نہیں پہچانتا؟"

"پہچانتا ہوں ....." اکرم نے سر ہلایا اور تب امام دین نے سر جھٹک کر اوپر دیکھا اور اس کی دونوں آنکھیں بیر بہوٹیاں تھیں اور اُن میں اور اُن کی سُرخی میں "پہچانتا ہوں" کی سیاہی تیر رہی تھی۔

"چل اُٹھ ....." عنائت علی نے آگے بڑھ کر امام دین کو سہارا دیا "مجھے معافی دیدے.... یہ تو سودائی ہے .... پتہ نہیں اسے کیا ہو گیا تھا باولے کُتّے کو..... میں بڑا شرمندہ ہوں امام دین ....."

"میں بھی شرمندہ ہوں شرمندہ ....." اکرم کا سر جُھکا ہوا تھا.....

"پر تجھے کیا مار پڑی جو چاچے پر یوں ہاتھ اُٹھا لیا..." عنائت علی نے اکرم کے جُھکے ہوئے سر پر ایک اور دھپ لگائی .... "تجھے ہوا کیا تھا؟"

"اس کی تصویر تھی..... اُس نے ہولے سے سرگوشی میں کہا....

امام دین کی آنکھیں گھوم کر اُس پر آ ٹھہریں..... "چل دفع کر عنائت علی.... یہ سودائی ہے کمبخت! آج مجھ پر ہاتھ اُٹھایا ہے تو کل کسی اور کو مارے گا...."

"ہاں امام دین..... عنایت علی کو اپنے دونوں بھائی یاد آئے اور پھر جائی بشیراں یاد آئی جو اُسے چھوڑ کر جا چکے تھے اور اُس کے گلے میں ایک پتھر بیٹھ گیا، بھاری اور جس کے تلے سانس نہ آتا تھا" پر میں کیا کروں؟"

"اِسے اُدھر لاہور لے جاکر پاگل خانے میں داخل کرا دے.... تیری بہتری ہے اس میں..... دیکھ ناں میں جا کے پولیس میں رپورٹ کر دوں تو وہ اسے پکڑ کر لے جائیں گے تو بہتر یہ ہے کہ تو خود ہی اِسے چھوڑ آ..... خطرہ ہے یہ لوگوں کے لئے....."

"اس کی تصویر یہ تھی...." اکرم نے پھر کہا اور عنائت علی اُس کا بازو تھام کر واپس چک کی جانب چلنے لگا۔

شام ہوئی تو اُس نے طفیل بی بی سے مشورہ کیا" آج تو خیر گزر گئی لیکن کل کیا ہوگا.... اکرم کو داخل نہ کرا دیں.....؟"

طفیل بی بی جواب میں سر جُھکا کر آنسو بہانے لگی، ناک صاف کرتی اور پھر ایک لمبی ہائے کر کے رونے لگتی....

"گوجروں کا امام دین تو اپنا ہے۔ اپنے چک کا ہے۔ کل کلاں کسی پردیسی کو یا کسی بچے کو.....اس کا کچھ پتہ نہیں....."

"ہائے....." بالآخر طفیل بی بی نے بھرائی ہوئی آواز میں کہا "میرے ماں جائے کی اولاد ہے.....میں اُسے سودائیوں کے ہسپتال کیسے چھوڑ آؤں..... برکت علی آگیا تو کیا کہے گا کہ بہن میرے ایک بیٹے کو سنبھال نہیں سکی...."

"نہ اُس نے آنا اور نہ اُس نے تجھ سے پوچھنا....." عنایت علی زمین پر تھوک کر بولا" آنا ہوتا تو آچکا ہوتا...."

"میں اسے پچھلی کوٹھڑی میں بند کر دیتی ہوں ....." طفیل بی بی نے روتے ہوئے کہا ..... اکرم چارپائی پر آلتی پالتی مارے بڑے آرام سے اور لاتعلق ہو کر روٹی کھانے میں مشغول تھا" اُدھر مولوی صاحب کا جو پہلا جوائی تھا وہ جب ..... سودائی ہوا تھا تو اُسے مولوی صاحب نے کوٹھڑی میں بند کیا تھا تو ٹھیک ہو گیا تھا ....."

"مرضی ہے تیری طفیل بی بی .... تیرا بھتیجا ہے اور میرا ....." عنائیت علی اُٹھ کر کھڑا ہوا اور اکرم کے قریب جا کر اُس کے سر پر ہاتھ پھیرا" پتہ نہیں کیا ہو گیا تھا اُسے ....."

"وہ تصویر میں تھا ....." اکرم نے مسکراتے ہوئے کہا۔

"کیا یہ عجیب اور غیر فطری بات نہیں کہ میں اور تم ..... ایک بہن بھائی اکٹھے بیٹھے بیئر پی رہے ہیں" آمنہ نے مگ کو ایک ہی سانس میں ختم کیا اور میز پر پٹخ دیا" صرف اس لئے کہ ہمارا باپ آج سے درجنوں سال پہلے کسی مشرقی ملک سے بھوکا مرتا ہوا آیا اور انگلینڈ میں سیٹل ہو گیا اور وہ اب بھی یہی چاہتا ہے کہ ہم کسی چک جوگیاں میں اخلاق کا جو پیمانہ ہے اُس کے مطابق زندگی بسر کریں؟"

"اس میں ڈیڈی کا قصور نہیں ہے ....." فرید سر جھٹک کر بولا اور پھر اُٹھ کر کاؤنٹر تک چلا گیا اور خالی مگ بارمین کے آگے رکھ دیئے" اِنہیں پھر سے بھر دو" اس نے کہا۔ مگ بھروانے کے بعد وہ پھر واپس آ گیا" اس میں ڈیڈی کا کیا قصور ہے ..... وہ پڑھے لکھے نہیں ہیں اور اُن کو کچھ پتہ نہیں کہ انسانی ترقی کیا شے ہے؟"

"تو پھر ممی نے اُن کے ساتھ شادی کیوں کی تھی؟"

"اس لئے کہ ممی بھی تقریباً اُن کی طرح کی ہیں ..... صرف وہ انگلینڈ میں پیدا ہوئیں ورنہ وہ بھی ..... اور یوں بھی سیکنڈ ورلڈ وار کے بعد یہاں لڑکوں کی کمی ہو گئی تھی ....."

"دوستوں میں ہم بالکل فریکس ہیں ..... ذہنی طور پر اُلجھے ہوئے ..... نہ ہم اپنے

دوستوں کے ساتھ باہر جا سکتے ہیں..... کم از کم بتا کہ تو نہیں جا سکتے اور نہ ہم کسی پب میں بیٹھ کر بیئر کا ایک مگ پی سکتے ہیں، آفٹر آل بیئر الکوحل تو نہیں.... یہ تو.... بس ایک ڈرنک ہے.... کیا تم ڈرنک ہو گئے ہو بیئر پینے سے؟"

"بالکل ڈرنک" فرید نے ہاتھ پھیلا کر کرسی سے گرنے کی اداکاری کی"۔

"اور ڈیڈی کے دوست کون ہیں؟ ایک تو انکل گیم اور آنٹی میگی اور ان کے علاوہ انکل بلّی اور اُن کی بیوی...."

"اور اُن کی بیٹی موراں...."

"ہاں..... تمہیں پتہ ہے موراں، پی چک ہے..... مور کی مادہ....."

"نو کڈنگ..... کیا واقعی؟ ویسے موراں کی حالت ہم سے بھی بُری ہے۔ انکل بلّی تو ایک وحشی سکھ ہے..... اُسے کمرے میں بند رکھتا ہے۔ اور تم جانتی ہو کہ موراں کے لئے ایک خاوند انڈیا سے امپورٹ کیا جا رہا ہے....."

"اوہ شِٹ....." آمنہ نے ناک چڑھا کر کہا اور بیئر کا ایک لمبا گھونٹ گلے میں اُتارا۔

"ہاں..... اور انکل بلّی کہتے ہیں کہ اگر موراں نے اُس کے ساتھ شادی نہ کی تو وہ اُسے قتل کر دیں گے"۔

"اوہ شِٹ....." آمنہ نے پھر کہا" بس یہی مصیبت ہے اِن اورنیٹل لوگوں میں.... مجھے ویسے کبھی کبھی ڈیڈی سے اس قسم کا ڈر لگتا ہے۔ تمہیں کیا پتہ وہ کب غصّے میں کچھ بھی کر جائیں.... وہ قتل بھی کر سکتے ہیں....

"مجھے اب تم ڈراؤ نہیں....." فرید نے گھڑی پر وقت دیکھا..." گھر جانے کا وقت ہو گیا ہے۔ لِٹل لیڈی....."

"قید خانے میں جانے کا وقت ہو گیا ہے تمہارا مطلب ہے..... قیدیوں کو جو ڈیڑھ گھنٹہ مِلا تھا کہ جاؤ بچوں سیر کر آؤ تو وہ ختم ہوا اور اب واپس....." اُس نے لبوں کو سکیڑ کر

اُن پر بگی جھاگ کو چوسا "چلو چلیں بڑے بھائی....."

"بیکٹ..... وہ دونوں بچے نہیں ہیں بڑے ہو چکے ہیں اور اپنا خیال خود رکھ سکتے ہیں..... سیلی نے اُس کا بازو دبا کر کہا "تم سے اجازت لے کر باہر گئے ہیں۔ ابھی آتے ہوں گے"۔

"تم جانتی ہو کہ لنڈن کے گلی کوچے رنگدار نسل کے لوگوں کے لئے محفوظ نہیں ہیں۔ تم تو اخباروں میں پڑھ لیتی ہو کہ ان دنوں کیا ہو رہا ہے...... پاکی بیشنگ ہو رہی ہے ہر طرف....."

"لیکن ایمی اور فریڈی رنگدار تو نہیں ہیں..... وہ اتنے ہی انگریز ہیں جتنے کہ باقی سب لوگ....."

"اور میرا خون کہاں گیا؟ برکت علی نے قدرے بلند آواز میں کہا۔

"چیخو مت....." سیلی بھی سختی سے بولی "تمہارا خون اُن کے سیاہ بالوں اور بڑی بڑی گہری آنکھوں میں ہے اور اُن کی سُتھری رنگت میں ہے....."

"تو پھر؟..... پتہ چل جاتا ہے سیلی کہ یہ مکسڈ ہیں اور مکسڈ بریڈ کو تو وہ زیادہ تنگ کرتے ہیں"۔

دروازہ کھُلا..... آمنہ اور فرید اندر آئے اور رُکے بغیر اپنے کمروں میں چلے گئے۔

"انہیں کوئی پرواہ نہیں کہ میں کتنا فکر مند ہوں....." برکت علی نے ایک گہرا سانس لیا" انہیں میری کچھ پرواہ نہیں ہے"۔

"انہیں معلوم نہیں کہ تم کتنے فکر مند ہو ورنہ وہ "ہیلو" کہہ کر اپنے کمروں میں جاتے.... میں بلاتی ہوں....." سیلی نے لاؤنج میں جا کر دونوں کو آواز دی۔ اور شاید وہ اس آواز کے منتظر تھے..... باہر آ گئے۔

"میں بہت فکر مند تھا تم دونوں کے بارے میں..... تم نے کہا تھا کہ ڈیڑھ گھنٹے

میں لوٹ آؤ گے اور ڈھائی گھنٹے ہو گئے۔ کہاں تھے؟"

"یہیں ....." آمنہ نے کندھے سکیڑ کر کہا۔

"یہیں کہاں؟"

"آئندہ ہم اپنے ساتھ ایک فوٹوگرافر لے جائیں گے تاکہ بعد میں آپ کو تصویری ثبوت پیش کیا جا سکے ....." آمنہ نے لب بھینچ کر کہا اور فرید بمشکل ہنسی روک سکا۔

"اچھا جاؤ ....." برکت علی نے ماتھے کے درد کو انگلیوں سے دبایا کہ کم ہو.... اور پھر اُسے ایک بُو آئی ..... یہ ..... تم ..... کسی پَب میں تو نہیں گئے تھے؟"

"نو ..... کبھی نہیں ..... ہم تو اچھے بچے ہیں۔ کیوں امّی؟" فرید نے ہنستے ہوئے کہا.....

"ہاں ڈیڈی ہم بہت اچھے بچے ہیں ....." آمنہ بولی اور پھر جھک کر کہنے لگی "اجازت دیجئے کہ میں اپنے کمرے میں جا سکوں"۔ اور پھر وہ دونو ہنستے ہوئے اوپر چلے گئے۔

"مجھے یقین ہے کہ اِن دونوں نے ....."

"اپنے یقین کو اتنا عام نہ کرو ....." سِیلی نے کہا "اور وہ دونوں اب بچے نہیں رہے ..... زیادہ سختی کرو گے تو گھر سے چلے جائیں گے ..... اور اب مجھے بھی اجازت دو کہ میں کل کی پکنک کے لئے کچھ تیار کر لوں؟"

"اوہ ہاں ..... بلبیر کے کئی فون آ چکے ہیں ....."

"اور گیم اور میگی کے بھی ..... میرا خیال ہے ہم بہت لُطف اندوز ہوں گے ....."

اور دور تک سمندر تھا۔

بہت دور تک نہیں کیونکہ ایک ہلکی سی لکیر دکھائی دیتی تھی جو شائد فرانس تھا، شائد انگلستان کا ہی کوئی حصہ تھا..... ساحل کے ساتھ ساتھ تہ ہو جانے والی آرام کرسیوں کی

قطاریں تھیں اور اُن پر نیم دراز لوگوں کے پاؤں میں سمندر کا پانی آتا تھا اور جاتا تھا... وہ گیلی ریت میں انگوٹھے چلاتے اور چہروں پر اخبار پھیلائے اونگھتے..... وہ سب تھوڑی دیر کے لئے اُن کرسیوں پر بیٹھے رہے اور دوسرے انگریزوں کی طرح دھوپ سینکنے کی کوشش کرتے رہے لیکن اس میں اُن کا دل نہ لگا۔ ایشیائی لوگوں کو سمندر سے رغبت نہیں ہوتی اور وہ دھوپ میں بیٹھ کر اونگھ نہیں سکتے.....

ببیر نے بیئر کا خالی ٹین بازو گھما کر سمندر میں پھینکا اور اس کی اس حرکت کو بوڑھے انگریزوں نے شدید ناپسندیدگی سے دیکھا لیکن ببیر اُن کی ناپسندیدگی سے بہت بلند سطح پر جا چکا تھا" اوے چلو یہاں سے.....،" اُس نے برکت علی کو آواز دی" یہ انگریز خانہ خراب تو اپنے آپ کو براؤن کرنے آئے ہیں۔ ہم نے اپنے آپ کو کالا حبشی کرنا ہے دھوپ میں بیٹھ کر..... چلو کسی کام کی جگہ پر چل کر ان پانی کریں....."

میگی اور غلام علی بھی بور ہو رہے تھے وہ بھی اُٹھ کھڑے ہوئے..... ببیر کی بیوی رتنا کور بھی بیزار نظر آ رہی تھی... سیلی پانی کے اندر چلتی ہوئی خاصی دور جا چکی تھی۔ برکت علی اُسے پکارنے لگا...."سیلی..... اوئے سیلی کم بیک....."

"بچے کہاں ہیں؟" ببیر نے آس پاس دیکھا۔

سیلی واپس آ چکی تھی" وہ ذرا فن فیئر میں گئے ہیں۔"

"کس سے پوچھ کر؟" ببیر کی آواز اونچی ہوئی۔

"مجھ سے....." سیلی نے مسکرا کر کہا۔

" پھر تو خیر ہے..... اگر بھرجائی سے پوچھ کر گئے ہیں تو خیر ہے.... ببیر پھر خوش ہو گیا.....

" وہ....." اُس نے پھر آس پاس دیکھا" منڈا گوبند بھی ساتھ ہے؟"

اس پر منڈا گوبند جو کہیں قریب ہی کھڑا تھا فوراً آگے آیا اور کہنے لگا" نہیں بھائیا وہ

مجھے ساتھ لے کر نہیں گئے ...."

گوبند وہی ہندوستانی لڑکا تھا جو بلبیر نے موراں کے لئے "امپورٹ" کیا تھا۔ وہ میٹرک پاس تھا اور اب گاؤں میں زمین ٹھیکے پر لے کر کاشتکاری کرتا تھا.... ولایت کے چاؤ میں اور ایک ولایتی لڑکی کے ساتھ شادی کرنے کے لالچ میں وہ سب کچھ چھوڑ کر چلا آیا تھا۔ وہ اچھی مردانہ شکل کا مالک تھا اور بڑا سادہ اور بہت زیادہ داؤ پیچ کے بغیر سادہ سا انسان تھا۔ وہ سوشل گفتگو کرنے والوں میں سے نہیں تھا۔ وہ صرف زندگی گزارتا تھا اور کام کرتا تھا... اسے ولایت آئے ہوئے پانچ چھ روز ہو چکے تھے اور اس کے قدم ابھی زمین پر جمے نہیں تھے۔ وہ ڈرا ڈرا سا رہتا تھا... موراں نے اسے دیکھا تھا اور پھر دوبارہ نہیں دیکھا تھا.... بلبیر نے فیصلہ کر لیا تھا کہ وہ تین چار ہفتوں کے اندر اندر ان دونوں کی شادی کر دے گا اور باقی زندگی ہنسی خوشی بسر کرے گا۔

فن فیئر کے اندر آمنہ، موراں اور فرید وحشی ہو رہے تھے۔ وہ اپنی آزادی کا پورا استعمال کر رہے تھے.... آمنہ اور موراں فن فیئر میں گھومنے والے نوجوان لڑکوں سے چہلیں کر رہی تھیں اور فرید کانسے جیک کی مشینوں میں پیسے ڈال کر قسمت آزمائی کر رہا تھا۔

"تمہارا یہ گوبند کیسا ہے؟" آمنہ نے جیسے اسے چھیڑا۔

"ہی از شٹ ...." موراں نے منہ بنا کر کہا۔ "وہ تو میری گردن میں درد کی طرح ہے۔ اور وہ سمجھتا ہے کہ میں اس کے ساتھ شادی کر دوں گی"

"اور تم نہیں کرو گی؟" آمنہ قدرے حیران ہوئی۔ کیونکہ وہ جانتی تھی کہ انکل بلی کتنے سخت اور قدرے ظالم ہیں۔

"نہیں، میں نہیں کروں گی۔" موراں نے ایک رنگروٹ کی طرح سینہ باہر نکال کر سر جھٹکا۔ "میں اس شٹ سے شادی نہیں کروں گی۔"

"کیا تم اب بھی جمی سے ملتی ہو؟" آمنہ نے شرارت سے پوچھا۔

"تمہارا خیال ہے کہ میں نہیں ملتی ....؟" وہ ہنسنے لگی۔

"نہیں....." آمنہ نے سر ہلایا۔

"ڈیڈی کا بھی یہی خیال ہے۔" موراں کی سیاہ آنکھیں وحشت اور مسرت سے لبریز تھیں۔

"آؤ ذرا ان ملاحوں کے ساتھ فلرٹ کریں۔ بہت مزہ آئے گا۔"

فرید جوئے کی مشینوں سے فارغ ہوا تو موراں اور آمنہ غائب تھیں.... "کہاں جا سکتی ہیں یہ لڑکیاں۔" اس نے پریشانی میں سوچا۔ کیونکہ وہ ان کے لئے ذمہ دار تھا۔ اس نے خود مو ڈیڈی اور انکل بلی سے اجازت لی تھی کہ ہم اکٹھے جائیں گے اور اکٹھے لوٹ آئیں گے۔ اور اب وہ چڑیلیں پتہ نہیں کہاں گئی تھیں.... وہ انہیں تلاش کرتا ہوا آئینوں کے ہال میں آگیا۔ یہاں مختلف آئینے اس طرح نصب تھے کہ ایک عکس در عکس چلا جاتا تھا۔ اور پھر یہ عکس بکھرتے تھے اور جمع ہوتے تھے اور کچھ پتہ نہ چلتا تھا کہ کون کیا ہے؟ اور کیا کر رہا ہے اور کہاں ہے اور کیوں ہے؟ یہاں آمنہ، موراں اور چند نوجوان ملاح عکس در عکس ہو رہے تھے اور فرید کو دیکھ کر آمنہ نے اسے پکارا۔ "اور تم کہاں تھے؟"

فرید نہ جان سکا کہ آمنہ کہاں ہے۔ آئینے کے پیچھے ہے یا سامنے۔

"میں یہاں ہوں۔" موراں نے کہا۔

"اور ہم یہاں ہیں۔" نوجوان ملاح پکارنے لگے۔

"خدا کے لئے واپس چلو ڈیڈی انتظار کر رہے ہوں گے اور مجھ سے ناراض ہوں گے۔"

"اوہ.... تو چھوٹی بچیوں کی رکھوالی کے لئے ڈیڈی نے بڑے بھائی کو بھیجا ہوا ہے۔" ملاح قہقہے لگاتے ہوئے کہہ رہے تھے۔

"میں جا رہا ہوں۔ تم جب جی چاہے آجانا۔" وہ آئینوں کے ہال سے باہر نکل آیا۔ آمنہ اور موراں اس کے پیچھے پیچھے آگئیں۔ ان کے چہرے سرخ ہو رہے تھے۔ اور وہ

سانس بمشکل لیتی تھیں۔

ساحل پر سب لوگ ان کے منتظر تھے۔

"اوئے کہاں چلے گئے تھے فرید؟" بلبیر نے اسے گھورا۔

سیلی آگے آئی اور کہنے لگی "کہیں بھی نہیں گئے تھے بے چارے.... آئس کریم کھانے گئے تھے..... اچھا اب پروگرام کے مطابق پکنک کے لئے کھیتوں اور گاؤں کی طرف نکلیں ناں۔"

ان کی کاریں کینٹربری کے قصبے میں سے گزر کر گریوزانیڈ کی جانب رواں ہو گئیں.... انگلستان میں اب سڑک سے اور خاص طور پر بڑی شاہراہ کے کنارے کھیت یا درخت کم ہی نظر آتے ہیں۔ آبادی لگاتار ساتھ دیتی ہے۔ لیکن کینٹربری کے نواح میں اب بھی انگلش کنٹری سائڈ کا کچھ حصہ دیکھنے کو مل جاتا ہے۔

بلبیر نے اپنی کار یکدم روک دی۔ "ادھر دیکھو اوئے۔"

ادھر ایک وسیع کھیت میں ایک بوڑھا کسان آئرش گھوڑوں کی مدد سے کھیت میں ہل چلا رہا تھا۔" ذرا دیکھو ان سُسروں کو.... ہم انڈیا میں اب ٹریکٹر چلاتے ہیں اور یہ ٹریکٹر ایجاد کر کے خود پھر گھوڑوں پر آگئے ہیں۔"

"میرا خیال ہے کہ ہم اس سے اجازت لے کر اس کے کھیت میں بیٹھ کر پکنک منا لیتے ہیں۔ تم سارے سامان اتارو.... میں اور بلبیر اس سے بات کرتے ہیں۔"

"یہ انگریزی بولے گا ڈیڈی....،" آمنہ نے شرارت سے کہا۔

"تو ہم بول لیں گے انگریزیاں....،" برکت علی نے اپنا لباس درست کیا اور کسان کی طرف چلنے لگا۔ بلبیر اس کے ہمراہ تھا۔ وہ اس کے قریب ہوئے تو اس نے ایک لمبی "ہوہو" کر کے گھوڑوں کو روک دیا۔ "کون ہو تم؟"

"مائی نیم.... بلبیر....،" بلبیر نے جھک کر کہا: "اور مائی فرینڈ برکت علی.... کیوں بھئی

بیکٹ ....تم میرے فرینڈ ہو ناں ....،،

"ہم یہاں پکنک منانا چاہتے ہیں .... ہم اور فیملی .... تو آپ سے اجازت لینی ہے"، برکت علی نے ٹوٹی پھوٹی انگریزی میں اپنا مدعا بیان کیا۔

"کوئی باسٹرڈ ایشین میرے کھیت کو گندا نہیں کرے گا...." بوڑھا کسان کولہوں پہ ہاتھ رکھ کر بولا۔" نکل جاؤ۔"

بلبیر اور برکت علی نے ایک دوسرے کی جانب دیکھا۔ کیونکہ ان کی سمجھ میں نہیں آیا تھا کہ وہ کیا کہہ رہا ہے اور اگر وہی کچھ کہہ رہا ہے جو ان کا خیال ہے کہ وہ کہہ رہا ہے، تو کیوں کہہ رہا ہے۔

"پکنک، پکنک ...." برکت علی نے پھر کہا۔

"نو بلڈی پکنک ....." بوڑھے انگریز نے انہیں گھورتے ہوئے کہا۔" اور یہ جگہ ذاتی ملکیت ہے اور تم دونوں پاکینر یہاں میری اجازت کے بغیر آئے ہو۔ نکل جاؤ۔"

بلبیر نے دانت پیسے اور بوڑھے کی طرف بڑھا اور اسے برکت علی کے ہاتھ نے سختی سے روکا۔" نہیں بلبیر.... جھگڑا نہیں کرنا.... آؤ۔"

وہ سڑک پر واپس آئے تو بقیہ لوگ سامان کاروں سے نکال کر ان کا انتظار کر رہے تھے۔

"کیا ہوا .....؟" میگی نے پوچھا۔

برکت علی اور بلبیر خاموشی سے اپنی اپنی کاروں میں بیٹھ گئے۔

"آخر ہوا کیا ہے؟" سیلی نے جھک کر پوچھا۔

"ہم ایشین باسٹرڈ ہیں۔" برکت علی بڑبڑایا اور کار سٹارٹ کر دی۔

اس شام برکت علی کے سینے میں درد ہوا۔

وہ سب پکنک سے واپسی پہ بالکل خاموش تھے۔ انہوں نے کھانے پینے کا جو سامان تیار کر رکھا تھا وہ سارے کا سارا کاروں میں پڑا رہا..... موراں، آمنہ اور فرید نے ایک جگہ رُک کر برگر خرید لئے اور انہیں خاموشی سے چباتے رہے۔

گھر پہنچ کر برکت علی نے سیلی سے چائے بنانے کو کہا۔ فرید اور آمنہ اپنے اپنے کمروں میں چلے گئے۔ چائے کے پہلے گھونٹ کے ساتھ برکت علی جیسے یکدم پتھر سا ہو گیا اور اس کے چہرے کی رگیں نمایاں ہو گئیں..... اس نے بمشکل تمام پیالی میز پہ رکھی اور سینے پہ ہاتھ رکھ کر جیسے اپنی اذیت چھپانے لگا..... سیلی جب ڈرائنگ روم میں داخل ہوئی تو وہ سینے پہ ہاتھ رکھ کر جھکا ہوا تھا... تشویش نے اس کے گلے اور آواز کو مدھم کر دیا اور وہ بیٹھی ہوئی آواز میں بولی۔ "کیا ہوا بکیٹ.....؟"

وہ کچھ دیر اسی حالت میں پڑا رہا اور پھر ماتھے پہ آئے ہوئے پسینے کو پونچھ کر سیدھا ہو گیا۔

"بس ایک لہر سی آئی تھی درد کی....." اس نے ایک زبردستی کی مسکراہٹ لبوں پہ سجالی۔

"کہاں؟" سیلی نے اس کے بدن پہ ہاتھ رکھ کر اسے جیسے ٹٹول رہی تھی کہ کہیں ٹوٹ تو نہیں گیا۔

"سارے بدن میں....." اس کی آواز گھٹی ہوئی تھی۔ "مجھے پانی دو۔"

"میں تمہیں ہسپتال لے کر جاتی ہوں۔" وہ اٹھی۔

"خبردار....." برکت علی کی آنکھیں مزید سُرخ ہوئیں۔ "مجھے کچھ نہیں ہوا۔ میں یہیں رہوں گا۔"

سیلی بھاگتی ہوئی اپنے کمرے میں گئی اور وہاں سے بلبیر کو فون کیا۔ بچوں کے کمروں سے تیز موسیقی کی آواز آ رہی تھی اور دوسری جانب بلبیر کو کچھ ٹھیک سے سنائی نہ

دیا کہ پکنک سے واپسی پہ ابھی تو وہ اسے گھر چھوڑ کر آیا ہے اور اب سیلی کہہ رہی ہے کہ وہ نمہیں بُلا رہا ہے۔ سیلی پانی کا گلاس لے کر واپس آئی تو برکت علی نہایت اطمینان سے بیٹھا ہوا تھا۔ اس نے پانی کا پورا گلاس ایک ہی سانس میں پیا۔ "میں نے کہا تھا ناں کہ مجھے کچھ نہیں ہوا۔" تھوڑی دیر بعد بلبیر کی کار کا انجن، ان کے دروازے کے پاس ایک گہرے سانس کی طرح سنائی دیا، اور پھر بند ہوا۔ "بلبیر کیوں آیا ہے؟" اس نے سیلی کی طرف دیکھا کہ وہ جانتا تھا۔

"اسے میں نے بُلایا ہے۔" سیلی نے نہایت سکون سے کہا۔

"جوگی اوئے جوگی۔" بلبیر نے اندر آتے ہی نعرہ لگایا۔

وہ گئی رات تک اس کے پاس بیٹھا رہا۔

"ایسی باتیں دل کو نہیں لگاتے۔ کیا ہوا جو اس چٹے باندر نے تجھے ایشین باسٹرڈ کہہ دیا..... ہم بھی تو انہیں پتہ نہیں کیا کیا کہتے ہیں۔"

برکت علی آتش دان میں سلگتی آگ کو گھور رہا تھا۔ اس نے ایک گہری اور سرد آہ بھری۔ "کیا فائدہ میرے چار "جوگی اینڈ سیلی" سٹورز کا۔ کیا فائدہ اتنے انگریز ملازموں کا اور اس دولت کا..... یار بلبیر ہوتا ناں میں اپنے چک جوگیاں میں..... تو دیکھتا کہ کون مائی کا لال مجھے باسٹرڈ کہتا ہے..... اور اگر کہتا ہے تو پھر جاتا کہاں ہے۔"

"اپنے وطن کی تو بات اور ہوتی ہے ناں برکت علی....."

"تو پھر ہم یہاں کیا کر رہے ہیں؟"

"ہم یہاں جڑیں پکڑ گئے ہیں جوگی اوئے جوگی..... ہم یہاں کے بوٹے نہیں ہیں پر جڑیں پکڑ گئے ہیں۔ اب نہ ہم مرتے ہیں اور نہ بڑھ کر درخت بنتے ہیں..... بس اسی طرح کے اسی طرح رہتے ہیں..... کھایا پیا اور اتنے ہی رہے جتنے تھے..... میرے ساتھ والے کچھ سکھ واپس گئے ہیں، پر ہندوستان میں ان کا حال یہاں سے بُرا ہوا ہے

تو وطن پر وہ بھی پردیس ہو گیا ہے..... اب نہ ہم ادھر کے ہیں نہ ادھر کے۔ تم تو پھر بھی خوش نصیب ہو، تمہارے پاس اپنی زمین تو ہے۔ اپنا چک جوگیاں تو ہے۔"

"ہاں..... پتہ نہیں ہے کہ نہیں ہے....."

"ہے کیوں نہیں؟ ہے ناں سکھوں والی بات..... چلیں گے یار اکٹھے چلیں گے... پر پہلے کل سویرے کاؤنٹی ہسپتال جائیں گے اور تیرا ذرا چیک اپ کرائیں گے۔

"مجھے کیا ہوا ہے؟"

"ابھی تو کچھ نہیں ہوا۔" بلبیر نے نزدیک آکر سرگوشی میں کہا۔" پر کیا پتہ کیا ہو۔ لڑکا یا لڑکی۔"

برکت علی بے اختیار ہو کر مسکرانے لگا اور اسے مُسکراتا دیکھ کر بلبیر کا دل راضی ہوا۔ اور فکر مندی کا بوجھ کچھ کم ہوا اور وہ گلوگیر آواز میں کہنے لگا۔"جوگی اوئے جوگی۔"

غلام علی اور میگی..... بلبیر اور رتنا کور اور برکت علی اور سیلی۔ ان تینوں خاندانوں کا میل روزانہ نہیں ہوتا تھا۔ فون پہ ایک دوسرے کی خیریت معلوم کرتے رہتے اور پھر کسی روز بیٹھے بٹھائے بلبیر کہتا۔"میں آرہا ہوں۔" اور وہ آجاتا اور پھر وہ سب غلام علی کے ہاں چلے جاتے..... بچوں کو اس قسم کے پروگراموں سے سخت چڑ تھی کیونکہ ان کی زندگی کی ساری روٹین درہم برہم ہو جاتی..... لیکن اب بلبیر اکثر اس کے پاس آجاتا..... وہ اکیلا ہوتا اور کسی نہ کسی بہانے آجاتا۔ برکت علی کہتا۔" اوئے سکھا! تیرا گھر دل نہیں لگتا جو روز اِدھر آ جاتا ہے....."

اور بلبیر کہتا۔"جوگی اوئے جوگی۔ میرا کہیں بھی دل نہیں لگتا۔"

"اور پھر جاتی.....؟"

"اس عمر کی زنانی بھی تو بس قیمہ کرنے جوگی رہ جاتی ہے.....،" بلبیر ہنستے ہوئے کہتا۔

حالانکہ وہ رتنا کور پہ جان چھڑکتا تھا۔ "کسی کام کی نہیں رہتی ..... سنا آج تیرا کیا حال ہے ..... ؟"

"مجھے کیا ہونا ہے ؟"

"ہاں ابھی تو کچھ نہیں ہوا .....،" بلبیر سر ہلا کر کہتا۔ "نہ لڑکا نہ لڑکی .... کچھ نہیں ہوا۔"

کاؤنٹی ہسپتال میں تفصیلی چیک اپ سے معلوم ہوا کہ برکت علی کی چھوٹی موٹی ہارٹ کنڈیشن ہے جو خطرناک نہیں ..... صرف یہ ہے کہ سیڑھیوں سے اجتناب اور بوجھ اٹھانے سے پرہیز وغیرہ .....

سیلی نے اسے چار ہفتے کا جبری آرام دیا، اور اس کے بعد لنچ کے بعد چھٹی۔ وہ گھر چلا آتا اور بلبیر بھی فیکٹری سے سیدھا اس کے پاس آ جاتا۔

ایک شام وہ دیر تک اس کے پاس بیٹھا رہا۔ "گوبند کا سارا حساب کتاب اب ٹھیک ہو گیا ہے۔ اسے یہاں نوکری بھی مل گئی ہے ..... اگلے ہفتے موراں کی شادی میں نے کر دینی ہے۔"

"موراں سے بات تو کر دینی تھی۔"

"گوبند کو میں نے خود ہندوستان سے بلایا ہے۔ سسری کہتی ہے امپورٹ کیا ہے۔ اور وہ ہمارے گھر میں رہتا ہے ..... موراں کو نہیں پتہ کہ کیوں ..... تو بات کرنے کی کیا ضرورت ہے ..... ویسے میں زیادہ خرچہ پانی نہیں کروں گا .... جو کچھ ہو سکا، گوبند کی ہتھیلی پہ رکھ دوں گا کہ جو مرضی کرو ..... اور میں نے اپنے پاس کیا رکھنا ہے۔ موراں میری اکلوتی بیٹی ہے ..... "

"فکر کیوں کرتا ہے ؟" برکت علی اسے تسلی دیتا۔ "شادی کے بعد بھی تو وہ تیرے پاس ہی رہے گی۔"

"آہو پر ..... عجیب سا لگتا ہے ناں اپنی بیٹی کو اس ڈنگر کے گوبند کے پلّے باندھ

دینا..... جی نہیں چاہتا میرا۔"

"دیکھو بلبیریا..... اگر سردار ستونت سنگھ بھی اپنی بیٹی رتنا کور کے بارے میں یہی کچھ سوچتا تو موراں کہاں سے آتی..... بس یہ قدرت کا کھیل ہے۔ اسی طرح چلتا ہے اور ہم اسی کھیل میں چھوٹے موٹے اداکاروں کی طرح دھکے کھاتے رہتے ہیں اور بالآخر نکل جاتے ہیں۔

اسی شام آمنہ گھر کو لوٹ رہی تھی۔

اور وہ اکیلی تھی۔

عام حالات میں اسے تنہا باہر جانے کی اجازت نہیں ملتی تھی۔ لیکن اس کی ایک کلاس فیلو جین کے گھر میں الوداعی پارٹی تھی، جس میں تمام اُستاد اور استانیاں بھی شامل ہو رہی تھیں۔ جین ذاتی طور پہ برکت علی اور سیلی کے پاس آئی اور ان سے درخواست کی کہ اسے صرف دو تین گھنٹے کے لئے اس کے ہاں جانے کی اجازت دی جائے۔ اس شام وہ اسے لینے آئی اور وعدہ کیا کہ واپسی پہ وہ اسے خود چھوڑ کر جائے گی۔ پارٹی نہایت پرسکون اور بور تھی..... اگرچہ وہاں موسیقی بھی تھی لیکن تمام طالب علم سٹاف کی موجودگی میں ذرا بجھے بجھے سے رہے اور فلور پہ دو چار چکر کاٹ کر پھر اپنی کرسیوں پہ جا بیٹھے۔

نو بجے کے قریب آمنہ نے جین سے گھر جانے کی اجازت چاہی۔

"اگر تم مجھے ایک منٹ دو تو میں ڈیڈی سے کار کی چابی مانگ کر تمہیں چھوڑ آتی ہوں۔"

وہ باہر کو لپکی۔ لیکن آمنہ نے اس کا بازو تھام لیا۔ "میں ایک چھوٹی سی دودھ پیتی بچی تو نہیں ہوں۔"

لیکن میں نے تمہارے ڈیڈی اور ممی سے وعدہ کر رکھا ہے۔"

"بھول جاؤ....." آمنہ نے کوٹ پہنا اور باہر آگئی۔ اس کے بس پہ سوار ہونے کی بجائے پیدل چلنا پسند کیا۔ کیونکہ خلاف توقع موسم بڑا خوشگوار تھا۔ وہ بند دوکانوں کے

روشن شوکیسوں میں جھانکتی اور گنگناتی ہوئی چلتی رہی.... چند نوجوانوں نے اسے پک کرنے کی کوشش کی۔ لیکن وہ انہیں خوش دلی سے جھاڑ پلاتی ہوئی آگے بڑھ گئی.... وہ موراں کے بارے میں سوچ رہی تھی..... بلکہ اپنے بارے میں سوچ رہی تھی۔ اگر گوبند کے ساتھ موراں کو باندھ دیا جاتا ہے تو پھر آمنہ کے لئے بھی اسی قسم کے بندوبست کی راہیں کھل جاتی تھیں۔ ڈیڈی نے ایک دو مرتبہ چک جوگیاں کے کسی حسن علی کا تذکرہ کیا تھا اور جس طرح کیا تھا اس میں ایک خواہش تھی۔ اس نے طے کر لیا تھا کہ موراں اگر اپنے آپ کو ڈبوتی ہے تو کم از کم وہ ایسا نہیں کرے گی۔ وہ بڑی آسانی سے گھر چھوڑ سکتی تھی۔ اسے اپنے ماں باپ سے مناسب قسم کی محبت تو تھی، لیکن اتنی نہیں کہ اپنے آپ کو غلامی کے لئے ہنسی خوشی پیش کر دے..... اس نے گھڑی پہ وقت دیکھا اور ہائی سٹریٹ کی بجائے ایک بغلی سٹریٹ میں مڑ گئی تاکہ جلد گھر پہنچ سکے۔ یہاں ٹریفک کم تھی.... اور تب اسے پہلی سیٹی کی آواز سنائی دی۔ ایک مخصوص دھن میں ایک تیز سیٹی..... اس نے چونک کر پیچھے دیکھا اور وہ اس کے پیچھے آ رہے تھے..... اور ان میں سے کوئی ایک وہ دُھن سیٹی پر بجا رہا تھا.... پاکیز آر ٹو بی بیشڈ.... یہ دُھن اس نے پہلے سے سن رکھی تھی اور انگریز لڑکے لڑکیاں ایشیائی ہم جماعتوں کو چھیڑنے کے لئے یہ گنگناتے تھے اور کبھی کبھی بلند آواز میں گاتے تھے۔

PAKIES ARE TO BE BASHED,

THEY ARE TO BE BASHED,

BASH THE PAKIES,

HASH THE PAKIES,

BASH HASH, HASH BASH

PAKIES ARE TO BE..............

لیکن آمنہ کو تو اس قسم کا کوئی مسئلہ نہ تھا۔ وہ رنگ روپ اور بات چیت میں مکمل انگریز لڑکی تھی اور بہت کم لوگ جانتے تھے کہ وہ نصف پاکستانی ہے.... بلکہ کئی مرتبہ ایسا ہوا کہ اس نے یہ دھن خود بھی گنگنائی اور..... ایک مرتبہ ڈیڈی کو دیکھ کر اسے خیال آیا کہ وہ یہ دھن گنگنائے.... اور وہ اس کے پیچھے چلے آ رہے تھے..... یقیناً وہ میرے پیچھے نہیں آ رہے۔ اس نے پھر سے چلنا شروع کر دیا.... لیکن وہ تیز چلتے تھے اور اگلے ہی لمحے وہ اس کے سر پہ تھے.... "ہیلو پاکی گرل"۔ ان میں سے ایک نے اس کے رخسار کو چٹکی میں لے کر نوچا۔

"میں پاکی گرل نہیں ہوں۔" وہ غصے اور اذیت میں چلائی۔

"وہ تو تم ہو۔" ان میں سے ایک اپنے گروہ سے الگ ہو کر اس کے سامنے آیا۔ وہ اس کا ہم جماعت تو نہیں تھا لیکن اس نے اسے کہیں دیکھا ہوا تھا۔ "تمہارا باپ پاکی ہے.... اور تم بھی.... پاکی گرل۔"

"تم اوپر سے تو بالکل انگریز دکھائی دیتی ہو۔ لیکن تمہاری اصل رنگت کیا ہے سویٹی یہ بھی تو دیکھنے دو۔"

اور وہ اسے دھکیلتے ہوئے ایک سنسان گلی میں لے جا رہے تھے۔

اور پاکیز آر ٹو بی بیشڈ....

صدر دروازے کی گھنٹی بجی۔

بلبیر اٹھ کھڑا ہوا "میں دیکھتا ہوں کہ کون ہے؟ اور میں چلتا بھی ہوں یا نہ، دیر ہو گئی ہے۔" اس نے راہداری میں آ کر دروازہ کھولا تو آمنہ اس کے بازوؤں میں گر گئی۔

موراں کی شادی اس ہفتے نہ ہو سکی..... اس سے اگلے ہفتے بھی نہ ہو سکی۔ آمنہ ہسپتال میں تھی اور بلبیر حوالات میں تھا۔

آمنہ تین ہفتوں کے بعد ہسپتال سے نکلی تو اس کے رخسار پر ایک گہرا نشان تھا خنجر کی نوک سے کھودا ہوا۔ پاکی بیشنگ کی یادگار نشان۔

بلبیر کو ڈیڑھ سو پاؤنڈ جرمانہ کیا گیا۔ اس نے اس شب طیش میں آ کر تین چار گوروں کی پٹائی کر ڈالی تھی۔ وہ عدالت سے باہر آیا تو غلام علی اور برکت علی نے اسے بازوؤں میں جکڑ رکھا تھا۔ اور وہ تلملاتا تھا اور اپنے آپ کو چھڑاتا تھا۔ ۔ ۔ "میں ان گوروں کی ماں کو۔ ۔ ۔ ۔ ان کی بہن کو۔ ۔ ۔ ۔ ۔ انہوں نے میری بیٹی پہ ہاتھ ڈالا۔ ۔ ۔ ۔" برکت علی روتا تھا اور اسے دیکھتا تھا۔

آمنہ کا ردِ عمل شدید نہیں تھا۔ وہ گم سم تھی۔ بولتی کم تھی۔

جس روز وہ ہسپتال سے گھر آئی تو برکت علی نے کہا تھا۔ "تم ہمیشہ کالی رہو گی۔ چاہے تمہاری رنگت کتنی ہی سفید کیوں نہ ہو اور وہ ہمیشہ گورے رہیں گے چاہے کتنے ہی کالے کیوں نہ ہوں۔"

دکھ کے ان دنوں کی تلخی کم کرنے کے لئے بلبیر نے موراں کی شادی کی تاریخ طے کر دی۔ ۔ ۔ ۔ وہ چاہتا تھا کہ موراں کی مرضی کا لباس اور گہنا خریدے پہ وہ بہت کم دلچسپی لیتی تھی۔ وہ اور اس کی گھر والی سارا سارا دن سٹوروں میں گھومتے اور بڑے چاؤ سے وہ تمام چیزیں خریدتے جو ولایت میں بالکل ناکارہ تھیں۔ لیکن ان کا جی چاہتا تھا کہ وہ اپنی بیٹی کو شادی کے موقع پہ وہی کچھ دیں جو ایسے موقعوں پہ ہندوستان میں دیا جاتا ہے۔ ۔ ۔ ۔ انہوں نے بڑی تگ و دو سے پیتل کی گاگریں، تانبے کی ایک دیگ، درجنوں رضائیاں اور چاندی کے زیور حاصل کئے۔ اکثر سیلی یا میگی بھی ان کے ہمراہ چلی جاتیں۔ بلبیر بہت خوش تھا۔

آمنہ اپنے کمرے سے باہر کم نکلتی تھی۔

برکت علی بڑی سنجیدگی سے وطن لوٹنے کے بارے میں سوچ رہا تھا۔ ۔ ۔ ۔ سیلی کو بھی

کوئی اعتراض نہ تھا..... لیکن وہ بچوں کے قریب رہنا چاہتی تھی جہاں کہیں بھی وہ ہوں۔ اور برکت علی بچوں کو ساتھ لے جانے کے لئے ہی تو واپس جانا چاہتا تھا۔ "جوگی اینڈ سیلی سٹورز" علاقے کے بہترین سٹورز میں شمار ہوتے تھے۔ اگرچہ برکت علی نے سوٴر کا گوشت اور بیئر فروخت کرنے سے انکار کر دیا تھا اور یوں وہ خاصا نقصان اٹھاتا تھا لیکن اس کے باوجود لوگوں کو اس کے سٹورز پہ اعتماد تھا..... اس نے ہمیشہ حلال کی روزی کھائی۔ مشقت کی اور اس کا پھل کھایا۔ وہ اب بھی بنیادی طور پہ ایک مزدور تھا۔

اگلے روز موراں کی شادی تھی اور وہ دونوں بلبیر کے ہاں جا رہے تھے۔ تاکہ اس کا ہاتھ بٹا سکیں اور اگلے روز کے لئے کچھ منصوبہ بندی کر سکیں..... آسانی یہ تھی کہ لڑکا گھر میں تھا اور اس کے ماں باپ اور رشتے داروں کا کوئی مسئلہ نہ تھا۔ برکت علی نے خاص طور پہ بنارس سے موراں کے لیے چند ساڑھیاں منگوائی تھیں اور ہیروں کا ایک سیٹ خریدا تھا۔ ان کا خیال تھا کہ یہ تحفے بھی اسی شام پہنچا دیئے جائیں۔ وہ ان تحفوں کو رنگین کاغذوں میں چمکتے سنہری ربن کے ساتھ باندھ رہے تھے کہ فون کی گھنٹی بجی۔ برکت علی نے فون اٹھایا..... ہیلو کہا اور پھر جو کچھ اس نے سُنا اس کا چہرہ خون سے خالی ہوا اور وہاں سرسوں ایسی زردی پھوٹی اور اس کے ہاتھ کانپنے لگے....

وہ دونوں کار میں بیٹھے تو برکت علی سے کار سٹارٹ نہ ہو پائی اور اس کے ہاتھ کانپتے رہے۔ سیلی نے اسے شفٹ بدلنے کے لئے کہا اور پھر ڈرائیور کی نشست پہ بیٹھ کر کار سٹارٹ کر دی۔

بلبیر کی لاش صوفے پر اس طرح پڑی تھی جیسے وہ ٹیک لگا کر سو رہا ہو.....اس کی بیوی اس کا ہاتھ پکڑے بہت ہی مدھم آواز میں پنجابی میں بین کر رہی تھی..... تم اگر وطن میں مرتے تو ہمارے گھر کا آنگن سوگواروں سے بھرا ہوتا..... مجھے پردیس میں

چھوڑ کر جا رہے ہو۔ مجھے پہلے اپنے دیس تو لے جاتے پھر چلے جاتے..... تمہیں اپنے گھر کی مٹی نصیب نہ ہوئی۔

"بلبیر اوئے بلبیر۔" برکت علی جی بھر کر رو دیا۔

سَیلی اسے تسلیاں دیتی رہی۔

غلام علی اور میگی بھی آ گئے۔

ستندر کور اپنے دوپٹے کے پلو سے آنسو پونچھ رہی تھی اور بھرائی ہوئی آواز میں کہتی تھی: "بیٹی پہ قربان ہو گیا ہے.... بیٹی کو خوش کر گیا ہے..... آج.... موراں آئی سردار کے پاس کہنے لگی۔ ڈیڈی میں نے گوبند کے ساتھ شادی نہیں کرنی..... تو زبردستی کرے گا تو میں اس گورے کے ساتھ چلی جاؤں گی جو باہر اپنی کار میں میرا انتظار کر رہا ہے۔ سردار کہنے لگا۔ میں تجھے جان سے مار ڈالوں گا۔ موراں کہنے لگی تو گردن آگے کرتی ہوں مار دے۔ اور وہ اسے مار نہیں سکا بھرا جی..... موراں سے بڑا پیار تھا.... اس ڈاٹن سے پیار کرتا تھا۔ کہنے لگا۔ جا موراں اپنے گورے کے ساتھ چلی جا: تو میرا خون ہی نہیں ہے.... اور موراں چلی گئی..... اپنے گورے کے پاس.... یہاں بیٹھا رہا اور پھر بڑے آرام سے مجھے کہتا ہے۔ سردارنی یہ آل اولاد کیا شے ہے.... موراں کے دل کو کچھ نہیں ہوا مجھے چھوڑتے ہوئے اور میرا دل تو جیسے کسی دلدل کے اندر ڈوبتا جاتا ہے۔ جا باہر دیکھ.... باہر کھڑی ہو گی، میرے ساتھ کھیل کرتی ہے۔ بھلا مجھے، اپنے باپ کو چھوڑ کر گورے کے ساتھ کس طرح جا سکتی ہے.... جا دیکھ.... میں اس کے کہنے پر باہر گئی۔ باہر کیا ہونا تھا۔ واپس آئی تو یہاں سردار نہیں تھا۔"

"بلبیر اوئے بلبیر۔" برکت علی روتا رہا۔

بلبیر کی موت کے ساتھ برکت علی بھی جل بجھ کر خاموش ہو گیا۔ ٹھنڈا ہو گیا۔ زندگی

کی حدت نام کو نہ رہی۔ سٹورز کا سارا انتظام سیلی، فرید اور آمنہ کے ہاتھوں میں تھا..... وہ گھر میں ہی رہتا۔ پانچوں وقت کی نماز پڑھتا اور جمعہ کے روز ووکنگ کے اجتماع میں شریک ہوتا۔ ببیر کے چلے جانے سے وہ آمنہ اور فرید سے اور دور چلا گیا..... اپنا گھر جائیداد اور سٹورز فروخت کرنے کے لئے وہ مختلف پراپرٹی ایجنٹس کے پاس بیٹھا رہتا۔ غلام علی اس کے لئے دُکھی ہوتا، پریشان رہتا لیکن وہ غلام علی کو بھی بھول چکا تھا۔ جس کا کانٹا اتارنے کے لئے وہ انگلستان آیا تھا..... دوائیوں کے بارے میں وہ پہلے ہی لاپروا تھا۔ لیکن اب اس نے جان بوجھ کر غفلت برتنا شروع کر دی۔ سیلی کبھی منت سماجت کرتی اور کبھی غصے سے اُبل پڑتی۔ "تم میری بات کیوں نہیں مانتے؟ کیا میں تمہاری بیوی نہیں ہوں؟"

"نہیں۔" وہ آرام سے کہہ دیتا اور پھر اپنے خیالوں میں غرق ہو جاتا۔ سیلی کی سمجھ میں نہیں آتا تھا کہ وہ اسے کیا کہے۔ ایک بار اس نے آمنہ کی مدد حاصل کی لیکن برکت علی ٹس سے مس نہ ہوا۔ نہ اپنی دوائی کھائی اور نہ ہی ڈاکٹر کے پاس چیک اپ کے لئے جانے پر تیار ہوا۔ صرف مسکراتا رہا۔ آمنہ کا خیال تھا ڈیڈی کے دماغ میں کچھ خرابی ہو گئی ہے۔ اور ہمیں احتیاط کرنا چاہیئے۔ انہی دنوں برکت علی ایک پاکستانی وکیل کے پاس جا کر بہت دیر تک بیٹھا رہتا۔ شاید وہ اپنی جائیداد کے بارے میں فکرمند رہتا تھا۔

رات کو شدید بارش ہوئی اور صبح تک اس کا سلسلہ جاری رہا۔ پھر روشنی ہوئی اور شیشے کی بڑی کھڑکی کے آگے پردے کو بھی روشن کیا۔

"ذرا پردہ ہٹا دو....." برکت علی نے کروٹ بدل کر سیلی سے کہا۔

سیلی فوراً اٹھی اور پردہ ہٹا کر کھڑکی کھول دی۔ "او وہ کتنی خوب صورت صبح ہے۔ کتنی پیاری دھوپ ہے۔"

دھوپ برکت علی کے چہرے پر تھی اور وہ مُسکرا رہا تھا۔

"آج تم اپنے آپ سے بہت خوش ہو ڈارلنگ۔" سیلی برکت علی پر جھکی اور اس کے

رخسار پہ بوسہ دیا۔ "میں تمہارے لئے جوس اور دلیہ بنا کر لاتی ہوں۔"

سیلی کمرے سے باہر چلی گئی ..... اور اسی راستے سے بشیراں اندر آگئی۔ کمرے میں اس کی مہک لاپرواہ اور بے اختیار ہو کر پھیلی۔ کئی بار ایسا ہوا کہ وہ شام کی نماز کے بعد کھیتوں کی طرف نکل گیا اور وہاں کبھی کماد کی اونچی فصل میں اور کبھی مونجی کی مہک میں ایک اور مہک ہوتی اور وہ جان جاتا کہ بشیراں آس پاس ہے .... اور وہ کھیتوں میں ہی مل جاتے ..... اور کبھی مونجی کی مہک ان میں سرایت کرتی اور کبھی بہاریں سرسوں کا کوئی پھول ان کے لبادوں کے ساتھ گاؤں چلا آتا۔

بشیراں اس کے آس پاس تھی اور وہ چک جوگیاں میں تھا ..... جوگی اڈے جوگی۔

سیلی دودھ اور دلیے کے ساتھ واپس آئی، تو کمرے میں ایک نامانوس سی مہک تھی اور وہ مر چکا تھا۔

آمنہ اب سنبھل چکی تھی۔ اس نے ہاتھ پھیلا کر آسمان کو دیکھا۔

فرید نے پہلی بار اپنے اوپر جھکے ہوئے ستاروں کے گنبد کو دیکھا۔ اسے یوں لگا جیسے وہ چک جوگیاں کی تاریکی میں سے اٹھ کر اس جنگل کو سفر کر رہا ہے جو ستاروں کا ہے اور جو تاریک ہونے کی بجائے چمکتا ہے اور دمکتا ہے۔ جیسے بے شمار چمکیلی آنکھیں بند ہوتی ہیں اور کھلتی ہیں۔ اسے ان کی روشنی اپنے رخساروں پر محسوس ہوئی۔

آمنہ اور فرید بھرے آسمان کی حیرت میں گم تھے۔

اور .....

تقریباً اٹھائیس برس پیشتر یہی آسمان تھا۔ یہی چک جوگیاں تھا۔ تب آمنہ اور فرید نہ تھے۔ بلکہ ان کا باپ برکت علی تھا اور اس نے چچازاد بھائی عنایت علی اور غلام علی تھے۔

تقریباً اٹھائیس برس پیشتر .....

"کیا تم سو چکی ہو؟"

"میں کیسے سو سکتی ہوں..... اوپن ائیر میں.... یوں کھلے عام.... اوہ شٹ فرید ڈیڈی نے ہمارے ساتھ بہت زیادتی کی..... مجھے تو ہمیشہ سے یقین تھا کہ ڈیڈی کم از کم مجھ سے بہت محبت کرتے ہیں اور انہوں نے مجھے اس جہنم میں آنے پر مجبور کر دیا۔"

"خیر اتنا جہنم بھی نہیں ہے۔" فریدہ کی آواز آئی "اتنا خوب صورت آسمان پہلے کبھی تم نے دیکھا؟"

"اس آسمان کے ساتھ میں زندگی تو نہیں گزار سکتی؟"

"ہمیں یہاں پوری زندگی نہیں گزارنی... صرف دو ماہ.... اور پھر ہم واپس چلے جائیں گے.." اور وہ سیاہ بیگ میرے تکیے کے نیچے ہے اور میرا ایک ہاتھ ہمہ وقت اسے گرفت میں رکھتا ہے.... اور اس سیاہ بیگ میں ہمارے برٹش پاسپورٹ ہیں۔ ہم کسی بھی وقت یہاں سے فلائی کر کے گھر جا سکتے ہیں۔ فکر نہ کرو بڑی بہن۔"

دور کسی ڈیرے پر کتے بھونکنے لگے..... شاید وہ کسی مسافر یا ڈیرے کے قریب سے گزرتے ہوئے جانور کو دیکھ کر بھونکنے لگے تھے.... ہوا بالکل ٹھہری ہوئی تھی۔

"ہمیں اس روز کتنا شاک ہوا تھا۔ جب ڈیڈی کے پاکستانی وکیل نے ہمارے گھر آکر ہمیں ڈیڈی کی وصیت دکھائی تھی۔"

"لیکن ممی بالکل حیران نہیں ہوئیں۔ شائد وہ جانتی تھیں۔"

"میرا نہیں خیال..... وہ دراصل ڈیڈی کو جانتی تھیں۔"

"ڈیڈی کو مرے ہوئے تین ماہ گزر چکے تھے اور.... ہم زندگی سے خاصے مطمئن تھے.... اور پھر یہ کمبخت وکیل آ گیا...."

"ویسے ڈیڈی نے یہ وصیت کیوں کی؟"

"انہیں اس شٹ ہاؤس جک جوگیاں سے بے پناہ لگاؤ تھا، اور ہم ان کے اس لگاؤ

میں شامل نہیں ہوتے تھے تو انہوں نے زبردستی کر دیا۔"

"خیر زبردستی تو نہیں۔" فرید کہنے لگا۔ "وصیت میں صاف لکھا تھا کہ اتنی رقم میرے دوست بلبیر کی بیوہ کے لئے اور یہ جائیداد میری بیوی سیلی کے لئے اور باقی تمام جائیداد میرے قانونی بچوں کے لئے یعنی میں اور تم۔ لیکن شرط یہ ہے کہ آمنہ اور فرید پورے دو ماہ کے لئے چک جوگیاں جائیں اور وہاں میری بہن کے پاس ٹھہریں۔ ہمارے آبائی گھر میں قیام کریں اور پھر اگر وہ واپس آنا چاہیں تو وہ ساری جائیداد حاصل کر سکتے ہیں۔"

"تو اس تلخ حقیقت کا سامنا کر لیا جائے کہ ہم جائیداد کی خاطر اس مصیبت میں جان بوجھ کر مبتلا ہوئے ہیں۔"

"شائد ..... شائد نہیں بھی ..... وصیت کے آخر میں درج ہے کہ اگر آمنہ اور فرید چک جوگیاں جانے پر رضامند نہ ہوں تو ان کے حصے کی جائیداد انہیں دے دی جائے لیکن پانچ سال کے بعد ..... تو پانچ سال کون انتظار کرے۔"

"میں کر لوں گی ....." آمنہ نے بالکل سپاٹ لہجے میں کہا۔ "میں یہ ذلت برداشت نہیں کر سکتی۔ میں پانچ برس انتظار کر لوں گی۔ لیکن دو ماہ یہاں نہیں رہوں گی۔ میرے تو وہم و گمان میں نہ تھا کہ یہ ملک اتنا خوفناک ہے۔"

"کون ہے .....؟" طفیل بی بی شائد نیند میں بڑبڑائی۔

"کوئی نہیں۔" آمنہ نے بیزار ہو کر آہستہ سے کہا۔ "سونے کی کوشش کرو فریڈی۔ اب اگر ہم اس جہنم میں کود ہی پڑے ہیں تو اس کا لطف اٹھا لو۔"

دھوپ سر پر آئی ہوئی تھی اور وہ منہ کھولے سو رہے تھے ..... چک جوگیاں کی تمام چھتیں دھوپ میں تھیں اور کہیں کہیں ایک دو چارپائیاں منڈیروں کے ساتھ کھڑی تھیں۔

"ہائے ہائے ....." طفیل بی بی کچی سیڑھیوں پر تیزی سے قدم رکھتی اوپر آئی۔ "ذرا دیکھو

تو سہی ان کی طرف..... دوپہر سر پہ آگئی ہے اور یہ سوئے ہوئے ہیں میراثیوں کی طرح۔"
اس نے دونوں کو باری باری جھنجھوڑا۔

آمنہ نے آنکھیں کھولیں تو دھوپ کی تیزی سے انہیں پھر سے بند کر دیا۔ "میں کہاں ہوں؟"

"تم ہو اپنی پھوپھی طفیل بی بی کے پاس خیر سے.... چک جوگیاں میں..... اپنے باپ دادا کے وطن میں..... میں سو بسم اللہ کروں اٹھو!"

وہ دونوں آنکھیں ملتے ہوئے اٹھے اور نیچے چلے گئے..... نیچے ایک کمرے میں طفیل بی بی نے پہلے سے بستر بنا رکھے تھے۔ "لو ابھی ان پہ آرام کر لو۔" وہ دونوں ان پہ گر گئے۔

"اور یہ لو لسی کا ایک ایک کٹورا پی لو۔"

لسی کا یہ کٹورا اتنا بڑا تھا کہ اسے پیتے ہوئے دونوں کا سانس پھول گیا۔ لیکن اس کے بعد ان پہ ایک سستی اور ایک خمار سا چھایا اور وہ اونگھتے ہوئے پھر سے سو گئے۔

طفیل بی بی گھر کے کام کاج میں مگن تھی اور صحن میں پیڑھیوں پہ براجمان گاؤں کی عورتوں کو اپنے بھتیجے اور بھتیجی کے بارے میں بتاتی جاتی تھی۔ "پہلے تو بھائی غلام علی کا خط آیا ناں کہ برکت علی کا جیا جنت آ رہا ہے۔ ہم نے سمجھا اس کی میم بھی آئے گی۔ یہ بعد میں پتہ چلا کہ اس نے وہاں سٹوروں کو چلانا ہے تو یہ معصوم آ گئے.... دونوں انگریز ہی لگتے ہیں۔ ماں جو انگریز ہوئی..... یہ دیکھ لو اپنی زبان بھی فر فر بول رہے ہیں..... کل مجھے کہہ رہے تھے کہ تم ہماری آنٹی شانٹی ہو..... لو میں کوئی نہیں ان کی آنٹی شانٹی....." طفیل بی بی نے پھر ہنسنا شروع کر دیا۔

"بے بے وہ جاگ گئے ہیں؟" حسن علی صحن میں داخل ہوا۔

"آہو..... یہ نیچے آ کے پھر سو گئے ہیں۔"

حسن علی طفیل بی بی کا بیٹا تھا اور برکت علی اسی کے بارے میں سوچا کرتا تھا. جہانوں کی وجہ سے وہ آج رات ڈیرے پر جا سویا تھا۔ طفیل بی بی کا خاوند بہت عرصہ پہلے فوت ہو گیا تھا۔ لیکن اس نے اپنے دونوں بچوں کو کبھی باپ کی کمی محسوس نہ ہونے دی. ساری کاشت خود سنبھال لی ۔ بیٹی اس نے بیاہ دی تھی اور بیٹا اس کے پاس تھا.

"ناشتہ کر لیا ہے انہوں نے ؟"

"بس لسی کا ایک ایک کٹورا پیا ہے شہدوں نے اور پھر سو گئے ہیں ۔ ان کو جگا تو سہی ....."

حسن علی نے دروازے کی کنڈی کھٹکھٹائی ..... ایک بار .... دو بار ... پھر دروازے کو ہتھیلی سے پیٹا .... تب ایک آنکھ ملتا ہوا دین و دنیا سے بیزار فرید باہر نکلا "کیا ہے ؟

"میں حسن علی ہوں ۔"

"تو پھر ؟"

"تو پھر یہ کہ اٹھ کر ناشتہ کر دا اور پھر بابے نور دین کے پاس جانا ہے ۔"

"کون .... ؟"

"بابا نور دین .... ہم سب کا بڑا .... جس کی ہم سب اولاد ہیں ۔"

"نو گڈ ڈنگ ....." فرید کی آنکھیں یکدم کھل گئیں ۔" اولڈ مین ابھی تک زندہ ہے ۔"

"ہیں .... ؟" حسن علی نے بے یقینی سے اس کی طرف دیکھا اور پھر اس انگریز شکل کے ماموں زاد بھائی کی حماقت پہ ہنسنے لگا ۔" نہیں اس کی قبر پہ جانا ہے، قبرستان میں. فاتحہ پڑھنے ....."

فرید نے نہ سمجھتے ہوئے بھی سر ہلایا اور اندر جا کر آمنہ کو بیدار کیا ۔" کیا تم نے اولڈ مین نور دین کو ملنا ہے ؟ وہ بڑا زبردست اولڈ مین ہے اور ہمارا اینی سسٹر ہے ۔"

کواڑوں کے پیچھے عورتیں تھیں اور ان کے آگے بچے تھے جو آمنہ فرید اور حسن علی کو دیکھ رہے تھے۔ نالیوں میں چوبچیں جھکائے بطخیں تھیں، جو پھڑپھڑاتی ہوئی اپنی خوراک تلاش کر رہی تھیں..... ایک خارش زدہ کتا تھا جو لوگوں سے ڈرتا اور کبھی کبھی "ہاؤ" کرتا ان کے پیچھے چلا آتا تھا۔ آسمان پہ ایک ہلکی سی گہر تھی۔ جس کی وجہ سے فی الحال گرمی میں شدت نہیں آئی تھی..... ایک دھول سے اٹی ہوئی چوڑی گلی میں وہ داخل ہوئے دوسری جانب سے گوجروں کا امام دین آ رہا تھا۔ وہ قریب آکر رکا۔ "چاچا یہ..... ماموں برکت علی کا بیٹا فرید ہے..... اور یہ بیٹی آمنہ....."

امام دین جیسے یکدم منجمد ہو گیا۔ "برکت علی کا بیٹا۔"

"ولایت سے آیا ہے۔ ماموں برکت علی تو فوت ہو گیا تھا ناں وہیں پہ۔"

"آہو..... وہ تو ہو گیا تھا..... ٹھیک ہے بھئی..... سو بسم اللہ....." اس نے دونوں کے سر پہ ہاتھ رکھا اور پھر چلا گیا۔

"کتنا سویٹ بوڑھا ہے، اور کتنا معصوم؟" آمنہ نے اسے جاتے ہوئے دیکھا۔

"اور بہت بڑا ہے۔" فرید نے بازو پھیلا کر امام دین کے تن و توش کا حدود اربعہ بیان کرنے کی کوشش کی.....

"انکل عنایت علی کہاں ہیں؟" آمنہ نے حسن علی سے پوچھا۔ حسن علی جب بھی آمنہ سے بات کرتا تو کسی اور جانب دیکھ کر کرتا..... تو اس نے پرے دیکھا اور کہنے لگا۔" وہ قبرستان میں ہی ہو گا۔ ہمارا انتظار کرتا....،

"اس انکل کا خاندان نہیں ہے کیا؟" فرید نے پوچھا۔

"نہیں.....،" حسن علی نے سر ہلایا۔ "چاچے عنایت علی نے ساری عمر تمہارے باپ برکت علی اور چاچے غلام علی کو یاد کرنے میں گزار دی ہے..... انہیں یہاں چک جوگیاں میں زندہ رکھا ہے۔ جو شخص باہر سے آتا وہ کبھی نہ جان سکتا کہ یہ دونوں یہاں نہیں ہیں۔

اور مدتوں سے یہاں نہیں ہیں۔ کیونکہ چاچے عنایت علی کی ہر بات کا آغاز "برکت علی کہہ رہا تھا۔" سے ہوتا ہے اور "غلام علی کا خیال ہے" پہ ختم ہوتی ہے۔ یا پھر اس نے ہمارا خیال رکھا ہے۔ میں نے جب سے ہوش سنبھالا ہے صبح سویرے ایک آواز سُنی ہے۔ پہلے دروازے پہ دستک اور پھر چاچے کی آواز.... بہن طفیل بی بی کسی شے کی ضرورت تو نہیں.... وہ دن میں کم از کم تین بار پوچھنے آتا ہے۔ اور باقی وقت یا تو ڈیرے پہ اور یا پھر قبرستان میں۔"

"قبرستان میں؟" آمنہ کی آنکھیں کھلیں۔

"ہاں....." حسن علی نے بس اتنا کہا۔

چار پانچ بچے ننگے پاؤں دھول اڑاتے ان کے پیچھے پیچھے چلے آتے تھے، اور اپنے بازوؤں کو باقاعدگی سے بہتی ہوئی ناکوں پہ پھیرتے تھے۔

حسن علی کی چال میں جو لاپرواہ لنگ تھی اسے آمنہ نے پہلی بار اپنے اندر چلتے ہوئے محسوس کیا۔

عنایت علی صبح کی نماز کے بعد سیدھا قبرستان چلا آیا تھا۔ گھاس پھونس صاف کر کے اس نے وہاں پانی کا چھڑکاؤ کیا تھا اور پھر گیندے کے دو ہار لا کر ایک بابے کی قبر پہ ڈالا تھا اور دوسرا البشیراں کی قبر پہ۔ وہ بہت دیر سے ان کا انتظار کر رہا تھا.... اور جب وہ دکھائی دیئے تو اس نے ایک بار پھر بشیراں کی قبر کی طرف دیکھا اور "وہ آ گئے ہیں۔" کہہ کر کھڑا ہو گیا دور سے قبرستان کی ویرانی میں انہوں نے قدرے جھکے ہوئے نیلی آنکھوں والے عنایت علی کو دیکھا.... اور انہوں نے بے اختیار ہو کر اپنے ہاتھ بلند کر دیئے۔ "ہیلو۔"

حسن علی مسکرانے لگا۔

فرید اور آمنہ نے بابے نور دین کی قبر دیکھی اور حسن علی اور عنایت علی نے فاتحہ پڑھی۔ آمنہ مسکرا رہی تھی۔ راستے میں حسن علی نے اسے بابے نور دین کے بارے میں بتایا تھا

کہ کس طرح اس نے ایک ڈانسنگ گرل پہ اپنی تمام جائیداد نچھاور کر دی تھی۔ عنایت علی چپ تھا اور انہیں دیکھتا تھا اور پھر وہ کھانسا اور انہیں متوجہ کر کے کہنے لگا۔ "اِدھر..... یہ قبر تمہاری ماں کی ہے۔"

"کیا.....؟" آمنہ قدرے مُسکرائی۔ "انکل عنایت علی آپ کیا کہہ رہے ہیں؟"

"ہماری ماں سیلی بیکٹ تو اس وقت "جوگی اور سیلی سٹورز" کی کسی برانچ میں حساب کتاب کی پڑتال کر رہی ہو گی۔"

"یہ بھی تمہاری ماں ہے۔" عنایت علی نے پگڑی کے پلّو سے آنکھوں کو صاف کیا جیسے کوئی ذرّہ پڑ گیا ہو۔

"یہ مامی بشیراں کی قبر ہے۔" حسن علی نے کہا۔ "ماموں برکت علی کی پہلی بیوی۔"

"کیا.....؟" آمنہ کا منہ کھُل گیا۔ "کیا تمہیں پورا یقین ہے؟"

"ہمارے باپ کی دوسری بیوی؟"

"نہیں پہلی....." عنایت علی نے غصّے سے کہا۔ "بشیراں.... جس کی اس نے خیر خبر ہی نہ لی۔ نہ اس کی اور اس کے....."

"بشیراں....." آمنہ نے قبر کی طرف دیکھا۔ اس کے جی میں آئی کہ وہ قہقہہ لگا کر کہے اوہ یہ اورئینٹل لوگ ہمیشہ چار بیویاں کرتے ہیں اور ہمارا باپ بھی یہی نکلا۔ لیکن وہ چپ رہی کیونکہ فضا میں ایک نامعلوم سوگواری تھی..... اور کیا یہ عجیب بات نہیں تھی کہ وہاں اس ویران قبرستان میں ایک ایسی عورت دفن تھی جو ان کی ماں ہو سکتی تھی..... اور اس لمحے اس نے جھاڑیوں کے پیچھے کسی کو دیکھا اور وہ خوفزدہ ہو گئی۔ وہاں ایک سرگوشی بھی تھی، پچھلی رات کی طرح....

"یہاں کوئی ہے۔" وہ عنایت علی کے قریب ہو کر بولی۔ عنایت علی نے اپنا عصا پکڑا اور اسے زمین پہ مار کر ادھر دیکھا۔ "ادھر کس نے ہونا ہے پُتر....."

"کوئی تھا۔"

"کوئی آوارہ کتا یا جنگلی بلا ہوگا .... کچھ نہیں کہتے ...."

"یہاں سے چلتے ہیں ....." آمنہ ابھی تک گھبرائی ہوئی تھی۔

قبرستان سے پرے ان کا خاندانی ڈیرہ تھا .... چند بیل اور دو تین کوٹھڑیاں۔ اس ڈیرے کے آس پاس بابے نور دین کی آل اولاد کی تھوڑی بہت زمین تھی۔ ویسے تو بابے نور دین نے اپنے زمانے میں ساری زمین فروخت کر کے بھینسیں خرید لی تھیں۔ لیکن اس کے بعد اس کی اولاد نے اپنی ہمت اور اوقات کے مطابق اپنی کھوئی ہوئی زمین دوبارہ حاصل کرنے کی کوشش کی۔ عنایت علی نے بھی یہاں تھوڑی سی زمین بنالی تھی۔ ڈیرے سے پرے کھوئی تھی جہاں وہ سانس لینے کے لئے رُک گئے۔ آمنہ نے کھوئی کے اندر جھانکا۔ "کچھ دکھائی نہیں دیتا۔ بہت گہری ہے۔"

عنایت علی نے گھبرا کر اس کے کندھے پر ہاتھ رکھ دیا۔ "دیکھ کے پُتر۔ اِدھر ہو جا۔ اس میں ....."

"اس میں پانی نہیں ہونا چاہیئے؟"

"ہونا تو چاہیئے۔" حسن علی کہنے لگا۔ "چاچے نے بتایا تھا کہ ادھر کوئی شخص آیا اور کہنے لگا کہ اگر یہاں کنواں کھودا جائے تو آس پاس کی زمین آباد ہو سکتی ہے۔ لوگوں نے سمجھایا کہ ادھر پانی نہیں ہے۔ وہ ذرا چڑ ماغ تھا نہ مانا۔ کنواں کھودا .... اور تب سے یہ خشک پڑا ہے ویسے آس پاس کی زمین اس کے پانی کے بغیر ہی آباد ہو گئی ہے۔"

عنایت علی کے ذہن میں تصویر چلتی تھی اور وہ اسے مٹاتا تھا۔ مٹاتا تھا لیکن اس کا کوئی نہ کوئی حصہ رہ جاتا تھا۔ کبھی بشیراں کا گلا سڑا ہاتھ اور کبھی آنکھوں کے گڑھے۔

اللہ دتہ افیمی سوچتا چلا آرہا تھا کہ نئے نئے نشوں کی وجہ سے اب افیم کم ملتی تھی۔ لوگ پتہ نہیں کیا کیا غیر شریفانہ نشے کرتے تھے۔ افیم تو بزرگوں اور شرفاء کا شغل تھا۔ یہ

افیم ہی تو تھی جس کے سہارے اس نے چک جوگیاں میں ساری حیاتی گزار دی۔ نہ بال بچے کا جھنجٹ پالا اور نہ کبھی چک سے باہر قدم نکالا۔ بس ایک گولی دودھ کے ساتھ اور اللہ تیری یاری.... دو کھیتیاں زمین اس کی چار روٹیوں، ایک گلاس دودھ اور افیم کی دو گولیوں کے لئے کافی تھی.... اب اس سے کام کہاں ہوتا تھا۔ کہاں وہ دن تھے کہ جب وہ دوڑنے پہ آتا تو بڑے بڑے شکاری کتوں کو پیچھے چھوڑ جاتا تھا.... ہائے ہائے جوانی.... دوپہر ہونے کو تھی اور وہ دھوپ سے لاپرواہ چلتا جا رہا تھا۔ وہ کھوئی کے راستے پہ چل رہا تھا۔ اور پھر اس نے کھوئی کے پاس چند لوگوں کو دیکھا۔ اس نے ذرا نظر جما کر دیکھا تو بھی پتہ نہ چلا کہ کون ہے۔ قریب آیا تو کیا دیکھتا ہے کہ ان میں سے ایک برکت علی ہے۔

"اوئے برکت علی اوئے تو....." اللہ دتہ افیمی آگے بڑھ کر فرید کو لپٹ گیا۔

"آئی بیگ یور پارڈن ...." فرید نے اسے دھکیلتے ہوئے کہا۔ "آپ ہیں کون؟"

"اوئے اللہ دتہ کو نہیں پہچانتا ناصراد .... واہ جی واہ .... اِدھر تو آ ...." وہ آگے بڑھا۔ تو عنایت علی نے اس کے سینے پہ ہاتھ رکھ کر روک دیا۔ "دتو کچھ ہوش کر.... یہ برکت علی تو نہیں ہے۔"

"میں قسم کھاتا ہوں کہ وہی ہے۔ بھلا میں بگو کو نہیں پہچانتا۔"

"پھر غور سے دیکھ ...." حسن علی ہنستا جا رہا تھا۔ اور فرید ناگواری سے سب کو دیکھ رہا تھا۔

"ہاں.... آں۔" اس نے سر ہلایا۔ "برکت علی اتنا نوجوان تو تھا پر.... ہیں کب.... ہاں شائد تیس سال پہلے.... تو یہ ابھی بیس سال کا کیسے ہو گیا؟" وہ سر پکڑ کر کھوئی کی منڈیر کے ساتھ لگ کر بیٹھ گیا۔

"چاچا...." حسن علی نے اس کے کندھے پہ ہاتھ رکھ کر کہا۔ "یہ ماسے برکت علی کا بیٹا فرید ہے۔ ولایت سے آیا ہے۔"

"ہیں....؟ اوہ شاباش بھئی شاباش۔" وہ بڑی پھرتی سے اٹھا اور پھر فرید سے لپٹ گیا اور اس بار فرید نے بھی زیادہ اعتراض نہ کیا۔ "تو میں پھر ٹھیک ہی کہتا تھا۔ برکت علی ہی ہوا ناں۔"

آمنہ بڑی دلچسپی سے یہ سب کچھ دیکھ رہی تھی۔ وہ جہاں سے آئی تھی وہاں ہر شخص صرف ایک فرد ہوتا تھا۔ بغیر ماضی اور بغیر حوالے کے.... اور یہاں وہ ایک سلسلہ تھا..... وہ جہاں جاتے تھے۔ ان کے حوالے ان کی پہچان بنتے تھے۔ وہ صرف ایک فرد نہیں تھے بلکہ ایک چھوٹی سی دُنیا تھے۔

"لو شاباش....." اللہ دتہ افیمی نے جیب میں سے دس روپے کا ایک نوٹ فرید کو دیا۔ فرید نے فوراً قبول کیا اور جیب میں رکھ لیا۔ کیا فائدہ بحث کرنے کا۔ یہ لوگ سمجھتے تو ہیں نہیں۔ اس نے سوچا۔

"اور یہ برکت علی کی بیٹی ہے آمنہ...." عنایت علی نے آمنہ کی طرف اشارہ کیا۔

"لو بھئی.... واہ جی واہ.... بیٹی بھی آئی ہے۔" اس نے آگے بڑھ کر اس کے سر پہ پیار دیا اور دس کا ایک نوٹ آمنہ کو تھما دیا۔

"یہ کھوئی ہے ناں.....،" اللہ دتہ افیمی کچھ دُکھی ہوا۔ "تو یہ بہت مدتوں سے یہیں ہے۔ ذرا دیکھو....،" وہ کھوئی کے پاس بیٹھ کر زمین کریدنے لگا۔ "یہاں ان گنّوں کے چھلکے ہونے چاہئیں جو تمہارا باپ میرے کھیت سے چُرا کر یہاں بیٹھ کر چوسا کرتا تھا۔"

"صرف ان کا باپ....؟" عنایت علی کی نیلی آنکھوں میں یادیں اتریں۔

"اور تم عنایت علی اور تمہارے ساتھ غلام علی۔"

"انکل گیم....؟" آمنہ نے خوش ہو کر کہا۔

"ان تینوں کا بڑا یارانہ تھا۔ بڑا جُٹ تھا.... ہائے ہائے.... برکت علی تو ادھر ہی اللہ کو پیارا ہو گیا ولایت میں.... اور غلام علی کا بھی کچھ پتہ نہیں.... باقی رہ گیا عنایت علی۔

ہا ہائے.... " اللہ دتہ افیمی خاصی دیر تک "ہا ہائے" کہتا۔ سر ہلاتا یہ انسے وقتوں کی راکھ کریدتا رہا۔ وہ کبھی آنکھیں میچ کر فرید اور آمنہ کو دیکھ لیتا اور پھر سر جھکا کر بیتے دنوں میں گم ہو جاتا۔ کبھی مسکراتا۔ کبھی سر ہلا کر ٹھنڈی آہیں بھرتا اور کبھی بہت دیر تک چپ رہتا۔ آمنہ اور فرید بڑے مگن ہو کر اس کے قصے سن رہے تھے۔ انہیں یہ سب کچھ بہت عجیب لگ رہا تھا۔ کہ ایک مکمل اجنبی آج سے تیس برس پہلے کی باتیں کر رہا ہے اور ان کا مرکزی کردار ان کا اپنا باپ ہے۔ تو یہ تھا وہ پس منظر جس میں سے نکل کر ان کا باپ انگلستان میں پہنچا۔ انہیں شائد پہلی مرتبہ احساس ہوا کہ ان کے باپ نے بڑی ہمت کی تھی۔ اگرچہ وہ چائے پیتے ہوئے سُرکیاں لیتا تھا اور ان پڑھ تھا لیکن اس کے باوجود اس میں ایک ناقابلِ شکست حوصلہ تھا جو اسے جوگی اینڈ سیلی سٹورز کی چین تک لے گیا۔ اس کا ایک ساتھی عنایت علی ابھی تک وہیں تھا۔ تہمد اور پگڑی میں ملبوس جھکا ہوا نیلی آنکھوں والا ہینڈسم شخص..... اور یہ برکت علی کا ساتھی تھا جو سنڈے مارننگ کی کافی ہمیشہ گاؤن پہن کر کھڑکی کے پردے ہٹا کر اپنی آرام کرسی پہ دراز ہو کر پیتا تھا اور پسی ہوئی کافی نہیں بلکہ کافی کی پھلیاں پیس کر جو کافی تیار ہوتی ہے صرف وہ پیتا تھا۔

دھوپ ناقابلِ برداشت ہونے لگی۔ اللہ دتہ افیمی نے جب خاموشی کا ایک وقفہ دیا تو عنایت علی نے فوراً کہا "لو بھئی دتو..... اب گھر جانا ہے.... بچے ولایت کے ہیں انہیں عادت نہیں ہے اتنی گرمی کی۔"

"ہاں آں...." دِتو کپڑے جھاڑ کر اٹھ کھڑا ہوا۔ "برکت علی نے میری پونے کماد کی فصل اس طرح اجاڑی جس طرح باہر والے اجاڑتے ہیں۔"

"باہر والے کون؟" فرید نے پوچھا۔

حسن نے اس کے کندھے پہ ہاتھ رکھا۔ "یہ نہیں ہوتے..... بُرے.... باہر والے۔" وہ جھجک رہا تھا۔ "جنہیں سوّر کہتے ہیں۔"

"تو انہیں باہر والے کیوں کہتے ہیں؟"

"تاکہ زبان پلید نہ ہو....." دِتو بولا۔

"بہت ہی عجیب و غریب....." آمنہ نے کندھے سیکڑے..... "سوڑ کو کچھ بھی کہہ لو وہ سوڑ ہی رہتا ہے۔"

"میرا خیال ہے چلنا چاہیئے..... بے بے انتظار کر رہی ہو گی....." حسن علی نے اپنی پگڑی اتار کر اسے جھٹکا اور پھر سر کے گرد کس کر لپیٹ لی۔

جب وہ صحن عبور کر کے کچے کمروں میں داخل ہوئے تو ایک نیم تاریک اور کچّی مہک والی ٹھنڈک نے ان کے بدن پر ہاتھ رکھا۔ حسن علی نے دروازہ اچھی طرح سے بند کر دیا تا کہ مکھیاں نہ آئیں۔ طفیل بی بی منتظر تھی۔ "کہاں رہ گئے تھے سارے؟ میں نے آج ماچھیوں کے تنور پر جانے کی بجائے خود اپنی تنوری گرم کی اور مکھن کے پراٹھے لگائے۔ اب دودھ کے ساتھ کھاؤ گے یا ٹینڈوں کے سالن کے ساتھ۔"

کھانے کے بعد وہ نہ چاہتے ہوئے بھی اونگھنے لگے..... اگرچہ انہیں یہ بہت بُرا لگا کہ دن کی روشنی میں انسان خراٹے لینے لگے۔ لیکن صورت حال ان کے بس سے باہر ہوتی جا رہی تھی۔ لمحہ بہ لمحہ..... مکھن کی نرم تنوری روٹیاں اور لسّی اپنا کمال دکھا رہی تھی۔ طفیل بی بی اپنے دوپٹے کے پلّو سے ان کو ہوا دے رہی تھی اور کوٹھڑی کی نیم تاریکی میں ان سے باتیں کرتی چلی جا رہی تھی۔ "اس روز یہ ہوا کہ میں گئی ہوئی تھی سکینہ کے پاس..... اس کا خیر سے تیسرا بال ہوا ہے ناں..... وہ بھی آئے گی تمہیں ملنے کے لئے بس اگلے ہفتے۔ تو میں سکینہ کو مل کر واپس آئی تو عنایت علی بیٹھا ہوا تھا دروازے کی چوکھٹ پر اور مُسکراہٹ اس کی لغلوں میں سے پھوٹتی تھی۔ کہنے لگا۔ طفیل بی بی ذرا بوجھ تو سہی کہ میں آج کیوں اتنا خوش ہوں..... میں نے کہا تیری کنک اچھی پھوٹ آئی ہو گی یا تیری گابھن بھینس نے کٹّی دی ہو گی..... پر وہ سر ہلاتا رہا اور کہتا رہا کہ نہیں کوئی اور بات ہے۔ میں نے پھر تنگ

اُکر کہا کہ عنایت علی میں مسافت کر کے آئی ہوں مجھ سے پہلیاں نہ بجھوا۔ تب اس نے بتایا کہ تیرے برکت علی کا بیٹا اور بیٹی آ رہے ہیں۔ تجھ سے ملنے کے لئے۔ اپنے عزیزوں، رشتے داروں سے ملنے کے لئے۔ آمنہ بیٹی میں تجھے کیا بتاؤں کہ جب میرا چاند ایسا بھرا.... پردیسوں میں مٹی ہوا تو میں کیسے روئی۔ میں نے کیا بین کئے.... کیا کرتی میں یہاں بیٹھ کر، مجھے اپنے ماں جائے کی شکل نصیب نہ ہوئی.... میں سودائن ہو گئی پُتر.... میرے دوپٹے میں کانٹے اور سوکھے پتے اٹک گئے اور میں سودائن ہو گئی.... پر میں تو اب سب کچھ بھول گئی ہوں تم دونوں کو دیکھ کر۔ فرید پُتر تیرا برکت علی ہے.... بس وہ اتنا ہی تھا جب ایک بار اس نے مجھے جن بن کر اُدھر کھوٹی کے پاس ڈرایا تھا.... فرید.... آمنہ.... ہاہائے یہ نمانے تو سو گئے ہیں.... اور میں جھلی باتیں کرتی رہی کہ سُن رہے ہیں.... چلو شاباش آرام کرو۔ پہلی بار تمہیں اپنا وطن نصیب ہوا ہے۔"

صحن میں دھوپ ڈھلی تو وہ دونوں آنکھیں ملتے ہوئے باہر آ گئے۔ دیوار کے سائے میں ایک چارپائی تھی.... طفیل بی بی پتہ نہیں کہاں تھی.... انہوں نے نلکے سے ہاتھ منہ دھویا اور ہاتھ کے نل کو چلاتے ہوئے انہوں نے اپنے آپ کو بہت بے وقوف محسوس کیا کہ کیا پرمٹھو چیز ہے۔

"میرا خیال ہے میں ایک کپ چائے پسند کروں گا۔" فرید نے ادھر ادھر نگاہ ڈالتے ہوئے کہا۔

"یہ خیال، خیال ہی رہے گا.... " آمنہ نے جماہی لے کر کہا۔ "کیونکہ وہ چائے بنائے گا کون.... آنٹی تو ادھر نہیں ہیں.... فریڈی میرا خیال ہے کہ ہم دونوں کچھ باتیں کر لیں. کیونکہ آس پاس کوئی نہیں ہے.... ورنہ کوئی نہ کوئی تو ہمارے ساتھ ہی رہتا ہے.... اب کیا خیال ہے؟"

"کس چیز کے بارے میں ؟"

"یہی .... یہاں رہنے کے بارے میں ؟"

"باقی کتنے دن رہ گئے ہیں ؟ .... ففٹی ایٹ .... نہیں بہت زیادہ ہیں ..... دیکھو ایک دو دن اور رہ لیتے ہیں۔ ورنہ اس سویٹ آنٹی اور اس عنایت انکل کا دل ٹوٹ جائے گا اور پھر یہاں سے سوہاوہ، لاہور اور لنڈن ہیئر آئی کم۔"

"یہاں مکھیاں بہت ہیں .... مجھے تو یہ چھوٹے چھوٹے پرندے لگتے ہیں..... اور دراصل یہ ہیں بھی منی برڈز .... ویسے فرنڈی! ہیئر آئی کم سے یاد آیا کہ .... مجھے کہنا تو نہیں چاہیئے .... لیکن بالآخر مجھے ایک باتھ روم چاہیئے .... اور یہاں نہیں ہے۔"

"میں اس پر غور کر چکا ہوں۔ یہ لوگ ادھر پانی کے نل کے ساتھ بیٹھتے ہیں لیکن صرف باقی کام کے لئے تو کوئی جگہ ہی نہیں ہے .... کہاں جاتے ہیں ؟"

"مجھے کیا پتہ ؟ لیکن میں اب بوجھ محسوس کرتی ہوں، اس لئے ....."

"ابھی ....؟" فرید نے ہراساں ہو کر کہا۔

"نہیں ...." آمنہ شرمندہ ہو گئی۔ "ابھی تھوڑی دیر کے لئے .... لیکن ...."

"میں سوچتا ہوں اس کے بارے میں ...." فرید اٹھا اور ادھر ادھر تانک جھانک کرنے لگا۔ برابر کے گھر میں سے مرغیوں کے بولنے کی اور بچوں کے رونے کی آوازیں آرہی تھیں اور دور کہیں سے عجیب سی "ہک ہک" کی لگاتار آواز سنائی دے رہی تھی۔

تھوڑی دیر بعد طفیل بی بی ایک ٹوکری سر پہ رکھے اندر داخل ہوئی۔ "بسم اللہ .... بسم اللہ" اس نے دونوں کے پاس آکر پھر ان کے سر پہ پیار دیا۔

"اٹھ بیٹھے ہیں خیر سے .... منہ ہاتھ دھو لینا تھا .... ذرا ہوشیار ہو جاتے۔"

"آنٹی ..... وہ ایک بات آپ سے پوچھنی ہے۔" فرید نے ہمت کر کے کہا۔

"پھر وہی آنٹی شانٹی ....." طفیل بی بی ہنستے ہنستے دوہری ہو گئی۔

فرید کا منہ بنا ہوا تھا اور طفیل بی بی کی ہنسی سے لطف اندوز نہیں ہو رہا تھا۔ "چلو پھر وہ کیا کہتے ہیں.... پھوپھی ... ہم دونوں.... دراصل آمنہ نے.... یہاں باتھ روم کہاں ہے.....؟"

"کیا روم؟" وہ ہنستے ہوئے رکی۔

"جہاں پانی ہوتا ہے اور انسان...."

"یہ اِدھر نلکا جو ہے.... ٹھنڈا ٹھار پانی ہے اس کا، لوہاروں کے کنویں سے بھی زیادہ ٹھنڈا ہے۔"

"نہیں نہیں...." فرید بالکل بیزار ہو چکا تھا۔ "منہ ہاتھ دھونے کے لئے نہیں بلکہ.... یو نو.... وہ...."

"اچھا۔" طفیل بی بی فوراً سنجیدہ ہو گئی، وہ سمجھ چکی تھی.... "تو سویرے قبرستان کو جو گئے تھے تو بیٹھ جاتے کہیں پہ۔"

"کہاں....؟"

"کسی بھی کھیت میں...."

"کھیت میں....؟" آمنہ کی آنکھیں حیرت اور شاذ ڈر سے پھیل گئیں۔

"نو کڈنگ...." فرید نے سر ہلایا۔

لیکن تھوڑی دیر بعد وہ دونوں چک سے باہر جانے والے راستے پہ چل رہے تھے۔ اگرچہ طفیل بی بی نے بہت اصرار کیا تھا کہ وہ بھی ساتھ چلے گی لیکن انہوں نے مناسب نہ جانا کہ وہ انہیں ایسی حالت میں دیکھے۔ ویسے چلتے وقت انہوں نے پوچھا تھا کہ یوں اکیلے جانا محفوظ ہے یا نہیں.... اور اس پہ طفیل بی بی نے مسکرا کر ان کی پیٹھ پہ ہاتھ پھیرا تھا اور کہا تھا۔ یہ تمہارا اپنا چک ہے پُتر.... تمہارے باپ دادے کا وطن ہے۔ یہاں اپنوں میں تمہیں کوئی ڈر نہیں۔

چک سے باہر آکر انہوں نے چوری چھپے ادھر ادھر دیکھا جیسے کوئی واردات کرنے آئے ہوں اور فرید نے بڑی متانت سے کہا۔ "جس مقصد کے لئے ہم آئے ہیں اس کے لئے یہ دو کھیت اتنے ہی اچھے ہوں گے جتنے کہ کوئی اور۔"

"ہاں۔" آمنہ اپنے ہینڈ بیگ میں جھانکتی ہوئی بولی۔

"تو پھر تمہارا کھیت کون سا ہے؟"

"کوئی بھی۔" آمنہ جھلا کر بولی۔

"پہلے آپ...."

وہ گھر واپس آئے تو سکینہ اپنے تین بچوں کے ہمراہ انہیں ملنے کے لئے آچکی تھی۔

"ہا ہائے... " طفیل بی بی، ان کے اترے ہوئے چہرے اور دھول سے اٹے ہوئے کپڑوں کو دیکھ کر چلائی۔ "کیا حال بنا لیا ہے۔ پہلے نہا دھو لو.... شاباش..... پھر بہن سے مل لینا...."

یہ "بہن" ان کی آنٹی کی بیٹی تھی۔ تقریباً ان پڑھ تھی۔ ایک قریبی گاؤں میں بیاہی ہوئی تھی اور ان کی آمد کی اطلاع ملتے ہی اپنے بچوں سمیت پیدل چل کھڑی ہوئی تھی۔ آمنہ اور سکینہ آمنے سامنے کھڑی رہیں۔ سکینہ شرماتی رہی اور آمنہ کولہے پہ ہاتھ رکھے سوچتی رہی کہ میں اس جاہل لڑکی سے کیا بات کروں اور بالآخر اس نے کہا۔ "آپ کے گاؤں میں گرمی بہت ہے۔" یہ سن کر سکینہ ہنس ہنس کر دوہری ہو گئی اور وہ بالکل اپنی ماں طفیل بی بی کی طرح ہنستے ہوئے دوہری ہوتی تھی۔

"یہاں نہیں...." اس نے اپنی ہنسی پہ بمشکل قابو پایا۔ "ہر جگہ اتنی ہی گرمی ہوتی ہے۔"

"دے اسلم۔" اس نے اپنے سب سے بڑے بیٹے کے سر پہ ایک دھپ رسید کی۔

"سلام کر ماسی کو۔"

اسلم کی شکل سے ظاہر ہوتا تھا کہ یہ پانچ چھ برس کا بچہ آج ہی صبح دیسی صابن کی

مدد سے خوب رگڑ رگڑ کر تیار کیا گیا ہے۔ اس کے رخسار سُرخ ہو رہے تھے اور ناک کا نچلا حصہ رگڑنے سے سوجا ہوا تھا۔ بالوں میں تیل تیرتا تھا، اور اس کے نئے کپڑے کورے کاغذ کی طرح آواز دیتے تھے۔

"سلام اے ماسی۔" وہ قریب ہو کر ڈرتا ہوا بولا۔

"ماسی؟" فرید جو پرے کھڑا تھا بے حد محظوظ ہوا۔ "امی ڈیئر اب تم ایک عدد ماسی ہو۔"

چونکہ بچہ سکھا کر لایا گیا تھا اس لئے وہ آمنہ سے فارغ ہو کر فرید کے پاس چلا گیا اور کہنے لگا "سلام اے ماماجی۔"

"وہاٹ؟" فرید نے بے یقینی میں سر جھٹکا۔ "یہ بچہ مجھے کیا کہہ رہا ہے؟"

"تیری بہن کا بیٹا ہے پُتر..." طفیل بی بی نے ایک آنسو پونچھتے ہوئے کہا۔ "تو ماماجی ہوا ناں تُو اس کا۔"

"ماماجی..." اب آمنہ کی باری تھی اور اس کی مسکراہٹ دیکھنے کے لائق تھی "فرنڈی اب تم ایک عدد ماماجی ہو..... یہ جو بھی ہوتا ہے ماماجی۔"

بچے کا ڈر کم ہوا تو وہ آمنہ کے قریب چلا گیا۔ "آپ میم ہو؟" اس نے پوچھا۔ جواب میں آمنہ نے کندھے سکیڑ دیئے۔ غالباً بچے کو بتایا گیا تھا کہ تمہاری ایک ماسی میم ہے۔ سکینہ کے بقیہ دو بچے اس کی گود میں تھے۔ ایک مسلسل دودھ پی رہا تھا اور دوسرا اس کے بال کھینچ رہا تھا۔ آمنہ کو جھرجھری سی آئی کہ اس ملک میں عورتوں کی کیا خوفناک زندگی ہے۔

رات کو کھانے کے بعد سکینہ اٹھی اور آمنہ کی چارپائی پہ آ بیٹھی۔ "اٹھ آمنہ باتیں کریں۔"

"کس قسم کی باتیں؟" وہ حیران ہوئی۔

"کوئی بات.....کوئی دُکھ سُکھ..... میں بچوں کو سُلا آئی ہوں۔ اب ساری رات پڑی ہے، دُکھ سُکھ پھولنے کے لئے۔"

آمنہ نے فرید کی طرف دیکھا جس کی چارپائی آج ذرا دور کر دی گئی تھی.... حسن علی اس کے ساتھ بیٹھا پتہ نہیں کیا گفتگو کر رہا تھا۔

سکینہ نے پہلے اپنی بات شروع کی.... اپنے خاوند اور بچوں کی باتیں۔ پھر اس برس جو فصل ہوئی اور جو بیل بیمار ہوئے اور جو شادیاں ہوئیں اور پھر جو سکینڈل ہوئے..... آمنہ کو حیرت اس بات پر ہوئی کہ تھوڑی دیر کے بعد وہ اس کی لایعنی گفتگو بڑے انہماک سے سُن رہی تھی..... اور ان کے اوپر تاروں سے بھرا ہوا آسمان تھا اور ان کی ہلکی روشنی اُن کے رخساروں پر محسوس ہوتی تھی۔ فرید کی آنکھیں بند ہو رہی تھیں۔ لیکن اس کے باوجود حسن علی کی دھیمی آواز اس کے کانوں میں اتر رہی تھی۔ طفیل بی بی کے خراٹے بلند ہونے لگے اور ہوا میں خنکی بڑھ گئی۔

اور چک جوگیاں میں ان کی یہ دوسری رات تھی۔

گوجروں کا امام دین اب پھر اس ڈراؤنے خواب کے نرغے میں تھا۔

بچہ گواہی دے رہا ہے کہ.... میرا نام اکرم ہے۔ میری ماں کا نام بشیراں ہے۔ اور یہ امام دین.... خواب کی ایک ایک تفصیل.... اسے یاد ہو چکی تھی.... شائد یہ طویل ترین خواب تھا جو متواتر کسی شخص کو دکھائی دیا۔ پچیس برس میں کتنی راتیں ہوتی ہیں؟ جتنی بھی ہوتی ہیں، ان میں سے بہت کم ایسی تھیں، جب اسے یہ خواب دکھائی نہ دیا ہو.... کچھ عرصہ آرام رہا.... اطمینان رہا..... اور اب پھر وہی خواب، وہی تفصیل.... پہلے اس کا بدن پلا ہوا اور کسرتی تھا۔ لیکن اب وہ بوڑھا ہو رہا تھا، ڈھیلا ہو رہا تھا... نیند میں اس کا منہ کھلا رہتا اور لعاب تکیے میں جذب ہوتا رہتا۔ خواب میں جو آج تھا اور خواب میں جو کل تھا، ایک فرق تھا... اب بچہ بڑا ہو چکا تھا.... وہ بڑے بڑے ہڈپیر والا اکرم تھا جو اس کی گردن کی طرف بڑھتا تھا۔ وہ پیچھے ہٹتا چلا جاتا تھا اور پیچھے.... ہمیشہ کھوئی ہوتی تھی اور اس کھوئی

کی تہہ میں، اس کی تاریکی میں اسے بشیراں کی آنکھیں چمکتی ہوئی نظر آئیں۔

اس کا جثہ پسینے سے نچڑ رہا تھا جب وہ بیدار ہوا۔ اور ہمیشہ کی طرح جب کبھی وہ یہ خواب دیکھتا، اس کے ہاتھ کی بھینس کبھی دودھ نہ دیتی۔ اس کے تھن خشک ہو جاتے۔ امام دین کی شادی ہو چکی تھی اور وہ انہی دنوں ہوئی تھی جب بشیراں کھوئی میں گری تھی اور وہ ہمیشہ اپنی بیوی سے شرمندہ رہا کیونکہ جو کچھ اس کے پاس تھا۔ وہ بہہ چکا تھا، ضائع ہو چکا تھا۔ اور اب صرف خوف تھا اور خوف مانع ہوتا ہے ... پھر بھی اس کے ہاں دو بیٹیاں تھیں۔ جو اب اس کی بھینسوں کی طرح پلی ہوئی اور جوان تھیں اور بھری ہوئی تھیں۔ وہ ان کی طرف دیکھتا تو اسے خوف آتا .... وہ ان کی طرف دیکھتا تو کچھ اور ہو جاتا اس لئے ان کی طرف دیکھنے سے کتراتا۔ اس سویرے وہ اٹھا اور سیدھا عنایت علی کے ڈیرے پر گیا۔ عنایت علی بھوری بھینس کے تھن دھو رہا تھا۔ وہ اس کے پاس بیٹھ گیا اور بھوری بھینس نے بے چینی کا اظہار کیا۔

"امام دینا.... اتنی سویرے سویرے .... خیر تو ہے ناں؟"

"تو نے اکرم کو کچھ نہیں کیا۔" امام دین زمین کریدتا ہوا بولا۔ "وہ مجھے بھی اتنا ہی پیارا ہے جتنا تجھے۔ آخر برکت علی کا بیٹا ہے۔ لیکن اب ذرا معاملہ دور نکل گیا ہے۔"

"کیا مطلب؟"

"تمہیں کہا تھا کہ اسے شہر لے جا کر کہیں داخل کرا دے۔ سودائی کا کیا پتہ کس وقت کیا کر بیٹھے .... اور اب شکایت آئی ہے۔"

"کہاں سے؟" عنایت علی نے چونک کر اس کی طرف دیکھا۔

"سوہاوے کے قریب میری بہن بیاہی ہوئی ہے .... محمد بی بی .... تو وہاں کچھ ہوا ہے تو میں نے سوچا کہ تمہیں بتا دوں ..... اکرم مجھے بھی اتنا ہی پیارا ہے۔" امام دین آہستہ آہستہ بولتا گیا۔

"تو بات سیدھی کر امام دینا۔" عنایت علی کے بوڑھے ماتھے کی شکنیں بلند ہوئیں۔

"اکرم کا آج کل کچھ پتہ تو نہیں کہ کہاں ہے؟"

"نہیں ..... کئی دنوں سے کچھ پتہ نہیں۔"

"تو اس گاؤں میں پہلے تو دو چوریاں ہوئیں.... اور جن لوگوں نے چور کو دیکھا وہ کچھ بتاتے ہیں اس کے مطابق۔"

"اکرم چوری تو نہیں کر سکتا۔" عنایت علی نے سر ہلایا۔

"کیسے نہیں کر سکتا، سودائی ہے کچھ بھی کر سکتا ہے..... چوریوں کے بعد جو کچھ ہوا وہ بتانے والا نہیں۔"

"میں نے کہا ناں، بات سیدھی کر۔"

"بس چھوٹی بچیوں پر کسی نے حملہ کیا.... سمجھتا ہے ناں تو.... ایک مرتبہ نہیں، دو تین مرتبہ.... اور مجرم کے بارے میں جو حُلیہ نکلا ہے وہ..... میری بہن محمد بی بی نے.... بار اس نے خود دیکھا ہے اکرم کو، ایک جگہ سے نکلتے اور وہاں ایک بچّی....."

"نہیں..... یہ نہیں ہو سکتا۔"

امام دین اٹھ بیٹھا۔ "میرا فرض تھا بتانا.... اب آگے تیری مرضی..... تو کچھ نہیں کرے گا تو دو چار روز میں پولیس لے جائے گی اور پھر ساری حیاتی رہے گا جیل میں۔"

"تو پھر میں کیا کروں؟" عنایت علی بے حد بے چارگی سے بولا۔" ان دنوں... برکت علی کے بچے بھی تو آئے ہوئے ہیں ولایت سے۔"

"اسے پکڑ کر داخل کروا دے شہر میں... اور آج کل میں۔"

گوجروں کا امام دین چلا گیا۔

عنایت علی کی نیلی آنکھیں آنسوؤں سے بھری ہوئی تھیں۔

گرمی سے آسمان میں معلق چیلوں کے حلق بھی خشک ہو رہے تھے۔ ایک ٹھہراؤ تھا جس میں ہر شے مرجھا رہی تھی۔ آمنہ اور فرید ایک اندھیری کوٹھڑی میں پسینے سے نہائے ہوئے اپنے آپ کو دستی پنکھے کی مدد سے ہوا دینے کی کوشش کر رہے تھے..... گرمی کی شدت سے جیسے صحن کے فرش کے ہونٹ ایسے خشک ہوتے تھے کہ ان پہ پیپڑیاں جمی ہوئی تھیں۔ حسن علی اور عنایت علی ڈیرے پر تھے اور انہیں چک جوگیاں آئے ہوئے سات روز ہو چکے تھے اور اس گرم خاموشی میں ڈھول کی آواز ایک گہری گونج کے ساتھ پھیلنے لگی اور اس کے ساتھ ہی چند کوّے اور چڑیاں درختوں میں پھڑپھڑانے اور بولنے لگے۔

کسی نے دستک دی۔ طفیل بی بی ہڑبڑا کر اٹھی۔ "کون ہے؟"

"بڑے جوگی کے مزار پہ سودائی ناچ رہا ہے۔" کسی نے کہا۔

طفیل بی بی ننگے پاؤں باہر نکلی اور آنے والے سے کہنے لگی۔ "تم ڈیرے پر بھائی عنایت علی کو خبر کر دو میں اتنی دیر میں وہاں پہنچتی ہوں۔"

آمنہ اور فرید کو اگرچہ اس نے اپنے پیچھے آنے کو نہیں کہا لیکن وہ سنسان گلیوں اور دھوپ جلی دیواروں کی اوٹ میں اس کے پیچھے چلتے گئے۔

بڑے جوگی کے مزار کا صحن تپ رہا تھا اور اس پہ قدم دھرنا محال تھا لیکن اس کے قدم اس پہ دھم دھم پڑتے تھے اور وہ ڈھول کی تال پہ سودائی ہوتا تھا۔

آمنہ نے اس کے سُرخ چہرے اور پسینے سے نچڑتے بالوں کو دیکھا اور ایک قدم پیچھے ہو کر کہنے لگی۔ "یہ کون ہے؟"

طفیل بی بی کا چہرہ ماں جائے کی محبت میں بھیگتا تھا۔ "یہ تمہارا بھائی ہے آمنہ... میرے بھرا برکت علی کا بیٹا اکرم۔"

آمنہ کے ہونٹ زخمی پرندے کی طرح پھڑپھڑائے.... یہ عورت کیا کہتی ہے۔ کس سے

کہتی ہے اور جو کچھ کہتی ہے وہ میں نے نہیں سُنا کچھ اور سُنا.... یہ جو تپتے ہوئے احاطے میں بے سُدھ ناچ رہا ہے۔ ڈھول والا دھریک کی گھنی چھاؤں کی پناہ میں ہے لیکن یہ جو بے سُدھ ہے۔ جیسے سُلگتے کوئلوں کے فرش پہ پاؤں دھرتا ہے۔ اس کی آنکھوں میں وحشت ہے اور وہ سر جھٹکتا ہے اور شکایت آمیز نظروں سے کبھی کبھار پرندوں سے خالی چپ آسمان کو دیکھتا ہے تو یہ اس کا کچھ بھی نہیں ہو سکتا۔ کیسے ہو سکتا ہے؟

فرید کی آنکھوں میں نمکین اور گرم پسینے کے قطرے جگہ بناتے تھے اور اس نے بھی وہی کچھ سُنا جو آمنہ نے سُنا اور اس نے بھی بے یقینی سے سُنا..... یہ کیا مقام ہے کہ رشتے بدلتے ہیں.... نہیں یہ جو سامنے پھٹے ہوئے تہبند اور میلے کچیلے کرتے میں ننگے پاؤں اپنے آپ میں گم سر ہلاتا ہے اور رقص کرتا ہے تو یہ میرا تو کچھ نہیں ہو سکتا۔ میری ماں انگریز ہے۔ میرے سیاہ بیگ میں برٹش پاسپورٹ ہیں۔ میری مادری زبان انگریزی ہے اور میں لنڈنر ہوں.... میرا اس چک جوگیاں کے مزار پہ ناچنے والے فقیر سے کیا تعلق؟

عنایت علی بھی آ چکا تھا اور اس کا سانس پھولا ہوا تھا۔

طفیل بی بی آگے بڑھی..... "اکرم پُتر بس کر.... ماں صدقے بس کر.... تھک جاؤ گے.... فرش پکا ہے اس لئے گرم ہے پُتر.... اب بس کر۔"

عنایت علی کی کمر کا جھکاؤ آج اتنا نمایاں نہ تھا.... وہ بھی اکرم کی طرف بڑھا جیسے دام میں آئے ہوئے ہرن کی طرف بڑھتے ہیں کہ کہیں بدک کر اپنے آپ کو زخمی نہ کر لے۔

"اکرم بیٹا گرمی بہت ہے۔ پھر سہی..... ہم تو تجھے کئی دنوں سے تلاش کر رہے ہیں.... پتہ ہے کیوں؟ تیری بہن اور بھائی آئے ہوئے ہیں ولایت سے.... بس کر۔"

لیکن اکرم مست تھا۔ اور اس کے کان ڈھول کی آواز کے سوا اور کچھ نہ سُنتے تھے۔

آمنہ نے فرید کی طرف دیکھا اور پھر اکرم کی طرف.... اور اس کا دل رکا.... اس نے سر جھٹک کر پھر دیکھا کہ کہیں نظروں کا دھوکہ تو نہیں.... ان دونوں میں واضح مشابہت تھی۔ ان

کی..... اور سر کی بناوٹ میں کوئی فرق نہ تھا.... یہ کیسے ہو سکتا ہے؟ اور اسی لمحے فرید نے آمنہ پہ نگاہ ڈالی اور پھر اس سودائی کو ایک نظر دیکھا اور اسے کچھ ہوا.... یہ کیسے ہو سکتا ہے؟

آمنہ ساتھ سے نکل کر صحن میں گئی اور اکرم کے قریب سے گزر کر اس دھریک کے پاس گئی جس کی چھاؤں میں ڈھول والا سر جھکائے پسینے سے شرابور ڈھول بجا رہا تھا۔ اس نے اس کے کندھے پہ ہاتھ رکھا اور پھر رک جانے کے لئے اشارہ کیا۔ ڈھول کی آواز سے صحن اور پھر پورا چک جوگیاں خالی ہوا۔ لیکن وہ پھر بھی ناچتا رہا کیونکہ دھم دھا دھم اس کے خون میں چل رہی تھی۔ آمنہ صحن میں آئی اور سفید پگھلتی دھوپ میں سودائی کا بازو تھپکا۔ اس نے آمنہ کا ہاتھ جھٹک دیا۔ آمنہ نے اسے پھر تھپکا اور وہ رُکا اور اس نے سرخ بیر بہوٹی آنکھیں اس پہ جما دیں جس نے اسے روکا تھا۔

عنایت علی آگے آگیا۔ ”یہ تیری بہن آمنہ ہے پُتر۔“

اکرم مسکرانے لگا۔ پھر اس نے سر ہلایا۔

”اور یہ تیرا بھائی ہے فرید۔“ طفیل بی بی حسب معمول آنسو گراتی ہوئی کہنے لگی۔ ”آ گھر چلیں اکرم پُتر۔“

”چلو گھر چلیں گھر۔“ اکرم نے خوش ہو کر کہا۔

وہ انہی گلیوں اور تپتی دیواروں کے راستے گھر لوٹ آئے۔

طفیل بی بی نے لسی کا بڑا کٹورا بھر کر اکرم کے ہاتھ میں تھما دیا: ”لے پی لے.....“ اس نے اپنے دوپٹے سے اس کا چہرہ پونچھا: ”بسم اللہ کر اور درمیان میں سانس لے کر آہستہ آہستہ پی لے.....“

اکرم لسی پینے لگا۔

فرید اور آمنہ چارپائی پہ بیٹھے اسے دیکھ رہے تھے۔ عنایت علی ابھی تک اپنے عصا کے سہارے کھڑا تھا۔ فرید اٹھا۔ ”چاچا جی! آپ بیٹھ جائیں۔“

عنایت علی مسکرایا اور چارپائی پہ بیٹھ گیا۔" یہ تو نے پہلی بار مجھے چاچا جی کہا ہے۔"

"آج سویرے آمنہ نے مجھے آنٹی شانٹی کہنے کی بجائے پھُپھی کہا تھا.... آہو عنایت علی سچ کہتی ہوں۔ یہ اب ہمیں پہچاننے لگے ہیں...." طفیل بی بی جو ابھی آنسو پونچھ رہی تھی اب مسکراتے چلی جارہی تھی۔

"تم میری بات سُنو ذرا ادھر آکر۔" عنایت علی کھانس کر بولا اور طفیل بی بی دوپٹہ اوڑھتی ہوئی اس کے پاس چلی گئی۔" ہمارے لئے نہیں پر لوگوں کے لئے یہ ہے سودائی۔ میں نے تمہیں بتایا تھا ناں کہ گوجروں کے امام دین کی بہن کے گاؤں میں کیا ہوا تھا؟ اگر ہم نے اسے نہ سنبھالا تو یہ پھر نکل جائے گا اور پولیس اسے لے جائے گی اور پھر ساری حیاتی جیل میں بند رہے گا۔ بہتر نہیں ہے کہ ہم اسے خود بند کردیں.... خود سنبھال لیں۔"

طفیل بی بی پھر رونے لگی۔" لوگ جھوٹ بولتے ہیں۔"

"ہاں لوگ جھوٹ بولتے ہیں لیکن جھوٹ کی تلوار بھی تو مار دیتی ہے انسان کو۔"

"وہ ادھر جو کوٹھڑی ہے جس میں تم نے ایندھن کے لئے کپاس کی سوکھی ہوئی مَن چھٹی جمع کی ہوئی ہے اسے میں خالی کردیتا ہوں.... وہاں اسے رکھ لو۔ حسن علی کو کہنا کہ دن میں ایک بار کھولے اور پانچ دس منٹ کے لئے ٹٹّی پیشاب کے لئے باہر لے جائے.... اور وہ بھی رات کے وقت.... نہیں تو وہ اسے لے جائیں گے....." آخری فقرہ کہتے ہوئے عنایت علی کی نیلی آنکھیں زیادہ نیلی اور گہری اور ڈبڈبُو ہوگئیں.... وہ آگے بڑھا اور چپکے سے کوٹھڑی میں ذخیرہ شدہ ایندھن اٹھا اٹھا کر صحن کے ایک کونے میں ڈھیر کرنے لگا۔

اکرم لسّی کا کٹورا پینے کے بعد اسی چارپائی پہ لیٹ گیا اور تھوڑی ہی دیر میں وہ گہری نیند میں تھا.... طفیل بی بی پائینتی پہ بیٹھ کر دوپٹے کے پلو سے مکھیاں اڑانے لگی....؛ پتہ نہیں کب کا نہیں سویا بےچارہ۔ کب کی روٹی نہیں کھائی...... دھول اور گرمیاں اس کے نصیب میں.... میرے ماں جائے کے بیٹے کے بھاگ ہی ایسے......"

"پھپھی طفیل بی بی۔" فرید نے جھجکتے ہوئے کہا۔ "یہ کس طرح ہمارا بھائی ہے؟"

"بھائی کس طرح ہوتے ہیں پتر..... یہ خیر سے برکت علی کا بڑا بیٹا ہے بشیراں سے۔ گئے نہیں تھے اس کی قبر پہ.... تو یہ اس کرماں ماری کا بیٹا ہے.... یہ بس سودائی ہو گیا..... نہ کوئی والی وارث.... نہ کوئی روٹی پانی پوچھنے والا۔"

"کیا ڈیڈی نے کبھی..... میرا مطلب ہے اسے خط وغیرہ نہیں لکھا..... یا.... کچھ بھی؟"

"نہیں کچھ نہیں..... وہ تو اسے اس طرح بھول گیا، جیسے کسان پچھلے سال کی گرمیوں کو بھول جاتا ہے..... پردیس میں جو تھا.... پتہ نہیں اس پہ وہاں کیا مصیبت تھی جو اسے یاد نہیں کیا...."

"کوئی ایسی خاص مصیبت تو نہیں تھی...." فرید بڑبڑایا۔ "اور انہوں نے ہمیں کبھی نہیں بتایا.... کبھی بھی...."

شاید اس لئے بھی کہ جب کبھی وہ چک جوگیاں کی بات کرتے، ادھر کا کوئی قصہ چھیڑتے تو ہم بالکل لاتعلق ہو جاتے۔ کوئی دلچسپی ظاہر نہ کرتے..... شائد اس لئے.... شائد..."

"کیا ہمیں پہچانتا ہے پھپھی.....؟" آمنہ نے کہا۔

"اپنے خون کو کون نہیں پہچانتا.... خون تو خود پکاریں کرتا ہے۔ بس یہ ہے کہ یہ اس طرح بتا نہیں سکتا جس طرح ہم بتا سکتے ہیں..... لیکن یہ جانتا ہے کہ تم کون ہو؟"

ایندھن والی کوٹھڑی جب خالی ہو گئی تو طفیل بی بی نے اس میں جھاڑو دی اور پھر اندر سے رنگین پایوں والا نواری پلنگ نکال کر اس میں بچھایا۔ اس پہ نئے کھیس اور کھدر کی چادر۔ پھر اس نے اکرم کو کندھے سے پکڑ کر جھنجھوڑا۔ "اٹھ پتر.... باہر مکھیاں ہیں۔ اندر چل کر لیٹ جا.... اٹھ شاباش....."

اکرم سستی کے بوجھ سے بمشکل نکلا اور آنکھیں ملتا ہوا اٹھ بیٹھا۔ "ہاں ادھر مکھیاں ہیں مکھیاں۔" یہ کہہ کر وہ مسکرانے لگا۔ لیکن اس کی آنکھیں بدستور بند تھیں۔ طفیل بی بی نے اس

کا ہاتھ تھاما اور وہ نیند میں چلتا ہوا کوٹھڑی تک پہنچ گیا۔ پلنگ کو چھو کر دیکھا کہ ہے یا نہیں اور پھر اس کا وجود محسوس کر کے اس پہ بیٹھا اور لیٹ گیا۔ طفیل بی بی باہر نکلی اور کوٹھڑی کی کنڈی چڑھا دی۔

آمنہ اور فرید نے حیرت سے اسے دیکھا... کیوں...؟

طفیل بی بی خود ہی بولی۔ "اس کا اب بڑا خیال رکھنا ہے..... اسے اگر اپنے سے جدا نہیں کرنا تو بڑا خیال رکھنا ہے...." پھر اس نے اشاروں کنایوں سے گوجروں کے امام دین والی کہانی انہیں بھی بتائی.... عنایت علی سر ہلاتا سُنتا رہا اور پھر اٹھ بیٹھا۔ "لو پھر بہن! میں چلتا ہوں.... اس کا خیال رکھنا...."

کوٹھڑی کی کنڈی چڑھی ہوئی تھی اور اس کے اندر ان کا بھائی تھا۔ ایک پاگل بھائی۔

اس روز انہوں نے ایک دوسرے کے ساتھ کوئی مذاق نہ کیا۔ ایک دوسرے کو چھیڑا نہیں.... گاؤں کے باسیوں کے بارے میں کچھ نہ کہا.... اپنے پسندیدہ انگریزی نغمے بھی نہ سُنے اور وہ خاموش رہے۔ رات کھانے کے بعد وہ چارپائیوں پر لیٹے۔

آسمان تاریک تھا.... ایک ہلکی گہر تاروں کو چھپائے ہوئے تھی۔

سکینہ اپنے گاؤں واپس جا چکی تھی اور آمنہ اس جاہل اور بے ڈھنگی دیہاتن کو مِس کرنے لگی تھی۔ اس میں کیا تھا جو اسے یاد آتا تھا۔ شائد اس کے دل کی سادگی اور وُسعت اور اپنی زندگی سے مطمئن ہونا.... وہ تقریباً اسی کی عمر کی تھی.... انگلینڈ میں ٹین ایجر اور نوجوان "لکس" کے لئے کیا کچھ نہیں کرتے..... مسرّت کے حصول کے لئے کِن کِن حدوں کو پار نہیں کر جاتے۔ لیکن چک جوگیاں کی یہ کزن اپنے بچوں کو کنگھی کرتے ہوئے اور اس کے بالوں کو تیل سے چُپڑتے ہوئے یا آدھی رات کو اٹھ کر آمنہ کو گہری نیند سے جگا کر "اٹھ بہن باتیں کریں" کہہ کر زندگی کی تمامتر لکس اور راحتیں حاصل کر لیتی تھی.... زندگی سے

مطمئن ہونا اس کے لئے ایک معمولی مسئلہ تھا۔

"کیا تم بھی وہی سوچ رہی ہو جو میں سوچ رہا ہوں۔" فرید نے سرگوشی کی.... اگرچہ پھوپھی طفیل بی بی اس وقت خراٹوں سے بھرپور اس نیند میں تھی۔ جہاں سے کوئی دھماکہ بھی اسے واپس نہیں لا سکتا تھا۔

"پتہ نہیں تم کیا سوچ رہے ہو؟"

"یہی کہ اگر وہ ہمارا بھائی ہے تو...."

"وہ ہمارا بھائی ہے۔" آمنہ کے لہجے میں گہرا تیقن تھا۔

"تو پھر وہ ڈیڈی کی جائیداد میں برابر کا حصہ دار ہے۔ صرف ہم دونوں اس کے حق دار نہیں ہیں۔"

"تو پھر...." آمنہ نے روکھائی سے کہا۔

"مجھے غلط مت سمجھو.... میں اپنے حصے کے کم ہو جانے کے بارے میں فکرمند نہیں ہوں... بلکہ میں تو یہ چاہتا ہوں کہ ہم جلد از جلد.... پتہ نہیں میں کیا چاہتا ہوں۔" فرید اپنی چارپائی سے اٹھ کر بیٹھ گیا۔ "یہ ہم کس جگہ پر آ گئے ہیں امی.... ایک ایسے ماضی میں جو گم تھا... ہم چاہتے تو اس سے دور رہ سکتے تھے.... قبرستان میں وہ قبر.... اس عورت کا بھی تو ہمارے ساتھ ایک رشتہ بنتا ہے.... وہ ہماری سٹیپ مدر ہے۔"

"فرید...." آمنہ اٹھ کر اس کے پاس آ بیٹھی۔ "یہ تو انصاف نہیں ہے۔"

اس نے حیرت سے اسے دیکھا۔ "کیا انصاف نہیں ہے؟"

"یہی کہ وہ ہمارا.... بھائی ایک میڈین کی طرح ایک تاریک کوٹھڑی میں بند ہو.... وہ یہاں اس گرمی اور غربت میں دھکے کھاتا پھرے اور ہم اُدھر انگلینڈ میں۔ "جوگی اینڈ سیلی سٹورز" کی آمدنی سے عیش کریں.... یہ تو انصاف نہیں ہے...."

"امی...." فرید نے بڑے ٹھہرے ہوئے انداز میں بات شروع کی۔ "اگر ہم...."

یہی نام ہے ناں.... اگر انگلینڈ میں ہوتا تو ہم اسے لیونٹک اسائلم میں بند کر دیتے اور وہ ساری عمر ایک جانور کی طرح ایک بے جان سبزی کی طرح گزار دیتا.... لیکن یہاں تم نے دیکھا کہ پھپھی..... اور مجھے ابھی تک عادت نہیں ہوئی اس لفظ 'پھپھی' کی.... کہ وہ کس طرح اس کا نام سن کر ننگے پاؤں بھاگتی ہے اور اس کے لئے دیوانی ہو جاتی ہے.... روتی ہے اور اس کی طرف دیکھ دیکھ کر خوش ہوتی ہے اور انکل عنایت علی..... وہ پتہ نہیں کس مٹی کا بنا ہوا انسان ہے.... ہر کسی کے آگے جھکا رہتا ہے.... اکرم کے لئے وہ ایسے بے چین ہوتا ہے جیسے..... بلکہ کوئی اپنے بیٹے کے لئے بھی اتنا بے چین نہیں ہوتا. تو یہ بہتر ہے کہ..... ہمارا بھائی یہاں ہے.....» فرید نے جب ہمارا بھائی کہا تو اس کی ریڑھ کی ہڈی میں ایک سرد لہر دوڑ گئی۔

«کیا اسے واقعی جانوروں کی طرح ایک کوٹھڑی میں قید کر دینا چاہیئے؟» آمنہ نے دونوں ہاتھ اوپر کرتے ہوئے کہا۔ «اتنی گرمی ہیں.... اور اس میں کوئی کھڑکی نہیں۔ کوئی پنکھا وغیرہ نہیں.... بس میں برداشت نہیں کر سکتی۔» وہ کھڑی ہو گئی۔ «میں کنڈی کھولنے لگی ہوں۔»

«وہ خطرناک ہو سکتا ہے....» فرید نے خبردار کیا۔

«شائد....» آمنہ نے کولہوں پر ہاتھ رکھے۔ «لیکن شائد نہیں... میں اس کی بہن ہوں.... اور یہ اورینٹل بھائی اپنی بہنوں کو کچھ نہیں کہتے.... آؤ....»

وہ دونوں دبے پاؤں سیڑھیوں سے تاریک صحن میں اتر گئے۔ اوپر چھت پر حسن علی نے ایک کروٹ لی۔ وہ جانتا تھا کہ وہ کس مقصد کے لئے نیچے گئے ہیں۔

«سوچ لو....» فرید نے سرگوشی کی۔

«وہ میرا بھائی ہے....» آمنہ ایک مختلف آواز میں بولی اور آگے بڑھ کر کوٹھڑی کی کنڈی اتار دی.... اندر بالکل خاموشی تھی.... «اکرم....» آمنہ نے پکارا۔

"اکرم بھائی ...." فرید نے کوٹھڑی کی تاریکی میں آواز دی۔

اکرم یکدم باہر آگیا اور آمنہ خوفزدہ ہو کر پرے ہو گئی.... اندھیرے میں کچھ پتہ نہ چلتا تھا کہ سامنے اکرم ہی ہے یا کوئی اور ہے۔

"اکرم بھائی ...." آمنہ نے لرزتے ہوئے کہا.... اور اس لمحے ایک بڑا ہاتھ آگے آیا اور آمنہ نے سوچا کہ یہ میرا آخر ہے اور یہ ہاتھ میری گردن تک آئے گا اور میرا گلا دبا دے گا۔ لیکن یہ ہاتھ اس کے بالوں تک آکر رکا اور اس کا سر پیار سے تھپکا۔ اور تب آمنہ آگے ہوئی اور اس اجنبی کے ساتھ لپٹ گئی جو آج صبح تپتے صحن میں ڈھول کی تال پر ناچتا تھا۔ فرید نے اپنے بھائی کا ہاتھ پکڑا اور اسے زور سے دبایا۔

"آمنہ ...." آمنہ نے اپنا نام بتایا اور پھر فرید کی طرف اشارہ کیا۔ "فرید ..."

"ہاں ...." اکرم ہنسنے لگا۔ "ہاں ...."

"آپ بے شک یہاں سے چلے جاؤ بھائی ...." آمنہ کی آواز شدت جذبات سے رندھ چکی تھی۔ "جہاں جی چاہے چلے جاؤ۔"

"نہیں ...." اکرم نے سر ہلایا۔ "نہیں پھپھی طفیل بی بی .... اس نے بستر دیا ہے بستر۔ نہیں جانا۔"

" یہ نہیں جائیں گے امی ...." فرید مسکرا رہا تھا۔ "انہیں بھی پھپھی سے اتنا پیار ہے کہ اگر وہ انہیں کوٹھڑی میں بند کرتی ہے تو یہ سمجھتے ہیں کہ یہی اچھی بات ہے ..... یہ نہیں جائیں گے ...."

وہ تینوں ایک چارپائی پر بیٹھ گئے۔

"آپ کو کبھی ڈیڈی یاد آئے .... برکت علی؟"

اکرم یکدم کھڑا ہو گیا اور دو قدم پیچھے ہٹ کر جیسے ھنکارنے لگا۔ "چاچا نہیں آیا۔"

آمنہ اور فرید کے حلق خشک ہو گئے اور وہ جان گئے کہ اکرم اپنے باپ کا حوالہ پسند

نہیں کرتا.... انہوں نے اسے چارپائی پر بٹھایا اور اپنے بارے میں بتانے لگے۔ لیکن اس احتیاط کے ساتھ کہ اس میں برکت علی کا کوئی حوالہ نہ آئے۔ وہ بڑی دلچسپی سے سب کچھ سن رہا تھا اور "اچھا... اچھا۔" کرتا چلا جاتا تھا۔ آمنہ اس کے ساتھ کسی پرانی دوست کی طرح باتیں کر رہی تھی اور فرید کو ایک بڑے بھائی کے ساتھ بیٹھنا بڑا اچھا لگ رہا تھا۔ اور یوں ان کی باتوں کے ساتھ سپیدۂ سحر کا آغاز ہونے لگا۔

"اب چلیں بھائی...." آمنہ کہنے لگی اور اکرم اٹھا اور کوٹھڑی میں چلا گیا۔ فرید کنڈی چڑھانے لگا تو اکرم کی آواز آئی۔ "فرید.... میرا چاچا.... برکت علی.... آئے گا؟" وہ نہیں جانتا تھا کہ وہ مر چکا ہے۔

"نہیں بھائی.... ڈیڈی.... ہمارے چاچا جی برکت علی کو مرے ہوئے چھ ماہ ہونے کو آئے...."

فرید کو شک ہوا کہ کوٹھڑی کے اندھیرے میں ایک گہری سسکی ابھری تھی.... اور پھر اس نے کنڈی چڑھا دی۔

آمنہ اور فرید اب چک جوگیاں کے لئے نئے نہیں تھے.... انہیں سارے راستے آتے تھے اور وہ اپنے گھر کے آس پاس رہنے والے تمام لوگوں کو ان کے نام سے جانتے تھے اور انہیں اچھی طرح پہچانتے تھے۔ طفیل بی بی اب ان کے لئے ڈیئر پھپھی تھی اور عنایت علی کو وہ ہمیشہ ڈارلنگ چاچا کہتے.... چک جوگیاں کے باشندوں نے پہلے پہل انہیں حیرت سے دیکھا۔ پھر آہستہ آہستہ قبول کر لیا۔ وہ گلیوں میں چلتے تو بوڑھے انہیں روک کر پیار دیتے۔ "تم نوردین کے ہو؟"

"کس کے ہیں؟" پہلی بار فرید نے حیران ہو کر پوچھا تھا۔

"نوردین کے؟ ولایت والے برکت علی کے ہو تم؟"

وہ اثبات میں سر ہلاتے تو بزرگ انہیں دعائیں دیتے اور سر پہ ہاتھ رکھ کر پیار دیتے۔

"یہاں ایک اور تبدیلی ہے۔" فرید کہتا۔ "آپ ایک فرد کی حیثیت سے وجود نہیں رکھتے بلکہ آپ اپنے باپ دادا کے نام سے پہچانے جاتے ہو...کوئی بزرگ یہ نہیں پوچھتا کہ تمہارا نام کیا ہے بلکہ یہ پوچھتا ہے کہ نور دین کے ہو؟"

چک جوگیاں میں آمد کے گیارہویں دن شام کو فرید نے آمنہ سے کہا۔ "آج سارے دن میں ہم نے ایک مرتبہ بھی یہ حساب نہیں کیا کہ اب ہمیں یہاں مزید کتنے دن گزارنے ہیں۔"

اور رات کو جب پھپھی طفیل بی بی کے خراٹے بلند ہونے لگتے تو وہ دونوں چپکے سے نیچے صحن میں آجاتے اور اکرم کو کوٹھڑی سے نکال کر اس سے باتیں کرنے لگتے...اور پھر ان دونوں کے دل میں ایک چور بولا کہ تم نے اپنے دو ماہ پورے کر کے واپس چلے جانا ہے۔ اپنے انگلینڈ اور جوگی اینڈ سیلی سٹورز کی جانب تو کیا یہ شخص جو تمہارا بھائی ہے۔ یہیں رہے گا اس کوٹھڑی میں؟ اور یہ آواز ہر روز پہلے کی نسبت زیادہ بلند ہو جاتی۔

آمنہ کوشش کرتی کہ وہ پھپھی کے کام کاج میں ہاتھ بٹائے لیکن یہاں کے کام اتنے مختلف اور پیچیدہ تھے کہ اس کا بس نہ چلتا۔ ایک روز اس نے مدھانی چلانے کی کوشش کی۔ اور تب اسے معلوم ہوا کہ نیلی آنکھوں والی بوڑھی عورت طفیل بی بی کے بازوؤں میں کتنی طاقت ہے اور اس کا سانس کتنا مضبوط ہے...فرید پہ بھی کبھی کبھار اس کی مغربی سوچ غالب آجاتی ہم اتنے دنوں سے یہاں مقیم ہیں اور پھپھی ایک نوکرانی کی طرح ہماری خاطر کرتی ہے اور ہم ایک پینی خرچ نہیں کرتے...ایسے لمحوں میں وہ پھپھی سے کہتا۔ "پھپھی...آپ کو ہمارے آنے سے بہت کام کرنا پڑتا ہے...."

"ہاں بہت کام کرنا پڑتا ہے..." وہ سر جھٹک کر ہنسنے لگتی۔

"کیا ہم گھر کے خرچ میں...میرا مطلب ہے اپنے حصے کے اخراجات کی رقم ادا کر سکتے ہیں؟"

"میں جوتیاں مار کر سر گنجا کر دوں گی ....." پھپھی یقیناً اسے مذاق سمجھتی۔ ورنہ وہ واقعی اسے جوتیاں مارتی ....

ایک رات وہ کھانا کھا کر اٹھے اور سونے کے لئے چھت پہ جانے لگے تو پھپھی نے فرید کو روک لیا۔

"میں نے تم سے ایک بات کرنی ہے۔"

"تم چلو آمنہ ...." اس نے آمنہ سے کہا .... حسن علی کسی دوست کے گھر اپنے بیل کے لئے دوا لینے گیا ہوا تھا۔

جب آمنہ چھت پہ چلی گئی تو پھپھی نے ایک گہرا سانس لیا اور رونے لگی .... فرید گھبرا گیا کہ اسے کیا ہوا ہے؟

"فرید پتر .... تیرا باپ برکت علی بڑا سہکواں بھائی تھا میرا .... جوں گیا جوں گیا کہ واپس نہیں آیا۔ ایسی اڈاری ماری کہ پھر وطنوں کا منہ نہیں دیکھا میرے بھرا نے ..... اور نہ میں کرماں ماری اس کا منہ دیکھ سکی ..... اب تم آئے ہو تو جان پڑ گئی ہے مجھ میں ..... پر تم نے چلے جانا ہے .....اور ..... دیکھ فرید میرا بیٹا حسن علی بڑا فرمانبردار اور شریف نسل کا جوان ہے .... کبھی آگے سے اونچی بات نہیں کرتا۔ بزرگوں کا ادب کرتا ہے اور .... بس یوں سمجھ لو کہ اپنے ماموں عنایت علی جیسا ہے ..... تم تو سمجھ گئے ہو گے ....."

"نہیں ..... میں تو نہیں سمجھا ...." فرید نے سوچا کہ پھپھی نے کوئی بات سمجھائی تو ہے نہیں اور کہہ رہی ہے کہ سمجھ گئے ہو گے۔

"اب آمنہ خیر سے جوان ہے۔ تمہیں اس کی شادی کی فکر کرنی چاہیئے ...." طفیل بی بی نے رونے کا سلسلہ منقطع کرتے ہوئے کہا۔

فرید اپنی مسکراہٹ کو روک نہ سکا۔" مجھے آمنہ کی شادی کی فکر کرنی چاہیئے ..... کیوں پھپھی؟ وہ اگر شادی کرنا چاہتی ہے تو خود کر لے جہاں جی چاہے۔"

"ہا ہائے ....." پھپھی نے ناک پہ انگلی رکھ کر کہا۔ "جوان جہان بہنوں کے بھائی ایسی

بات تو نہیں کرتے.... مخول کر رہا ہے تو.... تو کہہ میں یہ رہی تھی کہ حسن علی..... بس آمنہ میری بہو بن جائے اور مجھ کرماں ماری کے گھر میں بھی میرے موئے ہوئے بھائی کی نشانی لگ جائے۔"

فرید کو تھوڑی سی سمجھ آئی کہ پھپھی کیا کہہ رہی ہے۔ لیکن یہ مجھ سے کیوں کہہ رہی ہے آمنہ سے خود بات کرے..... بلکہ یہ تو آمنہ کی مرضی ہے.... بہر حال پتہ نہیں یہاں کے عجیب رواج ہیں۔

"تو پھر سوچنا اس بارے میں...."طفیل بی بی نے کہا۔

"اچھا...." فرید نے سر ہلایا۔ "سوچوں گا اس بارے میں۔" اور ساتھ ہی مسکرا دیا۔

وہ چھت پہ آیا تو آمنہ سو چکی تھی ورنہ وہ اسے اس مزاحیہ گفتگو کے بارے میں ضرور بتاتا۔

ایک روز سیلی کا خط آیا۔" ڈارلنگ بچو! مجھے اندازہ نہیں تھا کہ تم سے جدا ہونا کیسا ہوتا ہے اور مجھے کہنا پڑتا ہے کہ یہ ایک اچھا تجربہ نہیں ہے۔ میں دن رات مصروف رہتی ہوں۔ نئے ٹیکسوں کی وجہ سے ہمیں اشیاء کی قیمتوں کا از سرِ نو تعین کرنا پڑے گا۔ میں سوچ رہی ہوں کہ مانچسٹر اور بریڈفورڈ میں بھی شاخیں کھولی جائیں۔ لیکن یہ صرف اسی صورت میں ممکن ہو سکتا ہے جب تم واپس آؤ گے۔ انکل گیم اور میگی روزانہ فون کرتے ہیں یا خود آتے ہیں۔ گیم ایک روز کہہ رہے تھے کہ وہ شاید ہمیشہ کے لئے واپس چلے جائیں لیکن مجھے شک ہے.... مجھے امید ہے کہ تم خوراک کے بارے میں احتیاط برتو گے اور پانی ابال لینے کے بعد پیو گے.... میں تمہارا انتظار کر رہی ہوں۔"

یہ خط پڑھ کر آمنہ اور فرید نے ایک لمحے کے لئے سوچا کہ یہ کون سی دنیا کی بات ہو رہی ہے.... کیونکہ وہ دنیا آہستہ آہستہ غیر حقیقی ہوتی چلی جا رہی تھی اور ان کے آس پاس جو کچھ تھا وہ حقیقت کا روپ دھار رہا تھا.... لسی کا بڑا کٹورا منہ سے لگاتے ہوئے وہ ہمیشہ مسکراتے کہ ان کی ماں نے انہیں خوراک کے بارے میں احتیاط برتنے کا مشورہ دیا تھا۔

ایک شام گوجروں کا امام دین ان کے ہاں آیا۔ وہ دیکھنا چاہتا تھا کہ اکرم کا بندوبست مناسب ہے یا نہیں۔

"ویسے تو سب ٹھیک ہے لیکن کنڈی کے ساتھ تالا لگا دیا جائے تو بہتر ہے۔ ایسے ہی اگر کوئی بچہ کنڈی کھول دے تو...." اس نے صحن کو اپنی نظروں میں اتارا۔"پولیس تلاش کر رہی ہے سنا ہے۔ اس لئے...."

"کتنا سویٹ اولڈ مین ہے...." اس کے رخصت ہونے پر آمنہ نے کہا۔"موٹا اور پلا ہوا جیسے ٹیڈی بیئر ہوتے ہیں۔"

"امام دین بڑا شریف آدمی ہے...."طفیل بی بی نے گھونگھٹ اٹھا کر کہا۔"مجال ہے جو نظر اونچی کر جائے...."

چک جوگیاں کو جانے والا کچا راستہ بالکل ویران تھا۔ مٹی باریک تھی اور پاؤں اس میں ریت کی طرح دھنستے تھے۔ آمنہ کو اس پہ چلنے میں دشواری پیش آ رہی تھی۔ شام گہری ہو رہی تھی اور گرم ہوا کم ہو رہی تھی اور کبھی کبھی ایک سبز مہک ہوا میں تیرتی ہوئی گزر جاتی کسی ڈیرے پہ کتے بھونک رہے تھے اور بیلوں کے گلے میں بندھی گھنٹیاں سستی کے ساتھ فضا میں سنائی دیتی تھیں.... دور دور تک کوئی نہ تھا.... آمنہ نے غلطی کی تھی۔

وہ اور فرید شام سے پہلے ڈیرے پہ آئے تھے.... چاچا عنایت علی جب ایک بھینس دوہ کر فارغ ہوا تو کہنے لگا۔"یہ طفیل بی بی کی ہے۔ حسن علی تم پہلے اس کا دودھ پہنچا دو تاکہ ابال کر ان بچوں کے لئے تیار کر دے...." حسن علی نے دودھ کی گاگر سر پہ رکھی تو آمنہ اور فرید بھی اٹھ کھڑے ہوئے۔

"ہم بھی چلتے ہیں۔"

"گھر جا کر تم نے کوئی بیلوں کو چارہ ڈالنا ہے۔" عنایت علی جھکا ہوا ان کے قریب آ گیا۔"فرید بٹیا تم ٹھہر جاؤ۔ ایک گاگر تم اٹھا لینا۔"

"بالکل چاچاجی...." فرید خوش ہو گیا۔

آمنہ اور حسن علی ڈیرے سے باہر آئے اور چک کی طرف چلنے لگے.... کچے دھول آلود راستے کے ساتھ ساتھ آک کے پودے تھے اور کہیں کہیں کیکر کا ایک آدھ درخت تھا۔

"تمہاری یہی زندگی ہے۔ ڈیرے پر جانا کام کرنا اور گھر چلے جانا"

حسن علی نے گاگر کو تھپکا اور کہا۔ "ہاں۔"

"تم تفریح کے لئے کیا کرتے ہو؟"

"کون سی تفریح؟"

آمنہ چپ ہو گئی۔ اس شخص کو تفریح کے کانسپٹ کا ہی علم نہ تھا۔

اس نے دیکھا کہ اس کے آگے آگے چلنے والے شخص کی چال میں ایک خاص لٹک ہے جیسے سانپ تن کر کھڑا ہونے سے پیشتر بل کھاتا ہے.... آمنہ کو یہ بھی بہت عجیب لگا کہ مرد تو آگے چل رہا ہے اور وہ ایک جانور کی طرح اس کے پیچھے پیچھے چلی آ رہی ہے۔

"کیا اب تم آیا کرو گے؟" حسن علی کی آواز آئی۔

آمنہ نے اس کے سیدھے اور بل کھاتے بدن کو دیکھا اور اس سر کو جس پر وہ گاگر رکھے آسانی سے چلتا تھا۔ "کہاں...؟"

"یہیں چک جوگیاں...."

"ہم یہاں آکر کیا کریں گے؟" آمنہ نے یہ بات نیم سنجیدگی سے کہی۔

"یہاں تمہارے اپنے ہیں۔ تمہارے بڑوں کی قبریں ہیں اور تمہارا گھر ہے۔"

"گھر....؟" آمنہ کو اچنبھا ہوا۔

"ہاں.... جس گھر میں ہم رہتے ہیں، اس میں تم لوگوں کا بھی حصہ ہے۔ اگر کہو تو ہم خالی کر دیں گے۔ تم اسے مرمت کروا کے اپنی رہائش کے قابل بنا لو.... انسان کو اپنے گھر تو آنا چاہیئے...."

"تم بھی تو انگلینڈ آ سکتے ہو؟"

"میں ....؟" وہ ایک لمحے کے لئے جھجکا۔ "نہیں، میں کیسے آ سکتا ہوں۔ میں اپنی ماں کو کیسے چھوڑ سکتا ہوں۔ تھوڑی دیر وہ خاموشی سے چلتے رہے اور پھر حسن علی پاؤں گھسیٹتا ہوا رُکا۔ اور گاگر کو مشکل سر سے اتار کر زمین پر رکھتے ہوئے بولا۔ "لگتا ہے بہت دور تک چلا گیا ہے" اس نے وہیں بیٹھ کر اپنی جوتی اتاری اور تلوے کو بل دے کر دیکھا..... کیکر کا ایک خاصا بڑا کانٹا پاؤں میں گم ہو چکا تھا اور ایک ہلکی لکیر کی صورت دکھائی دیتا تھا.... "تمہارے پاس سوئی تو نہیں ہو گی۔" وہ ناخن سے اس جگہ کو کریدنے لگا۔ جہاں سے کانٹا داخل ہو کر ماس میں گم ہوا تھا۔ اس نے اٹھنے کی کوشش کی اور پھر ایک لمبی "آئے" کر کے بیٹھ گیا۔

"یہ تمہاری جوتی کے اندر سے کیسے چلا گیا؟"

"اس میں چھید ہے...." حسن علی مسکرا دیا اور جوتی کا تلوا اس کے سامنے کر دیا..... واقعی درمیان میں ایک بڑا چھید تھا۔ "بے بے دودھ کا انتظار کر رہی ہو گی۔"

"اگر تم اس.... برتن کے ساتھ چل نہیں سکتے تو میں اٹھا لوں؟"

"نہیں...." اس نے سر ہلایا اور پھر خود ہی ارادہ بدل کر کہنے لگا۔ "کیا تم اسے اُٹھا سکو گی؟"

"نو پرابلم...." آمنہ گاگر اٹھانے لگی تو حسن علی نے اسے روک دیا۔ "آرام سے اٹھانا ورنہ چھلک جائے گا۔" اور یہ واقعی پرابلم تھی۔ بوجھ اٹھانا اور بات ہے اور دودھ سے چھلکتی گاگر کو چھلکائے بغیر چلنا اور بات ہے...." ذرا ٹھہرو۔" حسن علی نے کپڑے کا اِنّوں اس کے سر پر رکھ کر ٹھپکا اور پھر گاگر اٹھا کر اس پر ٹکا دی۔ "اب اسے.... گردن کو سیدھا رکھ کر اٹھو۔"

وہ اٹھی تو اس کی گردن دوہری ہوتے ہوتے بچی..... یہ واقعی مشکل کام تھا..... وہ کھڑی نہیں ہو پا رہی تھی۔ چہ جائیکہ اسے بیلنس کر کے چلنا شروع کر دے.... "اگر نہیں اٹھا سکتیں تو اتار لوں۔"

"نہیں.... میں چل لوں گی۔" اس نے بے دلی سے کہا کہ شائد حسن علی گاگر کو اتار لے۔

"تم گھر پہنچو.... میں آتا ہوں۔" حسن علی اپنے ٹوے کا معائنہ کرنے لگا۔ آمنہ کا پورا بدن پسینے سے بھیگ رہا تھا اور اسے یقین تھا کہ وہ اس چھلکتے ہوئے بوجھ کے ساتھ چل نہیں سکتی.... اور اب وہ تنی ہوئی..... سرکس میں رسّے پر چلنے والی کسی بازی گر خاتون کی طرح بالکل سامنے دیکھتی قدم اٹھا رہی تھی اور ہر قدم پہ اسے محسوس ہوتا تھا کہ گاگر اب گئی کہ اب گئی..... اس کے دونوں ہاتھوں کو دودھ چھلک چھلک کر گیلا کرتا تھا۔ وہ پیچھے مڑ کر یہ بھی نہیں دیکھ سکتی تھی کہ حسن علی کتنی دور ہے..... شام گہری ہو رہی تھی.... یہ کتنی عجیب بات تھی کہ وہ.... آمنہ برکت علی ایک ویران جگہ میں بالکل اکیلی چلی جا رہی تھی، اور اس کے اندر کوئی خدشہ نہ تھا.... ان کھیتوں یا جھاڑیوں میں سے کسی سیٹی اور کسی "پاکیز آر ٹو بی بینڈ" کی دھن سنائی دینے کا احتمال نہیں تھا.... چک جوگیاں میں بہت سارے لوگوں نے اس کے رخسار پہ کھدے نشان کے بارے میں پوچھا تھا اور اس نے کندھے سکیڑ کر صرف "ایک حادثہ" کہہ دینے پہ اکتفا کیا تھا۔ اسے اس حادثے کا بہت دکھ تھا.... اس بات کا دکھ تھا کہ نصف انگریز ہونے کے باوجود اسے قبول نہیں کیا گیا تھا.... یہاں بھی تو وہ نصف پاکستانی تھی اور یہاں اسے قبول کر لیا گیا تھا.... یہ کیا راز ہے؛ کبھی کبھار اسے "میم کی بیٹی" کہہ کر پکارا جاتا اور وہ بھی پیار سے.... ورنہ وہ بابے نور دین کی تھی.... برکت علی کی بیٹی....

وہ صحن میں داخل ہوئی تو حسن علی چارپائی پہ بیٹھا اپنے پاؤں میں تیل لگا رہا تھا۔ طفیل بی بی مسکراتی ہوئی آگے بڑھی اور "بسم اللہ" کہہ کر گاگر اس کے سر سے اتار لی.... اسے محسوس ہوا کہ اب اس کا توازن ٹھیک نہیں رہا....

اس کا سانس قابو میں نہ تھا.... "تمہارا کانٹا نکل گیا؟"

"نہیں.... "حسن علی مسکرایا۔" وہ بہت گہرا جا چکا ہے۔ اب صرف یہ ہے کہ میرا ماس اسے آہستہ آہستہ گلا دے گا۔"

اکرم کی کوٹھڑی کے دروازے پہ دستک ہوئی اور وہ اکرم کے ہاتھ تھے..... پھر اس کے ہنسنے کی آواز آئی.... اور پھر سرگوشی۔ "بہن.... بہن آمنہ۔"

آمنہ مسکراتی ہوئی ادھر گئی اور دروازے کے ساتھ کان لگا کر کہا۔ "کیا ہے بھائی اکرم؟"

"میں بھی دودھ پیوں گا۔"

"اچھا....." آمنہ تیزی سے پلٹی اور گاگر میں سے دودھ کا کٹورا بھر کر واپس آگئی۔ "تمہارے لئے دودھ بھائی اکرم.... میں خود ڈیرے سے لائی ہوں...."

وہ نیم غنودگی میں کچی سیڑھیوں پر سے اتر تا نیچے صحن میں آیا اور پھر اپنی کوٹھڑی کا دروازہ کھول کر بستر پر لیٹ گیا.... صبح سویرے سرگی ویلے جب جوگیاں میں ٹھنڈک سے لدی ہوئی ہوا چلتی اور گرمی کے مارے ہوئے چرند پرند کو مدہوش کر دیتی۔ اس مدہوشی کو دھوپ کی پہلی کرنیں زائل کرنے لگتیں تو وہ اٹھ کر نیچے آجاتے اور پھونچھی کے بنائے ہوئے بستروں پہ پھر سو جاتے....

"فرید....؟" آمنہ سوئی نہیں تھی۔

"کیا کہتی ہو؟"

"تم نے سیاہ بیگ میں رکھے ہوئے اپنے واپسی کے ٹکٹ دیکھے ہیں؟"

"ہاں...." فرید نے آنکھیں کھولیں۔ "دیکھے تو تھے.... پر بہت دن ہو گئے.... کیوں....؟"

آمنہ نے بیگ میں سے ٹکٹ نکال کر اس کے سینے پہ رکھ دیئے۔ "اسلام آباد ائیرپورٹ سے پرسوں رات ساڑھے دس بجے ہماری فلائٹ ہے لنڈن کے لئے۔"

"کیا....؟" فرید نے بے یقینی سے کہا اور پھر اٹھ کر بیٹھ گیا۔ "اتنی جلدی....." اس نے ٹکٹوں پہ ایک نظر ڈالی۔ "مجھے تو بالکل یاد نہیں تھا.... ہم تاریخ آگے بھی تو کروا سکتے ہیں۔"

"اس کے لئے اسلام آباد جانا پڑے گا.... اور یوں بھی یہ سستے ٹکٹ ہیں اور ان کی تاریخیں آگے پیچھے نہیں ہو سکتیں.... ہمیں پرسوں جانا ہو گا.... اگر ہم نے جانا ہے تو....."

وہ دونوں چپ بیٹھے رہے۔ فرید کبھی کان میں انگلی ڈال کر کھجلی کرتا اور کبھی ہونٹوں پر

ہاتھ پھیرتا۔ آمنہ بال درست کرتی.... کچھ گنگنانے کی کوشش کرتی اور پھر چپ ہو جاتی۔

"اوہ شٹ ...." بالآخر آمنہ نے سر جھٹک کر کہا۔

دروازہ یکدم کھلا اور دھوپ ان کے چہروں پہ چمکی.... طفیل بی بی ہونٹوں پہ ہاتھ رکھے اندر آئی۔

"اکرم تو نہیں آیا یہاں ؟ کوٹھڑی کا دروازہ کھلا ہے۔"

وہ ہڑبڑا کر اٹھے اور ننگے پاؤں صحن میں چلے گئے..... رات حسب معمول انہوں نے اکرم کے ساتھ کچھ وقت گزارا تھا اور پھر کنڈی چڑھا کر اوپر چلے گئے تھے.... شائد وہ واقعی خطرناک ہے.... آمنہ نے سوچا.... اور اگر وہ خطرناک ہے تو کہیں لوگ اسے اذیت نہ دیں.... اوہ گاڈ.... وہ میرا بھائی ہے.... اور لوگ اسے اذیت دیں گے۔

گوجروں کے امام دین کی انگلیاں چتکبری بھینس کے تھنوں کو اپنی پوری طاقت سے دباتی رہیں۔ لیکن ان میں دودھ کا ایک قطرہ نہ تھا۔ اس کے وسیع تن و توش پر پسینہ تیرتا تھا... چتکبری سب سے زیادہ دودھ دینے والی بھینس تھی اور اسے سب سے آخر میں دوہا جاتا تھا۔ میں شاید بوڑھا ہو گیا ہوں۔ امام دین نے سوچا۔

"سلام چاچا۔"

امام دین کا جسم اس آواز سے کپکپایا۔ اس نے مڑ کر دیکھا۔ اکرم سودائی کے منہ سے رال گر رہی تھی اور وہ پیٹ پہ ہاتھ رکھے ہنس رہا تھا۔

"تو کیسے آگیا....؟"

"میں چاچا.... کوٹھڑی کا دروازہ کھلا رہ گیا کھلا.... تو میں آگیا...."

جب اندھیرا ابھی پورے گاؤں پہ بیٹھ رہا تھا اور گلیوں میں کوئی نہ تھا اور بشیراں گوجروں کے گھر سے ذرا دیر سے نکلی تھی اور گلی کے ویران اندھیرے میں آہستہ آہستہ پاؤں دھرتی چلتی تھی..... وہ گلی کے آخر تک چلتی گئی اور گلی کے آخر میں سبز کھیتوں کی گہری رنگت تھی اور ان

میں ایک پگڈنڈی دور تک جاتی تھی، اور بشیراں اس پہ چلتی گئی۔

امام دین بڑے آرام اور احتیاط سے اٹھا اور اکرم کے پاس آکر کہنے لگا۔ "اکرم .... میں تیرا چاچا ہوں ناں.... چل کھوئی پہ چلتے ہیں، سیر کرنے ....."

"ہاں کھوئی پہ چلتے ہیں کھوئی پہ ....." اکرم خوش ہو کر زور سے ہنسا۔

"میں .... ناں ابھی آیا ....." امام دین تیزی سے چارے والی کوٹھڑی میں گیا اور چارہ کترنے والا ٹوکا تہبند میں اڑس کر باہر آگیا۔ "چل بیٹا اکرم۔"

"چل چاچا.... اکرم نے ایک بچے کی طرح آگے بڑھ کر اس کی انگلی پکڑ لی.... امام دین نے بڑے غور سے، بڑی احتیاط اور توجہ سے آس پاس دیکھ لیا کہ کوئی انہیں دیکھ تو نہیں رہا۔ اور کوئی نہیں تھا۔

تو گلی کے آخر میں سبز کھیتوں کی گہری رنگت تھی اور ان میں ایک پگڈنڈی تھی۔ جو دور تک جاتی تھی اور وہ دونوں اس پہ چلتے گئے۔

امام دین پہلی بار اس پگڈنڈی پہ نہیں چلا تھا۔

ابھی سورج زمین کے اندر تک نہیں گیا تھا اور اس کی تپش کھیتوں میں سرایت نہیں کی تھی۔

دور سے کھوئی نظر آئی تو اکرم نے خوش ہو کر شور مچا دیا۔ "چاچا.... کھوئی ...... چاچا دیکھو کھوئی۔"

"ہاں بیٹا دیکھ رہا ہوں۔" امام دین ایک ہاتھ سے تہبند میں اڑسے ہوئے ٹوکے کو سنبھالتا تھا۔

کھیت ختم ہوئے تو ویران ٹبے اور میدان شروع ہو گئے اور ادھر وہ کھوئی تھی جس میں سے پانی نہیں نکلا تھا.... یہاں بشیراں نے اکرم کو کھوئی کے ساتھ ہموار زمین پہ دوپٹہ بچھا کر لٹایا اور خود اپنے آپ کو ڈھیل دیتی ہوئی کھیتوں میں اتر گئی۔

کھوئی پہ پہنچے تو امام دین کا سانس چڑھا ہوا تھا۔ وہ آج سے چھبیس برس پہلے والا گوجر تو نہیں تھا.... زمانے نے اسے کھوکھلا اور بھاری کر دیا تھا۔

"اِدھر بیٹھ اکرم ....." اس نے اکرم کو پیار سے کہا اور کھوٹی کی منڈیر کو ہتھیلی سے صاف کیا۔ "اِدھر بیٹھ جا بیٹا۔"

اکرم کو خطرے کا احساس تک نہ ہوا اور وہ اچک کر منڈیر پہ بیٹھ گیا۔ اس نے مڑ کر نیچے کنوئیں کے اندر دیکھا۔ "چاچا اس میں اندھیرا ہے اندھیرا۔"

"ہاں .... اس میں بہت اندھیرا ہے ....." اور تم نے پورے چھبیس برس میری آنکھیں کھلی رہی ہیں .... تو ہر آہٹ میں تھا۔ ہر تاریک کونے میں تو تھا اور ہر اندھیری رات میں میرے پیچھے جو قدم آتے تھے، تیرے تھے .... اور اب تو بس وہاں جائے گا۔ جہاں وہ گئی تھی .... اس نے ٹوکے کی ہتھی پہ اپنی نشست مضبوط کی اور پھر اس نے سودائی سے پوچھا۔ "اکرم تو اپنی ماں کے پاس جانا چاہتا ہے؟"

"بے بے .... وہ قبر میں ہے قبر میں۔"

"جائے گا ...؟"

"بے بے کے پاس جانا ہے جانا ہے۔"

امام دین کو آج اپنی حماقت کا احساس ہو رہا تھا۔ وہ ساری حیاتی ایک مخبوط الحواس شخص سے ہراساں رہا۔ اسے تو یہ بھی پتہ نہیں کہ وہ کہاں ہے اور میں کون ہوں اور اسے کس مقصد کے لئے یہاں لایا ہوں۔ اور میں ساری حیاتی اس احمق سے ڈرتا رہا۔

اور پھر بشیراں پہ کچھ بوجھ ہوا اور وہ بول نہ سکی اور اس کے نتھنوں میں سبز گھاس تھی۔

اور ادھر ماں کے آنے میں دیر ہوئی تو زمین پہ لیٹا اکرم بلک بلک کر رونے لگا۔ امام دین اپنے آپ کو سنبھالتا کھیت سے باہر آیا۔ روتے ہوئے بچے کے قریب ہوا تو جھجکا اور پھر جیسے منہ چھپاتا ہوا پرے چلا گیا۔

"اکرم .... تمہیں ماں یاد ہے؟"

"نہیں ...." اس نے مسکراتے ہوئے زور سے سر ہلایا۔

"ادھر دیکھ ...." امام دین کہنے لگا۔ "وہاں اس کھیت میں .... وہاں اب تو کچھ نہیں

ہے۔ لیکن تب یہاں چارہ تھا اور وہ اس کے اندر گئی تھی۔۔۔۔ اور پتہ ہے اس کے پیچھے کون گیا تھا۔۔۔۔ اور تم یہاں تھے۔۔۔۔ یہاں۔" امام دین نے غصے میں پاؤں پٹکا۔" اور جب میں۔۔۔۔ کھیت سے نکلا تو تم پہ جھکا۔۔۔۔۔ یوں۔" امام دین اس کے چہرے کے قریب اپنی ناک لے گیا۔ "تمہیں دیکھا اور پھر۔۔۔۔۔ چلا گیا۔۔۔۔"

اکرم کی مسکراہٹ منجمد ہو گئی۔

ایک پرانی اور مدھم پڑتی ہوئی تصویر واضح ہو رہی تھی۔

امام دین نے تہبند سے ٹوکا نکالا۔" اکرم۔۔۔۔ ادھر دیکھ کنویں کے اندر۔۔۔ شاباش۔"

"کدھر؟" وہ پھر ہنسنے لگا۔ "کدھر چاچا کدھر؟"

"ادھر۔۔۔۔ اِدھر" امام دین نے جلدی سے کہا۔ وہ چاہتا تھا کہ وہ کنویں میں جھانکے اور وہ پیچھے سے وار کر کے قصہ تمام کر دے۔

"کدھر؟ کدھر؟" اکرم ہنس ہنس کر بے حال ہو رہا تھا۔ "کدھر چاچا؟ کدھر؟"

امام دین نے منڈیر پہ ہاتھ رکھا اور کنویں کی گہرائی میں سر نیچا کرتے ہوئے کہا۔"ادھر بشیراں کے پُتّر۔"

اور اکرم کے بھاری ہاتھ نے اسے وہاں سے ہلنے نہ دیا۔

عنایت علی کے چہرے پہ ہوائیاں اڑ رہی تھیں۔ اس کے ہونٹ سوکھتے تھے اور پگڑی کی تہیں کھلتی جاتی تھیں۔۔۔۔ اس نے اکرم کو ہر جگہ تلاش کیا تھا اور اس کا کچھ پتہ نہ تھا کہ وہ کہاں گیا ہے۔۔۔۔۔ اور جب وہ گاؤں سے باہر جانے والی پگڈنڈی پہ آیا تو اس نے دور سے دیکھا کہ اکرم کھوئی کی منڈیر پہ بیٹھا ہے۔

کدھر دفع ہو گیا تھا۔۔۔۔۔ تجھے کوئی پکڑ کر لے جاتا تو۔" عنایت علی نے اسے باہوں میں لے کر چوما اور سر پہ پیار دیا۔۔۔۔ "چل گھر۔۔۔۔ کیوں نکل جاتا ہے اس طرح۔"

"چل گھر چاچا۔۔۔۔ چل۔" اکرم کے لہجے پہ عنایت علی کو حیرت ہوئی۔ وہ ایک سیانے نوجوان کی طرح بولتا تھا۔ "اِدھر۔۔۔۔ نیچے کنویں کے اندر وہ تھی۔۔۔۔ اور اب وہ ہے۔۔۔۔۔

اور اب اس کی بُو آئے گی۔"

"کدھر سے؟"

"اِدھر سے، اِدھر سے....." اکرم نے ایک گہرا سانس لیا۔ "چل گھر جا چا.... چل۔"

پسینہ ماتھے سے رینگتا ہوا آنکھوں میں گر کر انہیں نمکین اور گرم کرتا تھا اور وہ سرخ ہوتی تھیں۔ سورج سر پہ تھا اور سائے سمٹ کر قدموں میں تھے..... ریلوے لائن کے تپنے سے جیسے اس میں سے بھاپ نکل کر پلیٹ فارم کے دو چار درختوں تلے سمٹے لوگوں کو پسینے سے شرابور کرتی تھی۔ عورتیں دوپٹوں کے پلو منہ میں دابے ادھر کو دیکھتی تھیں جدھر سگنل ڈاؤن ہو چکا تھا اور گاڑی نے کسی وقت نمودار ہونا تھا۔ آمنہ اور فرید اپنے سامان کے پاس کھڑے تھے اور گرمی سے ان کا دماغ پگھل رہا تھا۔

عنایت علی عصا کا سہارا لئے درخت کے تنے کے ساتھ لگ کر بیٹھا تھا اور زمین کو دیکھتا تھا اور کبھی گردن اونچی کر کے خالی ریلوے لائن کو دیکھتا تھا۔ اس کا کھدر کا کرتہ بھیگ کر بدن کے ساتھ لگا ہوا تھا اور اس کی نیلی آنکھیں سادہ اور شفاف تھیں۔

طفیل بی بی آمنہ کے ساتھ لگ کر کھڑی تھی اور حسب معمول اس کی آنکھیں آنسوؤں سے خالی نہ تھیں.... وہ تھوڑی دیر پہلے اپنے صحن میں چولہے کے سامنے پیڑھی پر براجمان انہیں اپنے ہاتھ کے پراٹھے کھلاتی تھی۔ چنگیر میں رکھے پراٹھوں کو الٹ پلٹ کر ان کے سامنے رکھتی تھی اور کہتی تھی کہ ہائے ہائے تم نے کھایا کیا ہے.... دور کا سفر ہے۔ پردیس کا سفر ہے۔ گھر سے کچھ کھا پی کر جاؤ۔

اور جب وہ اپنا سامان اٹھا کر صحن سے نکلنے لگے تو اس نے باقاعدہ بین کئے تھے۔

"میری چنگیر ویران کر کے جا رہے ہو۔ چار دن کے لئے میرے اجڑے صحن میں بھی میرے بھرا برکت علی کے خون کی بولیاں سنائی دی تھیں.... اسے اپنی مٹی نصیب نہ ہوئی اور تم اپنی مٹی چھوڑ کر جا رہے ہو۔"

"بات سُن پُتر۔" عنایت علی نے فرید کو پکارا۔

"جی چاچا....." وہ اس کے قریب جا کر بیٹھ گیا۔

"گامی کو کہنا.... میرے ہڈ پیر اب میرا ساتھ نہیں دیتے..... آنا ہے تو آجائے...."

"اچھا چاچا...."

"اور اپنی ماں کو کہنا کہ تیرا جیٹھ عنایت علی تجھے یاد کرتا ہے.... بھرجائی کا بھی فرض ہے کہ اپنے لگتے لانوں کے ساتھ میل جول رکھے..... چک جوگیاں اس کا بھی مسکن ہے....."

فرید نے اس کی شفاف آنکھوں میں پانی تیرتے دیکھے اور وہ نیلے لگتے تھے۔

حسن علی ایک گھڑا اٹھائے لوگوں کو لسی پلا رہا تھا..... آمنہ نے اسے دیکھا۔ یہ کتنا جاہل اور کھردرا ہے.... ہم دونوں میں کچھ بھی تو مشترک نہیں ہے.... سوائے چک جوگیاں کے تو پھر مجھے ٹرین کے آجانے کا خوف کیوں ہے..... حالانکہ اس نے آجانا ہے.... اس نے سر پہ سے کھسکتے ہوئے اس دوپٹے کو درست کیا جو سکینہ نے اسے دیا تھا۔ اور سکینہ بھی وہاں موجود تھی، اپنے رگڑ رگڑ کر صاف کئے ہوئے تینوں بچوں سمیت جو اسے کھینچ رہے تھے۔ اس کے ساتھ لٹک رہے تھے۔

ٹرین کا دھواں ایک ٹیلے کے پیچھے سے بلند ہوا تو سب لوگ انہیں ملنے لگے۔ آمنہ کو کچھ پتہ نہ تھا کہ کون اسے باہوں میں لیتا ہے، کون سر پہ پیار کرتا ہے اور اس کا ماتھا چومتا ہے۔ پسینے اور آنسوؤں سے تر چہرے اسے اپنے رخساروں پہ لگتے تھے اور پرے ہو جاتے تھے.... فرید بھی سب سے ہاتھ ملا رہا تھا لیکن ہر کوئی ہاتھ ملانے کے بعد اس کو تھپکی ضرور دیتا۔

وہاں سب موجود تھے لیکن اکرم نہیں تھا.... آمنہ اور فرید کی آنکھیں اسے تلاش کرتی رہیں۔ وہ رات گئے تک ایک ہی چارپائی پہ بیٹھے باتیں کرتے رہے تھے۔ لیکن صبح ہوئی تو وہ غائب تھا۔

گاڑی پلیٹ فارم میں داخل ہو گئی۔

"اب تم نے راستے میں گاڑی سے اترنا نہیں ...." طفیل بی بی آنسو پونچھتی، آمنہ کو چومتی ساتھ ساتھ چل رہی تھی۔ "اور وہاں پہنچتے ہی پھپھی کو خیر خیریت کا خط لکھنا ہے یاد سے۔"

"اچھا آنٹی ...." آمنہ نے زبردستی مسکرا کر کہا۔

"لو میں کوئی نہیں تمہاری آنٹی شانٹی ...." طفیل بی بی ہنس ہنس کر دوہری ہو گئی۔

آمنہ نے اسے دیکھا .... اور پھر اس سے لپٹ گئی ..... یہ ڈیڈی کی سسٹر ہے۔ آمنہ نے سوچا .... اوہ گاڈ اور اس میں کیسی خوشبو ہے اور یہ ڈیڈی کی سسٹر ہے۔"

وہ دونوں بمشکل ڈبے میں سوار ہوئے .... اب وہ سب لوگ کھڑکیوں کے ساتھ لگ کر انہیں دیکھتے تھے .... حسن علی، طفیل بی بی اور سکینہ .... گاڑی حرکت میں آئی تو وہ ساتھ چلنے لگے اور پھر ایک ایک کر کے پیچھے رہنے لگے ..... اور پھر سب پیچھے رہ گئے۔

سوہاوے کا پلیٹ فارم ختم ہو گیا۔ آمنہ نے فریدہ کے گم چہرے کو دیکھا: "ہم کون ہیں۔"

سوہاوے کا پلیٹ فارم لوگوں سے خالی ہو رہا تھا۔

اکرم ریلوے لائن پھلانگتا پسینے سے شرابور پلیٹ فارم پہ آ پہنچا ..... عنایت علی عصا کے سہارے ہوئے ہوئے چل رہا تھا .... "تم کہاں رہ گئے تھے اکرم؟"

"میں چاچا ...." اکرم نے اپنا سانس درست کرنے کی کوشش کی۔" وہ گوجروں کا امام دین گم تھا پچھلے دو روز سے .... گم تھا .... تو کھوئی میں سے آج بُو آ رہی تھی .... میں رسے کی مدد سے اترا اور اس کی لاش کو باہر لے آیا .... اس لئے دیر ہو گئی۔"

"گوجروں کا امام دین؟" عنایت علی کے ماتھے پہ ایک شکن نمودار ہو کر فوراً ہی مٹ گئی۔

"چل چاچا گھر چل .... چل۔" اکرم نے آگے بڑھ کر عنایت علی کے جھکے ہوئے کندھے تھام لئے .... اور وہ دونوں چک جوگیاں کے کچے راستے پہ چلنے لگے۔

جوگی اڈے جوگی۔
